KB182531

리스본으로의
마지막 여행

리스본으로의 마지막 여행

1판 1쇄 인쇄_2024년 12월 15일
1판 1쇄 발행_2024년 12월 20일

지은이_가일로
펴낸이_홍정표

펴낸곳_작가와비평
등록_제2018-000059호

공급처_(주)글로벌콘텐츠출판그룹
대표_홍정표 **이사**_김미미 **편집**_백찬미 강민욱 남혜인 홍명지 권군오
디자인_가보경 **기획·마케팅**_이종훈 홍민지
주소_서울특별시 강동구 풍성로 87-6 **전화**_02-488-3280 **팩스**_02-488-3281
홈페이지_www.gcbook.co.kr **메일**_edit@gcbook.co.kr

값 18,000원
ISBN 979-11-5592-350-4 03810

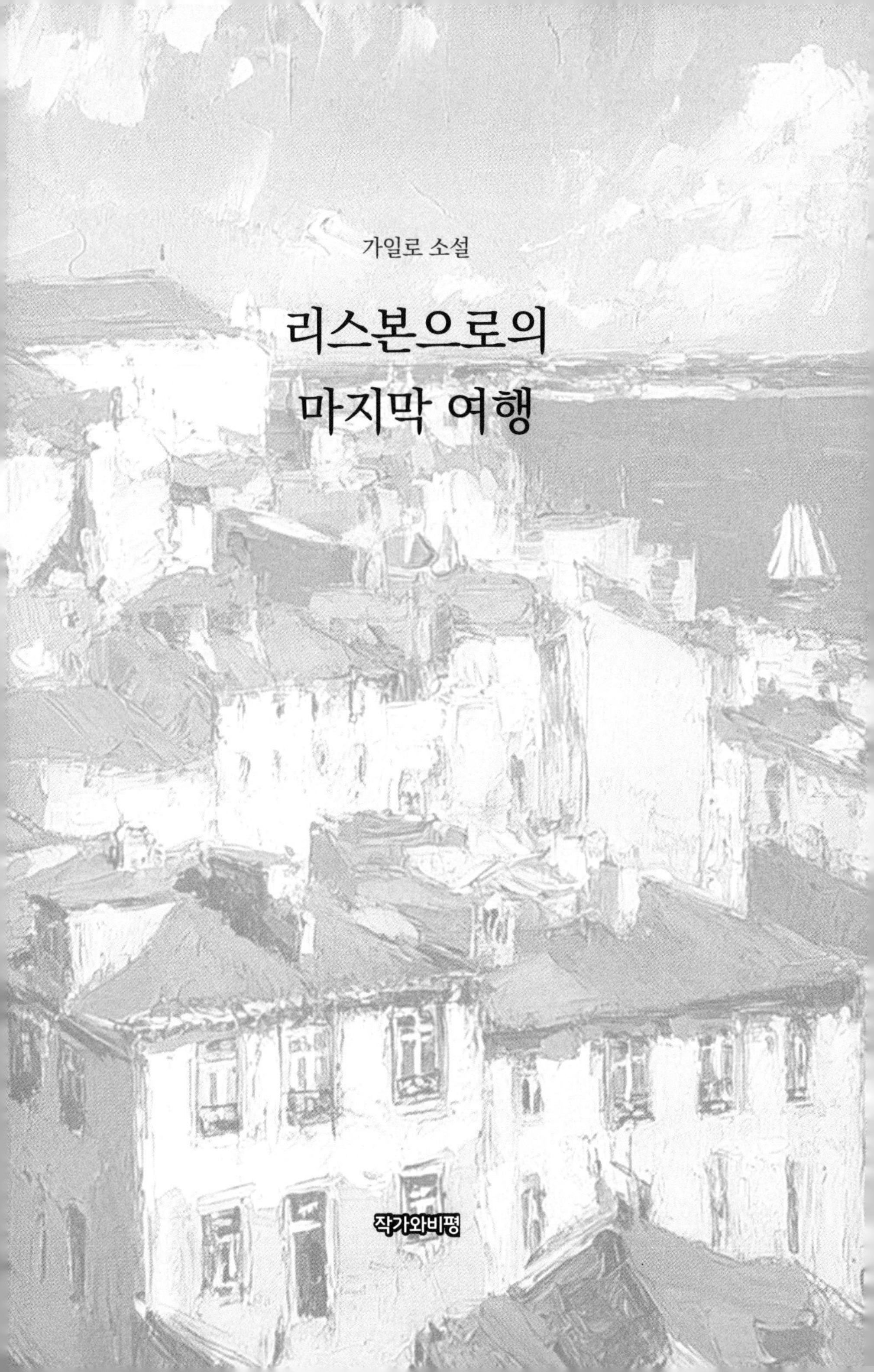
가일로 소설
리스본으로의
마지막 여행
작가와비평

책을 시작하며

태양 아래 빛나는 역사와 문화, 이국적인 매력을 가진 도시, 새로운 시작이자 끝일 수도 있는 특별한 도시, 리스본.

리스본은 유럽의 서쪽 끝, 대서양과 맞닿아 있는 포르투갈의 수도로 수많은 여행자를 사로잡아온 고유의 매력을 간직한 곳입니다. 언덕 위에 자리 잡은 이 도시는 푸른 하늘 아래 펼쳐진 붉은 지붕들과 좁고 구불구불한 골목길, 그리고 과거와 현재가 공존하는 곳으로 고풍스러운 노랑 트램이 지나는 풍경으로 유명합니다. 리스본은 약 3000년 전에 페니키아인들이 처음 정착한 이후, 로마 제국과 무어인 그리고 포르투갈 왕국에 이르기까지, 다양한 문화와 역사를 품은 도시입니다. 리스본은 역사적인 건축물과 현대적인 예술이 조화를 이루며 여행자들에게 다양한 경험을 선사합니다. 1755년의 지진으로 리스본은 많은 고건축물들이 거의 파괴되었지만, 리스본은 놀라운 재건을 통해 오늘날의 찬란한 도시로 거듭났습니다.

사람들이 리스본을 여행해야 하는 이유는 단순히 도시의 아름다운 풍경 때문에만이 아닙니다. 이 도시는 독특한 문화를 느낄 수 있는 곳으로, 슬픔과 희망을 노래하는 파두(Fado)라는 포르투갈 전통 음악을 경험할 수 있는 곳입니다. 또한 벨렘 탑과 제로니무스 수도원, 알파마 지구의 중세적 분위기, 바다를 바라보며 즐길 수 있는 리베르다데 거리의 카페 등 리스본은 다양한 즐길 거리와 볼거리를 함께 제공합니다. 이런 이유로 리스본 여행이 특별합니다. 이 도시는 그 어떤 곳보다도 강렬한 감정을 불러일으키는 힘을 지니고 있습니다. 리스본의 아름다운 풍경과 따뜻한 햇살은 때때로 사람들의 마음속에 숨어 있는 슬픔과 그리움을 자극합니다. 대항해시대, 사랑하는 사람과 이별하고, 먼바다를 항해하며 남기고 온 사랑하는 이를 그리워하며 다시 만날 날을 애타게 기다립니다. 애절한 그리움과 사랑을 품은 이들의 리스본은 '재회의 도시'로 또는 '이별의 도시'로 기억되곤 합니다.

리스본으로의 마지막 여행, 이야기 속 우리의 주인공인 남자와 여자는 리스본에서 마지막 여행을 하고 있습니다. 이 도시는 그들의 사랑과 이별을 담아내는 무대가 되어줍니다. 여자는 이 여행이 그녀의 마지막이 될 것임을 알고 있습니다. 그러나 그녀는 자신이 떠나야 한다는 사실을 애써 숨기며, 남자와 함께 이 아름다운 도시를 즐기려고 합니다. 남자는 그녀를 떠나보내야 할 시간이 다가오고 있다는 현실을 받아들이기 너무 힘들어합니다. 그런데도 그는 그녀가 행복한 마지막 순간을 보내길 바라는 마음으로 여행을 이어갑니다. 그들은 리스본의 언덕을 걸으며, 붉은 지붕이 펼쳐진 도시 전경을 바라보며 서로에게 마지막 인사를 나누듯 조용히 시간을 보냅니다. 알파마 지구의 좁은 골목길을 걸으며, 두 사람은 서로의 손을 꼭 잡고, 파두가 울려 퍼지는 카페에서 저녁을 먹습니다. 그 순간, 파두의 애절한 멜로디는 그들의 마음을 더욱 깊이 울립니다. 파두의 노랫소리는 그들에게 사랑과 이별의 모든 감정을 담아내는 바구니가 됩니다. 벨렘 탑에 도착했을 때, 두 사람은 바다를 바라보며 조용히 서 있습니다. 끝이 보이지 않는 수평선 너머로 펼쳐진 바다를 보며, 그들은 그 바다를 통해 서로를 위한 기도를 올립니다. 기도는 리스본의 바람이 되어 그들의 마음을 가득 채우며, 서로를 더욱 단단히 끌어안게 합니다. 그들은 리스본의 전경을 한눈에 볼 수 있는 상 조르제 성에 올라갑니다. 도시의 붉은 지붕과 푸른 하늘이 어우러진 풍경을 바라보며, 두 사람은 말없이 그곳에 서 있기도 했습니다. 리스본 여행은 그들에게 슬프지만, 아름다운 기억이 됩니다. 이 도시는 그들에게 사랑의 시작과 끝, 그리고 이별을 받아들이는 용기를 주었습니다. 리스본은 그들의 이야기 속에서 영원한 장소로 소중히 간직하게 될 것입니다.

CARREIRA Nº 12
574
MONKEY 47

목차

리스본에서 마지막 여행

붉은 지붕 아래, 우리는 조용히 두 손을 잡았고,
사랑의 시작과 끝이 만나는 이 도시에서.
언덕 위의 바람이 우리의 속삭임은,
파두의 멜로디가 되어 마음에 들어온다.

우리는 마치 마지막 인사를 나누듯,
손끝으로 시간의 흐름을 느낀다,
떠나야 할 날이 다가오고 있었지만,
나는 너를, 너는 나를 놓지 않으려 애쓴다.

바다를 바라보며, 나는 기도했네,
끝없는 지평선 너머로,
우리의 사랑이 영원하기를 바라며,
큰 파도의 이야기를 듣는다.

상 조르제 성벽의 오랜 침묵 속에 기대어 서서,
우리의 붉은 볼에 뜨거운 저녁노을이 물들면,
너의 미소가 하늘에 스며들고,
내 마음은 너의 가슴속으로 스며든다.

아름다운 기억으로, 우리의 마지막 여행을 영원히 간직하게 한다.

Trip to Lisbon

Beneath the crimson roof, in quiet grace,
We clasped our hands in love's embrace.
In this city, where love's first and final breath
Meet softly at the edge of life and death.

The winds that dance on hilltops high
Turn whispered words to fado's sigh.
Time slips through fingers, faint and fast,
Though parting looms, we hold steadfast.

Before the sea, in prayer I stand,
Hoping love might long withstand
The endless waves, the boundless shore—
Its story echoing evermore.

By ancient walls, São Jorge's keep,
In silence long and shadows deep,
The sunset burns our cheeks in red,
As your smile with the sky is wed.

Let this journey, our final trace,
Be memory's gift of lasting god's grace.

Ga ilro
2024. 9. 12.

1장

리스본행

구스타프 클림트(Gustav Klimt)의 〈키스〉

그는 한적한 해변에 서 있었다. 하늘은 끝없이 푸르고, 부드러운 바람이 그의 얼굴을 스치며 마음을 차분하게 만들었다. 해변에는 그 외에 아무도 없었고, 고요한 파도 소리만이 들려왔다. 끝없는 수평선이 눈앞에 펼쳐져 있었고, 그는 그 광경을 높은 하늘 위에서 보고 싶은 충동을 느낀다. 그는 자기의 두 팔을 천천히 벌리며 바람을 느꼈다. 그 순간, 그의 발이 땅에서 서서히 떨어져 나갔다. 그는 몸이 가벼워지더니 점차 하늘로 떠오르기 시작했다. 처음, 그 높이와 속도에 자신도 놀랐지만, 금세 하늘을 나는 느낌에 익숙해지기 시작했다. 그의 발밑에 있는 해변은 점점 멀어져갔고, 바람은 그의 몸을 감싸며 그를 하늘 위로 끌어올렸다. 날개가 없는 자신이 하늘을 나는 것은 어딘가 불안전하다고 그는 생각을 하지만, 이 순간만큼은 그 사실조차 신경 쓰지 않았다. 그는 그저 자유로웠다. 그의 발밑으로 바다가 펼쳐져 있고, 더 멀리에는 도시와 숲이 보였다. 모든 것이 평화로웠다. 그는 구름 사이를 지나며 이 세상을 위에서 내려다보았다. 그가 느끼는 자유와 기쁨은 말로 표현할 수 없었다. 모든 것을 내려다보며 이 순간을 마음껏 즐겼다. 그의 눈에 비친 세상은 아무런 문제가 없는 듯했다. 상쾌한 바람과 구름 사이를 자유롭게 날며 그는 모든 것이 완벽하다고 생각했다. 가볍게 몸을 움직일 때마다 더 높이 더 멀리 나아갔고, 그는 하늘 아래 펼쳐진 광활한 세상을 탐험하는 듯했다. 저 멀리 사람들이 보이기 시작했다. 그들은 땅에서 그를 바라보고 있었다. 그가 하늘을 나는 모습을 신기해하며, 어쩌면 약간의 시기와 부러움을 담은 눈빛으로 그를 올려다보는 것 같았다. 처음에는 그저 그들을 지나칠 생각이었지만, 이상하게도 그들의 시선이 그에게 부담이 되기 시작했다. 그가 그들에게서 벗어나려 할수록 몸이 점점 무거워지기 시작했다. 발이 무겁게 끌리는 듯한 느낌이 들며, 그는 점차 힘을 잃어갔다. 그는 다시 하늘로 날아오르려 발에 힘을 주었지만, 그럴수록 땅으로 끌려 내려가는 것 같았다. 가벼웠던 그의 몸이 이제는 무거운 짐을 짊어진 듯했다. 바람은 여전히 불고 있었지만, 그것이 그를 들어 올리지 못하는 것 같았다. 그는 점점 하늘에서 멀어져갔고, 땅이 가까워질수록 발은 더 힘들어졌다. 마치 보이지 않는 줄에 의해 당겨지고 있는 것처럼, 그는 더 이상 자유롭게 날 수 없었다. 그때마다 사람들의 시선은 더 강렬해졌고, 그들의 눈빛이 그를 붙잡고 있는 듯한 기분이 들었다. 그러나 이 모든 것이 이상하게도 혼란스럽지는 않았다. 그는 여전히 날 수 있었다. 비록 땅에 가까워 그의 마음대로 날기 힘들어지기는 했지만, 사람들의 시선에서 벗어나는 순간 그는 다시 힘차게 날아오를 수 있었다. 자유로워진 그는 구름 사이를 헤집고 더 높이 날았다. 잠깐 그는 다시 바람 속에서 자유롭게 몸을 맡길 수 있었고, 세상은 다시 평화로워 보였다. 그러나 이 자유도 오래가지 않았다. 그는 다시 사람들에게 다가가면서 또 다시 몸이 무거워지고 있다는 것을 느꼈다. 사람들에게 가까워질수록 그의 몸은 마치 무거운 돌덩이처럼 땅으로 내려앉았다. 이제 그는 하늘 위에서 더 이상 자유롭게 날아오를 수 없었다. 그의 발과 몸은 간신히 공중에 떠 있었고, 땅에 붙어버릴 듯한 무게감이 그를 지배했다. 그는 점점 지쳐갔다. 처음에는 그 무거움을 견뎌내고 더 높이 날아오를 수 있었지만, 시간이 지날수록 그 무게는 더욱 심해졌고, 그가 벗어나려고 힘을 쓸수록 발과 몸은 경직되기 시작했고, 점차 그의 종아리는 더 굳어지며, 그의 몸은 점점 더 땅에 가까워졌다. 그때마다 땅에 있는 사람들의 시선은 점점 더 그에게 집중되었고, 그는 그 시선에서 벗어날 수 없었다. 그 시선들은 마치 거대한 벽처럼 그를 가로막았고, 그 벽을 넘어서기란 너무나 힘들어 보였다. 그는 한 번 더 몸을 흔들며 하늘로 다시 떠오르려 애썼지만, 몸부림조차 쉽지 않았다. 그는 여전히 날고 있었지만, 이제는 거의 땅에 붙어 있는 것과 다름없었다. 그의 몸은 마치 공중에 고정된 것처럼 더 이상 위로 올라가지 못했고, 아래로 끌려가는 듯한 무거운 감각만이 그를 사로잡았다. 그 순간, 그는 자신의 주변이 점점 변하고 있다는 것을 느꼈다. 처음에는 환상적이던 하늘과 구름이 사라지고, 대신 어딘가 어두운 방의 벽들이 그를 둘러싸기 시작했다. 그는 날고 있었던 것이 아니라 좁은 방 안에 갇혀 있었다. 방은 무척 답답했고, 아무리 발버둥 쳐도 이곳에서 벗어날 수 없었다.

이제 그는 더 이상 하늘을 나는 자유를 느낄 수 없었다. 오히려 방 안에 자신이 갇혀 있다는 사실이 그를 더욱 괴롭게 만들었다. 그는 다시 몸을 일으켜 보려 했지만, 그저 무기력하게 방 안을 맴돌 뿐이었다. 그가 날고 있었던 하늘은 모두 사라졌고, 남은 것은 어두운 방 안에서 답답함 뿐이었다.

런던의 9월은 사람들에게 새로운 시작을 의미한다. 아침에 깨어나 창밖을 보면 종종 은은한 안개가 도시를 감싸고 있어, 마치 런던이 긴 꿈에서 깨어나지 못한 듯한 느낌을 주었다. 도시의 아침 안개와 이슬은 오랜 역사를 품은 도시의 낭만적인 모습을 더욱 부각해 준다. 그 속에서 런던의 과거가 계속되며, 현대와 공존하는 듯한 착각을 불러일으킨다. 여름휴가 시즌이 끝나고 모든 일상은 제자리에 돌아와 있다. 10월이 시작되면 도시의 너도밤나무가 제일 먼저 낙엽과 함께 열매를 떨구기 시작한다. 도시의 낙엽은 빌딩풍에 더욱더 스산한 소리를 내며 날아다닌다. 이때쯤 하늘은 하루 종일 청명한 하늘이 펼쳐지기도 한다. 때로는 언제 비가 내릴지 모를 흐린 날씨가 이어지기도 한다. 이렇게 가을이 시작되면서 모든 나뭇잎은 점차 신록의 숨소리를 죽이며 햇살을 머금고 공원과 거리에서 춤을 추기 시작한다.

런던의 가을이 깊어지면서 하이드 파크(Hyde Park)와 리젠트 파크(Regent's Park)는 마치 그림 같은 풍경으로 변신한다. 황금빛과 붉은빛으로 옷을 갈아입은 나무와 낙엽이 부드럽게 깔린 공원은 여름보다 조금 더 부드럽고 따스하게 햇빛이 내린다. 공원의 공기는 상쾌하고 서늘해진다. 이러한 변화는 공원을 방문하는 사람들에게 특별한 감성을 선사한다. 하이드 파크의 광활한 초원과 나무들 사이를 걷다 보면, 발밑에서 낙엽이 바스락거리는 소리가 들리고, 주변을 물들이는 단풍들이 눈길을 사로잡는다. 공원의 중심부에 있는 서펜타인 호수(Serpentine Lake)는 잔잔하게 물이 흐르고, 호숫가에는 오리와 백조들이 가을 햇살을 즐기며 헤엄치고 있다. 가을의 하이드 파크는 조깅하거나 산책을 즐기는 사람들이 가득하다. 공원 벤치에 앉아 책을 읽는 사람들도 있으며, 카페에서 따뜻한 커피를 마시며 가을바람을 느끼는 이들도 있다. 주말이 되면 가족들과 함께하는 사람들이 많아져, 공원 곳곳에서 아이들이 낙엽을 밟으며 뛰어노는 모습도 자주 목격된다. 특히, 다이애나 기념 산책로(Diana Memorial Walk)를 따라 걷다 보면, 가을의 색채가 한층 더 짙어진다. 길 양옆에 늘어선 나무들이 마치 터널처럼 하늘을 덮고, 그 아래에는 색색의 낙엽들이 층층이 쌓여 발길을 사로잡는다. 이 길을 걷는 것은 마치 한 편의 시 속을 거니는 듯한 느낌을 준다. Dan Higgins는 그의 시에서 하이드 파크의 가을을 배경으로, 붉고 황금빛으로 물든 낙엽들이 바람에 흔들리는 장면을 그리며, 가을 속에서 사랑이 싹트는 조용하고 낭만적인 분위기를 다음과 같이 묘사했다.

"Autumn leaves in Hyde Park, a fiery display, Crimson and gold, in the cool breeze they sway, Here, in the heart of London, love finds its way, Amongst whispered secrets, where lovers lay."

리젠트 파크는 하이드 파크와는 또 다른 매력을 가진 공원이다. 리젠트 파크는 조금 더 구조적이고 정돈된 느낌을 주며, 가을빛이 스며들면, 정원은 더욱 황홀한 자태로 숨을 고른다. 이곳의 퀸 메리 로즈 가든(Queen Mary's Rose Garden)은 늦가을까지 남아 있는 장미들과 함께 다채로운 가을빛으로 물들이며 방문객들을 맞이한다. 가을의 장미 정원은 여름의 화려함과는 또 다른 고요한 아름다움을 보여준다. 리젠트 파크는 다양한 나무와 식물들이 만들어내는 색의 변화는 가을의 공원을 더욱 풍성하게 만든다. 노란빛과 붉은빛이 어우러진 나무들 사이로 산책로가 이어져 있고, 나무들 사이로 반짝이는 햇빛은 작은 연못과 다리를 스치며 가을의 단풍을 비춘다. 자전거를 타고 지나면, 가을은 서서히 익어가는 듯하다. 가을이 깊어질수록 더욱 조용하고 차분해진 공원의 정취를 만끽하는 사람들이 많아진다. 공원의 리젠트 운하(Regent's Canal)를 따라 이어진 산책로는 낙엽으로 뒤덮여 더욱 운치 있는 경관을 선사한다. 운하를 지나가는 작은 보트와 그 주변에 자리한 카페들은 가을의 정취를 즐기는 사람들로 붐빈다. 특히 운하 주변의 가을 풍경은 시간이 멈춘 듯한 평온함을 느끼게 한다. 런던의 하이드 파크와 리젠트 파크가 있는 런던은 가을의 매력을 가득 품고 있다.

런던이라는 대도시 속, 하이드 파크와 리젠트 파크, 공원의 바스락거리는 낙엽 소리와 함께 불어오는 서늘한 바람은 누구든 잠시 걸음을 멈추고 이 계절의 아름다움을 감상하게 만든다. 런던의 가을은 이 두 공원 덕분에 더욱 특별하게 느껴지며, 바쁜 도시 생활 속에서도 이곳을 찾는 사람들에게 자연의 아름다움을 경험할 기회를 제공한다. 저녁이 깊어지자, 런던의 하늘은 부드러운 오렌지빛과 분홍빛으로 서서히 물들어 가며, 도시의 지평선 위로 따스한 빛을 뿌린다. 서쪽 하늘로 해가 저물며, 부드러운 파스텔 색조의 빛이 지붕과 첨탑을 감싼다. 낮이 점차 사라지며 마법 같은 황혼이 거리를 감싸고, 빗물에 젖은 자갈길 위로 남아 있는 희미한 빛줄기들이 아련하게 반짝인다. 가로등이 하나둘 켜지기 시작하면서, 금빛 불빛이 비에 적신 돌 위에 비치며 반짝이는 길을 만들어낸다. 밤이 깊어지면서 가로등은 마치 고요한 수호자처럼 늘어서 있고, 길을 따라 어둠 속으로 길게 이어진다. 차가운 공기가 스며들기 시작하며, 사람들은 코트를 여미고 발걸음을 재촉한다. 깊어지는 밤의 서늘함 속에서 고요함은 사람들의 발걸음 소리로만 살짝 깨어난다. 이는 아마도 런던의 날씨가 가지는 특유의 매력 덕분일 것이다. 그 때문에 많은 해외 여행객들이 런던을 찾는 이유일지도 모른다. 여행객들에게 이 시기의 런던은 그 어떤 때보다도 감성적으로 다가간다. 여행객들에게 시간의 흐름과 계절의 변화를 깊이 느끼게 하며, 도시와 자연이 함께 조화를 이루는 순간들을 경험하게 한다.

그는 런던의 세인트 판크라스역 앞에서 파노라마처럼 펼쳐지는 도시의 특별한 매력을 온몸으로 느끼며 서 있었다.

역 앞 광장에선 도시의 고요함과 바쁜 일상이 묘하게 조화를 이루며 런던만의 독특한 분위기가 감돌기 시작했다. 판크라스역의 고딕 양식의 붉은 벽돌 건물과 화려한 첨탑들이 황홀한 하늘빛과 어우러져 마치 과거와 현재가 공존하는 듯한 장관을 연출했다. 저녁 햇빛은 역의 섬세한 외관을 부드럽게 감싸며, 붉은 건물의 디테일이 더욱 뚜렷하게 드러나게 했다. 특히, 판크라스역의 시계탑이 노을빛을 받아 더 강렬하게 돋보이며 시간이 멈춘 듯한 착각을 불러일으킨다. 런던의 세인트 판크라스역 앞 광장에는 퇴근길을 서두르는 사람들과 여행객들이 자연스럽게 뒤섞여 흐르고 있다. 몇몇은 벤치에 앉아 저물어가는 노을빛을 눈에 담으며 잠시 휴식을 취하고, 또 다른 이들은 광장의 작은 시장에서 간단한 저녁을 사 들고 주변의 벤치에 아무렇게 앉아 하루를 마무리한다. 판그라스역은 노을 속에서 더욱 선명해지고, 그 고풍스러운 탑과 아치형 창문은 바쁜 하루의 끝에서 도시의 고요함과 여운을 품어낸다. 어둠이 점차 도심을 덮어가자, 판크라스역 앞의 오래된 가로등이 하나둘 켜지기 시작하면서, 주변의 건물들과 거리는 서서히 저녁의 어둠에 물들어 간다. 하지만 하늘빛은 여전히 남아 있어, 도시를 부드럽게 감싸는 여운을 남긴다.

그는 왠지 모를 허전함을 느끼며 익숙하게 거리로 나아간다. 오늘 밤 어딘가 다른 느낌으로 집 앞 역은 그에게 거대하게 다가왔다. 마치 무언가가 그를 이끄는 듯한 기분이 들었다. 그는 잠시 발걸음을 멈추고 역을 바라보았다. 그는 천천히 광장을 가로질러 역 안으로 들어갔다. 이미 역 안에는 수많은 사람들로 가득했다. 여행을 준비하는 사람, 여행을 마치고 온 사람들로 붐볐고, 런던의 중앙역답게 수많은 외국 여행객의 다양한 언어가 뒤섞여 들려왔다. 역의 안내 방송이 울려 퍼지며, 전광판에는 여러 목적지로 향하는 열차번호와 출발 시간을 알리고 있었다. 그는 과거 수많은 나라와 도시를 여행하는 꿈을 꾸기도 했다. 기차 여행은 그의 인생에서 한동안 잊혔던 즐거움이었다. 하지만, 그는 지난 10여 년 동안 여행은 생각하지도 않았다. 런던에 살면서도 가까운 파리조차 개인적인 여행을 하지 않은 그였다. 오늘 밤, 그는 이유도 모른 채 다시 기차를 타고 어딘가로 떠나고 싶은 충동에 이끌려 한 블록 떨어진 역에 도착해서 매표소로 걸어갔다. 그는 매표소 앞에서 잠시 망설였다. 어디로 가야 할지, 무엇을 해야 할지 알 수 없었지만, 그저 떠나야 한다는 생각으로만 역에 이른 것이다. 매표소 직원이 유리문 너머에서 그를 응시했다. 아무 말 없이 그를 쳐다보던 역무원은 그를 바라보며 어디로 가는 표를 사려는지 말하지 않는 그를 보며 재촉하는 듯 말했다.

"무엇을 도와드릴까요?"

그는 리스본을 떠올렸다. 왜 그 도시가 생각났는지, 그는 알 수 없었다. 리스본은 그에게 특별한 기억이 있는 곳도 아니었다. 그러나 그 순간, 그는 자신도 모르게 리스본이라는 말이 그의 입에서 나왔다.

"리스본으로 가는 기차표를 구매하려고 합니다."

매표원은 잠시 그의 말을 이해하지 못한 듯 고개를 갸웃거렸다.

“리스본이요? 런던에서 리스본으로 가는 직행 기차는 없습니다. 일단 유로스타를 타고 파리에 가서, 다시 파리에서 몇 번의 환승을 해야만 합니다. 파리에서 스페인을 거쳐 리스본에 가야 합니다.”

그는 멍하니 직원의 설명을 들었다. 그가 이곳에 온 이유도, 왜 하필 리스본을 선택했는지 알 수 없었지만, 그의 마음속에서는 이미 리스본으로 향하는 여행이 그려지고 있었다. 그는 그 길을 따르기로 마음먹었다. 그는 고맙다고 안내원에게 말하고, 그라운드 플로어로 내려가 도서관 광장이 보이는 중앙에 있는 유로스타 매표소로 갔다. 대부분의 사람이 키오스크를 이용해서 매표하고 있었지만, 그는 기다리지 않고 안내원에게 파리행 유로스타 기차표를 샀다. 보통 키오스크는 출발 두세 시간 이전의 표만 구매 가능하지만, 매표원은 자신의 컴퓨터 모니터에서 기차의 비어 있는 자리를 찾아 매표할 수 있었다. 매표원은 그에게 지금 갈 것인지 확인했다.

“그럼, 지금 떠나는 편도 파리행 기차표를 주세요.”

매표소의 직원은 그의 여권을 확인한 후 그의 이름을 컴퓨터에 입력하고, 바로 출발 예정인 파리행 유로스타 기차표를 발급해 주었다. 그는 기차표를 손에 쥐고, 잠시 그 차갑고 두꺼운 종이의 질감을 느끼며 자신의 선택을 곱씹었다. 런던을 떠나 파리로, 그리고 그 너머의 스페인과 포르투갈로 이어지는 여행. 그는 그 길이 어떤 의미를 가질지 아직 알 수는 없었지만, 그 여행에 따라 먼저 파리로 출발하기로 했다.

그는 표를 잠시 보고는 비행기 티켓과 같은 표를 반으로 접어 주머니에 넣었다. 그리고 역사 안을 돌아보았다. 중앙역은 오래된 건축물과 현대적인 디자인의 시설물들이 나란히 존재하며, 이곳을 지나는 모든 사람에게 시간을 초월한 경험을 선사하고 있다. 그에게도 런던역은 그의 과거와 현재를 투영하고 있는 듯, 여러 가지 생각들이 잡다하게 그의 머릿속을 스치며 지나갔다. 그는 그곳에서 잠시 머물며, 지나가는 사람들을 바라보았다. 각자의 삶 속에서 바쁘게 움직이는 사람들, 사랑하는 이와 함께 기차를 기다리는 연인들, 여행의 설렘에 들뜬 관광객들… 이 모든 장면이 하나의 거대한 그림처럼 그의 눈앞에 펼쳐졌다.

"흐흠"

그는 런던의 밤공기를 마시며, 가슴 깊숙이 숨을 들이쉬었다.

기차 출발 시간을 다시 한번 확인한 그는 급하게 유로스타를 타기 위해 입구로 향하는 줄에 섰다. 영국 출국 검색대를 통과해 다시 파리 입국 도장을 받아 안으로 들어갔다. 안에는 이미 수많은 승객이 기차를 기다리고 있었다. 플랫폼에는 아직 들어갈 수가 없었다. 기차의 출발 시간을 알리는 안내방송이 나오자 플랫폼 안으로 들어가는 에스컬레이터 앞으로 긴 줄이 만들어졌다. 에스컬레이터를 타고 올라간 그라운드 플로어의 플랫폼에는 기차가 서 있었다. 가끔 기차의 역무원이 노인들을 부축하거나, 일등석 손님들에게 객차 번호와 좌석번호를 확인해 주었다. 그는 플랫폼에 들어와 서 있는 기차를 바라보며 객차 번호와 좌석번호를 확인하고 타야 할 기차에 올랐다.

기차가 런던을 벗어나며 도시의 풍경은 점차 뒤로 물러났다. 창밖에 펼쳐지던 노을 진 하늘은 금세 어두운 밤하늘로 변해 버렸다. 그는 점점 어두워지는 하늘 속으로 빨려 들어가는 듯한 기분을 느낀다. 도시의 저녁 풍경이 창밖으로 스쳐 지나간다. 그는 간간이 빠르게 지나가는 건물들과 가로등 불빛들을 응시했다. 기차가 런던의 도심을 빠르게 벗어나면서 멀리 영국의 마을들이 지나가는 것을 바라보았다. 희미한 집들에서 빛이 반짝이는 풍경이 펼쳐져 있다. 그는 창가에 기댄 채 기차의 진동에 몸을 맡겼다. 기차가 도버 해협에 가까워지자, 점차 속도를 늦추었다. 유로스타는 50Km의 도버 해협의 긴 해저터널을 가로지르기 위해 어둠으로 들어간다. 기차가 긴 해저터널에 들어가면서 잠깐 모든 것이 고요해졌다. 창밖에는 아무것도 보이지 않지만, 그는 터널 속에서 기차가 나가는 소리를 듣고 있다. 기차가 해저터널에 들어가며, 그의 귀가 먹먹해졌다. 그가 입안으로 침을 꿀꺽 삼키자, 기차의 차가운 금속 소리가 서서히 터널 안에서 울려 퍼졌다. 이 터널은 두 세계를 연결하는 다리이다. 영국과 프랑스를 잇는 이 터널은 단순한 물리적 연결이 아니라, 두 나라의 문화적, 역사적 유산을 이어주는 통로다. 짧은 순간, 그는 시간과 공간을 초월해 두 도시의 경계선을 넘고 있었다.

기차가 20분이 넘게 도버 해협의 해저터널을 가로지른 후, 그는 창밖으로 펼쳐지는 어두운 프랑스의 들판 너머로 가끔 보이는 불빛을 보며, 두 도시를 생각했다. 파리와 런던을 연결하는 유로스타는 현대의 마법 같은 존재다. 약 2시간 30분이면 영국과 프랑스를 이어주는 이 고속열차는 빠르고 편리하게 도시를 이동할 수 있게 해준다. 로맨스와 예술의 도시 파리와 화려함 뒤에 깊은 역사를 감추고 있는 도시 런던, 이 두 도시의 차이는 마치 그가 넘고 있는 그의 인생과도 닮아 있다고 그는 생각했다. 파리가 따뜻한 햇살을 가진 도시라면, 런던은 차가운 비바람이 치던 암울한 도시일 것이라 그는 자신의 인생에 빗대어 생각했다.

기차는 프랑스의 넓은 들판을 가로질러 파리 북역(Gare du Nord)에 도착했다.

유로스타에서 내린 그는 파리 북역의 천장 위로 보이는 철제 유리 돔을 바라보며 입구로 걸어갔다. 이미 영국에서 프랑스 입국심사를 받아서인지 그냥 기차에서 내리면 되었다. 역 밖으로 나가는 문 앞에는 수많은 인파가 있었다. 그는 멀리 유리 천장 밑에 보이는 중앙에 설치된 시계를 바라보았다. 역무원이 알려준 Hendaye로 가는 열차 시간까지 좀 여유가 있었다. 그는 천천히 기차역 밖으로 나가 뒤돌아서서 역 전체를 바라보았다.

파리 북역은 1864년에 개장한 역으로, 프랑스 산업 혁명기의 주요한 건축물 중 하나다. 이때 지어진 대부분 파리의 기차역들은 빅토리아 시대의 웅장한 건축양식을 따르고 있으며, 그리스 신전을 연상시키는 대형 기둥과 조각상이 역의 외관을 장식하고 있다. 역 건물의 상단에는 23개의 거대한 여신 조각상이 있는데, 조각상은 프랑스와 연결된 주요 도시들을 상징하며, 그 웅장함은 마치 도시의 모든 길이 이곳으로 이어지는 듯한 인상을 준다. 역 내부로 들어서면, 높이 솟은 아치형 천장과 넓은 홀 그리고 거대한 창문들이 고풍스러운 분위기를 자아낸다. 그 안에서는 수많은 사람들이 각자의 목적지를 향해 분주하게 움직이고 있으며, 파리 특유의 활기찬 분위기를 느낄 수 있다. 이곳은 프랑스의 문화와 역사가 녹아있는 상징적인 공간이다. 파리 북역은 그 규모와 역사적 중요성으로 인해 파리의 관문으로 여겨진다. 이곳은 매일 수천 명의 여행자들이 오가는 장소이자 여행자들에게 파리의 첫인상을 형성하는 중요한 곳이기도 하다. 파리 북역은 사랑과 이별의 역으로 잘 알려져 있다. 이 역은 과거 수많은 연인이 이별하고 다시 재회한 장소로 유명하다. 세계 1, 2차 전쟁 당시, 이곳은 병사들이 전장으로 떠나기 전 마지막 인사를 나누는 장소였다고 한다. 연인들은 서로를 부둥켜안고 눈물로 작별을 고했다. 그들의 사랑은 역의 거대한 돌기둥과 창문 사이에 영원히 새겨진 듯, 이곳을 지나는 사람들에게 감동을 주고 있다. 전설에 따르면 파리 북역의 중앙 홀에 설치된 샹들리에는 연인이 헤어질 때마다 천장에 달린 거대한 샹들리에가 희미하게 흔들린다고 한다. 흔들리는 샹들리에는 반짝이며 수많은 이별과 재회의 순간을 지켜본 침묵의 증인이며, 그 불빛은 마치 그들의 사랑이 다시 만날 날을 기약하는 듯 희미하게 빛나곤 했다. 그리하여 파리 북역은 단순히 기차가 오가는 장소를 넘어서, 수많은 사람의 사랑과 이별, 그리고 재회의 순간을 간직한 곳이라고 한다. 파리 북역은 수많은 모험가의 출발점이자 도착지다. 이곳에서 새로운 모험이 시작되기도 하고, 오랜 기다림 끝에 사랑하는 이와 재회하는 감격스러운 순간이 펼쳐지기도 한다. 파리는 언제나 사랑과 예술, 그리고 낭만으로 가득 차 있으며, 그 중심에 파리 북역이 자리하고 있다. 역은 19세기의 웅장함을 그대로 간직한 채 밤에도 그 위용을 뽐내고 있었다. 이곳이 유럽의 주요 교통 허브 중 하나임을 증명하듯이 바쁘게 오가는 사람들로 가득했다.

그는 파리 북역 또한 런던의 철제 역들과는 별 차이가 없는 듯했지만, 그에게 무엇인가 다른 무엇인가를 주고 있다는 기분이 들었다.

그는 역사 밖으로 나갔다. 파리 북역의 외부는 그야말로 장관이었다. 역 앞 광장에는 택시와 자동차들이 줄지어 서 있었고, 여행자들은 각자의 목적지를 향해 움직인다. 역 주변에는 카페와 레스토랑들이 자리 잡고 있으며, 파리 특유의 카페 문화가 느껴지는 이곳에서 사람들은 여전히 와인잔을 기울이며 대화를 나누고 있었다. 파리의 밤은 언제나 로맨틱하면서도 미스터리한 분위기를 자아낸다. 역에서 조금만 걸어 나가면, 파리 특유의 좁은 골목길과 고풍스러운 건축물들이 모습을 드러낸다. 밤의 파리는 낮과는 또 다른 매력을 발산한다. 거리에는 가로등이 반짝이며, 그 아래로 그림자처럼 지나가는 사람들이 있고, 카페의 식탁들이 있다. 그들은 그곳에서 각자의 이야기를 품고 파리의 밤을 채우고 있었다. 런던과는 사뭇 다른 파리의 밤공기와 카페와 레스토랑의 불빛이 거리로 쏟아져 나왔고, 거리의 노천카페와 악사들은 이 도시 특유의 낭만을 한껏 드러내며 샹송을 연주하고 있었다. 늦은 시각이었지만, 역 주변에는 파리를 여행하는 관광객들과 현지인들이 뒤섞여 있었다. 파리의 밤은 여전히 깨어 있었다. 역사 속에 담긴 이야기가 수없이 흘러갔던 이곳에 그를 잠시 멈춰 서게 했다.

몽마르트르 언덕, 노트르담 대성당, 에펠탑…

이 모든 것들이 역과 그리 멀지 않은 곳에 있었고, 밤이 되면 더욱 아름답게 사람들을 이곳에 불러 모은다. 그는 파리의 밤거리를 거닐어 보고 싶은 충동을 느꼈다. 이 도시가 가진 아름다움을, 그동안 자신이 놓쳤던 것들을 지금이라도 다시 발견하고 싶은 마음이 커졌다. 몽마르트르 언덕으로 올라가 사크레쾨르 대성당의 꼭대기에서 파리의 야경을 내려다본다든가, 에펠탑 아래에서 강렬하게 빛나는 조명을 바라보며 와인 맛에 젖어보고 싶었다. 그러나 약간의 긴장감이 그를 휘감았다. 그의 목적지는 분명했다. 마음속 깊은 곳에서 울리는 목소리가 그를 재촉하고 있었다. 그의 마음속 깊은 곳에서, 리스본으로 가야 한다는 강한 울림이 그를 재촉하고 있었다. 그의 마음은 이미 리스본을 향해 있었고, 그곳에 바로 도착해야만 할 것 같았다. 그저 떠올랐던 리스본, 그러나 런던을 떠나오면서 그의 마음에 확고

하게 자라 잡았다. 파리 북역의 화려한 조명과 웅장한 건축물들이 그를 잠시 유혹했지만, 그는 오스테를리츠역(Gare d'Austerlitz)으로 가기 위해 지하철로 서둘러 발걸음을 옮기기로 마음먹었다.

그의 마음은 복잡한 감정으로 가득 찼다. 그는 파리의 시간 속으로 빨려 들어가는 듯한 기분을 느끼고 있었다. 파리의 밤은 깊어지고 있었지만, 그는 자신의 시간이 멈춘 듯한 느낌이 들었다. 수많은 사람들의 발걸음과 숨결이 얽혀 있는 이 역에 펼쳐지는 모든 일상적인 장면들이 그는 마치 하나의 연극처럼 느껴졌고, 그는 그 연극의 한 장면 속에 멈추어 서 있었다. 연극의 각 장면은 멈추어 선 그를 가운데에 두고 한 편의 이야기를 시작하고 있었다. 이 도시는 그를 포함한 모든 이들에게 자신만의 이야기를 들려주고 있었는지도 모르겠다. 그는 다시 한번 잠시 주변을 둘러보고는, 멀리 보이는 플랫폼 너머의 시계를 보며, 시간을 확인했다. 시계는 밤 9시를 가리키고 있었다. 역 앞 밝게 빛나는 카페에 앉아 저마다의 인연들과 식사를 하거나 커피를 마시는 사람들을 보며 그는 역의 중앙홀 쪽으로 걸어 들어갔다. 그리고 다시 그가 나온 에스컬레이터를 지나 메트로역 쪽으로 발걸음을 옮기며 파리의 마지막 공기를 들이마셨다.

파리의 지하철은 약간의 불안감으로 그를 긴장하게 만든다. 파리의 낮과 밤이 다른 것을 그는 알고 있었다. 유명세와는 다르게 파리의 지하철은 여행자에게 그리 친숙한 공간이 아니라는 것을 그는 잘 알고 있었다. 그는 이 도시에서 많은 시간을 보낸 적이 없어 잘 모르지만, 사람들의 파리에 대한 평가는 그리 좋은 편이 아니었다. 그는 런던에서 살면서도 파리를 제대로 여행해 본 적이 없었다. 출장으로 몇 번 방문했을 때도 그는 도시에 대하여 신경 쓰지 않았다. 도시의 아름다움을 느낄 여유가 충분했으면서도 그는 그것들을 무시했다. 이번 여행도 전에 출장과는 달랐지만, 지금도 파리는 그저 스쳐 지나가는 공간에 불과했다.

그는 런던의 매표소 직원이 말해준 대로 메트로 5호선을 타고 대략 25분 정도 걸리는 오스테를리츠역으로 가야 했다. 파리 메트로는 도시의 동맥처럼 얽히고설켜 있어 처음 이용하는 사람에게는 다소 복잡하게 느껴질 수 있다. 하지만 그는 파리에 대해 어느 정도 익숙해 있었다. 출장으로 여러 차례 방문했던 도시였으므로, 파리의 지하철 시스템에 대해 충분히 이해하고 있었다.

그는 유로스타 플랫폼으로 올라가는 에스컬레이터 옆을 지나 M 표시가 있는 파란색 원형의 메트로 표지판을 바라보며 메트로 5호선 입구까지 발걸음을 재촉했다. 입구 가까이에 도착한 그는 자동 발권기를 이용하기 위해 서 있는 긴 줄 뒤에 서서 한동안 망설였다. 입구 바로 앞에 있는 navigo 매표소 창구에서 직원에게 티켓을 구매할까도 생각했지만, navigo 자동 발권기 줄은 금세 줄어들었다. 그는 발권기의 스크린에서 영어를 선택하고 노선도의 오스테를리츠역까지의 나와 있는 구역 요금을 동전 투입구에 넣고 발권기의 아랫부분에 설치된 곳에서 열차 티켓을 꺼내 들었다. 그는 개찰구 앞에 설치되어 있는 지하철 방향 표시 안내문에 있는 역의 방향 표시 확인했다. 그리고 게이트의 작은 구멍에티켓을 삽입한 후, 입구 쪽으로 다시 나오는 티켓을 뽑아 게이트를 통과한다. 개찰구를 통과한 뒤 5호선 방향의 'Place d'Italie' 방향이 표시된 플랫폼으로 내려갔다. 그가 메트로의 플랫폼에 도착하자마자, 특유의 금속 소리와 차가운 바람이 그를 맞이했다. 지하철이 곧 도착할 것을 알리는 신호음은 바람을 몰고 와 그의 짧은 머리가 날리게 했다. 그의 앞으로 파리 시민들과 관광객들이 몰려들었다. 기차가 도착하자 열차의 문이 열리며 수많은 사람들이 몰려나왔다. 파리의 복잡한 인파 속에서 그는 작은 가방을 앞으로 다시 고쳐 맸다. 그가 가방을 앞으로 맨 이유가 있었다. 사실 파리 지하철은 세계에서 가장 오래되고 복잡한 지하철 시스템 중 하나다. 그리고 매일 수백만 명의 승객이 이용하는 중요한 교통수단이기도 하다. 하지만 그 화려함과는 달리 파리 지하철은 때때로 지저분하고 불편한 면모로 인해 비판을 받기도 했다. 사람들은 종종 이곳이 지저분하고 악취가 난다고 말한다. 오래된 역사와 구조물, 그리고 수많은 승객으로 인해 일부 역은 관리가 제대로 되지 않아 청결 상태가 좋지 않다. 그래서 인간의 냄새가 뒤섞여 표현하기 싫은 냄새가 난다. 특히 역이나 플랫폼의 구석, 오래된 계단과 벽면에서 인간의 동물적 흔적을 엿볼 수 있다. 이에 따라 파리 지하철은 파리의 아름다운 도시 이미지와는 별개로 대조적인 이미지를 주기도 한다. 파리 지하철은 매우 혼잡하다. 특히 출퇴근 시간대에는 열차 안이 꽉 차서 발 디딜 틈조차 없는 경우가 많다. 이 혼잡함은 역 안에서 이동도 어렵게 만든다. 많은 승객이 밀집해 있을 때는 가방이나 소지품을 주의 깊게 지켜야 하는데, 이는 파리 지하철에서 소매치기가 빈번하게 발생하기 때문이다. 오죽하면 한국어로 소매치기를 조심하라는 안내방송이 나온다. 그런데도 파리는 매력 넘치는 도시다. 이 모든 단점에도 불구하고, 파리 지하철은 여전히 도시의 맥박을 느낄 수 있는 중요한 공간이며, 프랑스의 다양한 문화와 사람들을 만날 수 있는 곳이기도 하며, 역사적인 역들과 현대적인 시설이 어우러져 독특한 매력을 제공한다. 예술적으로 꾸며진 몇몇 역들은 그 자체로도 볼거리가 될 만큼 아름답고, 파리의 생활을 엿볼 수 있는 창이 되기도 한다. 그 지저분함과 혼잡함 속에서도, 파리 지하철은 여전히 이 도시를 살아 숨 쉬게 하는 중요한 부분이며, 그 속에서 파리의 다양한 모습을 만날 수 있다.

지하철을 타는 동안에도 그는 파리의 풍경을 놓치고 싶지 않았다. 메트로 5호선은 다양한 사람들로 가득했다. 그는 지하철 안에서 각기 다른 목적지로 향하는 사람들을 보며 파리의 활기와 다양성을 느꼈다. 같은 시간, 같은 공간에서 각자의 삶을 살아가는 사람들. 그들의 얼굴에는 각기 다른 표정이 담겨 있었다. 어떤 이들은 피곤해 보였고, 어떤 이들은 친구와 웃으며 대화를 나누고 있었다. 한 꼬마는 어두운 창밖을 보며 "저게 뭐야?"라고 손을 잡은 엄마에게 연신 묻고 있었다. 그 꼬마의 시선은 창문을 통해 보이는 어두운 터널과 반짝이는 광고판 사이로 터널 안에 그려진 다양한 그림과 글씨에 고정되어 있었다. 아이의 엄마는 웃으며 그라피티(graffiti)에 대하여 아이에게 설명을 해주었고, 아이는 그 말을 듣고 더욱 호기심에 가득 찬 표정으로 창밖을 바라보았다. 유럽의 대부분 나라의 역과 건물 특히 지하철 안에 어떻게 들어와서 그려 놓았는지, 그도 미스터리하며 신기롭다고 생각했었다. 그 꼬마는 그에게도 미소를 짓게 했다. 오랜 시간 동안 잊고 지냈던 호기심과 설렘이 그 아이를 통해 다시 떠올랐다. 그는 자신이 처음 유럽을 방문했을 때 느꼈던 감정과 이 아이의 호기심을 겹치게 했다. 그도 한때는 세상의 모든 것이 신기하고 흥미로웠다. 하지만 지금은 그 열정이 다소 희미해진 듯했다. 그는 고개를 돌려 지하철 안의 풍경을 다시 살폈다. 파리의 지하철은 세계의 다른 어느 도시보다 다양한 국적과 문화가 섞인 사람들이 함께 움직이고 있었지만, 그 속에서 그는 어딘가 소외된 느낌을 받았다. 그는 이 도시에 어울리지 않는 이방인처럼 느껴졌지만, 동시에 이방인으로서 이 도시의 일부가 된 듯한 기분도 들었다.

기차가 오스테를리츠역에 도착하자 그는 서둘러 내렸다. 시간이 많지 않았다. 지하철역에서 내린 그는 역사 밖으로 나가서 오른쪽에 있는 역 안 매표소 입구에 있는 직원에게 표를 구매하려고 한다고 말했다. 안내원은 친절하게 매표소 안으로 따라 들어와 번호표를 뽑아주고 잠시 기다리라고 말하고 다시 문 앞에서 다른 사람들을 안내했다. 그는 역 안에서 잠시 기다렸다. 잠시 후 그의 번호가 전광판에 표시되었다. 그는 창구 직원에게 리스본까지의 티켓을 요청했다.

그는 핸드폰의 통역 언어를 프랑스어로 선택하고 핸드폰에 말했다.

"리스본까지의 티켓을 부탁합니다."

핸드폰 아가씨가 말했다.

"Un billet pour Lisbonne, s'il vous plaît."
"앙 빌레 뿌르 리즈본, 씰 부 쁠레."

역무원은 웃으며, 그에게 파리에서 스페인을 거쳐 리스본으로 가는 최단 경로를 영어로 설명하며, 몇 개의 기차역에서 환승해야 한다고 말했다. 그는 그 모든 설명을 담담하게 듣고 있었다. 기차역에서 기차역으로, 도시에서 도시로 이어지는 이 여행은 그에게 무언가 중요한 것을 암시하는 것 같았다.

그는 파리에서 헨다예(hendaye)를 거쳐 리스본에 도착하는 밤 기차를 선택했다. 기차(Intercités de Nuit)는 파리 오스테를리츠역에서 밤 22시 12분에 출발하여 다음 날 아침 6시 Bayonne에 도착하면 다른 기차로 갈아타고 아침 8시경에 헨다예에 도착하는 야간열차였다. 이 기차는 Les Aubrais, Dax, Bayonne 등 여러 곳을 경유하여 헨다예에 도착한다. 최단 시간에 프랑스 헨다예와 스페인 국경도시 Irun에 도착한다. 스페인의 마드리드를 거쳐 포르투갈 리스본까지 이어지는 기차도 있었지만, 포르투갈의 해변마을 등을 거치며, 산티아고 순례길의 바닷가 길을 기차로라도 여행해 보고 싶었다.

그는 역 매표소에서 열차표를 구매했다. 예약하지 못해 많은 걱정을 했지만, 다행히 침대칸의 열차표를 구할 수 있었다. 매표원은 미소를 지으며 그에게 티켓을 발급해 주며, 헨다예에서 버스를 타거나 기차를 타고 리스본에 가는 방법을 자세히 설명해 주었다. 기차는 한 시간 후에 출발할 예정이었다. 그동안 한 번도 제대로 느껴보지 못한 파리의 밤거리가 그의 눈앞에 펼쳐져 있었지만, 그는 이 도시를 떠날 준비를 하고 있었다.

역 앞으로 센강이 흐른다. 새로운 역사의 유리지붕 밑으로 길게 이어진 역사는 파리의 불빛을 고스란히 받아들이고 있었다. 그 역은 센강의 물결에 일렁이듯 춤을 추고 있다. 그는 역 앞의 강변 둑에 앉아 센강을 따라 흐르는 크루즈의 밝은 불빛 아래 파리의 야경을 바라보며, 배에서 손을 흔들어 주는 사람들에게 같이 손을 흔들었다.

새롭게 리모델링하는 파리 오스테를리츠역(Gare d'Austerlitz)은 1840년에 세워진 프랑스의 중요한 철도 역사 중 하나다. 역 건물은 19세기 산업혁명 시기의 건축 양식을 반영하며, 웅장한 기둥과 철골 구조의 그리 크지 않은 홀로 이루어져 있다. 이곳은 파리와 남부 프랑스를 연결하는 주요 철도 노선의 중심지로, 오랫동안 프랑스 내륙의 중요한 교통 허브 역할을 해왔다. 역은 현재도 그 외관과 내부 구조 때문에 많은 사람들의 사랑을 받고 있다. 역의 외관은 비교적 간소하면서도 우아한 디자인을 두고 있으며, 실내는 높은 천장과 넓은 대합실이 특징이다. 역의 넓은 대합실 내부에는 자연광이 쏟아지는 유리 지붕이 있어, 밝고 개방된 분위기를 느낄 수 있도록 설계되었다. 역 내부에는 오래된 기차 플랫폼이 남아 있어, 역사의 흔적을 느낄 수 있다. 역의 바닥에는 철도 운행 시간표가 새겨져 있다. 이것은 과거와 현재의 연결성을 강조하고자 하는 설계자의 의도가 숨어 있다. 처음에는 리옹을 향하는 철도망의 일부로 건설되었으며, 당시에는 'Gare d'Orléans'로 불렸다. 1900년대 초반, 역은 확장 공사를 거쳐 현재의 이름인 'Gare d'Austerlitz'로 변경되었다. 나중에 확장되면서 리옹(Lyon)과 남부 프랑스, 스페인으로 가는 노선의 출발점이 되었다. 그 이후로 이 역은 파리에서 남부로 가는 주요 관문이 되었으며, 수많은 사람의 출발과 도착을 목격해 왔다. 이 역의 이름은 1805년에 나폴레옹이 오스트리아에서 거둔 유명한 전투인 아우스터리츠 전투에서 따왔다. 이 전투는 나폴레옹의 위대한 승리로 프랑스 역사에서 중요한 전환점으로 기록된다. 따라서 이 역의 이름은 이미 승리와 시작의 상징적 의미를 내포하고 있다. 사람들은 이 역을 통해 새로운 삶의 시작을 기약하거나, 과거를 뒤로 하고 떠나는 중요한 순간을 경험하게 된다. 이곳에서 많은 사람이 떠나고 도착하며 파리에서 새로운 모험을 시작했을지도 모른다. 사실, 이 역은 많은 문학 작품과 영화에서도 등장한다. 2004년 개봉한 영화 〈Before Sunset(비포 선셋)〉에서 리처드 링클레이터 감독 작품에서 오스테를리츠역을 파리에서 다시 만난 제시와 셀린느가 함께 시간을 보내면서 이야기를 나누는 중요한 배경이 된다. 이 영화는 두 사람이 파리에서 함께 하루를 보내는 과정을 그린 로맨틱 드라마로, 파리의 다양한 장소들이 등장하며 그들의 감정을 표현하고 있다. 오스테를리츠역은 그들이 여행을 떠나기 전의 긴장을 상징적으로 보여주는 장소다. 《La Vie devant soi(The Life Before Us)》 by Romain Gary(Emile Ajar)에서는 가브리엘이라는 어린 소년이 자신을 돌봐주는 모모라는 인물과 함께 파리의 오스테를리츠역 근처에서 생활하는 이야기를 담고 있다. 오스테를리츠역은 파리에서 삶과 가난, 그리고 사회적 소외를 상징적으로 나타내는 장소로 등장한다. 소설에서 파리의 하층민이 살아가는 모습을 세밀하게 묘사하며, 역은 그들의 일상적인 배경으로 자주 등장한다. 1945년 작 영화 〈Les Enfants du Paradis(파라다이스의 아이들)〉에서는 19세기 파리를 배경으로 한 연극배우들의 삶과 사랑을 다루고 있으며, 이들이 파리를 오가는 다양한 장면에서 오스테를리츠역이 잠시 등장하는데, 영화의 시대적 배경이 19세기이므로, 역의 초기 모습과 파리의 풍경을 엿볼 수 있다. 오스테를리츠역은 1, 2차 세계 대전 중에는 군사 물자의 이동을 위한 중요한 기지로 사용되었으며, 2차 세계 대전 당시에는 독일군이 점령한 파리에서 저항군의 주요 활동 거점 중 하나였다. 이곳에서는 많은 사람들이 비밀리에 레지스탕스 활동을 계획하고, 기차를 통해 탈출하거나 파리로 다시 돌아오는 과정에서 실제로 영화 같은 일들이 벌어졌다고 한다.

지금도 오스테를리츠역은 여전히 바쁘고 활기찬 역으로 남아 있다. SNCF(파리 국영 철도 회사)에서 운영하는 Intercités de Nuit(야간 열차)와 TGV(고속 열차) 등이 이곳을 거쳐 남부 프랑스와 스페인으로 향한다. 또한, 역 주변에는 파리 식물원(Jardin des Plantes)과 국립 자연사 박물관(Muséum National d'Histoire Naturelle)과 같은 관광 명소가 있어, 많은 여행자가 이곳을 통해 파리의 문화를 탐험할 수 있다. 파리 오스테를리츠역은 파리의 역사와 현대를 이어주는 중요한 장소로, 그 웅장한 건축물과 함께 파리의 풍요로운 이야기를 간직하고 있는 곳이다. 이

역을 통해 여행을 시작하거나 끝내는 사람들에게는 그 자체로 잊지 못할 추억이 담겨있는 역이다. 지금도 오스테를리츠역은 파리에서 새로운 시작을 꿈꾸는 사람들에게 중요한 출발점으로 여겨진다. 많은 거대 도시에 살고 있는 사람들처럼 파리는 많은 사람들에게 꿈과 희망을 안겨주는 도시이지만, 때로는 그 무게가 버거워질 때도 있다. 도시에서 삶이 무겁게 느껴질 때, 사람들은 종종 기차를 타고 어디론가 떠나는 상상을 한다. 파리 사람들은 이 역을 통해 파리를 떠나 새로운 곳에서 삶을 꿈꾸기도 할 것이다. 떠나는 사람들의 이야기는 각기 다를지는 모른다. 어떤 이들은 사랑하는 사람과의 추억을 뒤로 하고 새로운 사랑을 찾기 위해, 혹은 실패와 좌절을 극복하고 새로운 도전을 하기 위해 자신이 있던 곳을 떠난다. 또 어떤 이들은 단순히 새로운 환경에서 자신을 재발견하기 위해, 혹은 평온한 삶을 찾기 위해 파리라는 도시를 떠날 것이다. 그가 그의 나라를 떠나고, 그가 살고 있었던 LA를 떠난 이유도, 또 런던을 떠나는 것도 그의 이야기 중의 하나일 것이다. 복잡한 사람들의 감정과 갈등은 기차역이라는 출발과 도착 그 자체로도 큰 상징성을 지니며, 새로운 시작을 의미하는 동시에 과거를 정리하는 중요한 순간을 상징할 수도 있는 것이다. 종종 삶의 큰 전환점으로 여겨지며 새로운 희망과 기대를 안고 떠나는 사람들의 마음과 과거를 정리하고, 과거를 뒤로 하고 떠나는 사람들의 오스테를리츠역은 파리와 저 너머의 시간 속으로 자신을 연결하는 중요한 교차로로서 사랑받고 있는 것일지 모른다.

열차 출발 시간이 다가오고 있었고, 그는 열차를 타기 위해 대합실의 전광판을 다시 확인했다. 열차표에는 16번 플랫폼으로 표기되어 있었지만, 전광판에는 5번 플랫폼으로 표기되어 있었다. 그는 역무원에게 헨다예로 가는 열차를 다시 확인했다. 그는 5번 플랫폼으로 향했다. 플랫폼에 서 있는 기차는 어둠 속에서 불빛을 내뿜으며, 마치 곧 떠날 준비가 다 되었다는 듯이 그를 재촉하고 있었다.

야간열차는 프랑스 남서부 끝자락 헨다예로 그를 데려다 줄 예정이었다. 그곳은 스페인 국경과 맞닿아 있는 도시로, 목적지인 리스본으로 가는 길목에 있는 중요한 환승지였다. 헨다예(Hendaye)는 프랑스 남서부, 스페인 국경 마을 이룬(Irun)과 강으로 갈라져 있고, 그 강 위에는 다리가 몇 개 놓아져 있는 국경에 있는 작은 해변 도시다. 어쩌면 이 두 도시는 더 옛날에는 하나의 공국이었을지도 모른다. 이 도시는 프랑스 바스크 지방에 속하며, 스페인과의 국경을 이루는 비다소아강(Río Bidasoa)과 접해 강과 바다를 잇는 중요한 전략적 요충지였었다고 했다. 그 때문에 이 지역은 프랑스와 스페인 사이의 역사적 교류와 갈등의 중심이었다. 결국 두 나라 사이에서 여러 차례 전쟁과 평화 협정의 무대가 되었다. 그러다 1659년에 체결된 피레네 조약(Treaty of the Pyrenees)으로 전쟁을 끝내며, 헨다예는 사실상 국경을 정의하는 역할을 하게 되었다. 그렇게 200년이 지나고, 2차 세계 대전이 발발하기 전 1940년 10월에 아돌프 히틀러와 프랑코 장군이 회담을 가진 장소로 유명하다. 이 회담은 히틀러가 스페인이 제2차 세계 대전에 참전하도록 스페인의 프랑코 장군을 설득하려는 시도였으나, 결국 실패로 끝나고 독일은 스페인을 침략한다.

폼렛폼에 도착했을 때 이미 많은 승객이 열차에 탑승하고 있었다. 프랑스 전역을 횡단하는 이 야간열차는 유럽 여행을 위해 떠나거나, 산티아고 순례를 하려는 다양한 사람들로 가득했다. 그는 타야 할 기차를 확인하고, 사람들을 따라 천천히 걸어갔다. 역 안의 밝은 조명이 기차의 내부를 비추고 있었다. 이 기차는 그를 밤새도록 달려 프랑스와 포르투갈의 국경 마을 이룬과 프랑스의 헨다예로 데려다 줄 예정이다. 긴 여행을 앞둔 열차는 어둠 속에서 은은한 불빛을 내뿜으며 대기하고 있었다. 그는 천천히 열차에 올라 자신의 자리를 찾았다. 그가 탈 열차는 이등석 침대칸 열차였다. 그는 자기 침대칸을 찾아 열차에 올랐다. 그가 머물게 될 객실은 6인용으로, 여러 사람이 함께 사용하는 공간이었다. 침대는 3층으로 나뉘어 있었고, 그는 제일 위의 침대를 배정받았다. 긴 여행을 준비하며 챙긴 짐이라고는 그의 여권과 핸드폰이 고작 들어가는 작은 가방 하나뿐이었다.

객실에 들어서자마자, 그는 이미 세 명의 여행객이 자리를 잡고 있었다. 두 명은 유럽 여행을 즐기고 있는 중년의 독일인 커플이었고, 다른 한 명은 혼자 여행 중인 나이 든 프랑스인 남자였다. 그들은 그가 들어오자 가벼운 인사를 하며 악수를 청했다. 침대칸의 작은 창문으로는 파리의 야경이 어렴풋이 보였다. 열차는 곧 출발할 준비를 마쳤고, 그들은 짐을 정리하며 자리를 잡았다. 그리고 기차가 떠날 즈음 친구인 듯한 남자 둘이 들어 왔다.

기차가 출발하자 그는 객실 입구의 열려 있던 좁은 문틈으로 파리를 바라보았다. 파리의 불빛들이 점점 멀어지며, 어둠 속으로 기차가 빠르게 달려갔다. 그의 마음은 차분해졌지만, 여전히 복잡한 감정들이 교차하고 있었다. 이 여행이 그에게 어떤 의미가 있는지 아직 알 수 없었다. 하지만 그가 이 기차에 오른 것은 분명 어떤 이유가 있었을 것이다. 그는 자신에게 조금 더 솔직해지기로 했다. 마음속 깊은 곳에서는 여전히 미처 끝내지 못한 일이 그를 괴롭히고 있었다. 그동안 묻어두었던 감정들이 다시 떠오르고 있었다. 그는 이번 여행이 그의 인생에서 마지막 여행이 될지도 모른다고 생각했다. 그는 자리를 챙기고 자리에 누웠다. 기차는 밤새도록 달릴 것이다. 그는 기차의 규칙적인 흔들림 속에서 점차 잠에 빠져들었다.

열차가 천천히 움직이기 시작하자, 객실 안에는 부드러운 진동과 함께 기차의 철컥거리는 소리가 들려왔다. 이 소리는 기차 여행의 낭만을 불러일으키며, 그를 차분하게 만들어 주었다. 그는 천장에 설치된 작은 조명을 끄고, 자리에 누웠다. 그리고 미끄러지는 기차 소리에 모두 피곤한 듯 잠을 청했다.

런던에서 삶은 마치 소설의 장이 끝나고, 다음 장이 시작되는 빈 페이지 한 장 같았다. 10여 년을 함께한 회사와의 이별은 그에게 해방감을 주었지만, 동시에 무거운 공허함을 안겨주었다. 그는 그 10여 년을 마음의 여유 없이 살아왔다. 런던에서 삶은 그에게 끊임없는 반복의 연속이었다. 매일 아침 그는 일찍 하루를 시작했다. 침대에서 몸을 일으킬 때마다 그는 오늘도 어제와 다르지 않으리라는 것을 이미 알고 있었다. 회사에 출근하면 그는 간단한 회의와 끝없는 업무 속으로 자신을 몰아세웠다. 일이 끝나면 바로 집으로 돌아와 저녁을 대충 때우고는 텅 빈 가슴으로 밤을 맞이했다. 그는 가끔 식료품점에 들러 와인이나 위스키를 한 병 사 들고 들어가기도 했다. 그는 텅 빈 집에서 홀로 술잔을 기울였고, 그는 그때마다 더욱 깊은 상실감에 빠져들었다.

그는 하루하루가 마치 무채색의 긴 터널 속에 갇힌 것처럼 반복되었다. 술을 마시는 것은 그저 습관처럼 몸에 배어 있었지만, 그 술이 그에게 주는 위안이나 안식은 느껴지지 않았다. 퇴근 후 한잔의 술잔을 기울이면서도, 그가 왜 술을 마시는지조차 자신에게 묻지 않았다. 오히려 그 반복되는 행위가 그의 일상에서 무의식적으로 자리 잡아버린 것처럼, 그저 마시는 것이 당연한 일처럼 느껴질 뿐이었다. 그의 삶은 마치 빠져나올 수 없는 회전문 속에 갇혀 있는 듯했다. 매일 아침 같은 시간에 일어나 같은 길을 걷고, 같은 일을 하고 그리고 다시 집으로 돌아와 술을 마시는 그 시간까지. 그에게는 그 어느 것 하나도 특별하지 않았고, 변화 없는 일상에서 그는 점차 자기 내면에서 일어나는 무언가를 억누르고 있었다. 그러나 그는 그마저도 의식하지 못하고 그저 무감각하게 하루를 살아가고 있었다. 그가 이렇게 반복되는 일상에서 지쳐가는 것을 느끼면서도, 정작 그 무엇도 바꾸려 하지 않는 자신을 보며 더 깊은 무기력감에 빠져들었다. 그가 술잔을 기울이는 그 순간마저, 그에게는 단지 매일의 일상에 하나 더 얹은 의식에 지나지 않았을 뿐이었다. 그가 과거의 상처를 잊기 위해 영국 생활을 시작했으면서도, 그는 오히려 더 깊은 절망에 빠져들 때도 있었다. 그가 선택한 이 삶은 그를 지키는 울타리였지만, 동시에 그를 더욱 고립시켰다. 그렇게 그는 긴 세월을 암울한 어둠 속에서 보냈다. 그는 자신의 모습을 보며 그는 스스로에게 이런 삶이 옳지 않다는 생각을 가지고는 있었다.

그는 매일 아침 세인트 판크라스역 앞의 사무실로 출근하며 런던의 일상에서 바쁜 하루를 시작했다. 그는 퇴근할 때도 같은 길을 이용한다. 역 광장을 지나는 길에는 항상 익숙한 풍경이 펼쳐졌다. 아침이면 바쁜 런던의 여느 사무원들처럼 바쁘게 길을 서두르고, 퇴근하며 그날 저녁을 해결할 저녁거리를 사러 나설 때면 어김없이 광장의 같은 작은 상점을 들르곤 했다. 이곳은 터키에서 가져온 바클라바와 올리브 제품들을 파는 상점이 있었다. 상점 주인 아흐메트와 그는 자연스레 친구가 되었다. 약간의 올리브와 치즈, 와인 한잔으로 저녁을 해결하곤 했던 그는 아흐메트의 가게에서 팔고 있는 모든 상품의 이름을 외울 정도가 되었다. 아흐메트는 이스탄불에서 태어나 자란 친구였고, 그곳의 음식과 문화에 대한 이야기를 나누는 것을 즐겼다. 특히, 아흐메트는 팔고 있는 바클라바에 대한 자부심은 남달랐다. 바클라바는 터키 전통 과자로, 겹겹이 쌓인 페이스트리 속에 풍부한 꿀과 호두, 피스타치오가 들어 있어 한 입만 먹어도 그 고소하고 달콤한 맛이 입안을 가득 채운다. 그는 아흐메트에게 바클라바의 진정한 맛을 설명받으며, 가끔 아흐메트가 내어준 터키 차 한잔을 함께 곁들여 그 맛을 음미하곤 했다. 그는 이미 여러 차례 이스탄불을 방문한 적이 있었다. 그가 처음 이스탄불을 방문한 것은 벌써 10

년도 넘었다. 그리고 여러 출장길에 일부러 이스탄불에 들러 며칠 동안 쉬었다. 이스탄불의 매혹적인 분위기는 여전히 새로운 기억을 그에게 남기곤 했다. 아흐메트와 이야기를 나누다 보면, 자연스레 그의 마음은 다시 보스포루스 해협 너머로 향하곤 했다.

그가 처음 이스탄불 방문은 아프리카 케냐 방문길에 잠시 환승하며 며칠 있었던 때였다. 그때 그는 갈라타 타워에 올랐던 적이 있었다. 아흐메트가 말하던 것처럼, 그곳에서 내려다보는 풍경은 숨이 멎을 만큼 아름다웠다. 갈라타 타워 꼭대기에서 바라본 보스포루스 해협은 이스탄불을 동서로 가르며 유럽과 아시아를 잇고 있었다. 그 파란 물결이 잔잔히 흘러가는 모습을 보고 있노라면, 유럽과 아시아, 이 두 대륙이 만나는 곳, 그곳에 서서 그는 한때 동서양이 교차하며 무역과 문명이 꽃피웠던 이곳의 역사를 되새겼다. 아야 소피아 또한 웅장함과 고요함은 다른 어느 곳에서도 느낄 수 없는 독특한 감정이었다. 수 세기 동안 주인이 바뀌면서 교회에서 모스크로 변화해 온 아야 소피아는 그 거대한 돔 아래에서 자신만의 이야기를 간직한 채 오랜 세월을 버텨왔다. 아야 소피아 내부로 들어가면 햇살이 거대한 창문을 통해 부드럽게 스며들며 내부를 금빛으로 물들인다. 그곳에서, 그는 시간의 흐름이 멈춘 듯한 기분을 느꼈었다. 저녁이 되면서 노을이 질 때면 환상적인 파스텔의 노을은 신성함과 경외감이 동시에 가슴안으로 다가왔었다. 이스탄불 도시 곳곳에서 울려 퍼지는 아잔의 기도는 도시 전체를 감싸며 마치 하나의 영적 흐름처럼 들렸었다. 이스탄불의 어느 골목길을 걷든, 아잔이 울릴 때면 그는 잠시 멈추어 그 고요한 순간을 음미하곤 했었다. 이방인으로서 그는 아잔이 주는 감동을 말로 다 설명할 수 없었지만, 그런 순간마다 이 도시는 마치 그에게 자신의 숨결을 들려주듯 고요하고도 힘차게 맥박을 이어갔었다. 그리고 또 하나의 이스탄불, 그랜드 바자르는 그에게 전혀 다른 감각을 열어주었다. 수많은 사람이 몰려드는 시장 속에서는 각종 향신료, 직물, 보석, 도자기 등 온갖 이국적인 물건들이 그와 여행객들의 눈과 코를 자극했었다. 그랜드 바자르를 걷는 순간만큼은 마치 과거로 시간 여행을 떠난 듯한 느낌이 들었다. 이곳에서는 상인들이 활기차게 물건을 팔고 있었고, 관광객들은 흥정하며 기념품을 사는 모습이 끊임없이 이어졌다. 특히, 매일 아침이 되면 이스탄불 사람들은 Kuru Kahveci Mehmet Efendi 가게 앞에 줄을 서기 시작한다. 터키 전통 커피의 깊은 향이 공기를 채우고, 기다리는 사람들의 얼굴에는 설렘이 가득하다. 그들은 한결같은 맛과 향을 오랫동안 유지해 온 이 커피를 매일 아침 즐기기 위해 시간을 투자한다. 가게에서 풍기는 따뜻한 커피 가루의 냄새는 거리 곳곳으로 퍼지며, 사람들은 그 향을 맡으며 하루를 시작할 준비를 한다. 그도 이 커피 향에 이끌려 커피를 사기 위해 30분 넘게 기다린 적이 있었다. 터키 사람들에게 이 기다림은 단순한 시간이 아니라, 그들 삶의 한 부분이다. 긴 줄에 서서도 사람들은 서로 인사를 나누고 짧은 대화를 주고받으며 이 순간을 함께 한다. 그들에게 커피는 단순한 음료를 넘어, 연결과 교감을 상징하는 것이다. 기다림조차 그들의 강인한 인내와 깊은 사회적 유대감을 보여주는 중요한 의식이며, 커피를 마시는 행위는 그 모든 기다림을 완성하는 절정의 순간이다. 그들에게 Mehmet Efendi의 커피는 오랜 전통과 이스탄불의 문화가 담긴 특별한 경험이기 때문이다. 커피를 산 사람들은 인근 카페나 집으로 돌아가, 작은 터키식 커피잔에 진한 커피를 마시며 휴식을 취한다. 이들은 커피를 다 마신 후 잔을 뒤집어 남은 커피 찌꺼기가 만든 무늬로 커피점을 치는 전통을 즐긴다. 그 무늬는 이미지화되고, 그 이미지로 서로의 운세를 해석하며 나누는 대화는 일상 속 작은 즐거움이다. 커피잔을 돌려가며 미래를 점치는 이 모습은 터키 전통 속에서 이어져 온 중요한 문화 중 하나다. 그랜드 바자르의 그 활기가 넘치는 공간에서 그는 현대적인 런던과는 전혀 다른 세계에 온 듯한 기분을 느꼈었다. 고대부터 이어져 온 이 상업의 중심지에서, 그는 이스탄불이 여전히 세계와 교류하고 있음을 그는 즐겼었다. 이스탄불에 대한 그의 이러한 기억들은 언제나 아흐메트와의 대화에서 더 깊어지며 그와 아흐메트의 가슴을 메이게 했다. 아흐메트는 터키에서 이스탄불을 떠나 런던에 정착한 지 수년이 지났지만, 가지 못하는 고향에 대한 그리움은 시간이 지나도 사라지지 않는다고 아흐메트는 말하곤 했었다. 런던의 작은 가게, 역 광장에 설치된 임시텐트에서 터키 전통 음식을 팔고 있는 아흐메트, 이국에서 어렵게 생활하면서도 밝은 모습과 고향을 그리워하는 아흐메트에게 그는 늘 애틋함을 느끼게 했다.

하루는 아흐메트가 바클라바를 건네며 그에게 말했다.

"나도 이스탄불을 떠나온 지 10년도 더 지났어. 가족은 아직 그곳에 있는데, 여러 가지 이유로 지금은 돌아갈 수가 없지. 런던에서 생활은 안정적이지만, 고향을 그리워하는 마음은 쉽게 사라지지 않더군."

그 말속에는 묵직한 슬픔과 아쉬움이 담겨 있었다. 아흐메트는 이국땅에서 열심히 자신의 삶을 꾸리고 있었지만, 고향을 떠나온 사람에게는 언제나 그리움이라는 짐이 따라붙기 마련이었다. 아흐메트가 고향을 떠올릴 때마다 마음속에 자리한 것은 단순한 장소에 대한 그리움이 아니라, 그곳에서 삶, 가족 그리고 자신이 잃어버린 시간에 대한 그리움이었고, 그의 그리움이었을지도 모른다.

"갈라타 타워에서 보스포루스 해협을 내려다보면 말이야…."

아흐메트는 잠시 말을 멈추고 역을 바라보았다. 그의 눈이 반짝이며 세인트 판크라스역의 붉은 벽돌이 마치 그가 떠올리는 고향의 풍경과 겹쳐 보이는 듯했다.

"그곳에서는 모든 게 다 보이지. 유럽과 아시아가 이어지는 그 장면은 정말이지…."

그는 아흐메트의 말을 들으며, 고향을 떠나온 사람의 마음을 이해하려고 노력했다. 이스탄불에 대한 그의 경험은 단순한 여행자 관점이었지만, 아흐메트에게는 그곳이 자신의 뿌리였다. 그리고 그 뿌리를 떠나 이국땅에서 새로운 삶을 살아가는 것은 결코 쉬운 일이 아니었다.

아흐메트는 그가 이스탄불을 여러 번 방문했다는 이야기를 들을 때마다 조용히 미소를 지었다.

"네가 이스탄불에 갈 때마다 내가 그리운 곳을 대신 본다고 생각해."

그의 말 속에는 터키로 돌아갈 수 없는 어떤 이유가 담겨 있었지만, 그는 그 이유를 깊게 묻지 않았다. 고향을 떠나온 사람에게는 언제나 이유가 있기 마련이다. 그리고 그 이유는 대부분 개인적인 고통과 맞닿아 있는 법이다. 런던에서 생활은 아흐메트에게 안정과 새로운 기회를 제공했지만, 아흐메트에게는 고향에 대한 그리움이 깊이 자리하고 있었다. 런던의 바쁜 일상에서도 그는 늘 마음 한구석에 고향을 간직하고 있었고, 아흐메트의 이야기를 들을 때마다 그는 그 감정을 다시금 떠올렸다.

"언젠가는 다시 이스탄불을 방문하게 될 거야. 그때가 언제일지는 모르겠지만 그날이 오면 내가 정말 다시 돌아왔다는 걸 느낄 수 있을 거야."

아흐메트는 그렇게 말했지만, 그날이 언제 올지 알 수 없는 막연한 기다림이었다. 그는 아흐메트와의 대화를 통해 이국에서 생활하는 사람들의 마음속에 자리한 고독과 그리움을 깊이 동감하고 있었다. 그는 언제든지 이스탄불을 방문할 수 있었지만, 아흐메트에게는 그것이 간단한 일이 아니었다. 그리고 그 차이는 그들의 삶의 궤적을 더욱 선명하게 갈라놓았다. 그런데도 아흐메트와의 우정을 통해 이스탄불의 기억은 계속 연결되어 있었다.

그는 주말이 되면, 그는 세인트 판크라스역 옆에 있는 영국 도서관(British Library)으로 향하곤 했다. 도서관은 그의 삶 속에서 매일 반복되는 일상의 대조점이었다. 외부에서 혼돈과 갈등 속에서도 도서관에 들어서는 순간, 모든 것이 멈추는 듯했다. 그곳은 그의 삶이 빙글빙글 돌아가는 회전문 같은 반복 속에서 잠시 숨을 고를 수 있는 곳이었다. 도서관은 그에게 정지된 시간처럼 느껴졌다. 책이 줄지어 놓여 있는 서가는 그에게는 또 다른 세계로 가는 문이었고, 그 속에서만큼은 일상의 무력함에서 잠시나마 벗어날 수 있었다. 도서관은 그의 지친 영혼을 달래주는 안식처였으며, 이곳에서만큼은 모든 반복과 일상적인 틀이 흐트러진 채 평온함을 만끽할 수 있었다. 도서관은 항상 그의 마음을 차분하게 만들어주는 공간이었다. 책을 읽으며 휴식을 취하거나 연구 자료를 찾는 사람들이 조용히 분주한 이곳에서, 그는 특별한 평온함을 느꼈다. 도서관 뒤편에는 또 다른 매력이 그를 끌어당겼다. 도서관 뒤편에는 작은 도시 농장이 있었고, 그곳에서 텃밭을 가꾸는 사람들과 종종 이야기를 나누며 시간을 보냈다.

농장을 관리하는 사람들은 대부분 오랫동안 이곳에서 텃밭을 가꿔 온 지역 주민들이었다. 그와 이웃이 된 이들은 그에게도 텃밭 한 구석을 내어주었다. 그는 한국에서 가져온 무 씨앗을 심었다. 어린 시절, 고향 시골 밭에서 자라난 무를 뽑아먹던 기억을 떠올렸다. 무를 뽑을 때 느껴졌던 묵직한 손맛, 그리고 흙을 털어내며 무의 싱그러움을 느꼈던 순간. 무 잎으로 뿌리를 닦아내고, 두꺼운 껍질을 손으로 벗겨내면 그 속에서 수분이 가득한 하얀 속살의 무가 드러났다. 그는 그 무를 한입 베어 물며 입안 가득 퍼지는 신선함을 즐겼던 기억을 떠올리며, 그 씨앗을 가져다 심었다. 한국의 가을무는 런던의 기후와 잘 맞지 않았지만, 그가 정성껏 가꾸던 그 모습은 농장 사람들에게도 작은 관심거리가 되기도 했다.

"이 무는 한국에서 아주 흔한 채소죠. 한국의 김치에도 꼭 들어가고요."

그는 이웃들과 한국의 식문화에 관한 이야기 나누며, 무가 자라는 과정을 함께 지켜보았다. 작은 텃밭에서 자라는 무는 런던에서 그에게 고향을 떠올리게 해주는 소중한 존재였다.

"한국의 김치는 정말 흥미로워요. 매운맛도 있고 발효식품이라니 건강에도 좋겠군요."

텃밭을 가꾸던 이웃들은 한국의 음식 문화에 대해 궁금해하며 그와 대화를 나누곤 했다.

도서관 광장 한가운데에는 작은 카페가 자리 잡고 있었다. 바쁜 일상에서 짧은 여유를 즐기고 싶을 때면, 그는 이 카페에 들러 커피 한 잔을 마시곤 했다. 노천에 자리한 테이블에서 카페에 앉아 있는 사람들이나 건너편 역 안 사람들의 움직임을 바라보는 것은 그에게 일종의 위로가 되었다. 특히 일요일 아침, 사람들이 카페에 앉아 신문을 펼치고 따뜻한 라테를 홀짝이며 하루를 시작하는 기분은 무척이나 평화로웠다. 카페에서 종종 아흐메트를 마주치기도 했다. 아흐메트는 이스탄불 이야기를 하다 보니, 자연스레 그에게 터키의 커피 문화도 소개했다.

“터키 커피는 아주 진한 맛이야. 가끔은 커피를 마시는 것이 아니라 천천히 음미하는 기분이랄까?”

아흐메트는 터키 커피의 진하고 깊은 맛에 대해 설명하며, 그에게 자신이 준비한 따뜻한 물에 커피 가루를 넣어 작은 잔에 따라 주었다. 터키 커피는 작고 둥근 잔에 담기며, 작은 스푼으로 저어 거품이 생기기 시작하면 잠시 가라앉기를 기다린 후 마신다. 거품이 가라앉으면 커피를 마셨고, 한 모금 마실 때마다 강한 쓴맛과 깊은 향이 입 안에 오래 남았다. 런던에서 마시던 부드러운 라테와는 완전히 다른 경험이었지만, 그는 점차 그 깊은 맛에 익숙해졌다. 커피를 다 마신 후, 아흐메트는 잔에 남은 커피 가루를 보고 운세를 점쳤다. 그가 여전히 어떻게 점을 치는지는 이해하지 못했지만, 아흐메트는 커피잔을 보며 그의 미래에 대해 이야기하곤 했다.

어느 날은 아흐메트와 커피를 마신 후, 그는 터키식 전통에 따라 작은 커피잔을 뒤집어 접시 위에 놓았다. 커피 가루가 잔에 남아 만들어낸 독특한 무늬를 보며, 아흐메트는 웃으며 말했다.

"오늘은 장사가 잘될 것 같아. 너도 한번 해봐."

그는 아흐메트가 알려준 대로 다 마신 커피잔을 뒤집었다. 아흐메트는 그의 커피 찌꺼기를 한참 들여다보더니, 진지한 표정으로 말했다.

"너 오늘 재물이 나갈 운이 있어. 소매치기를 조심해."

그는 웃으며 아흐메트의 말을 가볍게 넘겼지만, 아흐메트의 말은 생각보다 진지하게 들렸다.

그는 사무실 창밖을 바라보며, 종종 생각에 잠기곤 했다. 세인트 판크라스역의 붉은 벽돌과 그곳을 지나가는 사람들의 일상적인 모습이 그의 시야에 들어왔지만, 그의 표정은 무심했다. 그는 그저 외부 풍경을 응시하는 듯했지만, 마음속에서는 수많은 생각들이 뒤엉키고 있었다.

그가 보고 있는 것은 단순한 광장의 모습이 아니었다. 역 앞에 서 있는 사람들이나 지나가는 차량은 그에게 다른 의미로 다가왔다. 광장 한편에 앉아 있는 노천카페의 사람들을 볼 때면, 그들의 대화를 상상해 보았다. 그들이 나누는 대화 속에 담긴 기쁨과 슬픔, 그들이 어떤 삶을 살아가는지 궁금해하며, 그는 자신의 일상과 그들의 삶을 비교하기도 했다.

하얀 옷을 입은 금발의 여인을 볼 때면, 그가 한때 꿈꾸었던 자유롭고 평화로운 삶이 떠올랐다. 아마도 그 여인은 자신이 살고 싶었던 삶을 사는 사람일 것이라는, 다소 추상적인 생각이 그의 머릿속을 스쳐 지나갔다. 그 순간 그의 눈앞에 펼쳐진 역의 모습은 마치 영화 속의 한 장면처럼 아름답고 아득하게 느껴졌다. 그가 가장 몰입했던 상념은 '시간'이었다. 세인트 판크라스역의 붉은 벽돌 건물은 시간이 흘러도 변하지 않는 영원한 것처럼 보였지만, 그 주변을 빠르게 지나가는 사람들은 시간에 쫓기며 살고 있었다. 노을이 지며 점점 어두워지는 그 시간 동안, 그는 런던의 빠르게 흘러가는 시간 속에서 자신의 과거와 현재를 반추했다. 역 앞 광장에 서 있는 사람들은 하나의 점이 되어 사라지듯, 그의 시간도 그렇게 흘러가고 있는 것은 아닐까 하는 상념이 그를 잠식했다.

그는 이런 생각 속에서, 지금 자신의 삶과 그 삶이 어느 방향으로 흘러갈지에 대한 두려움, 그리고 시간의 흐름 속에서 자신이 어떻게 남을 수 있을지를 고민했다. 창밖을 바라보는 그 순간은 단순한 관망이 아니었다. 그에게 그것은 시간을 거슬러 올라가는 여행이었으며, 동시에 앞으로 나아가는 일종의 명상 같은 것이었다.

몇 년 전 세인트 판크라스역에 “I want my time with you”라는 핑크빛 네온사인이 설치되었다. 가끔 그는 그 문구에 시선이 멈췄다. 단순해 보이는 그 문구는 어느새 그의 마음 깊숙이 자리 잡은 감정을 건드리고 있었다. 그가 오랜 시간 잊으려 애썼던 한 여인의 기억이 이따금 그 문구를 볼 때마다 되살아났다. 그녀는 그의 삶에 지울 수 없는 흔적을 남긴 존재였지만, 시간의 흐름 속에서 그들은 자연스레 서로의 곁을 떠나게 되었다. 그는 가끔 그녀와 함께 보냈던 시간을 떠올리며 깊은 그리움에 잠기곤 했다. 그 기억은 마치 세인트 판크라스역의 네온사인처럼 따뜻하면서도 환상적인 느낌으로 다가왔다. 역을 오가는 수많은 사람들 사이에서 그는 마치 그들과 다른 시간 속에 살고 있는 듯한 기분을 느꼈다. 처음 그 네온사인을 봤을 때, 그는 발걸음을 멈추고 한참 동안 그 문구를 응시했다. 마음 한구석에 숨겨둔 기억들이 천천히 떠오르기 시작했고, 그녀와 함께 걷던 거리, 함께 나누었던 웃음, 그리고 그들만이 알 수 있던 작은 순간들이 그의 가슴속에서 되살아났다. 그 시간이 그에게 얼마나 소중했는지, 그는 그것을 잃어버린 후에야 깨달았다. 시간이 지나면서 그녀의 모습은 점점 희미해졌고, 목소리조차도 기억에서 흐릿해졌다. 그러나 그녀와 함께 있던 그때의 감정은 여전히 선명하게 그의 가슴 깊은 곳에 남아 있었다. 그녀는 그에게 온전한 자유와 따뜻함을 주었고, 그와 함께 있을 때 그는 세상에서 가장 가벼운 존재가 된 듯했다. 그러나 그 시간은 길지 않았고, 결국 그들은 서로 다른 길을 선택했다.

역을 거닐 때마다 그는 네온사인의 "그 시간"이라는 문구를 볼 때마다 더욱 깊은 생각에 잠겼다. 그녀와 함께했던 시간은 이제 그의 현실에서는 사라졌지만, 그 기억들은 그의 마음속 깊은 곳에 여전히 살아 있었다. 시간이 흐르면서 그는 더 이상 그녀와 함께했던 순간들을 되돌릴 수 없다는 사실을 조금씩 받아들이게 되었다. 그때의 저녁들, 어둠이 깔리던 하늘 아래에서 함께 웃고, 서로의 온기를 느끼던 순간들은 여전히 그의 가슴 속에 남아 있었다. 그 기억들은 마치 네온사인이 그의 지나간 시간을 붙잡으라고 속삭이는 듯했다.

그는 때로 네온사인을 바라보며 그녀와의 시간을 다시 상상했다. 만약 그때 그녀를 더 붙잡았더라면, 조금 더 함께할 수 있었다면, 그 순간들은 달라졌을까? 그러나 이제는 그런 상상도 현실에서는 더 이상 의미가 없었다. 그녀는 그의 곁을 떠났고, 그가 할 수 있는 것은 그저 그 시간의 잔상을 되새기며 살아가는 것이었다.

"I want my time with you"라는 문구는 마치 그가 그녀에게 전하지 못했던 말을 대신하는 것 같았다. 그 문구를 볼 때마다 그는 자신이 잃어버린 시간을 되돌아보았다. 그 시간은 다시 돌아오지 않지만, 그 기억들 속에서 그 시간의 의미는 더욱 깊어져 갔다. 세인트판크라스역을 지나칠 때마다 그는 잠시 멈춰서 그 핑크빛을 바라보았다. 그것은 그가 살아온 시간에 대한 상징이었고, 그녀와 함께한 시간이 그에게 얼마나 중요한 것이었는지 일깨워 주었다. 그는 이제 그녀 없이 그 시간을 떠올리며, 그 시간의 소중함을 되새기는 일상을 살아가고 있었다. 그 시간은 지나가 버렸지만, 그 안에 담긴 의미는 그에게 남아 있었다.

그는 자신을 처벌하기 위해 스스로를 끊임없이 학대하며 살아가는 듯 보였다. 런던에서 삶은 그에게 늘 무거운 짐처럼 느껴졌고, 그는 자신이 좋아하는 것들을 하나씩 포기하며 살았다. 그렇게 모든 것을 정리하고 은퇴한 그는 더 이상 런던에 머물 이유가 없었다. 그곳은 이제 그에게 아무런 의미가 없는 도시가 되었다. 지난 10년 동안 그는 많은 것들을 버렸다. 30년을 넘게 가지고 다닌 286 노트북조차도 재활용 박스에 넣었다. 그는 모든 힘을 잃어버린 듯했다. 그렇게 그는 회사의 계약을 마치며, 그는 은퇴를 결정했다. 그가 60이 넘어서까지 젊은 친구들과 함께 프로그램을 함께할 수 있었던 것에 감사하며 은퇴하기로 했다. 임원들은 아쉬워하며 그를 놓아주기는 했지만, 관리자로서 몇 년 더 있어도 된다고 배려해 주는 임원들의 만류에도 지친 마음과 몸을 정리했다.

며칠간 숙소에 틀어박혀 그나마 남아 있던 책들 몇 권, 그가 써왔던 책 속의 책들, 그는 자신의 이야기를 좋아하는 책 속에 메모하고 있었다. 작은 짐들을 차곡차곡 정리하면서도, 그의 내면은 여전히 혼란스러웠다. 책상 위에 몇 권의 잡지 책, 옷장 속에 남아있는 낡은 옷들 그리고 서랍 깊숙이 숨겨놓은 사진 한 장. 그는 그 사진 한 장을 들었다. 늘 그곳에 있었던 사진 한 장, 사실 그 사진을 잊어 본 적은 없었다. 그는 그 사진을 다시 마주할 용기가 없었다. 그 사진은 그의 머릿속에서 떠나지 않았다. 그 존재감은 여전히 강렬했다. 그는 사진이 가지고 있는 기억을 지우기 위해 스스로를 벌하듯 자신의 감정을 억눌렀다. 기억이 흐릿해지고 점점 희미해져 가면서, 그 사진은 마치 그의 마음속 어딘가에 묻어둔 첫사랑의 기억처럼 더 이상 선명하지 않았다. 사진은 그에게 있어 가장 강렬했지만, 이제는 그조차도 불분명해진 기억이었다.

사진 속의 여인, 그녀는 그의 삶에 있어 가장 빛났던 순간을 그와 함께했던 사람이고, 그녀 또한 여자로서 제일 아름다운 시간을 함께한 사람이었다. 그러나 이제 그들은 서로 다른 길을 걷고 있었다. 그녀와의 이별은 그의 인생에서 가장 큰 상처였다. 그들의 사랑은 강렬했지만 그만큼 고통스러웠다. 그들은 서로를 위해 많은 것들을 포기하고, 그 포기는 결국 그들의 관계를 무너뜨리고 이별의 고통이 되었다. 그 고통은 그를 갉아먹었다. 그는 자신을 학대하듯 스스로를 괴롭히며 그 사랑을 잊으려 했다. 술에 의지하고 일을 핑계로 밤낮없이 일에 몰두했다. 그러나 그 모든 노력에도 불구하고, 그녀의 기억은 그의 머릿속에서 떠나지 않았다. 그녀의 웃음소리, 그녀의 향기, 그녀의 부드러운 손길. 모든 것이 그의 기억 속에서 생생하게 남아 있었다.

그는 그 기억을 지우기 위해 스스로를 벌하듯 자신의 감정을 억눌렀다. 그렇게 10년 넘는 세월이 짧게 지나가 버렸다. 그리고 며칠 전, 그는 정년이 되었고, 그는 무거운 공허함으로 자신을 정리하기 시작했다. 이제 아무런 의미가 없는 인생을 정리해야만 하는 시간이 온 듯 그는 아무 생각 없이 얼마 남지 않은 물건들을 재활용 박스에 담아 창고 옆 박스에 넣어 버렸다. 런던은 그에게 아무런 의미가 없는 도시가 되었다. 결국 그는 런던을 떠나기로 결심했다. 그의 손에는 작은 가방 하나만 들려 있었다.

기차의 열려있는 기차 창문 사이로 서서히 옅은 하늘빛이 들어오기 시작했다. 그는 핸드폰을 두드려 시간을 확인했다. 새벽 5시가 조금 넘어 있었다. 밑 칸에 자던 부부와 3층에서 자고 있던 중년의 여행객도 이미 깨어나 자리를 정리하기 시작했다. 그는 가지고 있던 작은 가방을 챙겨 사다리를 통해 아래로 내려갔다. 그리고 열린 침대칸의 객실 문을 나가 바로 옆의 화장실에서 간단하게 얼굴을 씻고 밖으로 나왔다. 창문으로 시골 마을들이 빠르게 지나가고 들녘이 멀리 보이기 시작했다. 금세 빛이 더 밝아지며 사물이 뚜렷하게 보이기 시작했다. 기차도 Bayonne에 가까워지자 서서히 속도를 늦추기 시작했다.

기찻길 옆을 지날 때, 그는 마치 한국의 시골 기찻길을 지나가는 듯한 느낌에 사로잡혔다. 들꽃들이 바람에 흔들리고, 밤나무들이 줄지어 있는 풍경은 그에게 고향을 떠올리게 했다. 이국의 땅에서 보는 작은 밤송이들은 그에게 고향의 산밤을 떠오르게 했고, 벌어지기 시작한 밤송이들 사이로 보이는 작은 밤들은 고향에서 추억을 되살려 주었다. 그의 삶은 이제 이국의 도시에서 이어지고 있었지만, 그 순간만큼은 고향에 대한 그리움이 밀려들었다.

외국에서 삶은 그에게 여전히 익숙하지 않은 세계였다. 그는 타국에서 항상 자신이 어딘가 속하지 못한 채 부유하는 듯한 느낌을 받곤 했다. 외국인으로서 그는 이국적인 풍경과 문화를 받아들이고 적응해 나가면서도, 마음 한구석에 고립감이 자리하고 있었다. 그가 마주하는 일상은 끊임없이 새롭고 때로는 흥미로웠지만, 그 속에서 그는 자신을 온전히 내릴 수 있는 땅을 찾지 못했다. 그는 늘 낯선 세계 속에서 발을 딛고 살아가고 있었고, 이방인의 고독감이 그를 따라다녔다. 쉽게 갈 수 없는 고향에 대한 그리움을 인정해야만 했던 그는 고향을 그리워하는 마음을 감추고 살아가고 있었다. 이국의 풍경 속에서도 고향과 비슷한 장면을 마주할 때마다, 그 그리움은 고개를 들었고, 그는 잠시나마 그 장면에 머물렀다. 타국의 삶에서 느끼는 외로움과 상실감은 그를 더욱 고향으로 향하게 했고, 그는 그리움 속에서 자신만의 세계를 만들어 갔었다.

Bayonne에 도착한 기차가 플랫폼에 멈추고 많은 여행객을 내려놓았다. 승객들은 하나둘 열차에서 내렸다. 그는 잠시 역 밖으로 나와 역을 한 바퀴 휘둘러보고는 다시 플랫폼으로 들어갔다. 그리고 기차역 안 벤치에 앉아 그저 멀리 이어진 철길을 바라보며 생각에 잠겨 있었다. 그렇게 잠시 기다리자, Bayonne서 Hendaye까지 운행하는 기차가 들어왔다. 플랫폼으로 들어온 기차를 타고 창밖으로 보이는 마을들을 바라보았다. 그가 탄 기차는 마을과 마을을 달려 프랑스와 스페인의 국경 마을인 헨다예에 도착했다. 그는 리스본으로 향하는 야간열차를 타기 위해 이곳에서 8시간을 기다려야 했다. 다른 여행자들이 관광지로 향하거나 근처에서 시간을 보내는 동안, 그도 역 근처의 작은 카페에라도 들어가 간단히 아침이라도 챙겨야겠다고 생각했다.

그는 역에 내리자마자 주변을 둘러보았다. 아침 햇살이 그의 얼굴을 따뜻하게 감싸안았고, 그는 마음속 깊이 평온함을 주려는 듯 따뜻한 바람이 함께 그의 볼을 스키고 지나갔다. 그러나 그의 마음에는 이 도시는 스페인과 프랑스의 경계선에 자리 잡고 있는 작은 공간일 뿐이었다. 그에게는 환승을 위한 중간 기착지에 불과했다. 그러나 이곳에서 시간은 그에게 이상하게도 무겁게 느껴졌다.

역 앞으로 멀리 보이는 산들이 이 도시를 감싸고 있었고, 역 뒤로는 강과 호수 그리고 마을 넘어 대서양의 해변이 길게 이어진 아름다운 해변은 마치 시간이 멈춘 듯했다. 이 도시는 번잡한 파리와는 대조적으로 조용하고 평온해 보였다. 그는 역 주변을 둘러보며, 이곳에서 8시간을 보내야 한다는 사실에 약간의 부담을 느꼈다. 그는 잠시 역 근처를 걸어 다니며 이곳의 분위기를 느꼈다. 작은 카페와 상점들이 역 앞 도로를 따라 모여 있었고, 그곳에서 일상을 보내는 사람들은 그의 존재에 별다른 관심을 기울이지 않았다. 헨다예는 마치 자신만의 리듬을 가진 도시 같았다.

그는 역 앞의 한 카페 입구에서 웨이터의 안내를 받아, 길가의 자리에 앉았다. Café de la Gare는 헨다예역 앞에 위치해서 여행객들이 기차를 기다리며 잠시 휴식을 취하기 좋은 장소였다. 간단한 식사와 커피를 즐길 수 있었다. 자주 현지인으로 보이는 사람들이 들어와 웨이터와 사장으로 보이는 중년의 남자와 이야기하거나 커피를 마시기도 하고, 여행객들과 이야기하며 즐거워했다. 그는 에스프레소 한 잔을 시켜서 카페 앞 길가의 자리에 앉아 건너편 역만 바라보고 있었다. 한참이 지나도 그가 커피를 마시지 않고 역만을 바라보고 있자, 카페에서 일하는 웨이터가 다가와 말을 걸었다.

"Excusez-moi, monsieur, 혹시 한국에서 오셨나요?"

웨이터가 조심스럽게 물었다. 그는 천천히 고개를 돌려 웨이터를 바라보았다. 잠시 멍한 표정을 짓다가 고개를 끄덕였다.

"네, 맞아요."

그는 짧게 대답했다.

"아, 그럴 줄 알았습니다."

웨이터는 미소를 지으며 말했다.

"꽤 오랫동안 앉아 계시면서 뭔가 깊이 생각하고 계신 것 같던데, 무슨 일이 있으신 건가요?"

그는 한숨을 쉬며 고개를 저었다.

"그냥… 여러 가지 생각을 하고 있었습니다. 여행에 대하여."

웨이터는 고개를 끄덕였다.

"여행은 많은 추억과 감정을 떠올리게 하죠. 혹시 어디로 가시는 중이신가요?"

그는 잠시 머뭇거리며 말했다.

"오늘 리스본으로 가는 기차를 타요."

웨이터의 눈이 반짝였다.

"리스본이요! 아름다운 곳이죠. 그런데 많이 기다려야 하는데, 기다리시는 동안, 이 도시를 한번 들러보세요. 특히, 샤토 다바디아(Château d'Abbadia) 성을 추천하고 싶어요. 여기서 가까운 곳인데, 저녁이 되면 석양을 보실 수 있을 거예요. 그 성에서 대서양을 내려다보며 석양을 감상하는 건 정말 잊을 수 없는 광경이에요."

그 웨이터는 계속해서 말했다.

"성은 단순히 경치만 좋은 게 아니에요. 탐험과 과학의 정신이 깃든 역사적인 장소랍니다. 성을 세운 앙투안 다바디(Antoine d'Abbadie)는 과학자이자 모험가였어요. 아마 그곳에서 영감을 찾으실 수 있을 거예요."

그는 잠시 더 생각한 후, 자리에서 일어나 커피값을 식탁 위에 올려놓고 웨이터에게 감사의 인사를 전했다.

"조언 감사합니다. 당신 말대로 해보겠습니다."

웨이터는 따뜻한 미소를 지으며 고개를 끄덕였다.

"찾고 계신 걸 꼭 찾으시길 바랍니다. 안전한 여행 되세요."

그는 웨이터와 인사를 건네며 웨이터의 뒤로 여러 나라의 화폐들이 압정에 꽂혀 있는 것을 발견했다. 그는 일일이 확인하고 한국 지폐가 없는 것을 확인하고, 그의 지갑에서 1,000원짜리 한 장을 꺼내며 말했다.

"당신에게 이 한국 지폐를 선물할게요!"

그 웨이터는 1,000원짜리 지폐를 받아서 자기의 컬렉터에 압정으로 고정하며 즐거워했다. 그는 웨이터가 말한 대로 언덕을 넘어 다리 쪽으로 걸어갔다. 그리고 호기심에 다리 위를 지나 이룬으로 넘어갔다. 국경이지만 다리 위 교각 위에 조그만 에스퀴셰(écu)의 상징 부조 하나만으로 스페인과 프랑스의 국경임을 표시하는 것이 너무나 낯선 풍경이었다. 그곳을 통과할 때마다 그의 핸드폰 알람이 계속 울렸다. 국경을 넘으면 한국 외교부에서 알려주는 주의의무들에 대한 내용이 들어있는 문자 메시지 그의 핸드폰에서 알람이 울렸다. 그는 웨이터가 말한 대로 다리를 다시 넘어와 스페인과 프랑스를 연결하는 마리(Marie)다리 밑의 프랑스쪽 데크(보드워크: boardwalk)를 따라 걷기 시작했다. 데크 위에는 운동하는 시민들이 산책과 조깅을 즐기고 있었다. 데크 밑으로 맑은 물이 흐르고, 흐르는 물에는 크고 작은 물고기들이 여유롭게 헤엄을 치고 있었다. 가끔 호수 주변에 심어진 가로수 그늘 속에서 시원한 바람이 불어왔다. 그는 호수 넘어 스페인의 산 세바스티안(San Sebastián) 성당을 바라보았다. 그의 앞으로 카누를 타고 호수를 즐기는 사람들의 풍경이 한가롭게 펼쳐진다.

호수 넘어로 산 세바스티안 공항에서 천천히 이륙하는 비행기를 바라보던 그는 문득 그동안 스스로 억눌러온 감정들이 되살아나는 것을 느꼈다. 비행기가 하늘로 솟구치며 내는 굉음은 그의 가슴이 요동치며, 그가 잃어버리고 있는 꿈이 말하는 것 같았다. 한때 가슴 속 깊이 품고 있던 세계여행의 열망은 스스로 만들어 낸 삶의 무게에 짓눌려 점점 희미해졌고, 결국 그는 그 꿈을 포기했다. 하지만 그 꿈은 완전히 사라진 것이 아니었다. 여전히 마음 한구석에 남아 있었지만, 그는 오랜 시간 그것을 스스로 억누르며 살았다. 삶의 현실이 그를 점점 더 지치게 했고, 그는 꿈을 잃어가는 자신을 마주할 용기가 없었다. 그는 더 이상 꿈꾸지 않는 사람으로 살아가기로 했다. 그의 내면에는 여전히 자유를 갈망하는 작은 불씨가 남아 있었지만, 그는 그 불씨마저 스스로 꺼트리려 애썼다.

헨다예의 호수는 잔잔했고, 토요일 아침의 고요함 속에서 모든 것이 평화롭게 느껴졌다. 그는 아침 햇살이 내리쬐는 헨다예에서 조용한 사색을 즐기며 데크와 호숫가를 거닐며 유럽의 소도시의 아름다움에 빠져들었다. 호수를 돌아 보트 계류장을 지나자, 토요 시장이 열리고 있었다. 시장은 활기차 보였다. 많은 사람들이 대서양을 바라보며 소소한 일상을 즐기고 있었다. 신선한 과일과 채소, 그리고 다양한 기념품들이 시장을 가득 메웠다. 그는 시장에서 잠시 발걸음을 멈추고, 간단한 점심으로 바게트샌드위치와 시원한 맥주 한 잔을 샀다. 그리고 카페의 자리에 앉아 해변을 바라보았다. 해변의 드넓은 대서양의 모래 가든과 해변에서 바닷바람을 맞으며 자유롭게 휴식을 즐기는 사람들의 모습은 바라보는 그에게 잠깐의 여유를 선사했다. 헨다예 해변은 프랑스에서 가장 긴 해변 중 하나로, 넓은 모래사장과 잔잔한 파도로 유명하다. 많은 사람들이 서핑을 즐기며, 가족들이 모래사장에 모여 앉아 해수욕을 즐기는 모습에 자연스럽게 그의 고향을 연상하고 있었다.

그는 해변에서 버스를 타고 아바디아 성으로 향하는 동안 대서양의 끝없는 수평선과 파도의 소리가 마치 그를 감싸안는 듯했다. 바람은 바다의 소금기를 머금고 있었고, 성에 가까워질수록 나무들 사이로 비치는 빛과 바다의 푸른 색채가 그의 마음을 차분하게 만들었다. 성으로 향하는 길은 해안선을 따라 이어졌고, 그 길은 마치 그가 과거의 기억을 하나씩 되짚으며 걸어가는 듯한 느낌을 주었다.

아바디아 성에 도착했을 때, 그는 성의 웅장함에 압도되었다. 이 성은 단순한 건축물 그 이상이었다. 과거 천문학자였던 앙투안 아바디에 의해 지어진 이 성은 그가 세상과 우주를 탐구하던 열정을 그대로 담고 있었다. 성의 고딕 양식은 과학적 탐구와 예술적 감각이 조화를 이루며, 마치 인간의 한계를 넘어 새로운 지평을 열기 위해 지어진 성스러운 장소처럼 느껴졌다.

그는 성에서 내려다보이는 대서양을 바라보았다. 그 순간, 저녁노을이 서서히 대서양과 성을 황금빛으로 물들이기 시작했다. 대서양의 물결은 노을빛을 받아 반짝였고, 성의 붉은 기와지붕과 고딕 양식의 탑들은 태양 빛을 받아 환상적인 장관을 연출했다. 성의 돌벽은 따뜻한 황금빛으로 물들었고, 이 빛은 성 내부에서도 반사되어 고요하고 신비로운 분위기를 만들어냈다.

그는 성의 정원으로 걸음을 옮겼다. 저녁노을이 정원에 심어진 다양한 식물들을 빛나게 했고, 그 향기는 은은하게 퍼져 나갔다. 이곳에 서서히 드리워지는 어둠은 모든 것을 감싸며 자연스럽게 평온함을 주었고, 정원에서 멀리 바라보이는 대서양은 점점 더 어두워지며, 노을빛이 사라질 때까지 하늘과 바다가 황금빛으로 물들었다. 그가 이곳에 앉아 느끼는 감정은 마치 그가 지금까지의 인생에서 추구해 왔던 모든 것이 그곳에서 응축된 듯한 느낌이었다.

아바디아 성은 단순한 과학자의 열정만 담고 있는 것이 아니었다. 성 내부의 스테인드글라스 창문을 통해 들어오는 빛은 다양한 색채의 그림자를 성 내부에 드리우며, 그에게 고풍스럽고 신비로운 분위기를 선사했다. 스테인드글라스에 비친 빛은 마치 시간과 공간을 초월해 그가 이 성의 영혼과 교감하는 듯한 기분을 느끼게 했다.

성의 천문학적 계산과 공식들이 새겨진 벽을 바라보며 그는 과거를 떠올렸다. 이 성을 지은 아바디에가 세계와 우주를 향한 열정을 담아내기 위해 이곳에 천문대를 만들었고, 성은 그의 정신적 유산을 영원히 간직하고 있었다. 아바디아 성에서 맞이하는 저녁노을은 단순한 풍경 이상의 것이었다. 그것은 그가 삶을 돌아보고, 자기 내면 깊은 곳에 있는 감정들과 마주할 수 있는 시간이었다.

저녁노을이 물들어가는 성의 풍경은 그에게 깊은 감동을 주었다. 해가 지며 성의 고딕 양식은 더욱 장엄하게 보였고, 대서양의 물결은 노을빛을 받아 황금빛으로 빛났다. 이 순간, 그는 자신이 성을 둘러싼 자연과 하나가 되는 특별한 경험을 하고 있음을 깨달았다. 성의 스테인드글라스 창을 통해 들어오는 빛은 성 내부 벽에 다양한 색채의 그림자를 만들어내며, 그에게 그 순간이 얼마나 소중한지를 일깨워주었다.

그는 성의 정원에서 멀리 바라보이는 대서양을 보며, 마치 자신의 인생이 이 성에서 멈춘 듯한 느낌을 받았다. 대서양의 물결은 해질 녘의 빛을 반사하며 금빛으로 물들었고, 그 빛은 마치 그의 인생을 비추는 듯했다. 시간이 멈춘 듯한 이 성의 저녁노을은 그에게 깊은 깨달음을 주고 있는 듯, 그는 자신이 지금까지 걸어온 길을 되돌아보고 있었다.

저녁노을이 지나가고 어둠이 찾아오며 아바디아 성은 고요함에 휩싸이기 시작했다. 바닷바람이 성의 돌벽을 스치며 지나가는 소리와 대서양의 파도 소리만이 들리는 이 순간, 성은 마치 거대한 자연의 품 안에서 쉬고 있는 것처럼 느껴졌다. 성의 내부에서 바라보는 창문 너머의 풍경은 점점 어두워지며, 고요한 밤이 찾아왔다. 이때 수많은 방문객은 자연의 위대함과 인생의 덧없음을 느끼며 자신만의 깊은 성찰에 잠길 수 있었고, 모두 하나의 공감으로 엮어버리는 듯했다. 그는 이곳에서 자신의 과거와 현재, 그리고 미래를 생각했다.

런던에서 바쁜 삶, 파리에서 짧은 머무름, 그리고 지금 이곳에 와 있는 자신. 리스본으로 향하는 기차가 무엇을 의미하는지, 왜 그가 이 여행을 떠나게 되었는지를 다시 한번 되새기며, 그는 자신의 내면과 대화를 나누었다. 어쩌면 이 여행은 그의 삶을 재정비하고, 잃어버린 자신을 찾기 위한 과정이라고 생각하는 듯했다. 어딘가에서 브루흐의 바이올린 협주곡이 흘러나오고 있었다. 저녁노을이 사라지고 어둠이 찾아오자, 그렇게 한참을 넋이 나간 듯 생각에 잠겨있던 사람들이 하나둘 자리에서 일어나기 시작했다. 그도 그들을 따라서 자리에서 일어났다. 성에서 바라본 풍경은 이제 그에게 더 이상 미지의 것이 아니었다. 그는 이곳에서 자신이 찾고자 했던 답을 얻은 것 같았다. 웨이터의 말처럼 이곳은 사람들에게 영감을 주는 특별한 장소였다. 그는 그 자리에서 시간을 잊고, 오로지 그 황홀한 순간을 감상하며 그 속에 빠져들어 있었다. 대서양의 석양의 아름다움에 빠져 있던 그는 문득 시간을 확인하고 급하게 성을 내려와 기차역으로 향했다. 하지만 기차는 이미 떠나버린 후였다.

그는 급하게 인터넷으로 포르투갈의 포르투로 가는 야간버스를 예약하고 기차역을 나와 오른쪽 언덕으로 걸어가 국경 쪽에 있는 간이 버스정류장에서 결국 2시간이 넘도록 버스를 기려야만 했다.

그가 간이 정류장에서 기다리는 동안 다른 여행객들 몇 명이 더 버스를 타기 위해 정류장에 도착했다. 그들은 버스 정류장에서 자연스럽게 서로 인사를 나누며 버스를 기다리고 있었다. 한 노인은 나를 바라보더니 먼저 말을 걸었다.

"여행 중이신가요?"

그는 미소를 지으며 고개를 끄덕였다.

"네, 그렇습니다. 이곳은 처음 와보는데, 정말 아름답네요."

"이곳에 처음 오셨다면, 바스크 지역의 특별함을 제대로 느끼시길 바랍니다. 이곳의 언어와 문화는 아주 독특하죠."

하며 노인이 말했다. 노인은 천천히 고개를 들고 그를 바라보았다. 노인의 눈빛은 지혜와 경험이 가득 담긴 듯했다.

“여긴 참 시간이 천천히 흘러가는 곳이죠.” 노인이 미소 지으며 말했다. “저는 늙은 학자입니다.”

노인은 먼저 아바디아 성(Château d'Abbadia)에 대해 이야기를 꺼냈다.

“Château d'Abbadia는 단순한 성이 아닙니다. 그것은 과학과 탐험의 집합체이죠. 앙투안 다바디(Antoine d'Abbadie)는 단순한 귀족이 아니었습니다. 그는 과학자이자 탐험가 그리고 천문학자였죠. 이 성에는 천문대가 설치되어 있는데, 그곳에서 그는 밤하늘을 관측하며 많은 연구를 했습니다.”

노인의 설명은 마치 역사의 한 장면을 보는 듯 생생했다. 긴 설명을 요약하면 성이 지어졌던 19세기 중반, 앙투안 다바디는 대서양을 바라보며 별을 관측했고, 그의 연구는 그 당시 천문학 발전에 크게 기여했다고 말해 주었다.

“사람들은 그 성을 보면 그저 아름다운 건축물이라고 생각하지만, 그 안에 담긴 학문적 열정과 과학적 연구는 그 이상입니다. 다바디는 이곳에서 별들의 움직임을 기록하고, 우주의 비밀을 탐구했죠. 다바디는 또한 바스크 문화를 사랑했습니다.”

노인은 이어서 바스크 문화에 대한 설명을 시작했다. 바스크 지방은 프랑스와 스페인의 경계에 걸쳐 있는 지역이고, 이 지역만의 고유의 문화를 가진 곳이라고 말했다.

"바스크 문화는 아주 오래된 전통들을 많이 가지고 있습니다. 특히, 이곳 사람들은 바스크 언어인 에우스카라(Euskara)를 사용하죠. 이 언어는 유럽에서 사용되는 언어 중에서도 매우 독특한 언어로, 그 기원이 정확히 밝혀지지 않았기 때문에 '고립 언어'로 분류됩니다. 에우스카라는 인도유럽어족에 속하지 않는 독특한 언어입니다."

그 노인은 계속해서 에우스카라(Euskara)에 대해 설명하기 시작했다. 그는 이곳 바스크 지역의 언어는 바스크 사람들의 자부심이자 정체성의 중심이라고 했다.

"에우스카라는 발음이 매우 다른가요?" 그가 말했다.

그 노인은 미소를 지으며 대답했다.

"네, 아주 다릅니다. 발음을 가르쳐 드릴까요?"

그 노인은 먼저 "나는 너를 사랑해"라는 문장을 가르쳐 주었다.

"프랑스어로는 Je t'aime, 스페인어로는 Te quiero라고 하죠. 하지만 인도어(힌디어)로는 मैं तुमसे प्यार करता हूँ”(maĩ tumse pyār kartā hũ)이고, 에우스카라에서는 Maite zaitut라고 말해요. '마이테 자이투트'라고 발음합니다.”

그가 따라 해보았다.

“마이테 자이투트?”

그 노인은 고개를 끄덕였다.

“맞아요! 아주 잘하셨네요.”
“그리고 '감사합니다'는 프랑스어로 Merci, 스페인어로는 Gracias, 인도어(힌디어)로 धन्यवाद(dhanyavād, 다냐와드)입니다. 에우스카라로는 Eskerrik asko라고 합니다. 발음은 '에스케릭 아스코'라고 하죠.”

그는 에우스카라의 발음을 되뇌며 노인이 가르쳐준 단어들을 반복해 보았다.

“에스케릭 아스코… 정말 독특하네요.”

그 노인은 웃으며 말했다.

"에우스카라는 발음이 부드러우면서도 힘이 있어요. 이 언어는 바스크 지역 사람들에게 매우 중요한 의미가 있답니다. 언어 자체가 그들의 문화와 역사를 대변하죠."

그들은 계속해서 바스크 문화와 언어 그리고 이 지역의 역사에 대해 이야기했다. 그 노인은 바스크 사람들이 에우스카라를 지키기 위해 얼마나 많은 노력을 기울였는지 설명했다.

"에우스카라는 한때 거의 사라질 뻔했지만, 지금은 학교에서도 가르치고, 일상생활에서 활발하게 사용되고 있어요."

버스가 도착할 시간이 다가오고 있었다. 그는 그 노인은 대화를 나누며 이곳의 언어와 문화에 대해 깊은 이해를 하게 되었다. 그는 에우스카라가 가지고 있는 독특한 언어적 특징에 감탄했다. 언어는 그 지역의 역사와 문화를 담고 있다는 사실을 다시금 깨달았다.

"바스크 사람들은 자신들의 언어와 문화를 지키기 위해 많은 노력을 기울였죠. 수 세기 동안 이곳은 외부의 침략과 압력에 시달렸지만 그들은 자신들의 정체성을 잃지 않았습니다. 그들의 언어는 그들의 자부심입니다."

노인의 설명을 들으며 그는 헨다예의 바스크 문화와 언어에 대한 새로운 시각을 가지게 되었다. 그는 앙투안 다바디가 왜 이 성을 이곳에 지었는지 그리고 왜 바스크 문화를 사랑했는지 조금이나마 이해할 수 있었다. 다바디는 단순히 과학자이자 탐험가가 아니었다. 그는 자신이 속한 세계를 넘어서 더 넓은 세상을 탐험하고, 그 안에서 새로운 진리를 발견하려 했던 사람이었다. 대화가 무르익어갈 즈음, 버스 시간은 서서히 다가오고 있었다. 그는 노인에게 감사 인사를 전했다.

“오늘 정말 많은 것을 배웠습니다. 이곳에 대해, 그리고 바스크 문화와 언어에 대해 더 깊이 알게 되어 기쁩니다.”

노인은 미소 지으며 말했다.

“당신이 기차를 놓친 덕분에 이렇게 좋은 대화를 나눌 수 있었네요. 여행은 언제나 예상치 못한 순간들에서 배움을 줍니다. 포르투와 리스본에서 여행도 좋은 경험이 되길 바랍니다.”

그 노인은 그에게 한 번 더 에우스카라로 감사 인사를 하라고 했다.

“에스케릭 아스코”라고 그가 말하자, 그 노인은 만족스러운 미소를 지으며 고개를 끄덕였다.

"잘하셨습니다. 여행 중에도 에우스카라를 더 자주 사용해 보세요. 그럼, 이곳 사람들도 당신의 노력에 감사할 겁니다."

그들은 야간버스를 올라 지정된 자리에 앉았다. 예정된 기차를 놓친 것이 안타까웠지만, 대서양의 석양이 주는 아름다움과 동행이 생겼다는 것이 그나마 기차를 놓친 아쉬움을 어느 정도 덜어주었다. 버스는 거의 만원이었다. 그가 탄 버스는 매우 시끄러워졌다. 버스에는 중학생쯤으로 보이는 아이들이 선생님과 여행을 다녀오는지 중년의 선생님이 아무리 주의를 주어도 금세 버스 안이 시끄러워졌다. 그 학생들은 거의 12시 되어서 도착한 어느 정류장에서 내렸다. 그들이 내린 후 버스는 조용해졌고, 버스는 몇 개의 마을 정류장에서 손님을 내리고 태우며 포르투갈의 포르투로 향했다. 그렇게 그는 잠을 자는 듯 마는 듯 버스는 새벽을 맞이할 무렵 피곤에 지쳐 잠이 들었다.

꿈속 자신이 어딘가 낯선 곳에 있음을 깨달았다. 그곳은 스페인의 작은 마을이었다. 마을은 고요했고, 그의 발걸음이 닿는 곳마다 고풍스러운 건물들이 줄지어 서 있었다. 그는 마을의 중심 광장으로 향했다. 그곳에는 거대한 동상이 서 있었는데, 그것은 스페인의 성인, 조르디를 기리는 동상이었다. 조르디는 스페인의 전설적인 성인으로, 용을 물리친 영웅으로 알려져 있었다. 조르디의 이야기에는 늘 용과의 싸움, 그리고 선의 승리가 담겨 있었다. 동상을 보며 뭔가 이상한 느낌을 받았다. 마치 그 동상이 살아 움직이는 것처럼 보였다.

그때, 조르디가 동상에서 내려와 그에게 다가왔다.

"네가 여기까지 왔구나."

조르디가 말했다. 조르디의 목소리는 깊은 울림이 있었다.

"너는 이 여행에서 무언가를 찾고 있지. 하지만 그 전에 너는 너 자신을 마주해야 한다."

그는 조르디의 말을 이해하려 애썼지만, 조르디의 말 속에는 알 수 없는 무언가가 숨겨져 있었다. 그는 조르디에게 묻고 싶었다. 그때 하늘에서 무언가가 그들 쪽으로 날아오는 것을 보았다. 그것은 거대한 용이었다. 용의 눈은 불타오르고 있었고, 용의 입에서는 검은 연기가 뿜어져 나왔다. 그는 두려움에 사로잡혔다.

용은 하늘을 가로지르며 날아왔다. 용은 마치 그를 잡아채려는 듯, 기차를 쫓아오고 있었다. 거대한 날갯짓이 만들어내는 바람을 느낄 수 있었다. 그 바람은 차갑고 거칠었으며, 그의 마음속 깊은 곳에 숨어 있던 두려움을 일깨웠다. 그는 기차 안으로 달려갔다. 그는 문을 닫고 숨을 고르며 용이 그를 쫓아오는 소리를 들었다. 용의 포효는 마치 땅을 흔드는 듯한 소리였다. 그는 달리는 기차의 창밖을 바라보았다. 용은 여전히 그를 쫓고 있었다. 용의 날개는 하늘을 가르며 그 불타는 눈빛은 그를 잡아먹을 듯 노려보고 있었다. 그러나 그때

성가가 들려왔다. 기차 안에는 이전에 없던 사람들로 가득 차 있었다. 그들은 모두 성가를 부르고 있었고, 그 성가는 그의 떨리는 마음을 조금씩 진정시켜 주었다. 성가의 멜로디는 그의 마음속 깊은 곳에 울려 퍼졌다. 그는 그 성가가 자신을 보호해 주고 있다는 것을 느꼈다. 성가가 울려 퍼지는 가운데, 안에서 검은 성모의 모습을 보았다. 검은 성모는 기차의 한쪽 끝에 서 있었고, 그를 바라보며 손을 내밀었다. 검은 성모의 손길은 부드럽고 따뜻했으며, 그의 두려움을 달래주는 듯했다. 검은 성모는 그에게 다가와 말했다.

"용은 너의 두려움이다. 내가 너를 보호할 것이다."

검은 성모의 말이 끝나자마자, 조르디가 다시 나타났다. 조르디는 손에 들고 있던 검을 빼 들었다.

"용을 물리치려면 너의 두려움을 극복하는 것이다. 너는 이 여행에서 자신과 싸워야 한다."

조르디의 검에서 빛을 발하자, 용이 그에게 더욱 거세게 다가왔다. 그러나 조르디는 주저하지 않았다. 조르디는 검을 휘두르며 용을 향해 거침없이 나아갔다. 그는 그런 장면을 숨죽이며 지켜보았다. 조르디와 용이 맞붙는 순간, 검은 성모가 그의 곁에서 손을 잡아주었다. 검은 성모의 손길은 그를 보호해 주었고, 성가의 멜로디가 그의 귀를 가득 채우며 그의 마음속 두려움을 지워나갔다. 그 순간, 더 이상 두렵지 않다는 것을 깨달았다. 조르디는 용과의 싸움에서 승리했다. 용은 거대한 포효를 내지르며 하늘로 사라졌다. 하늘은 다시 맑아졌다. 그는 두려움을 이겨냈고, 자신을 지키기 위해 싸워준 조르디와 검은 성모에게 감사했다.

기차는 스페인의 국경을 넘어 포르투갈로 향하고 있었다. 꿈속에서 그는 여전히 기차 안에 있었다. 그때, 알 수 없는 언어로 속삭이는 소리가 들려왔다. 스페인어인 듯, 포르투갈어인 듯한 그 언어는 그에게 익숙하지 않았지만, 동시에 이상하게도 친숙한 느낌을 주었다. 그 소리는 마치 그의 마음속 깊은 곳에서부터 울려 퍼지는 것처럼 들렸다. 그 언어는 그의 내면 깊은 곳을 건드렸다. 그 소리는 그의 기억 속에서 무언가를 끄집어내고 있었다. 그는 그 소리를 따라 기차 안을 걸어 다녔다. 그 소리는 그에게 무언가를 말하려 했고, 그는 그 말을 이해하려 애썼다. 그러나 그 언어는 그의 이해를 넘어서는 듯했다. 그저 그 소리가 그의 마음속 깊은 곳에 숨겨진 감정들을 불러일으키고 있었다. 그 목소리는 점차 가까워졌고, 마침내 그는 그 목소리의 주인을 보았다. 그 주인은 다시 나타난 조르디였다. 이번에는 조르디는 검이 아닌 다른 무언가를 손에 들고 있었다. 그것은 고대의 문서처럼 보였고, 그 문서에는 알 수 없는 언어로 쓰여 있었다. 조르디는 그 문서를 주며 그에게 말했다.

"이것이 너의 여행이다. 이제 너는 이 여행을 완수해야 한다."

버스는 포르투갈의 국경을 넘었고, 그는 잠에서 깨어났다. 그는 버스 안에 앉아 있었고, 창밖에는 여전히 어둠이 깔려 있었다. 꿈속에서 있었던 일들이 마치 현실처럼 느껴졌다. 그는 여전히 그 꿈속에서 느꼈던 감정들이 그의 내면 깊은 곳에 남아 있는 것을 느꼈다. 그는 그 꿈이 단순한 꿈이 아니라, 무언가를 암시하는 메시지였다는 생각을 떨쳐낼 수 없었다. 리스본에 도착하기 직전, 그는 그 꿈속에서 느꼈던 모든 감정이 그를 이끌어 온 이유를 설명하는 듯했다. 그가 런던에서 시작된 이 여행을 통해 리스본으로 향한 이유는 바로 그 꿈속에서 찾을 수 있을 것 같았다. 그는 리스본이 가까워짐에 따라 그의 마음속 깊은 곳에서 무언가가 움직이는 것을 느꼈다. 그는 그 꿈속에서 조르디와 용, 검은 성모 그리고 알 수 없는 언어로 말을 걸던 존재들이 그에게 무엇을 말하려 했는지 생각했다. 그들이 그에게 전하려 했던 메시지가 무엇인지, 그는 여전히 이해할 수 없었지만, 한 가지는 분명했다. 그 꿈속에서 느꼈던 감정들이 그를 이끌어 이곳까지 오게 했고, 이제 그 답을 찾을 수 있는 리스본에 가까워지고 있었다. 그는 이 여행의 이유를 찾을 수 있을 것이다.

버스가 마침내 리스본에 도착했을 때, 그는 알 수 없는 감정에 휩싸였다. 리스본의 공기는 차가웠지만, 그 속에는 따뜻한 기운이 섞여 있었다. 그는 그동안 느꼈던 두려움이 서서히 사라지고 있음을 깨달았다. 그는 그 기운 속에서 새로운 시작을 찾을 수 있을 것이라는 희망을 느꼈다. 그것이 무엇인지는 아직 알 수 없었지만, 그는 그 답을 찾아볼 작정이었다.

그는 버스 역을 나와 무작정 노랑 트램를 타고 리스본 시내 중심으로 들어와 걸었다. 그리고 그가 처음으로 발걸음을 멈춘 곳은 고풍스러운 작은 호텔이었다. 시내 광장 한복판에 보이는 호텔 입구에 연미복의 중년 벨맨(Bellman)이 그를 사로잡았고, 그는 그 호텔에서 며칠 머물기로 했다. 그날 저녁, 그는 호텔 근처의 오래된 식당을 찾았다. 리스본의 거리에서 느껴지는 분위기가 그를 자연스럽게 이끌었다. 식당 입구에서 안내해 준 자리에는 앉았다. 식당 안에는 벌써 수많은 손님이 식사하고 있었다. 조금 지나자, 식당 안에서는 파두(Fado) 공연이 시작되었다. 파두의 애절한 멜로디가 식당을 가득 채웠고, 그 멜로디는 그의 마음속 깊이 스며들었다. 그가 리스본에 온 이유를 알 수는 없었지만, 그 순간만큼은 그가 여기 있어야 할 이유가 분명해졌다. 매일 밤, 그는 다른 몇 개의 식당을 찾아 파두를 들었다. 사랑과 이별, 삶의 고통을 노래하는 그 음악은 그의 마음을 어루만지며, 그가 품고 있던 무거운 감정들을 조금씩 풀어내는 듯했다. 그는 자신이 무엇을 위해 여기 있는지 알 수 없었지만, 그 음악이 그의 영혼을 치유하고 있다는 것은 분명했다. 시간이 지날수록 그는 리스본에서 생활에 익숙해졌다. 낮에는 도시를 걸으며 이곳저곳을 탐험했고, 밤이 되면 식당에서 파두의 선율에 귀를 기울였다. 그에게 이 도시는 일종의 도피처이자 치유의 장소였다. 그는 이곳에서 자신의 마음을 정리하고 있었다. 그러나 그가 느끼는 평온함 뒤에는 여전히 설명할 수 없는 무언가가 자리하고 있었다. 그가 런던을 떠나 기차에 오른 이유, 그리고 리스본까지 이끌린 이유는 여전히 미스터리로 남아 있었다. 그는 마치 무언가에 이끌리듯, 본능적으로 이곳에 온 것 같았다. 이 도시가 그에게 어떤 의미를 가질지, 그는 아직 알지 못했다. 하지만 그에게 주어진 시간 동안, 그는 이곳에서 자신을 찾고자 했다. 그리고 그 과정에서 그는, 리스본이 단순한 여행지 이상의 의미를 지니게 될 것임을 느끼고 있었다. 그곳에서 시간은 천천히 흘러갔지만, 그에게는 더없이 소중한 시간이 되었다. 이유를 알 수 없는 여행이었지만, 그가 이곳에 도착한 것은 그의 운명이라는 것을 점점 더 확신하게 되었다.

그는 런던에서 삶을 끝내고 모든 것을 정리했다. 함께한 동료들과 이별하고 떠나온 그는 더 이상 그 도시에서 남아 있을 이유가 없었다. 그의 마음은 여전히 혼란스러웠고, 그의 내면은 공허함으로 가득 차 있었다. 숙소에서 며칠을 보낸 후, 그는 더 이상 그곳에 머물고 싶지 않았다. 짐도 없이, 어디로 갈지도 정하지 않은 채, 그는 그저 떠나기로 결심했다. 그는 무작정 리스본행 기차에 몸을 실었다. 런던에서 파리로 향하는 동안, 그는 그동안 겪었던 모든 일들을 되새겼다. 사랑과 이별, 성공과 실패 그리고 고통. 그러나 런던에서도 그에게 안식을 주지 못했다. 그는 여전히 무언가에 쫓기는 듯한 기분을 느꼈다. 그리고, 마치 자신이 어디론가 가야만 한다는 강한 이끌림이 그를 사로잡았다. 런던에서 파리로 또 파리를 떠난 후, 그는 다시 기차를 타고 남쪽으로 향했다. 목적지는 리스본이었다. 그는 자신의 인생이 어디로 가고 있는지, 왜 가야 하는지 알 수 없었다. 그저 무언가에 이끌려 그 길을 따라가고 있었다. 그의 인생 여행의 끝에 무엇이 기다리고 있을지 알 수 없었다.

리스본에 도착한 후, 며칠이 지나고, 미지의 힘에 이끌리듯 도시의 외곽으로 향했다. 리스본에서 몇 시간이 걸리는 외딴곳, 호카곶으로 향하는 그의 발걸음은 점점 더 무겁게 느껴졌다. 호카곶, 그 이름은 그에게 낯설었지만, 동시에 익숙한 기운을 느끼게 했다. 마치 오래전부터 알고 있었던 곳인 듯한 느낌이 들었다. 호카곶은 유럽 대륙의 서쪽 끝자락, 대서양과 마주한 절벽 위에 자리 잡고 있었다. 그곳은 대서양의 거센 바람과 파도가 끊임없이 부딪히는 장소로, 마치 세상의 끝에 서 있는 듯한 느낌을 주었다. 호카곶에 서 있는 동안, 그는 마치 이 세상에서 벗어나고 있다는 기분이 들었다. 그곳은 어둡고 고요했으며, 그 고요함 속에서 그는 자신이 이끌려 온 이유를 점차 깨닫기 시작했다. 그 절벽 위에는 한 문구가 새겨져 있었다.

"육지의 끝, 바다의 시작."

이 문구는 그가 그동안 느껴왔던 모든 것들을 압축해 표현하고 있었다. 육지의 끝, 그동안 그가 걸어온 삶의 여행이 끝나고, 이제는 새로운 시작을 맞이해야 할 때라는 것을 암시하는 듯했다. 육지와 바다가 만나는 이곳은 과거와 미래가 교차하는 지점이었다. 그는 그 문구를 바라보며, 자신이 이곳에 온 이유를 이해하려고 노력했다.

그는 호카곶 탑에 새겨진 시를 보았다. 시는 세월의 풍파를 맞으며 희미해졌지만, 여전히 그 의미는 강렬하게 다가왔다. 시는 고통

속에서도 희망을 잃지 말라는 메시지를 담고 있었다. 그는 그 시를 읽으며, 자신이 그동안 겪어온 모든 고통이 결국 그를 이곳으로 이끌었다는 사실을 깨달았다. 그 시는 마치 그를 위해 쓰인 것처럼 느껴졌다. 그는 그 시를 마음속에 깊이 새기며, 자신이 이곳에 온 이유를 점점 더 분명히 이해하게 되었다. 탑은 수백 년 동안 이곳에 서 있었고, 대서양을 바라보며 수많은 시간을 견뎌온 듯했다. 탑의 벽에는 수많은 이름과 날짜가 새겨져 있었다. 그것은 이곳을 거쳐 간 사람들의 흔적이었다. 그들은 모두 이곳에서 무언가를 발견하고, 그것을 마음속에 새긴 채 떠났을 것이다. 탑은 마치 시간의 흐름을 상징하는 듯했다. 그는 그 탑을 바라보며, 자신이 걸어온 시간을 되새겼다. 그동안 그는 수많은 것을 잃었고, 그 잃어버린 것들을 잊기 위해 스스로를 학대하며 살아왔다. 그러나 이곳에서 그는 그 모든 것을 내려놓을 수 있을 것 같았다. 그는 탑의 벽에 손을 얹고, 그 벽에 새겨진 흔적들이 내는 소리를 들었다. 그것은 그가 걸어온 길의 일부였고, 이제는 그 길을 내려놓을 때가 되었다는 것을 말하고 있었다.

탑에 새겨진 시는 그에게 새로운 시작을 약속했다. 시는 고통 속에서도 희망을 잃지 말고, 새로운 시작을 위해 나아가라는 메시지를 담고 있었다. 그는 그 시를 읽으며, 자신이 그동안 붙잡고 있던 모든 고통을 내려놓기로 결심했다. 이제 그는 더 이상 과거에 머물지 않을 것이었다. 그는 이곳에서 새로운 시작을 찾고, 그 시작을 받아들이기로 했다. 호카곶에서 시간은 그에게 중요한 전환점이 되었다. 그는 그곳에서 자신이 그동안 잃어버렸던 믿음과 희망을 다시 찾았다. 절벽 위에서, 그는 대서양의 거센 바람을 맞으며 자신이 왜 이곳에 왔는지 깨달았다. 그것은 단순한 여행이 아니었다. 그것은 그의 내면을 정화하고, 새로운 시작을 찾기 위한 여행이었다. 그는 호카곶에서 시간을 통해 자신을 다시 발견했다. 그는 그동안 자신을 괴롭혀왔던 고통과 두려움을 내려놓았고, 새로운 희망과 믿음을 찾았다. 십자가와 탑 그리고 그곳에 새겨진 시는 그에게 새로운 길을 제시했다. 그는 그 길을 따라 앞으로 나아가기로 결심했다.

호카곶에서 시간은 그에게 새로운 시작을 약속했다. 그는 그 약속을 받아들이기로 했다. 이제 그는 더 이상 과거에 머물지 않을 것이었다. 그는 이곳에서 새로운 삶을 시작할 준비가 되어 있었다. 희망과 안도의 기운이 그의 내면을 가득 채우며, 그는 호카곶을 떠났다. 그는 그곳에서 떠나면서도, 여전히 그곳에서 시간을 마음속에 깊이 새기고 있었다. 그가 걸어온 길은 이제 끝났다. 그리고 그는 새로운 길을 걸어갈 준비가 되어 있었다. 호카곶의 어둠 속에서 그는 희망을 발견했고, 그 희망은 그를 앞으로 나아가게 할 것이었다.

수백 년을 견뎌낸 탑, 대서양을 향해 서 있네. 벽에 새겨진 이름과 날짜, 지나간 자들의 흔적일까.

나는 그 탑을 바라보며 걸어온 길을 되새긴다. 잃어버린 것들, 그리고 그걸 되찾으려 자신을 학대했던 시간.

이제는 내려놓을 때, 탑의 벽에 손을 얹고 새겨진 시를 듣는다. 고통 속에서도 희망을, 새로운 시작을 약속하는 시.

바람 속에서 나는 결심한다. 과거를 뒤로 하고, 이곳에서 새로운 길을 찾으리라. 믿음과 희망을 다시금 품으며.

어느 날, 그는 라제르의 푸른 바다와 높이 휘몰아치는 파도를 보기 위해 수만 년 전 잘려 나간 절벽에 위를 바라보며 길을 걸어가고 있었다. 그 길은 해변에서 가파르게 놓인 케이블카 옆으로 바다 위 절벽을 향해 구불구불 길이 만들어져 있었다. 그의 어딘가로 이끌려 가는 듯한 묘한 감정을 느꼈다. 그는 무엇에 끌린 것인지 알 수 없었지만, 그날따라 그는 유난히 빠른 발걸음으로 절벽 쪽으로 향하는 언덕을 오르고 있었다. 바다에서 불어오는 바람은 그의 얼굴을 스치며, 알 수 없는 슬픔이 밀려왔다.

푸른 바다와 절벽은 나자레에서 가장 강렬하고 생생한 장면을 만들어낸다. 그 깎아지른 듯한 하얀 절벽 위, 가끔 드러난 핏빛의 균열과 검게 그을린 바위는 마치 자연이 겪은 지 오래된 전쟁의 흔적처럼 보였다. 바위틈에는 생명력 넘치는 파란 초목이 자라나 있었고, 그 아래로는 아찔한 낭떠러지가 이어졌다. 마치 세상의 끝자락에 서 있는 듯한 그곳에서 바다와 하늘이 맞닿아 있었다.

끝없는 절벽 위 붉은 등대는 그곳에 서는 모든 이들에게 경고하듯 몰아쳤다. 세상에서 가장 거대하고 위험한 나자레의 파도는 마치 하늘과 바다 사이에 놓인 거대한 용이 그 깊은숨을 토해내는 듯했다. 그 숨결은 바람과 함께 몰아치며 절벽을 강타했고, 그 바람 속에서 등대는 우뚝 선 채, 그 모든 위협을 받아내고 있었다. 붉은빛은 등대의 마지막 저항처럼, 끝없는 어둠 속에서 길을 잃은 자들에게 희미한 희망의 불씨로 깜박였다.

바다 끝에서 몰아치는 파도는 마치 하늘을 집어삼킬 듯이 치솟아 올랐다. 검은 바위에 부딪힌 파도는 하얀 물거품으로 변해 부서졌다. 그 순간, 마치 삶과 죽음이 한순간 교차하듯, 파도는 일순간 하얗게 퍼지며 사라졌지만, 다시금 거세게 되돌아왔다. 바다는 파도를 절대 멈추지 않았다. 나자레의 파도는 모든 것을 휩쓸어갈 기세로 다가왔다. 그 높이와 속도는 인간의 한계를 시험하는 듯했고, 이 파도에 맞서는 이들은 그 누구도 승리를 장담할 수 없었다. 수많은 서퍼들은 이곳을 도전의 장소로 삼았지만, 그들에게 이곳은 곧바로 죽음의 문턱과도 같았다.

파도가 절벽에 부딪힐 때, 그 충격은 대지가 무너지는 소리처럼 거대했다. 대지 전체가 흔들리는 듯했고, 그 순간 파도는 그 무엇도 남기지 않고 모든 것을 삼킬 듯이 휘몰아쳤다. 바다의 소리는 용의 포효처럼 거세게 몰아치며, 절벽과 등대를 집어삼킬 것만 같았다. 그 포효는 끊임없이 이어졌고, 한 번의 충격이 끝나기도 전에 다음 파도가 이미 등대를 향해 달려들었다.

절벽 아래는 끝없는 낭떠러지와 끊임없이 밀려오는 파도, 그리고 그 파도가 내는 소리로 가득했다. 그곳에 발을 디디는 순간, 모든 것이 무너져 내릴 것만 같은 아찔함이 온몸을 감쌌다. 그곳에서 파도 소리는 멀리서 들을 때와는 달랐다. 가까이에서 들으면, 그것은 단순한 자연의 소리가 아니었다. 그것은 마치 바다 자체가 고통을 내뱉으며 외치는 비명 같았다. 절벽을 집요하게 두드리는 파도는, 마치 오래전부터 그곳에 상처를 내고 있었던 것처럼, 바위를 검게 그을린 채로 남겨두었다. 몇몇 바위는 용의 발톱에 긁힌 듯 깊은 자국을 남기고 있었고, 그 사이로 파도가 몰아칠 때마다 하얀 포말은 마치 절벽이 피를 흘리는 것처럼 바위틈을 메우고 있었다.

그 모든 고통의 끝에, 등대는 홀로 서 있었다. 등대는 이 거대한 자연의 힘을 온몸으로 받아내고 있었다. 등대의 붉은 빛은 바다의 끝없는 공격 속에서 마지막 저항처럼 깜박이고 있었다. 파도는 그 빛을 향해 달려들었고, 매번 부딪히며 사라졌지만, 등대는 여전히 그 자리를 지키고 있었다. 하지만 그 방패도 언젠가는 무너질 것이다. 바다는 끝없이 몰아치고 있었고, 등대는 더 이상 견디지 못할 것만 같았다. 등대 위로 몰려드는 파도의 물보라는 마치 용이 내뿜는 마지막 숨결처럼 강렬했고, 그 숨결 속에서 등대는 버티고 있었다.

시간이 지나면서 등대는 점점 쇠약해졌다. 그 붉은 빛도 예전처럼 밝지 않았다. 파도는 여전히 몰아쳤고, 그때마다 등대는 흔들렸다. 바다는 절대포기하지 않았다. 그 끊임없는 공격 속에서 등대는 점점 더 많은 상처를 입고 있었다. 바위는 검게 타버린 자국을 남겼고, 그 자국들은 마치 오래된 상처처럼 남아있었다. 등대는 그 상처를 견디며 여전히 그 자리에 서 있었지만, 그 누구도 그 끝을 장담할 수 없었다.

파도는 쉬지 않고 몰아쳤고, 등대는 그 끝없는 공격을 맞서며 버텼다. 하지만 그 방패도 언젠가는 무너질 것이다. 그리고 그날이 오면, 등대는 더 이상 그 자리를 지킬 수 없을 것이다. 바다는 그때를 기다리고 있는 것 같았다.

나자레의 바다와 절벽은 그 자체로 하나의 이야기였다. 용이 윙윙거리는 소리, 파도가 절벽에 부딪히는 소리, 그리고 그 파도가 하얀 물거품이 되어 사라질 때까지의 순간은 마치 세상의 끝에서 벌어지는 전쟁처럼 보였다. 해변에 서 있는 사람들은 이 거대한 자연의 힘 앞에서 작고 연약한 존재였지만, 그들은 그곳에서 자신만의 작은 평화를 찾고 있었다.

그는 멀리서 한 사람의 실루엣을 보았다. 그 순간, 그의 가슴속 깊은 곳에서 무언가가 꿈틀거렸다. 그 사람은 절벽 끝에 서 있었고, 긴 머리가 바람에 휘날리고 있었다. 그 사람은 마치 세상의 끝에서 모든 것을 내려놓고 있는 것처럼 보였다. 그는 그 사람을 본 순간, 주체할 수 없는 감정이 밀려왔다. 그는 무언가에 홀린 듯, 그 사람에게 달려가기 시작했다. 왜 그토록 강하게 이끌리는지 알 수 없었지만, 그는 가슴 속에서 뭔가가 솟구쳐 오르는 것을 위기감을 느꼈다. 가까이 다다랐을 때, 그 사람의 뒷모습은 그에게 익숙한 느낌을 주었다. 바람에 날리는 긴 머리카락, 슬픔이 가득한 어깨선 그리고 그 여린 모습, 그 모든 것이 그의 기억 속에 어렴풋이 남아 있던 누군가를 떠올리게 했다. 그러나 그는 그 감정의 정체를 정확히 알 수 없었다. 다만, 그 사람에게 다가가지 않으면 안 될 것 같은, 필사적인 느낌이 그를 사로잡았다.

그는 달리기 시작했다. 그의 가슴은 점점 더 빨리 뛰었고, 온몸을 감싸는 이상한 무서움이 그를 압도했다. 그는 마치 그녀가 이 세상에서 사라질 것 같은 두려움이 그를 더욱 빠르게 만들었다. 그의 머릿속에는 수많은 생각들이 교차했다. '저 사람은 누구일까? 왜 나에게 이렇게 강하게 다가오는 것일까?' 그러나 이성적인 생각을 할 틈도 없이 그의 발은 그 사람을 향해 달려가고 있었다. 가까워질수록 그 여자의 모습이 더욱 선명해졌다. 그 여자는 절벽 끝에 서서 바다를 바라보고 있었고, 그 여자의 모습은 마치 이 세상과 작별을 고하려는 사람처럼 보였다. 그 순간, 그는 그녀가 바로 그 여인이라는 것을 직감적으로 느꼈다. 그 여인은 오랜 시간 동안 그의 기억 속에 남아 있었던, 그리고 한 번도 잊을 수 없었던 바로 그 여인이었다. 그녀의 모습은 그의 가슴을 아프게 만들었다. 그녀가 왜 그곳에 서 있는지, 그리고 그녀가 무엇을 하려고 하는지에 대한 생각이 그의 머릿속을 가득 채웠다. 그는 무슨 일이 있어도 그녀를 붙잡아야만 했다. 그의 발걸음은 점점 더 빨라졌고, 마침내 그는 그녀에게 다가갔다. 그녀가 절벽 아래로 몸을 기울이는 순간, 그는 그녀의 팔을 잡았다. 그 순간, 그녀의 몸이 그를 향해 넘어졌고, 그는 본능적으로 그녀를 감싸안았다. 그녀는 그의 품에 안겨 절벽으로 떨어질 뻔한 상황에서 겨우 몸을 멈출 수 있었다. 그는 그녀를 꼭 안고 있었다. 그녀의 몸은 차가웠고, 그녀의 마음도 그러하리라는 것을 느꼈다. 그녀의 눈에는 눈물이 가득 고여 있었다. 그녀는 자신이 절벽 아래로 떨어지려던 순간에, 그가 자신을 붙잡아 줄 것이라고는 상상도 하지 못했다. 그녀는 놀라움과 두려움, 그리고 설명할 수 없는 감정들로 혼란스러워하고 있었다. 그녀는 그의 품에 안겨 한참 동안 말을 잇지 못했다. 그 역시 아무 말도 할 수 없었다. 그는 그저 그녀를 꽉 안고 있었다. 그의 가슴은 그녀의 체온을 느끼며 점점 더 빨리 뛰었다. 그는 자신이 왜 이곳에 왔고, 왜 그녀를 붙잡아야만 했는지 알 것 같았다.

그들은 한때 사랑했던 사람들이다. 그들은 서로 자기 일을 하며 행복한 삶을 살고 있으리라고 서로 확신했었다. 그래서 그들은 서로의 잊힌 추억 속의 일부로 알고 있었다. 그러나 운명은 그들을 이곳으로 다시 데려다 놓았다.

그는 그녀의 얼굴을 바라보았다. 그녀는 눈을 감고 있었다. 그는 그녀의 얼굴을 자세히 보며 놀라고 말았다. 그녀도 천천히 눈을 떴다. 그리고 그녀는 그의 얼굴을 보며 놀라지 않을 수 없었다. 그녀의 눈빛은 깊고, 슬픔이 가득했다. 그녀는 그를 바라보며, 그의 얼굴을 확인했다. 그녀의 눈에서 눈물이 쏟아졌다. 그녀는 그의 품에 안겨 울기 시작했다. 그는 그녀의 울음을 조용히 받아주었다. 그는 그녀의 긴 머리를 쓰다듬으며, 그녀의 슬픔을 함께 느꼈다. 그들은 절벽 위에서 오래도록 서로를 안고 있었다. 바람은 여전히 불고 있었고, 바다는 끝없는 파도를 만들고 있었다. 그들은 순간 모든 것을 잊은 채, 서로의 존재만을 느끼고 있었다. 그들은 더 이상 과거의 상처나 아픔을 기억하지 않았다. 그들은 그저 서로를 다시 만난 안도감에 젖어 있었다. 그녀는 그에게 아무 말도 할 수 없었다. 그녀는 그의 품에 안겨 있는 것만으로도 충분했다. 그와 그녀는 그동안의 고통과 슬픔, 그리고 외로움을 모두 잊고 싶었다.

그들은 한때 서로 사랑했던 사람들이었다. 그 사랑은 아득히 먼 과거의 일이었고, 서로의 기억 속에서 희미해져 가는 줄로만 알았다. 그들은 시간이 지나면서 그 사랑은 점점 더 깊은 추억 속에 묻혀, 그저 언젠가 지나가 버린 짧은 인연으로 남아 있기를 바랐다. 그들은 각자 자신의 길을 걸어가며, 서로가 없어진 세상에서 새로운 삶을 만들어가고 있었다. 그는 그녀가, 그리고 그녀는 그가 아마도 행복한 삶을 살고 있겠다고 생각했다. 그들은 각자의 자리에서 자신만의 삶을 살아가며, 서로의 존재를 잊어버린 듯 지내왔다. 그러나 운명은 그들을 다시금 이곳으로 데려왔다. 그들이 예상하지 못한 곳, 예상하지 못한 순간이었다. 마치 모든 것이 계획된 것처럼, 그들의 발걸음은 이 한 점에서 다시 만나게 되었다. 그 순간, 그들은 자신들이 운명의 장난에 속절없이 이끌리고 있음을 깨달았다. 과거를 잊고 살아왔던 두 사람은 그저 짧은 우연의 만남이라 여기기엔 너무도 강력한 이끌림에 휩싸였다.

절벽 위, 차가운 바람이 불어오는 곳에 그들이 서 있었다. 그곳은 대지가 끝나고 하늘과 바다가 맞닿는 지점이었다. 그들은 서로를 마주하며 한동안 말을 잇지 못했다. 바람이 매섭게 불어오고 있었지만, 그 차가운 바람도 그 순간만큼은 그들에게서 감정의 흔적을 지울 수 없었다. 그는 먼저 그녀의 얼굴을 바라보았다. 그녀는 눈을 감고 있었고, 마치 그가 이 자리에 함께 있다는 사실을 믿지 못하는 것처럼 보였다. 그는 그녀의 얼굴을 더욱 자세히 살펴보았다. 그녀는 천천히 눈을 떴고, 그의 얼굴을 보았다. 두 사람의 시선이 맞닿는 순간, 그녀는 자신이 결코 이 순간을 예상하지 못했음을 깨달았다. 그의 얼굴을 보는 것만으로도 그녀는 자기 모든 고통에서 벗어나는 듯했다. 그녀는 그 깊은 눈 속에는 오랜 시간 동안 묻어두었던 슬픔과 고통이 잠들어 있었다. 그 슬픔은 그저 아픔의 흔적이 아닌, 그와 함께 보낸 시간에 대한 모든 감정이 한데 얽혀 있는 것이었다. 그녀는 그와 다시 마주하게 될 줄은 몰랐다. 그들은 서로를 떠나왔고, 그 만남은 더 이상 이루어질 수 없다고 생각했다. 그러나 운명은 그들을 이렇게 다시금 마주하게 했다. 그녀의 눈에서 눈물이 흘러내렸다. 그 눈물은 과거의 아픔을 상기시키는 동시에, 그 순간에 다시 찾아온 기적 같은 만남에 대한 감정의 표현이었다. 그녀는 더 이상 자신을 억누르지 않았다. 그녀의 슬픔은 한꺼번에 터져 나왔고, 그녀는 그의 품에 안겨 크게 울기 시작했다. 그는 아무 말도 하지 않았다. 그저 그녀의 울음을 조용히 받아주었다. 그의 손은 조심스럽게 그녀의 긴 머리를 쓰다듬으며, 그녀의 고통을 함께 나누고 있었다. 그 순간, 그들은 과거의 상처나 아픔을 기억하지 않았다. 오로지 서로의 존재만이 그들을 감쌌다.

그녀는 그동안의 고통을 모두 잊고 싶었다. 그의 품에 안겨 있는 것만으로도 그녀는 충분했다. 그 또한 그녀의 마음을 느끼고 있었다. 그는 그동안 자신이 살아온 세월이 그녀 없이 얼마나 고통스러웠는지 깨달았다. 그 역시 그녀가 떠난 후 수많은 밤을 뒤척이며 그리워했지만, 그 감정을 애써 묻어두고 살아왔다. 그는 그녀가 떠난 이후로 자신에게 주어진 인생을 어떻게든 채워 나가려 했지만, 결국 그가 원하는 삶은 이루어지지 않았다. 이제, 그는 그녀가 옆에 있는 것만으로도 충분히 위안을 얻고 있었다. 그동안의 모든 고통과 외로움이 그녀와의 재회로 인해 사라질 수 있기를 바랐다. 그들은 아무 말 없이 서로의 온기 속에서 위안을 찾았다.

바람이 더욱 거세게 불어왔고, 바다는 끝없이 파도를 밀어 올리고 있었다. 그들은 여전히 절벽 위에서 서로를 끌어안고 있었다.

구스타프 클림트의 〈키스(The Kiss, 1907~1908)〉는 오스트리아의 비엔나에서 활동했던 클림트의 가장 유명한 작품으로, 그의 황금기(Golden Phase)를 대표하는 작품입니다. 현재 이 작품은 비엔나의 벨베데레 미술관(Belvedere Museum)에 소장되어 있으며, 전 세계적으로 많은 사람들에게 사랑받고 있습니다.

〈키스〉는 남성과 여성이 서로를 포옹하며 입맞춤하는 순간을 담고 있습니다. 그림 속 두 인물은 황금빛 배경에 둘러싸여 있으며, 그들의 몸을 덮고 있는 옷은 금박과 화려한 패턴으로 장식되어 있습니다. 남성과 여성이 서로를 포옹하고 입맞춤하는 순간을 통해 절정에 달한 사랑의 순간을 표현하고 있습니다. 작품에서 남성은 여성에게 약간의 힘을 가하는 듯한 모습을 하고 있으며, 여성은 이를 받아들이는 자세를 취하고 있습니다. 이 장면은 두 사람 사이의 깊은 감정적 연결을 상징하며, 사랑이 주는 기쁨과 안정감을 표현하고 있습니다. 이 그림은 금박을 사용한 화려한 장식과 정교한 패턴과 상징은 작품의 중요한 부분을 차지합니다. 남성의 옷은 직사각형의 패턴으

구스타프 클림트(Gustav Klimt)의 〈키스〉

로 구성되어 있으며, 여성의 옷은 유기적인 꽃무늬로 장식되어 있습니다. 이러한 대조는 남성과 여성의 에너지를 상징하는 요소로 해석되곤 합니다. 이 작품에서 클림트의 개인적인 사랑에 대한 시각을 반영하며, 금박 사용은 클림트의 황금기를 특징짓는 요소로, 중세 비잔틴 미술에서 영감을 받은 것입니다. 클림트는 금박을 주된 매체로 사용하며 여러 상징적이고 관능적인 작품들을 제작했습니다. 이 작품은 당시 보수적인 사회로부터 비난을 받기도 했습니다. 클림트의 〈키스〉는 인간의 사랑과 감정의 깊이를 완벽하게 표현한 작품으로 그의 예술적 천재성과 그의 시대를 초월한 감각을 잘 보여준 작품으로, 그 예술적 가치를 인정받아 현재에 이르기까지 전 세계에서 사랑받고 있습니다. 〈키스〉는 사랑의 상징으로서, 수많은 포스터, 엽서, 인쇄물에 등장하며 대중문화에도 깊은 영향을 미치고 있습니다.

2장

사랑

남자의 이야기

로스앤젤레스는 토착 아메리카 원주민(인디언)들이 살던 지역이었으며, 1780년대 스페인 정복자들이 도착하면서 '엘 푸에블로 데 누에스트라 세뇨라 라 레이나 데 로스 앙헬레스(El Pueblo de Nuestra Señora la Reina de los Ángeles)'라는 이름으로 불렸다. 해석하면 '천사의 여왕 우리 성모의 마을'이라는 의미를 지니고 있어 이 말을 줄여서 '로스앤젤레스'로 불리게 되었다. 그러다 1820년대에 멕시코가 스페인으로부터 독립하면서 로스앤젤레스는 멕시코의 일부가 되었고, 이후 1848년 미국 텍사스의 알라모 요새의 전투 이후 멕시코-미국 전쟁이 끝나면서 캘리포니아가 미국에 편입됨에 따라 로스앤젤레스도 미국의 도시가 되었다.

8월의 로스앤젤레스는 새벽부터 천천히 눈을 뜬다. 태양이 부드럽게 솟아오르며, 도시의 전경을 환하게 비추기 시작한다. 이 도시는 아침의 고요함 속에서 곧 시작될 활기찬 하루를 준비하는 듯, 잠시 숨을 고르고 있다. 산타모니카 해변에서 맞이하는 아침은 그중에서도 특별하다. 끝없이 펼쳐진 백사장과 잔잔한 파도, 그리고 그 위로 쏟아지는 태양의 첫 빛이 어우러져 마치 한 폭의 그림처럼 펼쳐진다. 야자수들이 바람에 살랑이는 소리를 내며, 아침을 맞이하는 이곳에서 시작은 조용하면서도 경이롭다.

해변을 걷는 동안, 태평양에서 불어오는 바닷바람이 얼굴을 스치고 지나간다. 발밑의 모래는 부드럽고 따스하다. 밀려오는 파도가 발끝을 적셔주면, 마치 자연이 그날 하루를 축복하는 듯한 느낌을 준다. 산타모니카의 해변에서는 자연이 만들어내는 소리가 도시의 소음 대신 귀를 간지럽힌다. 새들의 노랫소리, 잔잔히 부서지는 파도의 리듬, 그리고 이따금 들려오는 바다사자의 울음소리는 바다와 자연의 조화로움을 느끼게 한다. 이곳에서는 시간마저 천천히 흘러가는 듯, 자연과 인간의 경계가 사라진다.

피어에 다다르면, 아침의 고요함을 깨고 서서히 깨어나는 일상이 눈에 들어온다. 몇몇 사람들은 낚시를 시작하며 하루를 준비하고, 서퍼들은 거센 파도를 향해 나아간다. 해변을 따라 산책하는 사람들의 발걸음은 여유롭고 느긋하다. 아직 문을 열지 않은 상점들은 아침 햇살을 받아 조금씩 하루를 준비하고, 산타모니카 피어는 서서히 활기를 띠며 새로운 하루를 맞이한다. 이곳에서 하루를 시작하는 사람들은 각기 다른 이유로 이곳에 모여 있지만, 이 아침의 고요함 속에서는 그들 모두가 한순간의 평화를 느끼고 있는 듯하다.

산타모니카 해변에서 남쪽으로 내려가면 레돈도 비치가 모습을 드러낸다. 이곳에서는 또 다른 해변의 매력을 느낄 수 있다. 조금 더 소박하고 조용한 분위기의 레돈도 비치는, 사람들이 여유롭게 거닐며 일상을 즐기기에 안성맞춤이다. 파도 소리는 잔잔하고, 하늘은 맑으며, 이른 아침의 신선한 공기가 그곳을 가득 채운다. 이곳에서 태평양의 바람은 도시 속의 소음과 공허함을 멀리 밀어내며, 사람들에게 깊은 안식을 선사한다. 바다로 향하는 길목마다 보이는 낚싯배와 요트들은 천천히 항구로 돌아오고, 이곳에서 아침을 맞이하는 사람들은 자연과 하나가 된 듯한 평화를 누린다.

반면, 북쪽으로 가면 말리부 해변이 그 모습을 드러낸다. 말리부는 로스앤젤레스에서 가장 유명한 해변 중 하나로, 고요한 아침의 풍경 속에서도 그 웅장함이 느껴진다. 고급 저택들이 늘어서 있는 이곳에서는 태평양의 거대한 파도가 거세게 밀려오고, 서퍼들은 그 파도를 타기 위해 바다로 향한다. 바람에 흔들리는 야자수와 맑은 하늘이 어우러져 말리부 해변만의 독특한 분위기를 만들어낸다. 파도가 부딪치는 소리, 야자수가 바람에 흔들리는 소리, 그리고 아침의 고요함이 섞여 이곳의 아침은 경이로운 자연의 소리로 가득 차 있다.

로스앤젤레스의 또 다른 매력을 느낄 수 있는 곳은 베니스 비치다. 이곳에서는 더욱 자유로운 분위기 속에서 아침을 맞이할 수 있다. 베니스 비치는 예술가들이 모여드는 장소로도 유명하다. 다양한 벽화와 거리 공연이 이곳의 독특한 문화를 형성하고 있다. 해변을 따라 나 있는 산책로에는 자전거를 타는 사람들, 스케이트보드를 타는 젊은이들, 그리고 아침 일찍 요가하는 사람들까지 각자의 방식으로 하루를 시작하는 모습들이 보인다. 베니스 비치는 그 자체로 하나의 거대한 예술 작품 같다. 파도가 넘실거리는 해변과 길게 이어진 산책로, 그리고 그 위를 가로지르는 사람들의 자유로운 모습은 이곳만의 특별한 매력을 더한다.

로스앤젤레스의 아침은 이처럼 각기 다른 해변들에서 다양한 모습을 보여준다. 도시의 가장 선선한 시간인 이른 아침, 로스앤젤레스는 아직은 잠잠하지만, 서서히 깨어나는 순간을 맞이한다. 해변에서 시작된 고요함은 도심 속으로 스며들며, 하루의 분주함이 본격적으로 시작되기 전 잠깐의 평화를 준다. 다운타운의 높은 빌딩들 역시 태양의 빛을 받으며 조금씩 깨어난다. 밤새 남아있던 어둠은 서서히 사라지고, 빌딩 사이로 비집고 들어온 아침 햇살이 유리창에 반사되어 반짝인다. 거리에는 아직 사람들의 발걸음이 많지 않다. 도시는 잠깐 숨을 고르며 평화로운 아침을 만끽하고 있다.

할리우드의 언덕 또한 이 아침의 고요함 속에서 빛난다. 할리우드 사인은 태양의 첫 빛을 받아 더욱 선명하게 드러난다. 그 아래로 펼쳐진 도시는 아직 꿈속에 잠겨 있는 듯 조용하다. 하지만 그 고요함 속에서도 느껴지는 활기는 로스앤젤레스라는 도시가 가진 특유의 에너지를 말해준다. 도시 곳곳에서 하루를 준비하는 사람들이 하나둘씩 모습을 드러내며, 이 거대한 도시가 서서히 깨어나는 모습을 만들어간다.

로스앤젤레스의 아침 풍경은 이렇듯 고요하면서도 아름답다. 그 속에서 느껴지는 평온함은 단순한 도시의 모습이 아닌, 자연과 도시가 어우러져 만들어내는 독특한 조화다. 태평양의 파도는 끊임없이 밀려오고, 그 파도에 실려 온 안개가 도시를 감싸며 아침을 맞이한다. 해변의 야자수는 바람에 흔들리고, 그 위로 솟아오르는 태양은 하루의 시작을 알린다. 그리고 그 순간, 로스앤젤레스는 자연 속에서 숨을 고르고, 도시와 자연이 하나 되는 풍경을 완성한다.

그는 산타모니카 해변의 해변도로를 따라 옥스나드 쪽으로 조금 올라가 페퍼다인유니버시티가 보이는 해변 언덕에 차를 세웠다. 그리고 해변으로 펼쳐진 작은 언덕의 풀숲 사이로 만들어진 작은 길을 걸어 내려갔다. 몇몇 개인소유의 바닷가 모래사장 사이의 작은 모래사장 따라 걷다가 발걸음을 멈추고, 눈을 감고 바람을 느낀다. 그 순간, 그는 도시의 분주함 속에서 자신만의 평화를 찾을 수 있었다. 그는 힘든 일이 있을 때면 이곳에서 저녁 햇살에 반짝이는 태평양 바다를 바라보며, 저 태평양이 육지라면 지금 이대로 차를 몰아 고향으로 갈 수 있을 것 같은 상상을 하거나, 파란 잔디가 태평양 쪽으로 넓게 펼쳐진 잔디를 가진 페퍼다인유니버시티의 운동장 벤치에 앉아 저녁노을을 바라보며 밤을 느끼기도 한다. 그렇게 늦은 시간까지 노을과 지평선 너머로 점점이 보이는 시추선의 반짝이는 불빛을 바라본다. 멀리 산타모니카 피어의 관람차와 놀이공원의 불빛을 보며 다시 도시 속으로 돌아간다. 그는 밤 10시가 넘어서야 다운타운에 있는 사무실 지하 주차장에 차를 세웠다. 늦은 시간이라 주차장에는 그가 유일한 사람인 것 같았다. 차에서 내리자마자 느껴지는 차가운 공기는 하루 종일 쌓였던 피로를 조금 덜어주는 듯했다. 그는 서둘러 엘리베이터를 향해 걸음을 옮겼다. 주차장 엘리베이터를 통해 1층 로비에 도착하자, 그를 맞이하는 것은 익숙한 얼굴, 히

스패닉 경비원 로베르토였다. 로베르토는 항상 그에게 친절한 미소를 보이며 인사를 건넸다.

"안녕하세요, 오늘도 늦게까지 일하시네요." 로베르토가 미소를 지으며 말했다.

"네, 어쩔 수 없네요. 내일 중요한 출장 준비 때문에요." 그는 피곤한 얼굴로 대답했다.

로베르토는 그를 보며 고개를 끄덕였다.

"한국 사람들은 정말 일을 열심히 하네요." 로베르토가 말했다.

"아니에요." 그는 손사래를 치며 말했다.

"오늘은 금요일이라 저희 직원들은 모두 일찍 퇴근했어요. 나만 남아 있어요."

로베르토는 고개를 끄덕이며 이해한다는 표정을 지었다.

"그러면 조심히 일하세요. 너무 무리하지 마시고요"라고 말하고는 내가 사무실 보안키로 1층에 설치된 입구를 지나는 것을 보고서야 로베르토는 인사를 건네며 경비 데스크로 돌아갔다.

그는 엘리베이터에 오르며 로베르토와의 짧은 대화 속에서 느껴진 로베르토의 따뜻함을 떠올렸다. 이 도심 한가운데서, 밤마다 이렇게 고요하게 서 있는 건물이 마치 차가운 콘크리트 정글처럼 느껴지곤 했지만, 가끔 밤 근무를 하는 로베르토와의 작은 대화가 그에게 잠깐의 위안을 주었다. 사무실에 도착했을 때, 예상대로 내부는 조용했다. 주중 내내 바삐 움직이던 직원들이 퇴근하고, 텅 빈 사무실의 고요함은 마치 사무실이 잠에 들어 있는 듯한 느낌을 주었다.

그는 자신의 자리로 걸어가 앉으며 다음 주 있을 중요한 출장을 위해 여러 서류를 다시 한번 점검하기 시작했다. 그의 책상 위에는 직원들이 퇴근하며 남긴 메모가 몇 장 있었다. 몇 장의 비지니스 첵(미국은행 수표: Check)에 사인을 하고, 아직 처리하지 못한 일들이 함께 놓여 있었다. 그는 1주일이 넘게 뉴욕 출장으로 자리를 비워야 했다. 그는 할 수 있는 한 최대한 많은 일을 끝내고자 했다. 계약서, 보고서 그리고 프레젠테이션 자료까지, 하나하나 꼼꼼하게 확인하며 밤을 보냈다. 시계가 자정이 가까울 즈음 그는 책상 위의 서류들을 마무리하고 서류 가방에 정리하기 시작했다. 월셔가에 있는 사무실 창문 밖으로는 도시의 불빛들이 여전히 반짝이고 있었다. 다운타운의 불빛은 절대 잠들지 않았다. 하지만, 이 불빛들이 그의 마음을 달래주지는 못했다. 그저 내일을 위한 준비에 집중하며, 잠시나마 현실의 압박에서 벗어나려는 그의 모습이 거울 속의 자신과 눈을 마주쳤다. 그는 책상 위의 모든 것들을 정돈했다. 그렇게 정리를 끝내고 나니, 그에게 남은 것은 묵직한 피로감뿐이었다. 그는 의자에서 일어나 서류 가방을 들고 사무실을 빠져나왔다.

사무실을 나와 다시 엘리베이터에 몸을 실었을 때, 그는 잠시 자신이 이곳에서 보낸 시간을 떠올렸다. 낮에는 북적이는 사람들 속에서 바쁘게 움직였지만, 밤이 되면 이렇게 고요하고 적막해지는 공간에서 그는 자기 생각과 마주해야만 했다. 엘리베이터가 1층에 도착했을 때, 그는 로베르토가 여전히 경비 데스크에 앉아 있는 모습을 보았다.

"고생 많으셨어요. 이제 들어가시죠." 로베르토가 그를 보며 말했다.

"네, 이제 퇴근합니다. 로베르토 씨도 조심하세요." 그는 짧게 답하며 문을 나섰다.

건물 밖으로 나서자, 밤공기가 다시 그를 맞이했다. 도시의 소음이 멀리서 들려오긴 했지만, 그가 걸어가는 길은 여전히 조용했다. 숙소는 그리 멀지 않은 곳에 있었다. 불과 한 블록 떨어진 곳에 있는 그의 숙소는 그가 사업을 시작한 후 곧바로 마련한 곳이었다. 이곳에서 생활은 편리했지만, 그만큼 사무실과의 거리감이 없다는 것이 그를 더 지치게 했을지도 모른다. 길을 걸으며 그는 뉴욕으로의 출장을 떠올렸다. 다음 주 있는 계약은 그의 회사에 있어 매우 중요한 순간이었다. 지난 몇 년 동안 안정적으로 수입을 제공한 회사에 또 다른 몇 년의 재계약을 위해 준비해 온 것들이 결실을 볼 수 있을지 알 수 없는 순간이 다가오고 있었다. 그는 숙소로 향하는 길을 걸으며, 머릿속으로 내일 어떤 도로를 이용해 뉴욕에 갈 것인지 고민하고 있었다. 그는 숙소에 도착해 문을 열고 들어갔다. 낯익은 집안 풍경, 별로 변하지 않는 집안이 그를 맞이했다. 그에게 이곳은 휴식처였지만, 때로는 일과 휴식의 경계가 모호해지는 곳이기도 했다. 서류 가방을 소파 위에 내려놓고, 그는 침대에 몸을 던졌다. 피로가 한꺼번에 몰려와 그의 눈꺼풀을 무겁게 만들었다.

그는 다음 날 아침 마음속에 느껴지는 약간의 무거움과 함께 일어났다. 그는 LA 시청 옆에 있는 ONE 윌셔 건물의 IDC에 잠시 들려

점검을 하고 떠나기로 마음먹었다. 그는 숙소 옆 사무실 주차장으로 내려가 차를 몰아 주차장 밖으로 나와 윌셔가를 길게 내려갔다. 그리고 지고 없어야 할 붉은 자카란다 꽃이 간간이 보이는 꽃을 보며 시정을 모르는 것이 그와 같다고 생각하며, ONE 윌셔의 IDC로 차를 몰았다. 24시간 센터를 지킨 직원들과 다운타운 유일하게 주말에 OPEN하는 건물 옆 햄버거 가게에서 햄버거를 먹으며 지난밤에 있었던 여러 가지 사건들에 대하여 이야기하고는 텅 빈 다운타운의 도로에서 곧바로 10번 하이웨이를 이용할 생각이었다. 토요일 아침의 다운타운은 평일과는 다른 모습이었다. 평일 동안에는 수많은 사람들과 차들로 붐비는 이곳이었지만, 보통 평일 퇴근 이후나 주말에는 도시 전체가 텅 비는 곳이다. 거리에는 몇몇 이른 아침 업무차 들르는 일부 사람들과 볼 거 없는 도시의 건물의 사진을 찍는 관광객 외에는 거의 사람이 없는 곳이다. 마찬가지로 이날 아침의 LA 다운타운은 그야말로 고요했다. 평소에는 도시의 심장부로서 분주하게 돌아가는 이곳이, 주말에는 한적함을 넘어 적막에 휩싸여 있었다. 높이 솟은 빌딩들 사이로 아침 햇살이 들어오고, 평소의 북적임 대신 무거운 공기와 함께 조용한 건물들만이 가득했다. 이따금 청소 차량만이 도로 위를 시끄럽게 만들었다. 그는 LA시청 건물의 높다란 모습을 올려다보았다. 시청 건물은 로스앤젤레스의 역사와 함께 해온 상징적인 건물이었다. 오늘은 유난히 시청 건물이 더욱 웅장하게 보였다. 건물 앞의 플라자에는 몇몇 관광객들이 사진을 찍으며 아침의 조용한 풍경을 즐기고 있었다. 그의 마음은 복잡했다. 그는 직원들과 햄버거를 먹고, 여러 가지 업무와 개인적인 이야기를 나누었다. 그는 그들을 올려보내고, 그의 차에 올라타고 도시를 빠져나왔다. 다운타운에서 바로 10번 도로를 따라 동쪽으로 가다가 북쪽으로 난 15번 도로로 진입하여 바스토우(Barstow)로 향하기 시작했다. 10번 도로는 산타모니카 해변에서 미국 동쪽 끝으로 길게 나 있다. 그리고 15번 도로는 북쪽으로 라스베이거스를 통과하는 인터스테이트 도로들이다. 그리고 바스토우에서 시작하는 40번 도로 또한 대륙을 통과하며 여러 개의 주를 거쳐 미국 동부 해안 도시에 이르는 도로다. 이 바스토우는 태평양 연안에서 미국 중서부로 이어지는 주요 고속도로, 기차의 교착점으로 서부와 중부를 연결하는 지역에 있는 도시로 많은 사람들이 라스베이거스로 들어가기 전에 들러 준비하는 도시이기도 했다. 로스앤젤레스의 고층 빌딩들이 점차 뒤로 사라지고, 대신 산과 언덕이 그 자리를 채우기 시작했다. 도로 양옆으로 펼쳐지는 풍경은 여전히 초록빛이었지만, 더 멀리 보이는 산봉우리들은 검은 바위산과 붉은 바위들이 절묘하게 이어지는 풍경을 간직하고 있다. 그는 마운틴하이(Mountain High) 스키 리조트가 있는 곳을 지나며, 이곳의 사계절 풍경을 떠올렸다.

마운틴하이는 LA에서 그리 멀지 않은 곳에 있는 산악 리조트로, 겨울철에는 스키와 스노우보드를 즐기려는 사람들로 붐비는 곳이다. 겨울이 되면 이곳은 하얀 눈으로 덮으며, 사막의 뜨거운 도시 옆에 이런 곳이 있을까 하는 의심마저 들게 만드는 곳이다. 스키 시즌이면 리프트를 타고 산 정상에 오르면, 하얗게 펼쳐진 슬로프가 한

눈에 들어온다. 눈 아래 펼쳐진 설원은 마치 끝이 없는 대지처럼 느껴지며, 그 위를 미끄러지듯 내려가는 스키어들의 모습은 마치 이곳이 그들에게 속해 있는 듯한 착각을 불러일으킨다. 차가운 겨울 공기 속에서 느껴지는 상쾌함은 이곳에서만 느낄 수 있는 특별한 경험을 할 수 있다. 눈이 내리는 날, 하늘에서 부드럽게 떨어지는 눈송이들은 마치 시간이 멈춘 듯한 느낌을 주다가도 무겁게 내리는 눈을 보고 있노라면 어떻게 이런 눈이 내릴까 하는 의심을 하게 된다. 이곳의 자연은 순수하고 평화로워, 방문객들에게 도시의 번잡함에서 벗어나 자연 속에서 여유를 만끽할 기회를 제공한다. 밤이 되면, 하얀 눈 위로 별빛이 쏟아져 내리는 광경은 마치 동화 속에 들어온 듯한 느낌을 준다. 스키어들이 산에서 내려오며 만들어내는 길고 부드러운 흔적들이 눈부시게 아름답다. 이곳의 공기는 차갑지만 상쾌하고, 눈 위에 비치는 햇살은 겨울의 추위를 조금이나마 덜어준다. 하지만 겨울이 지나고 봄이 오면 마운틴하이는 완전히 다른 얼굴을 보여준다. 눈이 녹아내린 자리에 푸른 초원이 드러나고, 산 전체가 초록빛으로 물들었다가, 금세 하얀 꽃과 노랑 사막 꽃들로 만들어진 양탄자로 변하기도 한다. 여름의 마운틴하이는 하이킹, 산악자전거, 캠핑을 즐기기에 최적의 장소로 변모한다. 이곳을 찾는 이들은 자연의 생동감을 온몸으로 느끼며 즐긴다. 여름철 하이킹 코스를 따라 걷다 보면, 곳곳에서 피어나는 야생화들이 사막을 가득 메워버린다. 작은 야생화들이 모여 만든 꽃밭은 마치 알록달록한 천연 카펫처럼 펼쳐져 있고, 산 중턱에서 내려다보는 전망은 탁 트인 하늘과 맞닿아 있어 가슴이 시원해지는 느낌을 준다. 여름의 마운틴하이는 자연 그대로의 모습을 간직하고 있어, 도시의 번잡함에서 벗어나 자연과 하나가 될 수 있는 시간을 제공한다. 그도 이곳에 가족들과 자주 들렀다. 캠핑장에서 가족들과 저녁이 되면 캠프파이어를 하며, 이야기를 나누며 쏟아지는 별들을 손에 가득 담았었다. 사막 한가운데에서 밤하늘에 반짝이는 별들은 마치 손에 닿을 듯 가깝게 느끼며, 자연 속에서 평화로움을 만끽할 수 있었다. 그렇게 태평양이 보이는 곳까지 산 정상에서 이어진 길에는 수많은 야생화들이 채워진다. 가을이 되면, 마운틴하이는 다시 한번 그 모습을 바꾼다. 여름의 초록빛이 서서히 황금빛으로 변해가며, 나무들은 각양각색의 단풍으로 옷을 갈아입는다. 가을의 마운틴하이는 마치 화려한 색채의 향연을 펼치는 듯, 자연의 아름다움을 한껏 드러낸다. 가을 산행을 즐기기에 이보다 더 좋은 시기는 없을 것이다. 산책로를 따라 걷다 보면, 바람에 살랑거리는 나뭇잎 소리와 함께 발끝에 느껴지는 낙엽의 감촉이 그 자체로도 가을의 정취를 느끼게 한다. 이곳의 가을은 조용하고 평화롭지만, 그 속에는 자연이 만들어낸 강렬한 아름다움이 숨겨져 있다. 가을의 마운틴하이에서는 사진을 찍는 이들도 많이 볼 수 있다. 이곳의 단풍은 사진으로 담기에도 너무나 아름다워, 가을만 되면 많은 사진작가들과 방문객들이 이곳을 찾는다. 붉게 물든 나무들 사이로 걸어가며, 가을의 정취를 마음껏 누릴 수 있는 이곳은 그야말로 힐링의 장소라 할 수 있다.

그가 도시의 복잡한 삶을 뒤로하고, 10번 도로에서 북쪽으로 접어들자, 풍경은 점차 변하기 시작했다. 도시는 마치 거대한 기계처럼 끊임없이 움직이고 있었지만, 그가 차를 몰고 더 멀리 나아갈수록 그 기계의 소음과 복잡함은 점점 멀어져갔다. 길은 한층 더 쓸쓸해졌고, 주변은 황량함을 드러내기 시작했다. 초록빛 나무와 도시의 구조물들이 시야에서 사라지면서, 그 자리는 황톳빛 대지가 차지하기 시작했다. 마운틴하이의 높은 산맥을 넘기 전까지는 여전히 도심에서 느낄 수 있는 흔적들이 남아 있었지만, 산을 넘어가면서부터 그는 전혀 다른 세상에 들어선 것처럼 느꼈다.

그가 들어선 길은 이제 15번 도로였다. 이 길은 마치 사막을 가로지르는 하나의 가느다란 실처럼 끝없이 이어졌다. 도시를 떠나온 후 그를 반기는 것은 끝없는 광야와 모하비 사막의 차가운 바람이었다. 사막은 광활하고, 고요하며, 그 속에서 느껴지는 적막감은 인간이 얼마나 초라한 존재인지 상기시켜 주었다. 이곳에서는 문명의 흔적이 거의 남아 있지 않다. 자연은 그저 있는 그대로의 모습으로 그를 압도했다. 사막의 풍경은 넓고 황량했지만, 그 안에는 설명할 수 없는 자유로움과 평온함이 깃들어 있었다. 인간의 내면 깊숙이 감춰져 있던 감정들이 이곳에서 천천히 드러나는 듯했다.

15번 도로는 그를 바스토우로 이끌었다. 이 작은 도시는 사막 한가운데에 자리 잡고 있으며, 모하비 사막을 가로지르는 여행자들에게는 한때 중요한 기착지였다. 로스앤젤레스에서 약 120마일 떨어진 이곳은, 그에게 마치 인생의 갈림길에 서 있는 느낌을 주었다. 바스토우는 단순한 도시가 아니었다. 이곳은 과거 수많은 여행자의 흔적이 남아 있는 장소였다. 특히, 루트 66(Route 66)은 이 도시를 지나며 서쪽을 향해 떠나온 많은 이들의 발자취를 남겼다. 바스토우는 마치 인간의 삶에서 다양한 선택과 갈림길을 상징하는 듯 보였다. 그 길 위에 선 사람들은 자신이 걸어온 길을 되돌아보고, 앞으로 나아가야 할 방향을 고민하곤 했을 것이다.

바스토우에 도착하면서, 그는 잠시 차를 멈추고 주위를 둘러보았다. 사막의 도시인 바스토우는 문명의 소음에서 벗어나 있었고, 그 속에서 그는 깊은 고요함을 느꼈다. 사방은 끝없이 펼쳐진 황톳빛 대지와 먼지가 일렁이는 사막의 풍경이 전부였다. 그가 멈춰 선 이곳은 과거 여행자들이 서쪽으로 떠나는 여행을 마지막이자 시작하기 위해 잠시 머물던 곳이었다. 사막 한가운데, 이곳에서 그는 문명과 자연의 경계선에 서 있는 자신을 발견했다. 바람이 불어올 때마다, 그는 마치 자신이 그저 먼지에 불과한 존재라는 생각이 들었다.

그는 잠시 바스토우의 한적한 카페에 들러 커피 한잔을 주문했다. 사막 한가운데에서 마시는 커피는 도시의 복잡한 카페에서 마시는 것과는 달랐다. 이곳에서는 커피 한잔마저도 그에게 깊은 평온을 가져다주었다. 그의 마음속에 얽혀 있던 복잡한 생각들이 천천히 정리되기 시작했다. 사막의 고요함 속에서 그는 자신을 되돌아보았다. 그가 걸어온 길과 앞으로 걸어가야 할 길, 그리고 그 길 위에서 선택들이 머릿속을 스쳐 갔다.

바스토우는 마치 인생의 교차점과도 같았다. 이 도시는 그 자체로 여러 갈래의 시작점이었고, 과거에도 많은 이들이 이곳에서 자신만의 길을 찾아 떠나갔다. 루트 66은 그 상징적인 의미를 잃지 않았다. 과거 수많은 사람들이 이 길을 따라 서쪽으로 향하며, 새로운 시작을 꿈꾸었을 것이다. 지금도 바스토우에는 그 옛날 여행자들의 흔적을 엿볼 수 있는 상징물들이 남아 있었다. 그 흔적들은 그에게 인생에서 다양한 선택과 그 선택의 무게를 상기시켰다.

인생은 수많은 갈림길로 이루어져 있다. 그는 지금 바스토우라는 교차점에 서 있었고, 그의 앞에는 여러 가지 길이 펼쳐져 있었다. 어떤 길을 선택하느냐에 따라 그의 인생은 전혀 다른 방향으로 흘러갈 것이다. 그는 그동안 수많은 선택을 해왔고, 그 선택들이 지금의 그를 만들어냈다. 하지만 그는 여전히 불안했다. 앞으로의 길은 여전히 불확실했고, 그 길 위에서 그가 무엇을 마주할지 알 수 없었다. 그 불안감은 마치 사막의 광활함 속에서 느껴지는 인간의 초라함과도 같았다.

그는 바스토우에서 잠깐의 휴식을 통해 그 불안함을 잠시 내려놓을 수 있었다. 이곳에서는 문명의 소음이 사라지고, 그저 자연만이 그를 감쌌다. 그는 그 자연 속에서 자신을 되돌아볼 수 있었다. 사막은 고요했지만, 그 속에서는 끊임없이 무언가가 움직이고 있었다. 사막의 바람은 그에게 마치 인생이란 고요함 속에서도 끊임없이 변하고 있다는 것을 상기시켜 주는 듯했다.

그는 커피를 마시며 잠시 생각에 잠겼다. 바스토우의 사막 풍경은 마치 인생의 여러 단면을 비추는 듯했다. 이곳에서는 과거와 현재가 공존하고, 그 속에서 사람들은 자신만의 길을 찾아 나갔다. 그는 자신의 인생에서 어떤 선택을 해왔고, 앞으로는 어떤 선택을 해야 할지 고민했다. 바스토우라는 교차점에 서 있는 그는 그동안 걸어온 길을 되짚어보았고, 그 길 위에서 실수와 성공을 되새겼다.

잠시 후, 그는 다시 차에 올라 동쪽으로 이어진 40번 도로를 향해 출발했다. 40번 도로는 그를 또 다른 갈림길로 이끌었다. 그는 길을 따라가며, 자신이 지나온 인생의 여러 순간을 떠올렸다. 인생은 마치 끝없이 이어지는 길처럼 보였다. 때로는 그 길이 곧게 뻗어 있는 듯하지만, 때로는 여러 갈래로 갈라지며 그를 혼란스럽게 했다. 그는 그 혼란 속에서 자신의 길을 찾아가야만 했다. 그는 과거에 자신이 했던 선택을 되돌아보았다. 그 선택들이 때로는 그를 성공으로 이끌었지만, 때로는 실패와 후회로 남기도 했다. 인생은 그저 한 방향으로 뻗어 있는 길이 아니었다. 때로는 여러 갈래로 나뉘었고, 그 중 어느 길이 옳은지 알 수 없었다. 하지만 그가 깨달은 것은, 길을 선택하는 순간에도, 선택하지 않은 다른 길이 여전히 존재한다는 것이었다. 그리고 그 다른 길은, 선택되지 않았음에도 불구하고, 여전히 그 삶의 일부로 남는다는 점이었다.

사막의 끝없는 황량함은 그에게 인간의 한계를 일깨워 주었지만, 동시에 그 한계를 뛰어넘기 위한 끊임없는 노력을 상기시켜 주었다. 인생의 길은 불확실하고, 그 길 위에서 선택은 어렵다. 그러나 그 불확실함 속에서도 그는 앞으로 나아가야 했다. 사막을 가로지르는 끝없는 도로처럼, 그의 인생 역시 멈추지 않고 이어질 것이었다.

바스토우를 떠나는 순간, 그는 그저 사막을 지나가는 것이 아니라, 자신의 내면 깊숙한 곳을 탐색하며 지나가고 있다는 생각이 들었다. 광활한 사막은 그에게 인생의 복잡함과 동시에 단순함을 상징하는 풍경이었다. 모든 것이 잔잔하고 고요한 사막 속에서, 그는 자신의 내면을 마주하며 자신의 길을 더욱 명확히 할 수 있었다. 그의 인생은 끝없이 이어지는 사막의 도로와 같았다. 여러 갈래의 길이 있고, 그 길에서 무엇을 선택하느냐에 따라 그가 마주할 세상은 달라질 것이다. 하지만 그는 더 이상 그 선택에 두려워하지 않았다. 사막의 고요함 속에서 그는 자신의 작은 존재를 받아들이며, 그 속에서 자신의 길을 선택할 힘을 되찾았다.

그가 길을 떠날 때, 바스토우는 그저 지나치는 작은 도시일 뿐이었다. 하지만 그곳에서 잠깐의 멈춤은 그에게 인생에서 가장 중요한 깨달음을 안겨주었다. 길은 항상 나아가는 것이다. 때로는 광활하고 때로는 고요하며, 때로는 고통스럽고 외롭더라도, 길은 언제나 그를 앞으로 이끌 것이다. 그리고 그 길 위에서 그는 자신이 선택하고, 그 선택을 통해 자신의 인생을 만들었다.

그는 작은 회사를 운영하며 매일 새로운 도전에 맞서야 했다. 도시의 끝없는 도로와 화려한 풍경은 그에게 늘 영감을 주었지만, 동시에 그의 마음을 무겁게 짓누르는 일들이 많았다. 이번 출장도 마찬가지였다. 뉴욕에 있는 주요 거래처와의 관리 계약을 위해 방문해야 했다. 이 계약은 그의 사업에 있어 매우 중요한 것이었고, 성공적으로 마무리해야만 했다. 그의 일정은 빡빡하게 짜여 있었고, 효율

성을 고려한다면 비행기를 이용하는 것이 가장 현명한 선택이었다. 하지만 그는 여러 가지 생각을 정리하기 위해 사막을 가로지르기로 마음먹었다. 그는 때때로 도시의 북적이는 풍경 속에서 자신을 잃곤 했다. 특히 로스앤젤레스의 꽉 막힌 고속도로를 따라가다 보면, 마치 자신의 인생이 막힌 것처럼 그 길 위에서는 마치 모든 것이 정지된 듯한 감정이 그를 감싸곤 했었다. 그는 자신이 정말로 무엇을 원하는지에 관해 생각해 볼 여유가 없었다. 이런 상황에서 그는 비행기를 타고 단숨에 뉴욕으로 가는 대신, 자신의 차를 운전해 긴 여행을 떠나기로 결심했다. 3,000km에 달하는 거리를 차로 이동하며 그는 자신을 돌아보고, 앞으로의 계획을 정리할 시간을 갖기로 한 것이다. 이 결정을 내리기까지는 많은 고민이 따랐다. 그러나 그는 이 긴 여행이 자신의 마음을 정리하는 데 도움이 될 것이라고 믿었다. 그는 길을 달리면서, 자기 삶과 사업, 그리고 앞으로의 계획에 관해 깊이 생각했다. 그동안 자신을 옥죄었던 고민과 불안감, 여러 가지 문제들의 정리가 필요했다. LA에서 뉴욕까지, 그가 예상한 여행은 약 3박 4일. 도로 위에서 보내는 시간이 긴 만큼 그는 이 여행이 단순한 출장 이상의 의미를 가질 것으로 생각했다. 어쩌면 자신의 인생을 돌아보고, 그동안 묵혀두었던 생각들과 감정들을 정리할 수 있는 시간이 될지도 모른다고 느꼈다.

그가 40번 도로를 따라 바스토우에서 출발해 동쪽으로 향하는 길은, 마치 인생의 여러 갈림길에서 마주치는 선택과 후회를 떠올리게 했다. 40번 도로는 단순한 길이 아니었다. 그에게는 삶의 방향을 결정짓는 선택의 여행이자, 각기 다른 도시와 풍경이 펼쳐지는 인생의 다양한 면모를 상징했다. 바스토우에서 동쪽으로 출발한 후 그가 처음으로 맞닥뜨린 곳은 작은 도시 켈리포니아주의 니들스(Needles)였다. 모하비 사막을 가로질러 이어지는 이 도시는 마치 첫 번째 인생의 갈림길을 상징하듯 그를 반겼다.

그는 니들스(Needles)에 대하여 사막 한가운데서도 특별한 느낌을 주는 도시라고 생각했다. 콜로라도강이 흐르는 이 도시는 그 자체로 오래된 이야기들을 품고 있었고, 루트 66을 따라 걸어온 이들에게는 잠시 멈추어 과거의 흔적을 되짚어볼 수 있는 중요한 중간 기착지였다. 도시의 크기는 작지만, 그 속에는 역사와 자연이 어우러져 있어 색다른 매력을 느낄 수 있었다. 니들스는 미국의 고속도로 역사를 상징하는 루트 66의 중요한 지점 중 하나다. 이곳에는 과거 여행자들의 흔적인 모텔들이 그대로 남아 있어, 마치 시간 여행을 하는 듯한 기분을 주었다. 과거 루트 66은 단순한 도로 그 이상이었다. 그 길을 따라 운전하다 보면, 미국의 역사를 한 발짝씩 되새기며 과거로 돌아가 보는 경험을 할 수 있다. 콜로라도강은 니들스의 또 다른 보석이다. 사막의 한가운데서도 물의 소리가 들려오는 이곳에서는 카약을 타거나 낚시하며 시간을 보낼 수 있는 곳이다. 강변에서 느껴지는 상쾌한 바람은 사막의 더위를 식혀주는 청량제가 되어준다. 콜로라도강은 이 도시의 삶의 원천이자 여행자들에게 잠시 쉬어갈 수 있는 평온한 공간을 제공한다. 이 도시를 감싸고 있는 모하비 국립 보호구역(Mojave National Preserve)도 빼놓을 수 없이 아름다운 곳이다. 이곳은 광활한 사막의 풍경을 감상할 수 있는 곳으로, 끝없이 펼쳐진 모래 언덕과 화산암 지형이 이곳만의 독특한 자연을 만들어낸다. 하이킹하며 사막을 가로지르면, 그곳에서 느낄 수 있는 고요함과 광활함이 도시의 소음에서 벗어난 진정한 자유를 선사한다. 니들스 하이 스쿨 박물관(Needles High School Museum)은 니들스의 역사와 문화를 엿볼 수 있는 작은 박물관이다. 도시의 철도 역사와 루트 66을 거쳐 간 여행자들의 흔적을 한눈에 볼 수 있으며, 과거와 현재가 공존하는 도시의 변화된 모습을 느낄 수 있다. 하바수 국립 야생동물 보호구역(Havasu National Wildlife Refuge)은 다양한 물새와 희귀한 조류들을 관찰할 수 있다. 사막의 건조한 풍경 속에서도 생명을 느낄 수 있는 이 보호구역은 자연과 인간이 어우러진 평온한 공간이다. 니들스는 대도시의 화려함과는 거리가 멀지만, 그만의 조용한 매력과 사막의 황량함 속에서도 느껴지는 자연의 아름다움을 간직한 곳이다. 여행자들에게 사막 한가운데에서 찾을 수 있는 작은 쉼터로서, 이곳을 지나면서 과거와 자연 속에서 잠시 마음을 내려놓을 수 있는 경험을 선사하는 곳이었다. 그는 그렇게 니들스, 킹맨(Kingman)을 지나 플래그스태프(Flagstaff)로 향하는 길목에 있는 세도나를 향했다.

그는 잠시 40번 도로에서 벗어나 세도나(Sedona)로 향했다. 세도나는 그가 미국 여행에 있어 좋아하는 장소 중의 하나였다. 이 도시는 붉은 바위와 장엄한 자연경관으로 유명하며, 마치 인간의 영혼을 치유하는 듯한 고요함을 지니고 있다. 세도나로 들어서면서 그는 거대한 붉은 바위와 푸른 하늘이 맞닿은 풍경에 압도되었다. 자연의 위대함 속에서 인간은 한없이 작아 보였지만, 그런데도 이곳에서 그는 새로운 시작을 위한 용기를 얻을 수 있었다. 세도나의 붉은 언덕 위에는 작은 성당, 홀리 크로스 성당(Chapel of the Holy Cross)이 자리 잡고 있다. 이 성당은 거대한 붉은 바위 위에 지어진 독특한 건축물로, 그 자체가 세도나의 영적 힘을 상징하는 곳이었다. 그는 성당을 향해 걸어가며 마치 인생에서 중요한 선택을 앞둔 자신을 바라보는 듯한 느낌을 받았다. 이 성당은 인간이 자연 속에서 어떻게 신성함과 평온을 찾을 수 있는지를 상징하는 장소였다. 그는 성당에 들어가 잠시 머물며, 그동안 자신이 선택해 온 길과 앞으로 선택해야 할 길에 관해 깊이 생각했다. 성당의 창문을 통해 보이는 세도나의 붉은 언덕들은, 마치 인생의 갈림길에서 마주치는 선택을 상징하는 듯했다. 붉은 바위의 단단함과 그 위에 세워진 성당의 고요함은, 인생에서 어떤 선택이 우리를 단단하게 만들어주고, 어떤 선택이 평온을 가져다주는지를 깨닫게 해주었다. 그는 성당 안에서 머물며 자신이 지나온 여행을 다시 한번 되돌아보았다. 세도나의 붉은 언덕 위에서, 그는 인생의 모든 선택이 결국 자신을 형성해 왔음을 깨달았다. 그는 성당 입구에 마련된 방명록에 날짜와 출신 국가와 한글로 그의 이름을 남겼다.

그는 성당을 나와 세도나의 붉은 노을이 물들어가는 하늘을 바라보았다. 온 하늘이 타오르듯 붉은빛으로 물들어 가고, 그 빛은 세도나의 붉은 바위들과 어우러져 마치 지구의 심장이 드러난 듯한 장관을 만들어냈다. 이곳에서는 모든 것이 자연의 일부가 되는 듯했다.

그의 가슴속에 남아있던 복잡한 생각들도 노을 속으로 스며들며 차분해졌다. 세도나의 저녁은 마치 시간을 멈추게 하고, 그 순간 자신을 깊이 들여다보게 만드는 힘이 있었다.

세도나는 그저 한 도시가 아니었다. 많은 사람들이 이곳을 찾아오며, 세도나가 지구상에서 가장 '기가 센 곳' 중 하나라는 이야기를 나누곤 했다. 이 붉은 바위 언덕 위에서 명상하거나 요가하며 자신을 발견하는 사람들의 모습이 곳곳에서 보였다. 그들 모두는 이곳의 고요함과 자연의 경이로움 속에서 자신을 돌아보며 내면의 평온을 찾고 있었다. 세도나의 붉은 바위와 노을 아래, 그 역시 그러한 고요한 깨달음을 느끼고 있었다.

그는 세도나의 예술가 마을에 자리한 작은 호텔로 발걸음을 옮겼다. 이곳은 자연과 예술이 조화를 이루는 곳으로, 거리 곳곳에는 예술가들이 만들어낸 독창적인 작품들이 전시되어 있었다. 호텔에 머무는 동안, 그는 이곳에서 느낄 수 있는 예술적 감성과 자연이 어우러지는 독특한 분위기에 빠져들었다. 세도나는 단순한 관광지가 아니라 사람들에게 스스로를 다시 발견하고 마음의 쉼을 얻을 수 있는 영혼의 안식처 같았다.

그가 호텔 발코니에서 밤하늘을 올려다보니, 도시의 소음이 전혀 없는 이곳에서 별들이 쏟아질 듯 빛나고 있었다. 사막의 맑은 공기 속에서 그는 별을 바라보며 하루의 끝을 맞이했다. 밤하늘을 바라보는 이 순간, 그는 자신이 걸어온 여행과 앞으로 나아갈 길을 조용히 떠올렸다. 세도나는 그에게 단순한 여행지 그 이상이었다. 이곳의 붉은 바위와 고요한 자연, 그리고 밤하늘 아래에서 그는 자신을 다시 발견하고, 내면의 평화를 찾을 수 있었다.

그는 다음 날 아침 일찍 호텔을 나와 다시 40번 도로로 돌아와 플래그스태프로 향했다. 고산지대에 있는 도시, 그 주변에는 장엄한 자연경관이 펼쳐져 있었다. 이곳에서 그는 또 한 번 인생의 여러 선택을 떠올렸다. 그랜드 캐니언과 가까운 이 도시에서, 그는 자연의 위대함 앞에서 인간이 얼마나 작은 존재인지 깨달았다. 그런데도 인생에서 중요한 선택들은 그가 걸어온 길을 형성해 왔고, 그 길은 끊임없이 이어지고 있었다. 그리고 플래그스태프를 지나 앨버커키(Albuquerque)로 향하는 동안, 그는 인생의 갈림길에서 마주하는 불안감과 기대감을 동시에 느꼈다. 앨버커키는 고유한 문화적, 역사적 배경을 지닌 도시로, 현대적인 건축물과 자연이 어우러져 있는 곳이다. 그는 이곳에서 인생의 또 다른 선택들을 고민하게 되었다. 인생은 끊임없이 선택을 강요하고, 그 선택들로 인해 만들어지는 결과는 언제나 불확실했다. 하지만 그가 지나온 길에서 경험들은 그 선택들 속에서 살아가는 자신에게 힘을 주고 있었다. 앨버커키는 마치 인생에서 쌓여온 모든 경험들이 현재의 자신을 만들어가는 과정과도 같았다. 그는 앨버커키를 떠난 후, 40번 도로를 따라 동쪽으로 더 나아갔다. 도로는 이제 텍사스주의 아마릴로(Amarillo)로 이어진다. 아마릴로는 한때 목축업의 중심지였던 곳으로, 넓게 펼쳐진 평원과 함께 독특한 풍경을 자아냈다. 아마릴로를 지나면 오클라호마 시티(Oklahoma

City)에 도착한다. 이곳은 또 다른 미국 도로의 교차점이자 미국의 중심에 있는 도시다. 이 도시는 미국의 중서부에서 중요한 도시 중 하나로, 그가 지나온 서부의 풍경과는 또 다른 매력을 지니고 있었다.

그가 40번 도로를 따라 동쪽으로 향하다 오클라호마 시티(Oklahoma City)에 도착했을 때, 도시의 첫인상은 크고 활기찬 느낌이었다. 미국 중서부의 심장부에 자리 잡고 있으며, 한때 인디언 보호구역으로 지정되었던 이 지역이 급격하게 발전하면서 형성된 현대적인 도시다. 도시를 관통하는 강과 넓게 펼쳐진 평야는 오클라호마주의 특성을 잘 보여주고 있었다. 그러나 이 도시는 그저 미국의 중부에 있는 대도시 그 이상의 의미를 지니고 있었다. 그의 눈앞에 펼쳐진 도시는 역사적, 문화적 상징들로 가득 차 있었으며, 현대 미국 역사 속에서 굴곡진 사건들을 품고 있었다.

오클라호마 지역은 한때 '인디언 준주(Indian Territory)'로 불리며 원주민들에게 할당된 땅이었다. 하지만 미국 정부는 서부로의 확장과 더 많은 땅을 필요로 하게 되었고, 원주민들이 소유한 이 땅을 빼앗기 시작했다. 오클라호마 랜드 러시(Oklahoma Land Rush)는 바로 이 과정의 산물이었다. 정부는 원주민의 땅을 백인 정착민들에게 나누어 주기로 결정했고, 이를 위해 1889년 4월 22일, 오클라호마의 땅을 처음으로 개방하면서 대규모의 '랜드 러시'가 시작되었다. 랜드 러시란 말 그대로 땅을 차지하기 위한 '질주'였다. 미국 정부는 오클라호마 지역의 땅을 정착민들에게 무상으로 나누어 주겠다는 공지를 했고, 수천 명의 백인 정착민들이 그 기회를 잡기 위해 몰려들었다. 그들은 특정 시간이 되면 경계선을 넘어 땅을 차지하기 위해 전속력으로 달려갔고, 원하는 위치에 도착한 사람은 자신의 깃발을 꽂아 그 땅의 소유권을 주장할 수 있었다. 이 광경은 마치 경쟁을 위한 전쟁터 같았고, 수많은 사람들이 말을 타고, 마차를 몰며 자신들의 깃발을 꽂기 위해 달렸다. 영화 〈파 앤드 어웨이(Far and Away, 1992)〉는 이 랜드 러시를 배경으로 한 대표적인 영화 중 하나이다. 영화 속에서 톰 크루즈와 니콜 키드먼이 연기한 캐릭터들은 새로운 삶을 꿈꾸며 오클라호마의 땅을 차지하기 위해 랜드 러시에 참여한다. 그들은 말에 올라타서 넓은 평야를 질주하며 자신들의 깃발을 꽂기 위해 고군분투한다. 이 영화는 당시의 혼란스러운 상황을 생생하게 묘사하며, 꿈을 좇는 사람들과 그 꿈을 이루기 위한 경쟁의 치열함을 보여준다. 이 장면에서 땅을 차지하기 위한 질주는 그저 땅 이상의 의미가 있었다. 그것은 새로운 삶을 시작하려는 사람들의 열망과 그 과정에서 발생한 불공정한 점유, 그리고 빼앗긴 이들의 상실을 동시에 상징하고 있었다. 그러나 그 뒤에는 잔혹한 현실이 숨어 있었다. 백인들이 새로운 땅을 얻기 위해 질주하고 깃발을 꽂았지만, 그 땅은 원래 원주민들의 것이었다. 랜드 러시로 인해 원주민들인 인디언들은 자신들의 고향에서 다시 한번 쫓겨났고, 그들은 더 이상 그 땅을 지킬 수 없었다. 이 땅은 원주민들에게는 삶의 터전이자 문화의 중심이었지만, 이제는 백인 정착민들에게 그들의 새로운 미래를 제공하는 공간으로 변질되었다. 그는 이 역사를 떠올리며, 땅을 둘러싼 권력과 강탈의 이야기가 얼마나 많은 사람들에게 고통을 안겨주었는지를 생각했다. 오클라호마의 역사는 그 자체로 갈등과 상처로 점철되어 있었다. 원주민들이 쫓겨나고, 그들의 땅이 백인 정착민들에게 나누어질 때, 수많은 사람들이 땅을 차지하기 위해 경쟁했다. 하지만 이 경쟁의 이면에는 소외된 이들의 목소리와 아픔이 감춰져 있었다. 랜드 러시는 아메리칸드림의 한 단면을 보여주었지만, 동시에 그 꿈을 이루기 위해 다른 이들의 권리를 짓밟는 잔혹한 현실도 함께 드러냈다. 오클라호마 시티는 바로 이러한 역사를 품고 있다. 도시는 번영했고, 그로 인해 수많은 사람들이 이곳에서 새로운 삶을 시작했지만, 그 뒤에는 원주민들의 희생과 상처가 존재한다. 그는 오클라호마 시티를 거닐며, 이 도시가 겪어온 역사적 굴곡과 그 속에서 살아남은 사람들의 이야기를 다시금 되새겼다. 랜드 러시의 열망과 경쟁 속에서 그 땅을 차지한 사람들은 새로운 기회를 얻었지만, 그 과정에서 잃어버린 것들도 분명히 있었다.

그는 랜드 러시의 이야기를 통해 인생의 갈림길을 생각했다. 당시 정착민들은 말 위에 올라타 전속력으로 땅을 향해 달려갔고, 그들 중 누군가는 꿈을 이루었으며, 또 누군가는 실패했다. 인생 역시 그러한 경주와 비슷했다. 우리는 각자의 목표를 향해 달려가지만, 그 과정에서 다른 이들의 상실을 마주할 수도 있다. 랜드 러시는 미국의 서부 확장과 새로운 기회를 상징하지만, 그 이면에는 잔혹한 역사가 남아 있음을 그는 깨달았다. 오클라호마 시티를 둘러싼 이 역사는 단순히 과거의 이야기가 아니었다. 오늘날에도 이곳의 문화와 사회적 구조에 영향을 미치고 있으며, 그 속에서 우리는 과거의 교훈을 기억

해야 한다. 그는 도시의 발전과 화려함 속에 감춰진 원주민들의 상실과 희생을 떠올리며, 이 땅의 역사가 지닌 깊이를 다시 한번 느꼈다.

오클라호마 시티는 그때부터 미국 서부 개발의 중심지 중 하나로 자리 잡았고, 농업과 석유 산업이 도시 경제의 주요 축을 이루게 되었다. 석유는 오클라호마 시티의 급성장을 이끈 주요 요소였다. 1920년대에 석유가 대량으로 발견되면서, 오클라호마 시티는 '세계의 석유 수도' 중 하나로 불리게 되었다. 석유 산업은 도시의 경제를 견인했고, 이에 따라 도시는 빠르게 확장되었다. 고층 건물들이 세워지고, 인구는 빠르게 증가했다. 석유는 이 도시에 부를 가져다줬지만, 동시에 그 안에 감춰진 역사의 어두운 측면도 있었다. 도시의 성장은 급격했지만, 그 과정에서 아메리카 원주민들의 고유한 문화와 삶은 많이 사라지거나 억압되었다. 이러한 역사적 맥락은 오클라호마 시티의 문화적 정체성에도 큰 영향을 미쳤다. 이 도시는 오늘날 현대적이고 번화한 모습이지만, 그 속에는 독특한 문화적 유산이 깊이 스며있다. 오클라호마 시티 국립 기념물(OKC National Memorial)과 같은 장소는 미국 역사에서 중요한 순간들을 기리기 위해 만들어졌다. 이러한 기념물들은 오클라호마 시티의 역사적 사건들을 기억하고, 그로부터 교훈을 얻기 위한 공간으로 남아 있다.

그가 도시를 거닐다가 눈에 들어온 것은 한 동상이었다. 그것은 오클라호마 출신의 유명한 우주비행사 존 헤릭스(John Herricks)를 기리기 위한 동상이었다. 오클라호마 시티에는 이 지역 출신의 여러 우주비행사들이 기념되어 있는데, 그중에서도 특히 눈에 띄는 것은 미국의 최초 우주비행사 중 한 명인 고든 쿠퍼(Gordon Cooper)의 동상이다. 그는 오클라호마에서 태어나 자라며, 후에 NASA의 머큐리 계획(Mercury Project)에 참여해 우주 비행을 성공적으로 마친 인물이다. 고든 쿠퍼는 1963년에 머큐리 9호(Mercury-Atlas 9)를 타고 우주에 나가, 당시로서는 가장 긴 시간 동안 우주에 머물렀던 기록을 세웠다. 그는 그 뒤로도 NASA에서 중요한 역할을 맡으며 미국의 우주 탐사 역사에 깊은 흔적을 남겼다. 그의 동상은 오클라호마 시티가 단지 서부 개척과 석유로만 유명한 것이 아니라, 인류의 우주 탐사에까지 기여한 도시임을 상징적으로 보여준다. 쿠퍼의 동상은 그가 이룬 성취뿐 아니라, 이곳 출신의 수많은 사람들이 전 세계에서 중요한 업적을 남겼음을 기억하게 해준다. 쿠퍼 외에도 오클라호마는 여러 유명한 우주비행사를 배출했으며, 그들 중 많은 인물이 오클라호마의 자연과 공동체에서 자란 경험을 우주 비행에 대한 꿈을 키우는 중요한 요소로 꼽았다. 그들이 우주로 나아가며 꿈꾸었던 것은 단지 개인의 성공이 아닌, 인류가 우주라는 미지의 영역에 도전하는 과정에서 서로의 협력을 통해 이루어낼 수 있는 놀라운 가능성이었다. 이들은 오클라호마 출신으로서 그들의 뿌리를 자랑스럽게 여겼으며, 동상은 그러한 자부심을 고스란히 담고 있었다.

그러나 오클라호마 시티의 역사 속에는 빛만 있는 것은 아니었다. 가장 충격적이고 비극적인 사건 중 하나는 바로 1995년 4월 19일에 발생한 오클라호마 시티 폭탄 테러(Oklahoma City Bombing)였다. 당시, 미국 연방 건물인 알프레드 P. 머러 연방 건물(Alfred P. Murrah Federal

Building)이 폭발로 인해 무너졌고, 이로 인해 168명이 목숨을 잃고 수백 명이 부상을 당했다. 이 테러는 미국 역사상 가장 충격적인 국내 테러 중 하나로 기록되었다. 이 사건은 퇴역 군인 출신인 티모시 맥베이(Timothy McVeigh)가 정부에 대한 반감을 품고 벌인 일로, 그가 무정부주의 성향을 지닌 극단주의자들과 연관이 있었던 것으로 밝혀졌다. 맥베이는 정부의 권력을 불신하며, 당시 있었던 연방정부와의 충돌 사건에 대한 복수를 계획했다. 그는 폭발물을 싣고 와 연방 건물 앞에 주차해 두었고, 그로 인해 수백 명의 무고한 시민들이 목숨을 잃었다. 이 사건은 미국 사회 전체에 커다란 충격을 주었으며, 이후 정부와 법 집행 기관의 대테러 대응 정책에 큰 변화를 일으켰다. 오클라호마 시티는 이 비극을 기억하고, 이를 통해 평화와 화합의 메시지를 전하기 위해 오클라호마 시티 국립 기념물(Oklahoma City National Memorial)을 세웠다. 이 기념물은 사건의 희생자들을 기리며, 비극적인 사건이 남긴 교훈을 후대에 전하고자 하는 의미를 담고 있다. 기념물에는 테러로 인해 목숨을 잃은 이들을 위한 168개의 빈 의자들이 놓여 있는데, 이는 각각의 희생자들을 상징하며 그들의 자리가 비어 있음을 나타낸다. 또한, 폭발 당시 파괴된 연방 건물의 잔해와 사건이 발생한 시각을 나타내는 시계도 함께 전시되어 있다. 이곳을 찾는 방문객들은 비극을 기억하며, 평화와 화합을 기원하는 묵상을 할 수 있는 공간으로 이끌린다.

그는 오클라호마 시티를 돌아보며, 이 도시가 겪은 아픔과 그런데도 회복해 가는 모습을 눈에 담았다. 도시의 상징적인 공간들, 그리고 우주를 향한 꿈을 키운 인물들, 비극을 겪은 후에도 다시 일어선 시민들 모두가 이 도시의 이야기를 만들고 있었다. 오클라호마 시티는 단지 중서부의 대도시 역할을 넘어, 미국의 역사 속에서 중요한 사건들과 인물들을 기억하는 장소였다. 그는 그곳에서 역사를 되새기며, 비극과 희망이 공존하는 도시의 복잡한 이야기를 가슴 깊이 새겼다.

현재의 오클라호마 시티는 그 모든 역사적 사건을 품고 발전해 온 도시다. 랜드 러시와 석유 발견 그리고 테러 사건을 지나며, 이 도시는 끊임없이 변화하고 성장했다. 현대의 오클라호마 시티는 경제적으로 번영한 도시이며, 문화적으로도 풍부한 자원을 자랑한다. 그는 이 도시가 과거의 상처를 극복하고, 새롭게 변화해 가는 모습을 보며, 인생에서도 마찬가지로 과거의 실패와 아픔을 딛고 일어설 수 있음을 깨달았다.

40번 도로는 이제 아칸소주의 포트 스미스(Fort Smith)를 지나 마침내 그는 테네시주의 멤피스(Memphis)에 도착했다. 멤피스는 블루스 음악과 강한 문화적 배경을 지닌 도시로, 그에게는 인생의 리듬과도 같은 감정을 불러일으켰다. 멤피스의 강렬한 리듬은 마치 인생의 선택들이 만들어내는 감정의 파도를 상징하는 것 같았다. 인생은 단순한 길이 아니라, 그 길 위에서 경험과 선택들이 만들어내는 멜로디였다.

그는 오클라호마 시티를 떠나 저녁 무렵 40번 도로를 따라 동쪽으로 멤피스를 향해 달리며, 밤이 점점 깊어지는 하늘 아래서 고요함을 느꼈다. 도로 위로는 붉은 노을이 서서히 사라지고, 주위는 어둠으로 물들어가며, 멤피스에 대한 그의 생각이 점점 더 깊어졌다. 도시의 이름부터 이집트와 연결된 이야기 그리고 강의 색깔에 대한 전설들까지, 멤피스는 그에게 단순한 미국 남부의 도시가 아니라 역사와 신비가 교차하는 특별한 장소로 다가왔다.

멤피스(Memphis)라는 이름은 단순히 붙여진 것이 아니었다. 멤피스라는 이름은 고대 이집트의 수도였던 멤피스(Men-nefer)에서 유래되었다. 고대 이집트의 멤피스는 기원전 3100년경에 세워졌고, 이집트 고왕국 시절에는 정치, 경제, 문화의 중심지로 오랫동안 번영했던 도시였다. 그 도시는 나일강 서쪽에 자리 잡고 있었고, 비옥한 강변에서 자란 이집트 문명이 피어나던 곳이었다. 또한 이곳은 수많은 파라오가 통치했던 도시로, 당시의 영광과 웅장함을 상징하는 이름이었다. 미국의 멤피스는 1819년에 도시가 만들어질 때, 그 당시 사람들은 이 도시가 있는 곳이 마치 고대 이집트의 멤피스처럼 비옥한 땅과 강을 끼고 있다는 점에서 영감을 받았다. 미시시피강이 흐르는 이 지역은 물이 많고, 교통과 무역의 중심지로서 중요한 역할을 했다. 마치 이집트의 나일강처럼 미시시피강은 도시의 성장을 이끌었고, 자연스럽게 도시의 이름도 고대 이집트의 멤피스에서 따오게 되었다. 과거 멤피스를 그가 여행할 때 강물의 색이 검게 흐르고 있었다. 멤피스에 흐르는 강의 물이 검은색으로 보이는지 궁금해했다. 미시시피강은 미국에서 가장 긴 강 중 하나로, 그 길이는 3,730km에 달하며, 수천 년 동안 이 지역의 삶과 역사를 담아왔다. 그러나 이

강의 물이 검게 보이는 이유에 관해서는 여러 가지 흥미로운 설명이 있었다. 먼저, 그는 과학적인 이유를 떠올렸다. 미시시피강은 수많은 지역에서 흘러온 토양과 퇴적물을 흡수하며 강물의 색을 결정짓는다. 특히 미시시피강 하류는 비옥한 토양을 지나가면서 다양한 퇴적물과 유기물이 강물에 섞이는데, 이로 인해 강물이 짙은 색을 띠게 된다. 검은 색조는 강물에 섞인 유기물과 퇴적물이 햇빛을 반사하면서 생기는 현상이다. 그러나 그는 과학적 설명을 넘어선 전설을 떠올렸다. 미시시피강은 인디언들에게 위대한 영혼의 강으로 불렸으며, 그 강물에는 세상의 모든 생명과 역사가 스며있다는 인디언들의 믿음이 있었다. 강을 따라 많은 원주민이 살았고, 그들은 미시시피강을 삶과 죽음의 경계로 여겼다. 그 검은 물은 그들이 살아가고 죽어가며 흘러 들어간 이야기들을 담고 있었다. 그리고 미시시피강의 물은 단지 자연적인 색이 아니라, 그 안에 담긴 인간의 역사와 고통 그리고 희망을 상징하는 색이었다. 특히 아프리카계 미국인들에게 미시시피강은 노예무역의 상징이기도 했다. 노예들은 이 강을 따라 남부로 이동했고, 그 과정에서 수많은 사람들이 강을 건너며 자유를 꿈꾸기도 했다. 미시시피강은 그들의 고난을 담고 있었고, 검은 강물은 그들이 겪었던 슬픔과 고통의 상징이 되었다. 그러나 동시에 그 강은 새로운 희망과 자유를 향한 길이기도 했다.

그가 멤피스에 도착했을 때, 미시시피 강변을 따라 들어선 도시에서 가장 먼저 눈에 들어온 것은 거대한 멤피스 피라미드(Memphis Pyramid)였다. 이 피라미드는 고대 이집트의 피라미드를 모방해 만든 건축물로, 밤이 되면 멤피스 시내에서 가장 눈에 띄는 상징적인 구조물 중 하나로 금빛 찬란하게 반짝인다. 이 피라미드는 1991년에 지어졌으며, 처음에는 스포츠 경기와 콘서트를 위한 다목적 아레나로 사용되었다. 그러나 시간이 지나며 이 피라미드는 도시의 상징적인 건축물로 자리 잡았고, 현재는 바스 프로 샵스(Bass Pro Shops)와 야생 생태 박물관을 포함한 관광 명소로 변모했다. 그는 이 거대한 피라미드를 보며, 고대 이집트와 멤피스가 어떻게 공간과 시간을 초월해 연결되었는지를 느낄 수 있었다. 이 피라미드는 단순한 건축물이 아니라, 이 도시가 가진 독특한 역사적, 문화적 정체성을 담고 있었다. 고대 이집트의 영광과 미국 남부의 역사가 이 피라미드 속에서 어우러져 있었다. 피라미드는 고대 이집트에서 죽음과 부활 그리고 영원을 상징하는 구조물이었다. 이집트의 피라미드가 파라오의 영원한 안식을 기원하며 세워졌다면, 멤피스의 피라미드는 도시의 현대적 상징으로 자리 잡으며, 이 도시에 영속적인 의미를 부여하고 있었다. 그가 바라보는 멤피스 피라미드는 단지 건축물이 아니라, 도시의 역사와 미래를 담은 거대한 상징이었다. 멤피스에서 이집트와의 연결은 단지 이름과 피라미드에만 그치지 않았다. 이 도시에는 고대 이집트의 문화를 기념하기 위한 람세스 2세의 동상도 세워져 있었다. 이 동상은 멤피스 피라미드 근처에 세워졌으며, 고대 이집트의 위대한 파라오 중 하나인 람세스 2세를 기리기 위해 만들어졌다. 람세스 2세는 고대 이집트를 통치하며 많은 승리를 거둔 군주로, 그의 동상은 그가 세운 업적과 영광을 상징한다. 람세스 2세의 동상은 멤피스의 피라미드와 함께, 이 도시가 고대 문명의 유산을 기념하고 있음을 보여주었다. 이 동상은 단순한 장식물이 아니라, 멤피스라는 도시가 지닌 이집트적 상징성을 강화하는 요소였다. 미국 남부의 중심에서 고대 이집트 문명을 기념하는 이 동상은, 멤피스가 얼마나 독특한 도시인지 잘 보여주었다. 그는 이 동상을 바라보며, 멀리 떨어진 두 세계가 이곳에서 연결된 것을 느낄 수 있었다.

그는 미시시피 강가에 서서 멤피스의 밤하늘을 바라보았다. 도시의 불빛이 강물을 비추며 반짝이고, 검은 강물은 마치 이 도시의 과거와 현재, 그리고 미래를 모두 품고 있는 듯했다. 미시시피강은 그 검은 물결 속에 수많은 이야기를 숨기고 있었다. 이 도시는 고대 이집트와 연결된 역사적 유산뿐만 아니라, 미국 남부의 복잡한 역사와 문화를 동시에 담고 있는 곳이었다. 멤피스에서 그는 이집트 문명의 흔적과 함께, 미시시피강이 흐르는 이 도시가 가진 상징적인 의미를 되새겼다. 피라미드와 람세스 2세의 동상은 멤피스의 역사적 연결고리를 상징하고, 미시시피강은 그 모든 이야기를 담아내는 거대한 흐름이었다. 그는 그 강가에서 고대 이집트의 영광과 미국 남부의 복잡한 역사가 하나로 어우러지는 이 도시의 독특함을 느꼈다.

40번 도로는 계속해서 동쪽으로 이어졌고, 그 40번 도로는 다시 노스캐롤라이나주의 윌밍턴(Wilmington)으로 이어진다. 그는 40번 도로에서 북쪽으로 향하는 95번 도로를 타고 북쪽으로 올라가기 시작했다.

미국의 동부 해안도로인 95번 도로(Interstate 95, I-95)는 미국 동부 해안을 따라 북에서 남까지 이어지는 가장 중요한 고속도로 중 하나이다. 95번 도로는 캐나다와 국경을 접하고 있는 메인주(Maine)에서 시작해 플로리다주(Florida)에서 끝나며, 동부 해안을 따라 중요한 도시들과 지역을 연결하는 주요 도로다. 이 도로는 총길이가 약 1,919마일(3,088km)에 달하며, 미국 인구의 약 40%가 95번 도로 근처에 거주하고 있어 미국 내에서 매우 중요한 역할을 하는 도로다. 그는 동부 해안을 바라보며 리치먼드(Richmond, Virginia)를 거쳐 워싱턴 D.C.로 해서 뉴욕에 갈 생각이다.

그는 워싱턴 D.C.의 한 호텔을 예약하고 천천히 95번 도로를 따라 리치먼드로 향했다. 남북전쟁 당시 남부 연합의 수도였던 도시, 리치먼드는 미국 역사에서 중요한 역사적 이야기를 가지고 있다. 그가 리치먼드(Richmond, Virginia)에 도착했을 때, 도시의 깊은 역사가 마치 그를 기다리고 있었던 것 같았다. 리치먼드는 미국 독립 전쟁과 남북전쟁의 중심지였고, 그 역사는 도시 곳곳에 살아 숨 쉬고 있었다. 특히 그가 리치먼드에서 가장 먼저 떠올린 것은 패트릭 헨리(Patrick Henry)의 유명한 말, "자유가 아니면 죽음을 달라(Give me liberty, or give me death)"였다. 리치먼드의 세인트 존스 교회(St. John's Church)에서 1775년 패트릭 헨리는 독립 전쟁의 불씨를 댕겼다. 페트릭 헨리는 그곳에서 이 운명적인 연설을 하며, 영국의 억압에서 벗어나 자유를 쟁취하기 위해 싸울 것을 강력히 주장했다. 그때의 강렬한 외침은 오늘날까지도 미국의 자유에 대한 열망을 상징하는 가장 유명한 문구 중 하나로 남아 있다. 이 문장은 단순한 구호가 아니라, 사람들에게 자유가 얼마나 중요한지, 그 자유를 얻기 위해서는 무엇이든 감수할 각오가 되어 있어야 한다는 강력한 메시지를 담고 있었다. 그는 패트릭 헨리가 리치먼드를 미국 역사에서 얼마나 중요한 위치로 끌어올렸는지를 생각했다. 패트릭 헨리의 말은 단순히 영국에 대항하는 것만이 아니라, 모든 억압에서 벗어나 인간이 기본적으로 누려야 할 자유의 권리를 외친 것이었다. 그리고 리치먼드는 바로 이 자유를 위한 투쟁의 무대가 되었고, 그 중심에서 사람들의 마음을 움직였다.

패트릭 헨리의 그 유명한 외침에서 100년도 채 지나지 않아, 리치먼드는 또 한 번 자유를 위한 싸움의 중심에 서게 되었다. 남북전쟁(1861~1865) 당시, 리치먼드는 남부 연합의 수도로서 미국 역사의 또 다른 중요한 장면을 목격했다. 그러나 이번에는 자유에 대한 개념이 달랐다. 북부와 남부가 갈등했던 문제는 바로 노예제였다. 북부는 노예 해방과 연방을 지키기 위해 싸웠고, 남부는 주권과 기존의 경제 구조를 유지하기 위해 싸웠다. 리치먼드가 남부 연합의 수도로 지정되었을 때, 이 도시는 전쟁의 주요 표적이 되었다. 남군과 북군 사이의 격렬한 전투가 리치먼드와 그 주변에서 벌어졌다. 이 도시에서 수많은 전투가 벌어졌고, 수많은 이들이 자유를 지키기 위해 목숨을 바쳤다. 그중에서도 피터스버그전투(Petersburg Siege)은 리치먼드의 운명을 결정짓는 중요한 전투였다. 북군의 그랜트(Ulysses S. Grant) 장군은 피터스버그를 장기간 포위해 남군의 보급로를 차단함으로써 남부 연합의 수도인 리치먼드를 공격할 수 있는 발판을 마련했다. 결국 리치먼드는 1865년 4월 3일에 북군에게 함락되었고, 그로 인해 남부 연합은 사실상 붕괴했다. 남부 연합이 리치먼드를 방어하기 위해 치른 싸움은 단순히 물리적인 전쟁이 아니었다. 그것은 한편으로는 남부의 자유를 지키기 위한 싸움으로 여겨졌지만, 아이러니하게도 그 자유는 다른 이들, 특히 흑인 노예들의 자유를 억압하는 구조 속에서 이루어졌다. 북부의 승리와 리치먼드의 함락은 남부의 경제적 기반인 노예제가 붕괴되고, 노예들이 해방되는 중요한 순간이 되었다. 결국 남북전쟁은 자유를 쟁취하기 위한 싸움이었으며, 이 도시에서 전투는 그 역사적 맥락 속에서 핵심적인 역할을 했다.

오늘날 리치먼드를 거닐다 보면, 그 역사적 유산이 도시 곳곳에 깃들어 있는 것을 느낄 수 있다. 그가 찾은 첫 번째 장소는 바로 리치먼드 국립 전적지 공원(Richmond National Battlefield Park)이다. 이곳은 남북전쟁 당시 리치먼드를 방어하기 위해 치열한 전투가 벌어진 장소로, 전쟁의 상처와 동시에 역사적 의미를 되새길 수 있는 중요한 장소다. 이곳에서 방문객들은 당시의 전투 상황을 재현한 전시물들을 볼 수 있고, 당시 리치먼드가 얼마나 중요한 역할을 했는지 알 수 있다. 그가 다음으로 찾은 제퍼슨 데이비스 기념관(White House of the Confederacy)은 남부 연합의 대통령이었던 제퍼슨 데이비스(Jefferson Davis)가 전쟁 기간 거주했던 곳이다. 지금은 남북전쟁의 역사와 남부 연합의 이야기를 기리는 박물관으로 사용되고 있다. 남부 연합이 패배한 후 연합은 해체되었고, 제퍼슨 데이비스의 꿈도 함께 무너졌다. 그는 생각하는 것은 리치먼드라는 '자유'라는 개념을 둘러싸고 벌어진 수많은 역사적 사건의 무대였다는 것이다. 패트릭 헨리의 "자유가 아니면 죽음을 달라"라는 말은 미국 독립 전쟁에서 영국의 억압을 거부하는 상징적인 외침, 그리고 한 세기 뒤 남북전쟁에서는 또 다른 형태의 자유를 두고 북부와 남부가 충돌하며 벌어진 수많은 외침을 함께 생각했다. 리치먼드에서 싸움은 자유의 의미가 시대와 상황에 따라 어떻게 변할 수 있는지를 보여주었고, 그 과정에서 인간의 기본 권리와 그 권리를 쟁취하기 위한 투쟁이 얼마나 중요한지를 상기시켜 주었다. 그는 자유가 단지 정치적 권리나 경제적 기회를 의미하는 것이 아니라, 모든 인간이 그 자유를 누릴 수 있는 평등한 권리를 포함한 더 큰 개념이었을 것이라 생각했다. 남북전쟁은 노예제와 자유라는 문제를 두고 벌어진 충돌이었고, 그 결과는 자유의 범위를 더 확장해 미국의 역사에 깊은 영향을 미쳤다. 리치먼드는 그 자유를 위한 투쟁의 상징적인 장소로 남아 있으며, 이 도시는 오늘날에도 그 역사를 기억하며, 새로운 세대에게 교훈을 전하고 있다. 리치먼드는 남북전쟁의 유산을 넘어서, 자유의 의미를 재정립하고 그 가치를 지켜온 곳이라는 점을 생각하며 그는 "자유가 아니면 죽음을 달라"라는 패트릭 헨리의 외침을 다시 한번 생각하며 차에 올랐다.

그는 95번 고속도로를 타고 북쪽으로 향했다. 도로는 도시의 번잡함을 뒤로하고 점차 녹음이 우거진 풍경과 함께 펼쳐졌다. 약 두 시간 동안의 드라이브는 빠르게 지나갔고, 그의 머릿속에는 워싱턴 D.C.에 도착하면 무엇을 할지를 생각하며 운전했다. 워싱턴 D.C.는 미국 정치와 역사의 심장부였다. 그곳에는 세계에서 가장 중요한 결정들이 이루어지고, 수백 년의 역사를 담고 있는 기념비와 박물관들이 있었다.

그가 묵을 윌러드 인터컨티넨탈(Willard InterContinental Washington) 호텔은 미국 역사 속에서 중요한 순간들을 목격한 상징적인 장소다. 1818년에 처음 세워진 윌러드 호텔은 여러 대통령이 머물렀으며, 링컨 대통령의 취임식 전날 밤에도 그가 이곳에서 잠을 청했다고 전해진다. 또한, 마틴 루터 킹 주니어가 "I Have a Dream" 연설을 준비한 곳으로도 유명하다. 윌러드 호텔은 그저 역사적인 건물이 아니라, 미국의 중요한 순간들을 함께해 온 공간이었다. 그가 워싱턴 D.C.에 도착하여 이 호텔에 머물 수 있다는 사실은 그에게 커다란 의미로 다가왔다.

도심으로 진입하며, 그는 멀리서 워싱턴 기념탑과 백악관을 볼 수 있었다. 도시는 고요하게 빛나고 있었고, 그 빛 속에서 그는 윌러드 호텔의 웅장한 외관을 발견했다. 호텔에 도착하자마자 그는 그 고전적인 건축물의 아름다움에 감탄했다. 대리석 바닥과 화려한 장식들이 그를 맞이했으며, 로비에는 과거의 기품을 그대로 간직한 듯한 분위기가 흘러넘쳤다.

그는 프런트 데스크에서 체크인하기 위해 호텔로 들어서자, 호텔 직원은 미소를 지으며 "윌러드에 오신 것을 환영합니다"라는 말로 그를 맞이했다. 그는 역사적인 이 호텔에서 하룻밤이 어떤 경험을 선사할지 기대하며, 방으로 향했다. 객실은 고풍스럽고 아늑했으며, 창문 너머로 워싱턴 D.C.의 야경이 아름답게 펼쳐졌다. 그는 짐을 풀고 난 후, 저녁을 먹기 위해 호텔 근처의 유명한 식당 중 하나인 올드 에빗 그릴(Old Ebbitt Grill)로 향했다. 이 식당은 1856년에 문을 열었으며, 미국 정치인들과 외교관들이 즐겨 찾는 워싱턴 D.C.의 대표적인 식당이었다. 식당에 들어서자마자 그는 식당 내부의 고풍스러운 분위기에 매료되었다. 벽에는 미국의 유명 정치인들의 사진과 함께 역사적인 순간들이 담긴 그림들이 걸려 있었다. 그는 테이블에 앉아 메뉴를 살펴보며 여유롭게 저녁을 기다렸다. 주문을 마친 후, 그에게 서빙을 해주던 나이 지긋한 웨이터가 다가왔다. 늙은 웨이터는 워싱턴 D.C.에서 수십 년을 일하며 수많은 이야기를 듣고 전해왔던 듯했다. 그들은 자연스럽게 대화를 나누기 시작했다.

"워싱턴 D.C.에 오신 걸 환영합니다. 혹시 박물관을 방문할 계획이 있으신가요?"라고 웨이터가 말했다.

"네, 박물관들을 둘러볼 예정입니다. 특히 내셔널 갤러리(National Gallery of Art)를 보고 싶어요. 〈키스〉라는 그림이 걸려 있다고 들었거든요."

그는 미소를 지으며 답했다.

늙은 웨이터의 눈이 반짝였다.

"아, 클림트의 〈키스(The Kiss)〉 말씀이군요. 맞습니다. 내셔널 갤러리에서 그 작품을 볼 수 있습니다. 그 작품은 황금빛으로 빛나며 두 연인이 서로를 껴안는 장면을 담고 있죠. 그 그림을 보면 사랑이란 얼마나 강렬하고 아름다운지 느끼실 겁니다. 워싱턴 D.C.는 정치적 도시이지만, 그런 예술 작품들을 통해 인간의 감정이 얼마나 풍부하고 깊은지 깨달을 수 있습니다."

그는 웨이터의 설명에 감탄하며 고개를 끄덕였다. 내셔널 갤러리에 걸려 있는 구스타프 클림트(Gustav Klimt)의 작품 〈키스〉는 그에게도 큰 기대를 주는 작품이었다. 클림트의 황금빛과 사랑을 상징하는 그림은, 정치의 중심지에서 마주할 수 있는 또 다른 형태의 인간성을 보여주는 상징이었다.

웨이터는 그에게 워싱턴 D.C.의 박물관들에 대해 계속해서 이야기해 주었다.

"워싱턴 D.C.에는 수많은 박물관이 있지만, 특히 스미스소니언 박물관(Smithsonian Institution)도 놓치지 말아야 합니다. 무료로 입장할 수 있는 이 박물관들은 미국의 역사와 문화, 그리고 과학적 성취을 한눈에 볼 수 있는 곳이죠. 그중에서도 항공우주박물관(Air and Space Museum)은 놀라운 경험을 선사할 겁니다. 인간이 하늘을 날고, 우주를 탐험해 온 과정이 고스란히 전시되어 있으니 꼭 방문해 보세요."

웨이터는 자신이 도시의 모든 것을 알고 있는 듯 자세하게 이야기해 주었다.

그는 웨이터의 이야기를 들으며 워싱턴 D.C.의 예술과 역사 그리고 과학이 어우러진 도시의 매력을 다시금 느끼게 되었다. 이 도시는 단순히 정치의 중심이 아니라, 인류가 이룩해 온 문화와 예술, 과학적 성취를 모두 품고 있는 공간임을 깨달았다.

저녁 식사가 끝나갈 무렵, 그는 웨이터에게 감사 인사를 전하고 음식값을 계산하고 팁을 현금으로 접시에 올려놓고 일어났다.

"내일 내셔널 갤러리에서 클림트의 〈키스〉를 보시고, 꼭 다른 갤러리도 둘러보세요. 워싱턴 D.C.는 예술이 넘치는 곳이니까요."

웨이터는 마지막으로 그를 배웅하며 이렇게 말했다.

그는 식당을 나서며 워싱턴 D.C.의 밤거리를 천천히 걸었다. 도시의 불빛은 고요하게 빛나고 있었고, 그 불빛 속에서 그는 이곳이 얼마나 특별한 곳인지를 다시금 깨달았다. 이곳은 세계의 정치 중심이기도 했지만, 동시에 인간의 창의성과 예술적 열정이 녹아 있는 도시였다. 호텔에 도착해 방으로 돌아온 그는 창밖으로 워싱턴의 야경을 바라보았다. 그는 조용히 침대에 누웠다. 윌러드 호텔의 역사적 기운이 그를 감싸안는 듯했다.

그는 아침 식사를 간단하게 마친 후, 워싱턴 D.C.에서 마지막 시간을 보내기 위해 포토맥강을 따라 조용히 산책을 시작했다. 이 도시는 그에게 단순히 정치의 중심지 그 이상으로 다가왔다. 자연과 역사가 함께 어우러진 워싱턴 D.C.의 공원은 그에게 고요한 아름다움을 선사했다. 특히 오늘 아침, 따뜻한 햇살이 포토맥강 위로 부드럽게 비추며 도시의 정적을 감싸고 있었다.

그는 변경된 일정으로, 일단 뉴욕으로 가야만 했다. 산책하면서 그는 뉴욕으로 떠나기 전의 마지막 순간을 충분히 만끽하고자 했다. 길게 늘어선 벚나무들이 가을의 변화를 느끼게 해주었고, 그 아래를 걸으며 자연스럽게 워싱턴 D.C.의 벚꽃 축제를 떠올렸다. 봄이 되면

이 도시를 환상적인 분홍빛으로 물들이는 벚꽃은 그 자체로 특별한 의미를 지닌다. 매년 이곳을 찾는 수많은 관광객, 그리고 벚꽃이 만개하는 장관은 워싱턴 D.C.를 한층 더 아름답게 만든다.

그는 워싱턴 D.C.의 벚나무들이 1912년 일본이 미국에 기증한 나무들이라는 사실을 다시금 생각했다. 당시 일본은 두 나라의 우호 관계를 강화하기 위해 3,000그루의 벚나무를 선물했고, 이 나무들은 오늘날까지도 워싱턴 D.C.를 상징하는 중요한 유산이 되었다. 매년 열리는 벚꽃 축제는 그 우정을 기념하는 행사로, 타이들 베이신(Tidal Basin) 주변을 따라 만개한 벚꽃들로 가득 찬다. 봄마다 이곳은 전 세계에서 온 수백만 명의 방문객들로 활기를 띠고, 워싱턴 D.C.의 대표적인 봄 축제 중 하나로 자리 잡았다. 그러나 그는 이 왕벚나무에 얽힌 잘 알려지지 않은 이야기를 떠올렸다. 사실 이 왕벚나무들이 일본에서 유래된 것이 아니라, 한국 제주도에서 채취한 왕벚나무들이라는 것이다. 1901년, 일본 식물학자 마쓰무라 진조가 제주도에서 왕벚나무를 처음 발견했다. 이 왕벚나무는 과학적으로 일본의 왕벚나무와 동일한 유전자를 공유하고 있었고, 일본은 이 나무들을 제주도에서 채취해 일본 전역에 심었다고 한다. 처음 일본은 일본의 토종 벚나무들을 미국에 기증했다. 하지만 모두 몇 차례 죽어버리자, 이후 제주도의 왕벚나무를 채취하여 워싱턴 D.C.에 기증했고, 그때 기증한 왕벚나무들도 바로 이 워싱턴 D.C.의 왕벚나무라는 것이다. 그는 이 이야기를 떠올리며 워싱턴 D.C.의 벚꽃은 단순한 자연의 경관이 아니라, 동아시아와 서구 세계를 잇는 역사적 상징으로 볼 수 있겠다고 생각했다. 일본이 기증한 벚나무들이 사실상 한국에서 유래했다면, 이 벚꽃 축제는 미국과 일본뿐만 아니라 한국의 역사와도 깊은 연관이 있음을 암시하는 셈이었다. 그는 포토맥 강변을 따라 걸으며 그는 워싱턴 D.C.가 봄이 되면 벚나무들로 가득 찰 모습을 상상했다. 타이들 베이신 주변의 분홍빛 벚꽃들과 멀리서 보이는 워싱턴 기념탑은 워싱턴 D.C.의 봄을 대표하는 풍경이었다. 수많은 사람들이 이곳에서 사진을 찍고, 강변을 따라 산책하며 봄의 따뜻함을 즐기는 모습들이 그의 머릿속에 그려졌다. 워싱턴 D.C.의 벚꽃 축제는 단순히 꽃을 감상하는 것 이상의 의미를 지녔다. 이 축제는 퍼레이드, 음악 공연, 전통 무용 등 다양한 문화 행사를 통해 세계 각지에서 온 방문객들에게 워싱턴 D.C.의 다채로운 매력을 선사한다. 이 도시는 봄철 벚꽃으로 인해 더욱 밝고 활기차게 변하며, 역사와 문화가 어우러진 축제의 장으로 거듭난다. 그는 공원 벤치에 잠시 앉아 생각을 정리했다. 워싱턴 D.C.의 벚꽃은 그저 아름다운 꽃들이 아니라, 아시아와 서구 세계를 연결하는 역사적 상징이었다. 이 워싱턴의 벚꽃이 단순한 자연의 아름다움 그 이상임을 의미했다. 이 꽃들은 미국과 아시아의 복잡한 역사와 우정을 담고 있는 상징으로, 워싱턴 D.C.의 봄을 더욱 의미 있게 만들고 있었다. 뉴욕으로 향할 준비를 하며, 그는 워싱턴 D.C.에서 보낸 짧지만, 의미 있는 시간을 마음속에 간직했다. 벚꽃이 만개하는 워싱턴 D.C.의 봄을 상상하며, 공원은 그에게 단순한 경관 이상의 교훈을 남겼다. 이 벚꽃들은 역사 속에서 피어난 우정과 문화의 상징으로, 앞으로도 그가 이곳을 떠난 후에도 오랫동안 기억될 것이다.

뉴욕의 대형 금융 지구에 있는 고층 빌딩 앞에서 그는 잠시 숨을 고르며 위로 시선을 올렸다. 그가 방금 도착한 이곳은 그의 주요 거래처가 있는 본사였다. 이번 뉴욕 출장은 몇 년 동안 이어질 관리 계약을 체결하기 위해 준비된 것이었고, 그만큼 중요한 미팅이 기다리고 있었다. 뉴욕까지의 여행은 그에게 많은 생각을 하게 했다. 그는 몇 차례 심호흡을 한 후, 건물 안으로 들어섰다. 로비는 뉴욕의 금융 중심지답게 고급스럽고 분주했으며, 사람들의 발걸음이 끊임없이 이어졌다. 안내된 회사 전용 엘리베이터를 타고 거래처가 있는 층에 도착한 후, 약속된 회의실로 안내받았다. 그곳에는 이미 여러 명의 거래처 관계자들이 대기 중이었다. 서로 인사를 나누며 간단한 환영 인사가 오간 후, 본격적인 계약 협상이 시작되었다. 계약은 그의 회사가 뉴욕의 대형 금융 회사와 맺는 중요한 계약이었다. 계약 내용은 그들이 필요로 하는 IT 시스템 관리 서비스에 대한 것이었고, 양측 모두에게 매우 중요한 사업적 결정을 요구했다. 벌써 몇 년째 보아 왔던 사이였음에도 그들은 진지한 표정으로 앞으로 있을 여러 가지 사안에 대하여 이야기했다. 변화하고 있는 보안 문제와 그에 필요한 각종 프로그램의 설치와 운영, 전반적인 내용을 다시 검토하며 서로의 입장을 설명했다. 서로 파트너로서 이야기하는 그들에게서 많은 것을 느끼며, 그는 자기 회사가 제공할 수 있는 최상의 서비스를 설명하고, 계약 조건을 조율해 나갔다. 몇 시간에 걸친 긴 협상 끝에 양측은 결국 합의에 도달했다. 그가 준비한 여러 문서들 덕분에 이 계약을 성공적으로 체결할 수 있었다. 계약서에 서명하는 순간, 그는 오랜 시간 준비해 온 이 순간이 드디어 결실을 보았다는 생각에 마음이 한결 가벼워졌다. 4시간이 넘는 긴 회의가 끝난 후, 거래처 관계자들은 인사를 건넸다. 그들은 이번 계약이 양측 모두에게 큰 이익을 가져다줄 것이라며, 나를 격려해 주었다. 앞으로의 협력을 기대하고 있다는 말과 함께 그도 이번 협력을 통해 큰 성과를 내길 바란다는 말을 남겼다. 그날 저녁, 한 레스토랑에서 오래된 거래처 친구들과 성공적인 계약을 축하하는 저녁 식사를 가졌다. 그는 미팅에서 긴장감이 풀리자, 레스토랑의 화려한 분위기와 맛있는 음식들을 즐기며 하루의 피로를 씻어냈다. 그는 뉴욕의 야경이 한눈에 보이는 창가에 앉아 자신이 이룬 성과에 대해 자부심을 느끼며 앞으로의 계획에 대해 잠시 생각했다.

뉴욕에서 성공적인 계약 체결 이후, 워싱턴 D.C.로 이동할 준비를 했다. 워싱턴 D.C.에는 그의 또 다른 파트너 회사의 지사가 자리 잡고 있었고, 그는 그곳에서 파트너사와 함께 진행 중인 프로젝트를 점검하고, 현지 직원들과의 미팅을 하기로 되어 있었다. 계약 체결 후 한숨 돌리고 여유롭게 워싱턴 D.C.로 이동했다.

워싱턴 D.C.에 도착한 다음 날, 그는 지사에서 업무를 시작했다. 예정된 미팅들이 차례로 진행되었고, 지사 직원들은 그가 방문한 것을 환영하며, 현재 진행 중인 프로젝트에 대한 보고를 진행했다. 파트너사 직원들의 열정과 헌신에 깊은 인상을 받았고, 그들의 노고를 인정하며 격려의 말을 전했다. 워싱턴 지사에서 업무는 생각보다 순조롭게 진행되었다. 원래 예상했던 것보다 일찍 업무가 마무리되었고, 시간을 어떻게 활용할지 고민하기 시작했다. 바쁜 일정을 소화한 후였기에, 그는 잠시나마 여유를 즐길 충분한 시간이 있었다. 그는 며칠 전 워싱턴에서 보지 못한 그림을 보기로 했다. 젊은 시절 예술에 대한 꿈을 간직했던 그에게, 미술관 방문은 단순한 관광 이상의 의미를 지니고 있었다. 그는 과거의 꿈을 잠시나마 되새기고, 그동안 잊고 지냈던 예술적 감성을 다시 한번 느끼고 싶었다.

워싱턴 D.C.의 스미스소니언 국립 미술관, 조용한 오후의 전시실에는 부드러운 조명이 어둡게 드리워진 공간을 비추고 있었다. 그는 넓고 고요한 전시실을 천천히 걸었다. 벽에 걸린 작품들은 각기 다른 시대와 작가의 손길을 담고 있었고, 작품 앞에서 한참을 서서 감상하곤 했다. 그는 자신이 과거에 꿈꾸던 예술가의 삶을 잠시나마 상상하며, 작품 속에 담긴 감정과 이야기에 깊이 빠져들었다. 그는 오래된 그림 중 하나 앞에 멈춰 섰다. 그가 바라보고 있던 작품은 알버트 비어슈타트(Albert Bierstadt)의 1868년 작, 〈Among the Sierra Nevada, California〉였다. 거대한 풍경화는 장엄한 자연의 아름다움과 힘을 담고 있었고, 특히 검은 커튼으로, 부분적으로 가려진 이 작품은 신비로움을 더했다. 그는 그림을 보며 살짝 갸우뚱한 표정을 짓고 있었다. 그림의 세부적인 부분과 그 의미를 곱씹으며 그는 깊은 생각에 잠겨 있었다. 그는 이 작품을 이미 들어 알고 있었고, 직접 본 적은 없었다. 그는 이 작품을 보며, 캘리포니아의 대자연과 사막에서 느꼈던 감정들이 떠오르며, 자연의 위대함과 인간의 한계를 다시금 생각하게 되었다. 그는 작품 앞에서 과거의 기억을 떠올리며, 자신이 얼마나 많은 것을 포기하고 또 얼마나 많은 것을 얻었는지 생각했다. 이 그림은 실제로 존재하지 않는 풍경이었지만, 그가 느낀 감정은 실재했다. 이 그림은 그에게 현실과 상상이 뒤섞인 삶의 복잡함을 다시 한번 상기시켜 주었다. 그는 자기 곁으로 다가오는 발소리는 전혀 감지하지 못한 채, 그림에 더욱 집중했다. 캔버스 위의 광활한 시에라 네바다 산맥, 강렬한 햇빛이 비치는 호수 그리고 숲속의 나무들이 그의 마음을 사로잡고 있었다. 이 그림은 단순한 자연 풍경이 아니라, 인간이 거의 손대지 않은 대자연의 경이로움과 숭고함을 표현하고 있었다. 그는 이 그림 속에서 느껴지는 웅장한 자연의 힘과 함께, 그 아래에 감추어진 인간의 무력감을 떠올리며 복잡한 감정에 사로잡혀 있는 것 같았다.

그러던 중, 부드러운 목소리가 그의 사색을 깨웠다.

"이 작품, 참 인상적이죠? 자연의 위대함이 그대로 느껴지는 것 같아요."

깜짝 놀란 그는 고개를 들어 목소리의 주인공을 바라보았다. 그곳에는 젊고 아름다운 여성이 서 있었다. 그녀는 따뜻한 미소를 지으며, 그가 느끼고 있던 감정에 공감하는 듯한 눈빛으로 그를 바라보며 말을 걸어왔다. 예상치 못한 한국어에 놀랐지만 곧 그녀의 친근한 분위기에 이끌려 대화를 이어갔다.

그는 그녀의 얼굴을 돌려 보았다. 그리고 다시 그림을 보며 그가 말했다.

"네, 정말 그렇네요. 이 그림을 보면서, 단순한 풍경을 넘어서 자연의 힘과 인간의 위치에 대해 다시 생각하게 되는 것 같습니다. 이렇게 장엄한 자연 앞에서는 우리가 얼마나 작은 존재인지 느껴져서요."

그녀는 고개를 끄덕이며 작품을 다시 한번 바라보았다.

"맞아요. 알버트 비어슈타트는 서부 개척 시대에 대한 낭만적이고 이상화된 풍경을 그렸지만, 이 그림에는 단순한 아름다움뿐만 아니라 인간이 쉽게 다가갈 수 없는 자연의 신비로움도 함께 담겨 있는 것 같아요."

그는 이 젊은 여성이 단순한 감상에 그치지 않고, 작품의 깊은 의미와 작가의 의도를 함께 읽어내고 있음을 느꼈다. 그는 자연스럽게 그녀에게 물었다.

"이 작품을 보면서, 어떤 감정이 드셨나요?"

그녀는 잠시 생각하더니, 조심스럽게 대답했다.

"처음 이 작품을 봤을 때는 경외감이 들었어요. 마치 자연의 한가운데 서 있는 것 같은 느낌이었죠. 하지만 곧, 그 뒤에 감춰진 인간의 존재에 대해 생각하게 되더라고요. 이 거대한 자연 속에서 인간은 얼마나 작은지, 그리고 그런데도 우리는 이 자연을 이해하고자 노력하죠. 하지만 알버트 비어슈타트가 보여주는 이 자연은 우리가 이해할 수 없는 어떤 신성한 영역인 것 같아요."

그는 그녀의 말에 깊이 공감했다.

"저도 비슷한 감정을 느꼈습니다. 이 그림을 보면, 자연의 경이로움 앞에서 우리가 겸손해져야 한다는 생각이 듭니다. 그리고 어쩌면, 그런 겸손함이야말로 우리가 자연을 더 깊이 이해할 방법일지도 모르겠네요."

그들은 작품 앞에서 자연스럽게 깊은 대화를 이어갔다. 알버트 비어슈타트가 이 작품을 통해 전달하고자 했던 자연의 위대함과 인간의 미미함에 대한 이야기를 나누며, 그들은 서로의 생각에 점점 더 공감하게 되었다. 이후, 그들은 전시관을 함께 돌아다니며 다른 작품들에 관해서도 이야기를 나누기 시작했다.

전시관 한편에 있는 구스타브 클림트의 〈The Kiss〉 앞에서 두 사람은 잠시 발걸음을 멈췄다. 황금빛 배경 속에서 서로를 끌어안고 있는 남녀의 모습이 인상적인 이 작품은 그들의 대화에 새로운 주제를 던져주었다.

"이 작품은 사랑에 대해 정말 아름답게 표현한 것 같아요. 두 사람이 서로에게 완전히 몰입한 순간이 너무나도 강렬하게 느껴져요."

그녀는 그를 바라보며 말했다.

"네, 맞아요. 클림트는 사랑을 단순히 감정으로 표현한 것이 아니라, 사랑 속에서 인간이 경험하는 모든 복합적인 감정을 함께 담아냈어요. 서로에게 몰입하면서도 동시에 두려움과 희열 그리고 불확실함까지도요."

그는 생각에 잠긴 후, 말을 이었다.

"그래서일까요? 이 그림을 볼 때마다 사랑이 얼마나 복잡하고도 강력한 감정인지 다시금 느끼게 됩니다. 그리고 어쩌면, 그 복잡함 때문에 우리가 사랑을 더 소중하게 여기는 것일지도 모르죠."

그녀는 그의 말에 동의하며 덧붙였다.

"사랑은 언제나 단순한 것이 아니죠. 이 작품이 그렇게 강렬하게 다가오는 이유는, 사랑이 우리를 어떻게 변화시키고, 때로는 무너뜨리기도 하면서도 결국에는 우리를 성장하게 만든다는 것을 보여주기 때문일 거예요."

두 사람은 클림트의 작품 앞에서 사랑에 대한 깊은 이야기를 나누며, 서로에 공감하는 부분에 대한 이야기를 나누기 시작했다. 전시관을 돌아다니며 그들은 또 다른 사랑을 주제로 한 작품들 앞에서 발걸음을 멈추고, 그 작품들에 담긴 감정과 의미에 관해 이야기했다.

윌리엄 애돌프 부그로의 〈The First Kiss〉 앞에서는 첫사랑의 풋풋함과 그 순수함에 대해, 프란시스코 고야의 〈The Nude Maja〉 앞에서는 사랑과 욕망의 경계에 관해 이야기했다. 또한, 로댕의 〈The Kiss〉 조각 앞에서는 사랑의 열정과 그것이 때로는 어떻게 우리의 이성을 마비시킬 수 있는지 이야기를 나눴다. 시간은 흘러가고 있었지만, 그들은 그것을 전혀 느끼지 못했다. 예술 작품에 대한 심도 있는 대화는 그들 사이에 일종의 연결고리를 형성하며, 서로에 대한 호감과 이해를 깊어지게 했다. 결국, 젊은 여성과 함께하는 시간이 너무도 즐거웠지만, 나이 차이와 자신의 위치 때문에 쉽게 마음을 열지 못했다. 그는 나이 많은 남자로서 한참 젊은 여성에게 저녁 식사를 제안하는 것이 적절한지 고민하고 있었다.

그녀는 그의 마음을 읽은 듯, 먼저 말을 꺼냈다.

"오늘 이렇게 전시관에서 좋은 시간을 보냈는데, 저녁 식사는 함께할 수 있을까요? 전시를 보며 이야기를 나누다 보니 시간이 훌쩍 지나가 버렸네요. 저녁, 같이 하면서 이야기를 이어가고 싶어요."

그는 망설였지만, 그녀의 따뜻한 미소와 진심이 담긴 제안에 결국 고개를 끄덕였다.

"좋아요, 저도 당신과 함께라면 더 많은 이야기를 나누고 싶습니다."

그들은 전시관을 나와 한 고급 레스토랑으로 향했다. 그곳에서 저녁 식사는 단순한 식사가 아니라, 서로의 인생 경험과 가치관을 공유하는 의미 있는 시간이었다. 예술과 사랑, 인생에 대한 이야기가 끊임없이 오갔고, 그들은 마치 오래전부터 알고 지낸 사람들처럼 편안하게 대화를 나누었다.

식사 중간, 그는 그녀를 보며 물었다.

"왜 오늘 저에게 먼저 말을 걸어주셨나요? 이렇게 좋은 시간을 보낼 줄은 몰랐지만, 처음에는 조금 놀랐거든요."

그녀는 잠시 생각하다가 대답했다.

"사실 저도 왜 그런지는 잘 모르겠어요. 그냥, 당신이 그 작품을 보며 깊은 생각에 잠긴 모습을 보고, 말을 하고 싶었어요. 그리고 그게 지금 이렇게 좋은 시간으로 이어지게 된 것 같네요."

그는 고개를 끄덕였다.

"맞아요. 오늘의 만남은 정말 뜻밖의 선물 같아요. 예술 작품이 사람을 이렇게 연결해 줄 수 있다는 걸 다시 한번 느끼게 되었네요."

조명이 은은하게 비추는 식탁 위에는 두 사람의 와인잔이 더욱 반짝이는 것 같았다.

그녀가 와인잔을 들며 말을 꺼냈다.

"전시관에서 함께한 시간이 정말 즐거웠어요. 예술 작품을 통해 이렇게 깊이 있는 대화를 나눌 수 있어서 좋았어요."

그는 그녀의 말에 동감하듯 와인잔을 들어 그녀의 잔에 살짝 부딪히자, 와인잔에서는 밝고 맑은소리가 들려왔다.

그녀도 그의 말에 덧붙여 말했다.

"저도 그렇습니다. 사실 오늘 당신과의 만남이 아니었다면 이렇게 즐겁게 지내지 못했을 거예요. 예술을 통해 서로의 생각을 공유하는 게 얼마나 중요한지 다시 한번 깨달았습니다."

그들은 잠시 와인을 음미하며, 잠깐의 침묵이 찾아왔다. 그 침묵은 어색함이 아닌, 그들이 함께 나누는 순간을 깊이 느끼기 위한 시간이었다. 몇 모금의 와인을 마시고 나서 조용히 말을 꺼냈다.

"사실, 오늘 전시관에서 당신과 함께 보았던 알버트 비어슈타트의 작품에 대해서 조금 더 이야기하고 싶은 게 있어요."

그녀는 그의 말을 듣고 흥미롭게 고개를 끄덕였다.

"네, 저도 그 작품이 계속 생각났어요. 자연의 위대함과 인간의 위치에 대한 이야기를 나눴었죠. 그런데 뭔가 더 하실 말씀이 있나요?"

그녀는 의아한 듯, 미소를 지으며 그에게 말했다.

그는 웃음을 지으며 대답했다.

"사실, 그 작품에 대해서는 약간의 반전이 있어요. 알버트 비어슈타트의 〈Among the Sierra Nevada, California〉는 정말 인상적인 작품이죠. 하지만 알고 보면, 이 작품은 실제 장소를 그린 것이 아니라, 작가의 상상에 의해 만들어진 풍경입니다."

그녀는 깜짝 놀라며 그의 말을 들었다.

"정말요? 저는 실제로 요세미티 국립공원의 한 부분을 그린 줄 알았어요. 그런 생각을 가지고 감상했는데, 상상으로 그린 작품이라니요?"

그는 고개를 저으며 말했다.

"네, 바로 그 점이 흥미로운 부분입니다. 비어슈타트는 서부 개척시대의 낭만을 이상화하며 그린 작가로, 그가 그린 많은 풍경화는 실제 장소를 바탕으로 하지만, 많은 부분이 상상 속에서 만들어졌죠. 특히 이 작품에서 묘사된 장면은 실제로 존재하지 않는 장소예요. 작가는 자신의 머릿속에서 이상적인 서부의 풍경을 만들어낸 거죠."

그녀는 그의 이야기를 듣고 깊은 생각에 잠긴 듯 보였다. 고개를 들어 말했다.

"그렇다면 제가 느낀 그 경외감과 숭고함은 실제로 존재하지 않는, 환상 속의 자연에 대한 감정이었네요. 정말 놀라워요. 어떻게 그렇게 실제와 같은 느낌을 주는 풍경을 상상으로 그릴 수 있었을까요?"

"바로 그게 비어슈타트의 천재성이죠. 그는 실제로 많은 서부 지역을 탐험하고 그 경험을 바탕으로 작품을 그렸지만, 이 작품에서는 현실과 상상을 섞어 완벽한 이상적 풍경을 만들어냈어요. 사실 저는 요세미티 국립공원을 여러 번 방문한 적이 있었기 때문에, 처음 이 그림을 봤을 때 약간 갸우뚱했죠. '이 장소는 내가 본 적이 없는데?' 라는 생각이 들었거든요."

그의 말을 끝나자, 그녀는 그 이야기에 크게 웃음을 터뜨렸다.

"아, 그래서 전시관에서 그렇게 갸우뚱하고 계셨던 거군요! 전 그저 작품에 몰입해서 깊은 생각을 하고 계신 줄 알았어요."

그녀의 웃음소리에 그는 웃음을 지으며 대답했다.

"사실 맞아요. 깊은 생각을 하고 있긴 했죠. 하지만 그 생각이 이 작품이 정말 존재하는 장소인지 아닌지에 대한 것이었어요. 알고 보니 그게 바로 이 작품의 매력 중 하나였던 거죠."

그녀는 보며 고개를 끄덕였다.

"그렇군요. 예술이란 정말 흥미로운 것 같아요. 사실과 상상, 현실과 환상이 뒤섞여서 우리에게 새로운 시각을 열어주잖아요. 그래서 예술 작품을 보는 게 늘 새롭고 흥미로운 경험인 것 같아요."

그녀는 그의 말에 공감하며 대답했다.

"맞습니다. 예술은 우리를 일상에서 벗어나게 해주고, 때로는 우리가 당연하게 여겼던 것들에 대해 새로운 시각을 제시하죠. 비어슈타트의 작품도 그렇고, 오늘 우리가 봤던 다른 작품들도 마찬가지였어요. 클림트의 〈The Kiss〉는 사랑의 복잡함을, 부그로의 〈The First Kiss〉는 사랑의 순수함을 보여주듯이요."

그녀는 다시 한번 고개를 끄덕였다.

"네, 오늘 전시관에서 함께 나눴던 이야기가 정말 기억에 남을 것 같아요. 특히 사랑에 관한 작품들을 보면서, 우리가 느끼는 다양한 감정들을 예술이 어떻게 표현하는지를 깊이 생각해 볼 수 있었던 것 같아요." 그녀는 말했다.

그들은 계속해서 전시관에서 경험에 관해 이야기를 나누었다. 각 작품이 전달하는 메시지와 감정, 그리고 그들이 느낀 개인적인 감정들에 대해 솔직하게 털어놓았다. 그들의 이야기는 끊임없이 이어졌다.

그는 와인잔을 내려놓고 진지한 표정으로 말을 이었습니다.

"사실, 예술 작품을 보면서 그런 감정을 나눌 수 있는 사람을 만난다는 게 얼마나 귀한 일인지 새삼 깨달았습니다. 오늘 하루 동안 당신과 나눈 대화들이 제게 큰 의미가 있었어요."

그녀도 그를 바라보며 진지하게 대답했다.

"저도 그래요. 전시관에서 나눈 대화가 이렇게 깊어질 줄은 몰랐지만, 덕분에 예술 작품을 다른 시각으로 보게 되었고, 무엇보다도 당신과의 대화를 통해 많은 것을 배우고 느꼈어요."

그들은 서로의 눈을 바라보며 잠깐 침묵했다. 그 침묵 속에는 서로에 대한 깊은 이해와 공감이 담겨 있었다. 그들은 전시관에서 나눈 대화들이 단순한 예술 작품에 대한 감상을 넘어, 서로의 감정을 교류하는 중요한 시간이 되었음을 느꼈다.

그는 미소를 지으며 이야기를 이어갔다.

"사실, 오늘 당신과 나눈 대화 덕분에 저도 예술을 새롭게 바라보게 된 것 같아요. 그리고 그 과정에서 저 자신에 대해서도 새로운 생각을 하게 되었고요. 이게 다 당신 덕분입니다."

그녀는 부끄러워하며 웃음을 지었다.

"저도 마찬가지예요. 오늘의 만남이 저에게도 큰 의미가 있었어요. 어쩌면 예술이 우리에게 그런 새로운 시각을 열어주기 위해 존재하는지도 모르겠어요."

그들은 식사를 마치고 디저트를 먹으며, 여전히 대화를 이어갔다. 시간이 어떻게 흘렀는지 모를 정도로, 그들은 서로에게 몰입해 있었다. 예술 작품에 대한 이야기를 나누며 서로의 생각과 감정을 공유하는 이 시간이 그들 사이를 더욱 가깝게 만들고 있었다.

그는 식사가 끝나갈 무렵, 고민하다가 조심스럽게 말을 꺼냈습니다.

"사실, 오늘 정말 좋은 시간이었지만, 처음에는 조금 망설였어요. 나이 차이도 있고, 내가 이렇게 젊은 여성과 함께 저녁을 먹는 것이 괜찮을까 하는 생각이 들었거든요."

그녀는 그의 말을 듣고 진심 어린 미소를 지으며 대답했다.

"그럴 수도 있죠. 하지만 저는 나이보다는 서로의 마음이 더 중요하다고 생각해요. 오늘 이렇게 서로의 생각을 나누고, 좋은 시간을 보낸 것 자체가 중요한 거잖아요? 나이는 그냥 숫자일 뿐이에요."

그녀의 말에 감동하며 그는 고개를 끄덕였다.

"맞아요, 나이는 숫자일 뿐이죠. 오늘을 함께 보낸 이 시간이 정말 소중하게 느껴져요. 감사합니다."

그녀는 그에게 고마움을 표시하며 대답했다.

"저도 감사합니다. 오늘 이 시간이 제게도 큰 의미가 있었어요. 앞으로도 예술에 대해, 또 인생에 대해 더 많은 이야기를 나눌 수 있으면 좋겠어요."

그들은 식사를 마치고 레스토랑을 나서며, 워싱턴 D.C.의 밤거리를 함께 걸었다. 밤공기는 시원하고, 도심의 불빛들이 그들을 감싸고 있었다. 두 사람은 함께 걸으며, 전시관에서 대화와 식사 중 나눈 이야기들을 떠올렸다. 오늘의 만남이 얼마나 특별했는지 느꼈다. 그리고 그는 그녀와 함께 더 많은 시간을 보내고 싶다는 생각했다. 이 만남이 앞으로 어떤 인연으로 이어질지 알 수 없었지만, 오늘의 경험이 그들의 삶에 있어 중요한 전환점이 되었음을 느낄 수 있었다.

그는 그녀를 보며, 오늘의 만남이 자신에게 얼마나 큰 의미가 있었는지를 다시금 생각했다. 그녀 또한 그동안의 대화를 통해 예술 작품뿐만 아니라, 인생에 대한 새로운 통찰을 얻게 되었고, 그와 함께한 시간이 앞으로도 오랫동안 기억에 남을 것으로 생각하는 것 같았다.

그녀는 갑자기 다음날의 계획을 제안했다.

"저 내일 워싱턴 D.C. 근교에 있는 유명한 전시관에 가고 싶은데, 같이 가보실래요? 혼자 가기엔 조금 아쉬울 것 같아서요."

예상하지 못한 제안에 그는 약간 당황했지만, 그녀와 함께하는 시간이 즐거웠기 때문에 거절할 이유가 없었다.

"그럼요, 좋습니다. 내일 함께 가죠."

다음 날 아침, 그들은 워싱턴 D.C. 근교에 있는 유명한 전시관, 바로 '필립스 컬렉션(Phillips Collection)'으로 향했다. 필립스 컬렉션은 미국 최초의 현대미술 전시관으로, 다양한 현대 미술 작품을 소장하고 있었다. 이곳은 유명한 화가들의 작품뿐만 아니라, 신진 예술가들의 작품도 함께 전시되어 있어 그들에게 새로운 예술적 영감을 주었다. 전시관 안을 걸어 다니며, 두 사람은 각기 다른 작품들에 대해 서로의 생각을 나누고 감상을 공유했다. 그는 그녀가 작품을 보는 독특한 관점에 깊은 인상을 받았고, 그녀의 통찰력에 놀랐다. 그들은 작품 하나하나를 둘러보며, 각각의 작품이 주는 감동을 온전히 느끼고자 노력했다. 이후 그들은 전시관 내에 있는 카페에서 잠시 휴식을 취하며 커피를 마셨다. 커피를 마시며, 그들은 서로의 삶에 대해 더욱 깊이 있는 대화를 나누게 되었다.

그녀는 자신의 꿈과 목표에 관해 이야기하며 앞으로 어떤 연구를 하고 싶은지에 대해 열정적으로 설명했다. 그는 그녀의 이야기를 들으며, 자신의 경험을 바탕으로 조언을 해주기도 했다.

그들은 점점 더 가까워지고 있었다. 하루 종일 함께한 시간은 그들에게 특별한 의미를 주었고, 서로에 대한 호감은 더 깊어졌다. 전시관을 다 돌아본 후, 그는 그녀의 숙소까지 데려다주었다. 차 안에서 두 사람은 하루 동안의 감상과 함께 그들이 느꼈던 감정들을 나누었다. 숙소 앞에 도착한 후, 그녀는 잠시 망설이다가 이렇게 말했다.

"오늘 정말 즐거웠어요. 감사합니다. 혹시 커피 한잔하시고 가실래요?"

그는 고개를 끄덕였다.

"물론이죠. 저도 오늘 하루가 너무 좋았습니다."

그들은 그녀의 숙소에서 따뜻한 커피를 마시며, 서로의 감정을 조금 더 솔직하게 털어놓기 시작했다. 그는 그녀의 솔직하고 순수한 마음에 끌렸고, 그녀는 그의 배려심에 깊이 감동하였다고 말했다. 두 사람은 그 순간, 서로에게 강하게 이끌리게 되었다. 결국, 그들은 서로의 마음을 확인하고, 그날 밤 서로에게 깊은 감정을 나누게 되었다. 그의 마음속에는 그녀와의 나이 차가 있었지만, 그들은 서로를 진심으로 이해하고 존중하며, 그날을 통해 깊은 유대감을 형성했다. 워싱턴 D.C.에서 짧은 만남이었지만, 두 사람에게는 잊을 수 없는 특별한 추억으로 남았다. 앞으로 그들이 어떤 길을 걷게 될지는 알 수 없지만, 그날의 만남은 그들의 삶에 큰 영향을 미칠 것이 분명했다.

그의 마음에 깊은 흔적을 남겼다는 것을 그는 분명히 느끼고 있었다. 그럼에도 그는 더 이상 머물 수 없었다. 새로운 운명의 끈이 연결된 듯한 이 감정을 뒤로하고 돌아가야 할 곳이 있었다. 그는 다시 LA로 돌아가기 위해 그녀에게 아침 인사를 했다.

그는 워싱턴 D.C.를 뒤로하고 다시 서부로 향하는 긴 여행을 시작했다. 그의 마음은 복잡하고 혼란스러웠다. 지난 며칠 동안의 출장과 그녀와의 만남이 그의 마음속에 얽혀 있는 감정들을 자극하고 있었다.

그는 미국의 긴 종단 도로 위를 달리면서, 그의 인생에 대해 깊이 생각하기 시작했다. 특히 그녀와의 만남은 그에게 새로운 감정을 불러일으켰다. 그들은 예술, 인생 그리고 서로의 삶에 대해 깊이 있는 대화를 나누었고, 그 대화는 단순한 의미 이상을 가지고 있었다. 그는 그녀와의 짧은 시간이 오래도록 그의 기억 속에 남아 있을 것임을 알았다. 하지만 그의 마음속에는 또 다른 생각이 자리 잡고 있었다. 그는 현재 별거 중인 아내와의 관계를 떠올렸다. 모든 결혼 생활은 그러하듯 그도 처음에는 행복했지만, 시간이 지남에 따라 점점 소원해졌다. 그는 일에 매달리면서 가정을 소홀히 했고, 그로 인해 그와 아내 사이에는 감정의 벽이 생겨버렸다. 결국, 그들은 서로의 삶에서 멀어지게 되었고, 현재는 별거 중이었다. 이제 그는 LA로 돌아가는 길에 자신과의 싸움해야만 했다. 그녀와의 만남이 그에게 새로운 감정을 불러일으켰지만, 그는 아내와의 관계에서 생긴 상처와 문제들을 해결해야 할 과제가 남아 있음을 알고 있었다. 그는 과연 이 새로운 감정을 어떻게 받아들여야 할지, 그리고 아내와의 관계를 어떻게 정리해야 할지 고민했다.

그는 길 위에서 그동안의 여행을 되돌아보았다. 뉴욕에서 성공적인 계약, 워싱턴 D.C.에서 업무와 미술관 방문, 그리고 그녀와의 만남이 그의 머릿속을 계속해서 맴돌았다. 그는 자신이 이 모든 경험을 통해 무엇을 얻었는지, 그리고 앞으로 어떻게 살아가야 할지 고민했다. 그는 무엇보다도 그녀와의 만남은 그에게 깊은 감정을 남겼다. 그들은 짧은 시간 동안 서로에 대해 많은 이야기를 나누었고, 그 대화는 새로운 희망과 감정을 불러일으켰다. 그는 오랜만에 누군가와 진정한 소통을 나누는 기쁨을 느꼈고, 그로 인해 자신의 인생을 다시 돌아보게 되었다. LA로 향하는 길은 길고도 멀었다. 그는 고속도로를 달리면서 아내와의 관계를 떠올렸다. 그들은 언제부터인가 서로를 이해하지 못하게 되었고, 그로 인해 갈등이 깊어졌다. 그는 일에만 몰두하면서 가정을 소홀히 한 것이 그들의 관계를 악화시킨 원인이라는 것을 알고 있었다. 그는 아내와의 관계를 회복하려고 노력했지만, 그 과정에서 여러 번 실패했다. 그들은 서로를 너무나 사랑했지만, 서로의 차이점을 이해하고 받아들이는 것이 어려웠다. 결국, 그들은 별거를 선택하게 되었고, 지금은 각자의 삶을 살아가고 있었다. 그녀와의 만남이 자신에게 새로운 감정을 불러일으킨 것에 대해 혼란스러워했다. 그는 여전히 아내에 대한 사랑을 느끼고 있었지만, 그 사랑은 이제 더 이상 그들에게 희망을 주지 못하는 듯했다. 그는 과연 이 새로운 감정을 어떻게 받아들여야 할지 고민했다. 그녀와의 만남이 그에게 새로운 시작을 의미할 수 있을지, 아니면 그저 일시적인 감정에 불과한 것일지 알 수 없었다.

밤새워 운전은 이어졌고, 그가 LA에 도착했을 때, 이미 해가 떠오르고 있었다. 그는 피곤한 몸을 이끌고 자신이 머무는 아파트로 들어갔다. 아파트는 고요했고, 그곳에는 오직 그 혼자뿐이었다. 그는 집 안의 적막함을 느끼며, 다시금 혼자임을 실감했다. 거실에 서서 창밖을 바라보았다. LA의 아침은 여전히 밝고 활기찼지만, 그의 마음속에는 복잡한 감정이 가득 차 있었다. 그는 천천히 침실로 향하며, 이번 여행에서 겪었던 모든 일들을 되짚어 보았다. 침대에 누워 그는 눈을 감았다. 지난 며칠간의 시간이 빠르게 그를 훑고 지나갔다. 모든 감정과 생각들이 그의 삶에 방향을 제시하지는 못했다. 그러나 그는 이제 더 이상 과거에 머물러 있을 수 없었다. 그는 앞으로의 인생에서 자신이 진정으로 원하는 것이 무엇인지, 그리고 그것을 위해 무엇을 해야 할지를 다시 한번 생각해야겠다고 생각했다. 침대에 누워 있던 그는 결국 깊은 잠에 빠져들었다. 그 잠 속에서 그는 자신이 걸어온 길을 다시 돌아보고, 앞으로 걸어갈 길을 상상했을지도 모른다. 이번 여행은 그에게 많은 것을 가르쳐 주었고, 그가 다시 일어나 앞으로 나아갈 수 있는 힘을 주었는지도 모른다. 그는 이 모든 경험들이 그를 더 강하고 성숙한 사람으로 만들어 줄 것임을 믿으며, 새롭게 시작하는 꿈을 꾸고 있는지도 모른다.

그는 뉴욕에서 돌아온 후 일주일 동안 회사 업무에 몰두했다. 뉴욕과 워싱턴 D.C.에서 출장은 그에게 많은 생각을 하게 했고, 특히 그녀와의 만남은 그의 마음을 뒤흔들어 놓았다. 하지만 그는 그 감정을 뒤로하고 다시 일에 집중하기로 결심했다. 업무가 그에게는 안정감을 주었고, 그는 자신이 계획하고 있는 새로운 프로젝트에 몰두했다. 이번 프로젝트는 새로운 프로그램을 사용하여 진행하는 중요한 일이었다. 그는 최신 기술을 활용해 경쟁력을 강화하는 것이 회사가 존재할 수 있다고 생각했다. 그는 개발팀과 함께 며칠 밤낮을 새우며 프로젝트 설계와 코딩에 매달렸다. 시간은 빠르게 흘러갔고, 어느덧 두 주가 훌쩍 지나고, 금요일이 되었다. 금요일 오후, 계획했던 중요한 코드의 첫 번째 버전을 완성했다. 그는 이 성공에 만족감을 느꼈고, 팀원들과 함께 잠시 자축할 시간을 가졌다. 다들 고생한 만큼, 그들에게 감사의 말을 전하고 주말을 잘 보내라고 격려했다.

그가 퇴근하려고 할 무렵, 그의 휴대전화가 울렸다. 화면에 표시된 번호는 낯설었고, 그는 누구인지 알 수 없었다. 순간, 설명할 수 없는 감정이 그의 가슴 속에 밀려들었다. '누구지?' 긴장된 채로 전화를 받았다.

"여보세요?"

전화기 너머에서 들려오는 목소리는 다름 아닌 그녀였다. 그녀의 목소리를 듣는 순간, 그는 복잡한 감정으로 뒤섞였다. 워싱턴 D.C.에서 헤어진 이후로 그들은 연락을 주고받지 않았기에, 그녀의 전화는 그에게 큰 놀라움이었다.

"안녕하세요… 저 잊지 않으신 거죠?" 그녀가 말했다.

"물론이죠. 어떻게 전화를…" 그는 말을 이어갈 수가 없었다.

"저, LA에 잠시 들렀어요.

저녁 식사 같이하실 수 있어요?" 그녀가 말했다.

그녀의 목소리에는 약간의 떨림이 있었지만, 그녀의 말 속에서 그녀가 진심으로 그를 다시 만나고 싶어 한다는 것을 느꼈다. 그는 망설였지만, 그녀와의 만남이 그에게도 의미 있는 시간이 될 수 있다는 생각에 이내 동의했다.

"물론이죠." 그는 기쁜 마음으로 말했다.

"썬셋길에 있는, LA가 한눈에 보이는 언덕 위의 일식집이 있는

데…, 일식 좋아해요?" 그가 그녀에게 말했다.

"네."

"잠시 기다리세요."

그는 서둘러 회사에서 나와 차에 올라탔다. 그녀를 다시 만날 생각에 가슴이 설레기도 했지만, 동시에 복잡한 감정들이 그의 마음을 무겁게 짓눌렀다. 지난 몇 주일 동안 그녀와의 일이 그의 머릿속을 떠나지 않았고, 그와 그녀 사이의 미묘한 감정들은 그의 일상에 깊이 스며들어 있었다. 그는 차를 몰며 그녀가 알려준 위치로 향했다. 그는 그녀를 다시 만나게 되리라고는 생각지도 못했기 때문에, 그 순간을 어떻게 맞이해야 할지 고민스러웠다. 그녀를 잊지는 않았지만 이렇게 빨리 그녀를 만날 수 있을 거라고는 생각지도 못했다. 그것도 LA까지 찾아올 줄은 예상하지 못했다. 그가 어쩌면 이런 걸 기대하고 있었는지도 모른다. 그녀가 LA까지 자신을 찾아와 다시 만나게 된 것은 그에게는 뜻밖의 일이었고, 그로 인해 혼란스러웠다. 그가 차를 몰고 그녀가 서 있는 곳에 가까워질수록, 그가 느끼는 긴장감은 커져만 갔다. 마침내 그녀가 서 있는 길가에 도착했을 때, 그녀는 이미 길옆에서 그를 기다리고 있었다. 차창을 내리며 그녀를 향해 고개를 돌렸을 때, 그녀는 작은 미소를 지으며 그를 바라보았다. 그 미소는 그에게 익숙한 것이었고, 그 순간 지난 몇 주일의 어색함과 복잡한 감정들이 잠시나마 사라지는 듯했다. 그는 그녀가 차에 타기를 기다렸다. 그녀가 차 문을 열고 들어오자, 차 안에는 순간적인 침묵이 흘렀다. 몇 주일 만에 다시 만나는 어색함이 차 안을 가득 채웠다.

그녀는 안전벨트를 매면서 부드러운 미소를 지었다.

"오랜만이에요." 그녀가 말했다.

그의 눈을 마주치지 않으려는 듯 창밖을 바라보는 그녀의 태도에서 그는 미묘한 긴장감을 느낄 수 있었다.

"그래, 오랜만이네." 그도 어색하게 대답했다.

그동안 생각하지 않으려 노력했던 감정들이 다시 고개를 들었다. 그날 밤 이후, 두 사람은 각자의 삶으로 돌아가기로 마음먹었지만, 지금 그녀가 다시 그의 곁에 있다는 것이 모든 걸 뒤흔드는 것처럼 느껴졌다.

"LA는 어때요?" 그녀가 말을 꺼냈다.

이번에는 창밖을 바라보지 않고 그를 향해 고개를 돌리며 물었다.

"뭐, 늘 그렇지. 복잡하고, 바쁘고, 때로는 숨이 막히기도 하고." 그는 짧게 대답했다.

그녀와의 대화가 어색한 것은 아니었지만, 그 속에서 해결되지 않은 감정들이 떠오르고 있었다. 그는 그녀를 바라보며 지난 몇 주일 동안 머릿속을 떠나지 않던 질문을 던지고 싶었지만, 아직은 그럴 수 없었다.

"워싱턴 D.C.… 생각났어요." 그녀가 말을 이었다.

"그 밤이 참 이상했죠. 예상치도 못한 상황이었고…, 솔직히 다시 만나고 싶었어요."

그는 고개를 끄덕였다. 그녀도 자신과 같은 감정을 느끼고 있었구나 라는 생각이 들었다.

"나도 그랬어. 너랑 그렇게 다시 만나고, 그 밤이… 그날 이후로 한동안 내가 뭐라고 해야 할지 몰랐어." 그는 앞의 차들을 보며 말했다.

"사실 나도 그래요. 다시 만난다는 게… 참 이상한 느낌이네요. 멀리서 볼 때는 모든 게 쉬워 보였는데, 이렇게 마주하고 나니 복잡해지네요."

그녀는 잠시 생각하는 듯, 창밖을 다시 보며 조용히 웃으며 말했다.

그들은 잠시 서로를 향해 아무 말도 하지 않고 생각에 잠겼다. 차 안의 공기는 묘하게 긴장감이 감돌았지만, 동시에 두 사람 사이에 해결되지 않은 감정이 섞여 있는 것을 서로 느끼고 있었다.

그는 그녀에게 다가가 말할 용기를 내기 시작했다.

"우리가 워싱턴 D.C.에서 보낸 시간… 그게 나에게 참 특별했어. 그날 밤, 그리고 그 이후로 나는 많은 걸 생각했어."

그녀는 그의 말을 듣고 한동안 침묵했다. 그 후, 천천히 고개를 끄덕이며 말했다.

"저도 그래요. 그때는 그저 한 순간일 줄 알았는데, 시간이 지나면서 그게 아니라는 걸 깨달았어요. 그래서 여기에 왔어요. 무언가를 확실히 하고 싶었어요."

그는 그녀의 진지한 말을 들으며 그녀가 왜 이렇게 먼 곳까지 찾아왔는지 알게 되었다. 그녀 역시 자신과 마찬가지로 워싱턴 D.C.에서 그 밤 이후로 해결되지 않은 감정들과 마주하고 있었다. 그 순간, 그는 그녀의 따뜻한 말에 긴장감이 풀리는 듯했다. 그리고 훨씬 가까워짐을 느끼며, 그녀와 다시 한번 진지하게 대화를 나누고 싶다는 생각이 들었다.

차는 할리우드 힐스를 향해 가고 있었다. 그들은 향하는 야마시로 할리우드(Yamashiro Hollywood)는 LA의 야경이 한눈에 내려다보인다. 이곳은 그가 좋아하는 장소 중 하나였다. 저녁이 되면 도시의 불빛이 반짝이는 풍경을 보며, 자신과 그녀의 이야기를 다시 꺼내기에는 이곳이 적절한 장소라는 생각이 들었다. 그리고 그녀에게 LA 야경을 보여 주고 싶었다.

"LA 야경이 정말 멋지게 보이는 일식집인데, 괜찮지?" 그는 말했다.

그녀는 고개를 끄덕이며 그의 말을 받아들였다. 그들은 서로 더 솔직하게 대화를 나누기 시작했고, 그동안 쌓였던 감정들이 조금씩 풀려나갔다.

차가 야마시로에 가까워지자, 할리우드 힐스 위로 펼쳐진 LA의 야경이 보이기 시작했다. 수많은 빛이 도시를 감싸고 있었고, 저 멀리 보이는 할리우드 사인과 함께 도시의 화려함이 한눈에 들어왔다. 그 장관은 그들에게 두 사람 사이의 어색함을 덜어주는 듯했다. 차에서 내린 그들은 주차장을 돌아 식당의 정문 쪽으로 갔다. 그리고 언덕 아래로 펼쳐진 도시의 불빛으로 반짝이는 LA를 보며, 그가 먼저 앞장서며 그녀에게 자리를 안내했고, 웨이터의 안내를 받아 테라스에 자리를 잡았다. 밤하늘 아래 펼쳐진 LA의 불빛이 반짝이는 풍경은 말로 표현할 수 없을 만큼 아름다웠다. 그들은 테라스에서 LA 야경을 바라보며 잠시 말을 멈추었다.

"정말 아름답네요." 그녀가 감탄하며 말했다.

"그래, 이곳은 참 특별한 곳이야. 그리고 오늘 밤은 더 특별한 것 같아." 그가 대답했다.

그들은 약간의 스시와 몇 종류의 롤을 주문하고, 다시 차 안에서 대화를 이어갔다. 그녀는 LA까지 와서 그를 만나기로 결심한 이유에 대해 더 솔직하게 털어놓았다. 워싱턴 D.C.에서 그 밤 이후, 자신이 느꼈던 감정들이 단순한 것이 아니라는 것을 깨닫게 되었고, 그와 다시 만나서 그 감정을 확실히 하고 싶었다는 것이다.

그는 그녀의 말을 듣고 고개를 끄덕였다.

"나도 그랬어. 너랑 보낸 그 시간이 단순한 추억으로 남지 않았으면 했어. 그래서 이렇게 다시 만나게 된 게 참 신기해."

그들은 서로의 감정을 공유하며, 그동안 쌓였던 마음의 짐을 풀어나갔다. LA의 밤하늘 아래, 그들은 비로소 그동안 쌓인 어색함과 혼란을 풀어가며 서로에게 더 솔직하게 다가갔다.

Yamashiro Hollywood에서 내려다보는 풍경은 그야말로 한 폭의 그림 같다. 비버리힐의 높은 지대에 자리 잡고 있어, 테라스에 앉아 바라보는 LA의 드넓은 도시 풍경이 한눈에 펼쳐진다. 저 멀리 할리우드 사인(Hollywood Sign) 빛나고, 도심의 빌딩들은 황금빛으로 물든 저녁 하늘 아래 반짝인다. 점차 어둠이 내려앉으면, LA의 도시 불빛들이 서서히 켜지며 마치 별빛처럼 빛난다. 길게 뻗은 할리우드 대로(Hollywood Boulevard) 그 너머 펼쳐진 로스앤젤레스 다운타운의 스카이라인은 밤이 깊어질수록 더욱 반짝이며, 도시의 생동감과 에너지를 보여준다. 야경 속에서 느껴지는 도시의 화려함은 Yamashiro의 고요한 일본식 정원과 대비되며 독특한 감성을 자아낸다.

그들은 테라스에 앉아 와인잔을 들고 LA의 아름다운 야경을 바라보았다. 그 순간, 마치 시간과 공간을 초월한 듯한 특별한 경험을 하고 있었다. 반짝이는 도시의 불빛과 시원한 밤공기 속에서 그와 그녀는 이제서야 서로에게 마음을 열고, 지난 시간 동안 쌓아온 감정과 생각을 차분히 나눌 수 있었다. 두 사람은 서로에게 가슴속 깊이 담아두었던 이야기를 꺼내기 시작했다.

그녀는 예술과 여행에 관한 이야기를 꺼냈다. 그녀는 그림에서 다양한 문화를 접하면서 영감을 얻는다고 말했다. 그녀는 미술 외에도 그녀에게는 다른 관심사가 있었다. 그녀는 사회와 정치, 외교 문제에 관한 관심이 커서 학문적인 분야로도 그 영역을 넓히고 싶다고 말했다. 그녀는 미국에서 정치와 사회 관련 대학원에서 공부하고 있었다. 그녀는 현재 워싱턴 D.C.에서 정치 외교 관련 커뮤니티에서 인턴으로 활동하고 있었다. 워싱턴 D.C.는 그녀에게 매우 중요한 도시였다. 그곳은 미국 정치의 심장이었고, 전 세계에서 온 사람들이 모여 각국의 정치와 외교를 논의하는 곳이기도 했다. 그녀는 그곳에서 인턴을 하며 실질적인 경험을 쌓고 있었다. 그녀가 속한 커뮤니티는 정치와 외교 분야의 다양한 인사들과 교류하며 중요한 문제들을 다루고 있었다. 그 속에서 그녀는 정치가 사람들의 삶에 얼마나 큰 영향을 미치는지, 그리고 국제관계 속에서 각국이 어떻게 협력하고 갈등을 해결하는지를 배워가고 있었다. 그는 그녀의 이야기를 들으며 그녀가 얼마나 열정적으로 자신의 길을 걸어가고 있는지 다시금 깨달았다. 그녀는 예술을 사랑하는 동시에, 정치와 외교라는 매우 현실적인 문제에도 깊은 관심이 있었다. 그녀는 두 가지 세계에서 영감을 얻고, 그것을 자신의 삶에 반영하고 있었다.

그녀는 멀리 야경을 바라보며 조심스럽게 그에게 말했다.

"처음 만났을 때, 내가 왜 그토록 당신에게 이끌렸는지 잘 몰랐어요."

"하지만 당신과 대화를 나누면서 알게 되었죠. 당신은 단순히 일이나 비즈니스에만 집중하는 사람이 아니었어요. 당신의 생각과 가치관에 관해 이야기할 때, 그 속에 더 깊은 무언가가 있다는 걸 느꼈어요. 당신은 현실에 발을 딛고 있지만, 동시에 삶에 대한 철학적인 고민도 가지고 있었죠."

그녀는 그가 가진 독특한 균형감에 매력을 느꼈다. 그는 현실적인 비즈니스 세계에서 활동하는 사람이었지만, 동시에 예술과 철학에 대해 깊은 이해를 하고 있었다. 그가 가진 이 두 가지 세계 사이의 균형은 그녀가 찾고 있던 것이었고, 그에게 이끌리게 된 이유 중 하나였다.

그는 그녀의 이야기를 들으며 미소를 지었다. 그 또한 처음 그녀를 만났을 때 느꼈던 감정이 떠올랐다. 그녀는 자신이 믿는 가치를 실현하기 위해 노력하는 사람이었고, 그런 그녀에게 매료되었다. 그들이 나눈 대화는 단순한 정치나 사회 이슈를 넘어서, 두 사람의 가치관과 인생관을 깊이 있게 나누는 것이었다.

그는 그녀에게 물었다.

"그럼 내가 당신에게 이끌린 이유는 무엇일까? 우리가 워싱턴 D.C.에서 만난 그 순간, 나는 당신에게 무언가 특별한 느낌을 받았어. 당신이 가진 에너지가 나를 끌어당겼다고 해야 하나."

그녀는 잠시 생각하더니, 부드럽게 미소를 지으며 대답했다.

"그건 아마 우리가 서로 비슷한 부분을 많이 가지고 있기 때문일 거예요. 우리는 각자 다른 분야에서 일하고 있지만, 결국 우리는 삶에 대한 고민을 많이 하고 있었잖아요. 당신도 자신이 어떤 길을 걸어야 할지 고민하고 있었고, 나 역시 마찬가지였어요. 그 점이 서로에게 끌림을 느끼게 했던 것 같아요."

그녀의 말은 정확했다. 그들은 서로 다른 배경을 가지고 있었지만, 삶에 대한 고민과 목표를 공유하고 있었다. 두 사람은 서로의 고민을 나누면서 공감대를 형성했고, 그 공감대는 그들의 관계를 더 깊게 만들었다.

그들은 와인잔을 들어 올리며, 서로에게 진심을 담은 눈빛을 건넸다.

그녀는 그에게 솔직하게 말했다.

"사실, 내가 이렇게 멀리까지 올 줄은 몰랐어요. 워싱턴 D.C.에서 우리가 만났을 때, 그저 우연이 넘친 하룻밤이라고 생각했지만, 시간이 지나면서 당신과 더 많은 이야기를 나누고 싶어졌어요. 왜 그런지 나도 잘 모르겠지만, 당신과 함께 있으면 내 생각이 더 깊어지고, 내 삶에 대해 더 많은 것을 배우게 되는 것 같아요."

그의 가슴 속에 따뜻한 감정이 퍼져나갔다. 그녀는 단순히 그를 찾아온 것이 아니라, 자신과의 대화를 통해 무언가를 얻고 싶어 한다는 것을 느꼈다. 그녀는 그에게 진지하게 다가왔고, 그 또한 그녀와의 시간을 소중하게 생각하고 있었다.

그는 그녀에게 말했다.

"나도 그래. 너와 함께 있으면 내가 더 나은 사람이 될 수 있을 것 같다는 생각이 들어. 네가 나에게 준 생각들, 그 대화들이 나를 더 깊이 있게 해주는 것 같아."

그들은 서로에게 마음을 열며, 이제야 비로소 그동안 쌓아왔던 감정들을 솔직하게 나눌 수 있었다. 그들은 단순한 감정적 끌림을 넘어, 서로의 삶에 깊이 영향을 미치는 존재가 되어가고 있었다. 그들의 대화는 끝없는 이야기로 이어졌고, 그들은 서로에게서 얻은 영감과 사랑을 나누며 밤이 깊어졌다.

그녀는 단호한 어투로 그에게 말했다.

"내가 이렇게까지 당신을 찾아온 이유는 단순해요. 나는 당신과 함께 이야기하고 싶었고, 그게 내게 중요한 일이었어요. 우리가 서로에게 어떤 영향을 줄 수 있을지, 앞으로도 계속 알아가고 싶어요."

그의 마음도 마찬가지였다. 그들은 단순한 우연이 아닌, 서로의 삶에 깊이 들어가는 특별한 관계를 형성하고 있었다. 그가 그녀를 만난 것은 단지 한 번의 인연이 아니었고, 앞으로도 그들은 서로에게 많은 영향을 미치며 함께할 것이라는 확신이 들었다.

그는 그녀에게 말했다.

"나도 너와 함께하고 싶어. 우리가 어떤 미래를 만들어갈 수 있을

지 기대돼."

그들의 대화는 서로에 대한 신뢰와 사랑을 더욱 깊게 만들었다. 이제 그들은 서로에게서 힘을 얻고, 각자의 길을 걸어가면서도 함께할 수 있다는 것을 알게 되었다. 그들은 서로의 눈을 바라보며, 이 특별한 순간을 마음속에 깊이 새겼다.

그는 아내와의 별거 중인 상황에서 느끼는 외로움과 갈등, 그리고 그녀와의 재회에서 느끼는 설렘과 그녀의 관계에서 생기게 될 여러 가지 어려움이 뒤섞여 있었다. 하지만 그는 그녀의 진심을 느꼈고, 그 역시 그녀에 대한 감정이 여전히 남아 있음을 깨달았다. 그들은 저녁 내내 서로의 감정과 생각을 나누며 대화를 이어갔다. 워싱턴 D.C.에서 나누었던 이야기들, 그리고 그 이후로 그들이 느꼈던 감정들이 하나하나 이야기되었다. 그 과정에서 그녀가 자신에게 얼마나 특별한 사람인지 다시 한번 느낄 수 있었다.

식사가 끝날 무렵, 그녀는 그에게 말했다.

"혹시 내일 시간 있으세요? LA에서 가보고 싶은 곳이 몇 군데 있는데, 같이 가주실 수 있을까요?"

"물론이죠. 저도 마침 주말이라 시간이 있어요. 어디를 가고 싶나요?"

그녀는 미소를 지으며 말했다.

"아직 생각 중이에요. 당신과 함께 특별한 시간을 함께 보내고 싶어요."

그들은 서로의 눈을 마주 보며, 앞으로의 시간을 함께 보내기로 했다. 그날 밤, 그녀를 그녀가 묵고 있는 호텔에 데려다주었고 이번에는 조금 더 오래 이야기를 나누었다. 그들은 서로에 대한 감정이 단순한 우연이 아니었음을 느끼며, 이 만남이 그들에게 새로운 시작이 될 수 있음을 깨달았다.

다음 날 아침, 그는 차 안에서 계획된 일정을 설명하기 시작했다.

"우선 산타모니카를 거쳐 해안가를 따라 1번 국도로 말리부까지 갈 거예요. 그리고 북쪽에 있는 옥스나드의 유명한 크랩 식당에서 점심을 먹을 예정이에요. 태평양 해안을 따라서 달리면서 여유롭게 경치를 즐길 수 있을 거예요."

그녀는 창밖을 바라보며 미소를 지었다.

"태평양을 따라 드라이브라니…, 정말 멋진 하루가 될 것 같아요. 감사, 감사해요."

그들은 산타모니카로 향했다. 창밖으로 펼쳐진 태평양의 푸른 물결이 시야에 들어올 때마다, 두 사람은 자연스럽게 대화에 빠져들었다. 태평양 해안선의 아름다움과 그가 이곳에서 느꼈던 감정들에 관해 이야기했고, 그녀는 그의 말을 경청하며 그 순간을 함께 공유했다.

"여기서 보는 태평양은 정말 특별해요. 특히, 말리부 해변에서 보는 석양은 정말 아름다워요. 혼자 해변을 거닐면서 인생에 관해 많은 생각을 했었어요."

그는 조용히 말했다.

그들은 해안선을 따라 달리며 대화를 이어갔다. 옆으로 펼쳐진 드넓은 태평양을 가리키며, 자신들의 인생에 관한 이야기를 나누었다. 그는 사업하며 잃어버린 것들, 그리고 최근에 다시 찾은 예술에 대한 열정을 이야기했다. 그녀는 그가 겪어온 이야기들에 공감하며, 자신이 느낀 감정들을 솔직하게 털어놓았다. 마침내 그들은 옥스나드에 도착했고, 유명한 크랩 식당으로 들어갔다. 이곳은 신선한 해산물을 맛볼 수 있는 장소였다. 두 사람은 테이블에 앉아 바다를 바라보며 점심을 즐겼다.

"여기 음식이 정말 맛있어요." 그녀가 말했다.

"이곳은 제가 좋아하는 곳 중 하나예요."

그는 자신이 잘 알고 있는 곳을 그녀에게 설명하며 즐거워했다.

점심을 마친 후, 그들은 다시 차에 올랐다. 이번에는 솔뱅으로 향했다. 솔뱅은 덴마크식 건축 양식과 독특한 문화가 어우러진 작은 마을로 언제나 관광객이 넘쳐나는 곳이었다. 그는 이곳에서 그녀가 새로운 경험을 할 수 있기를 바랐다. 솔뱅에 도착한 그들은 마을을 거닐며, 독특한 건축물과 거리의 분위기를 즐겼다. 그녀는 곳곳에서 사진을 찍으며, 이 마을의 매력에 푹 빠져 있었다.

"이곳은 정말 매력적이네요. 덴마크에 온 것 같은 기분이에요." 그녀가 말했다.

그녀의 반응에 만족하며 그가 말했다.

"저도 이곳을 처음 왔을 때 그런 느낌을 받았어요. 그래서 자주 방문하곤 하죠. 오늘 당신과 이곳을 즐길 수 있어서 좋네요."

그들은 솔뱅에서 시간을 즐긴 후, 다시 LA로 돌아가는 길에 올랐다. 해가 저물어 갈 무렵, 그들은 LA에 도착했고, 아름다운 정원이 있는 한 카페로 그녀를 안내했다. 그곳에서 그들은 간단하게 저녁을 먹으며 하루를 마무리하기로 했다.

카페의 조용한 분위기 속에서, 그녀는 잠시 망설이다가 말을 꺼냈다.

"사실, 오늘이 제 생일이에요."

그는 놀라며 물었다.

"정말? 오늘이 생일이었어요? 그런데 왜 미리 말하지 않았어?"

그녀는 미소를 지으며 대답했다.

"그냥, 당신과 함께 시간을 보내고 싶었어요. 오늘이 특별한 날이라는 걸 알리기보다, 이렇게 자연스럽게 함께 하는 게 더 좋을 것 같았거든요."

그녀가 자신의 생일을 그와 함께 보내고 싶어 했다는 사실이 그를 깊이 감동하게 했다.

"그러면 더 특별하게 만들어야겠네요. 잠시만 기다려 주세요."

그는 카운터의 웨이터에게 케이크를 주문했다. 잠시 후, 작은 생일 케이크가 도착했고, 와인을 한 잔씩 따라 그녀의 생일을 축하해 주었다.

"생일 축하해요, 오늘을 함께 할 수 있어서 정말 기뻐요." 그는 축하의 말을 전했다.

그녀는 고개를 숙이며 말했다.

"정말 감사합니다. 오늘 이렇게 함께해 주셔서 저도 행복해요."

그들은 케이크를 나누며, 와인 한 잔을 곁들여 대화를 이어갔다. 카페의 정원은 조용하고 평화로웠고, 그 순간을 더욱 특별하게 만들어 주었다.

그는 그녀가 묵고 있는 레지던스 호텔(Residence Hotel)에 데려다주기 위해 조용히 운전하고 있었다. 도시의 불빛이 차창 밖을 스치며 지나갔고, 차 안의 공기는 묘한 긴장감으로 가득 차 있었다. 그날 저녁, 두 사람은 LA의 야경을 내려다보며 미묘한 감정들을 주고받았다. 대화 속에서 피어오르던 그들의 감정은 이제 더 이상 숨길 수 없는 지경에 이르렀다. 그는 마음속 깊이 자리 잡은 혼란과 갈등을 느끼고 있었지만, 동시에 그녀에 대한 강렬한 이끌림을 떨칠 수 없었다.

호텔 앞에 도착했을 때, 그녀는 차에서 내리며 그에게 말했다.

"잠깐 들어와서 커피라도 한잔하고 가세요. 오늘 하루 정말 감사했어요."

그는 잠시 망설였지만, 결국 그녀를 따라 들어갔다. 그녀와 함께 있는 이 순간, 그동안 억누르고 있던 감정들이 마치 댐을 넘어 터져 나오려는 듯 그를 사로잡고 있었다. 그의 머릿속에서는 온갖 생각들이 교차했다. 그와 그녀 사이에 흐르는 감정들, 그리고 그들이 이미 두 번의 밤을 함께 보내며 느꼈던 사랑의 순간들이 떠올랐다. 그러나 이번에는 그 사랑이 더 무겁고 더 깊이 다가왔다. 그녀는 주방으로 가서 커피를 준비하는 동안, 그는 거실 소파에 앉아 그녀를 기다렸다. 그녀의 움직임을 지켜보는 동안, 그의 마음은 요동치기 시작했다. 그녀와 함께 있을 때마다 느껴지는 따뜻함, 설렘, 그리고 무엇보다도 그녀에 대한 강한 감정들이 그의 심장을 흔들고 있었다. 그녀가 자신의 삶에 다시 나타난 순간부터, 그는 그녀에 대한 마음을 억누를 수 없었다. 그리고 이제 그녀가 바로 앞에 있는 이 순간, 그 감정은 더 이상 숨길 수 없는 것이 되어버렸다.

그는 20살의 나이 차이가 가져오는 모든 현실적인 문제들을 떠올렸다. 그녀는 젊고 활기차며, 무엇보다 자신의 인생을 주도적으로 살아가고 있었다. 반면, 그는 이미 인생의 많은 부분을 지나온 사람으로서, 그런 그녀와 함께 할 자격이 있을지 의문이었다. 그리고 한국 사회의 편견과 규범 속에서 그들의 관계가 과연 받아들여질 수 있을까 하는 두려움도 그를 짓눌렀다. 하지만 그 모든 걱정에도 불구하고, 그녀를 향한 감정은 점점 더 강렬해졌다. 그녀와 함께한 시간은 그에게 더할 나위 없는 행복을 선사했으며, 그녀를 잃고 싶지 않다는 생각이 그의 마음을 지배하고 있었다. 그는 더 이상 감정에 저항할 수 없다는 것을 깨달았다. 그녀는 그에게 단순한 연인이 아니라, 그의 인생에서 잃어버렸던 무언가를 되찾게 해준 존재였다.

그녀가 커피 두 잔을 들고 나왔다. 그녀는 그에게 커피를 건네며 미소 지었다.

“오늘 하루 정말 고마웠어요.”

그는 커피잔을 받아 들고 잠시 그녀를 바라보았다. 그 순간, 그는 그녀에게 더 이상 거리를 두지 않기로 결심했다. 그는 커피를 마시기도 전에 천천히 일어나 그녀에게 다가갔다. 그의 손이 그녀의 손을 부드럽게 잡았다. 그의 눈빛은 그녀를 향한 깊은 감정을 담고 있었고, 그녀 역시 그 감정을 느꼈다는 듯 그의 손을 놓지 않았다.

그는 그녀의 이름을 부르며 조용히 속삭였다.

"사실 나도 당신을 잊을 수 없었어요."

그녀는 그의 말을 듣고, 천천히 그의 얼굴을 바라보았다. 그녀의 눈빛에는 이미 수많은 감정이 뒤섞여 있었다.

그녀는 미소를 지으며 그의 이름을 부르며 말했다.

"저도 마찬가지예요. 당신을 다시 만나는 게 이렇게 기쁜 줄은 몰랐어요."

그의 마음은 더 이상 억제할 수 없는 감정들로 가득 찼다. 그녀를 품에 안고 싶은 욕망, 그녀와 함께하고 싶다는 열망이 그를 사로잡았다. 그는 천천히 그녀에게 다가가, 조심스럽게 그녀의 손을 잡고 그녀를 끌어안았다. 그녀의 몸에서 느껴지는 따뜻함은 그의 마음속 혼란을 잠시나마 잠재워 주었고, 그 순간 그는 그녀와 하나가 되고 싶은 강렬한 욕구를 느꼈다. 그는 조용히 그녀의 뺨에 입을 맞췄다. 그녀는 부드럽게 그의 입맞춤을 받아들이며, 그를 더욱 가까이 끌어당겼다. 그들의 입맞춤은 점점 깊어졌고, 서로의 감정은 걷잡을 수 없이 타올랐다. 그는 그녀의 몸을 감싸안으며, 그녀가 자신에게 얼마나 중요한 존재인지, 그리고 그녀 없이는 더 이상 살아갈 수 없을 것 같은 감정을 느꼈다. 그는 그녀를 더 가까이 끌어안았다. 그녀의 부드러운 몸이 그의 품 안에서 따뜻하게 느껴졌다. 그의 심장은 이미 요동치고 있었고, 그는 이 순간을 영원히 간직하고 싶었다. 그녀 역시 그의 가슴에 손을 얹으며, 그를 받아들였다. 그들은 서로를 바라보며 더 이상 말을 할 필요가 없었다. 그들이 나누는 감정은 이미 모든 것을 말해주고 있었다.

그녀가 조용히 그의 이름을 속삭이듯 불렀다. 그는 그녀의 속삭임에 응답하며 다시 한번 그녀의 뺨에 입을 맞췄다. 그의 손은 그녀의 부드러운 몸을 따라 천천히 내려갔다. 그 순간, 그들은 서로의 온기를 느끼며 하나가 되었다. 그들은 모든 걱정과 불안을 잠시 뒤로한 채, 오직 그들만이 존재하는 세상 속에서 깊은 감정을 나누었다. 그러나 그 순간에도 그의 마음속에는 복잡한 감정들이 떠다녔다. 20살의 나이 차이, 그리고 사회에서 그들이 마주해야 할 편견과 현실적인 문제들이 그를 괴롭히고 있었다. 그는 그녀와 함께하고 싶은 마음이 강렬했지만, 동시에 그 관계가 현실적으로 얼마나 힘든지 잘 알고 있었다. 그는 그녀를 사랑했지만, 그 사랑이 그들에게 어떤 결과를 가져올지 두려웠다. 하지만 그녀는 그의 걱정을 이해했다.

그녀는 그를 따뜻하게 안아주며 속삭였다.

"저는 당신을 받아들일 준비가 되어 있어요, 나이 차이도, 다른 어떤 것도 저를 막을 수 없어요."

그녀의 말에 그는 깊이 감동했다. 그녀는 자신의 사랑을 진심으로 받아들일 준비가 되어 있었다. 그녀의 확신은 그에게 커다란 위로가 되었고, 그는 더 이상 그 감정을 억누를 수 없다는 것을 깨달았다. 그는 그녀를 더욱 깊이 끌어안으며, 그 순간을 소중하게 간직하기로 결심했다. 그들은 그 밤을 함께 보내며, 서로의 감정을 나누었다. 그들은 이제 더 이상 망설이지 않았다. 그들은 각자의 현실 속에서 마주해야 할 문제들을 알고 있었지만, 그 사랑이 그들 사이의 모든 장벽을 뛰어넘을 수 있다고 믿었다. 그는 그녀의 머리카락을 부드럽게 쓰다듬으며, 그녀를 사랑스럽게 바라보았다. 그녀 역시 그의 품 안에서 평온한 미소를 지으며 그를 바라보았다. 그들은 이제 서로의 마음을 완전히 이해했고, 그 관계를 포기하지 않기로 다짐했다. 그들에게는 나이 차이나 사회적 편견보다 중요한 것이 있었다. 바로 그들이 서로를 사랑한다는 사실이었다. 그는 그녀를 바라보며, 이 순간이 얼마나 소중한지 깨달았다. 그는 더 이상 두려워하지 않기로 했다. 그녀와 함께할 수 있다면, 그가 마주할 모든 어려움도 함께 극복할 수 있을 것이라는 확신이 들었다.

그는 그녀의 손을 잡으며 말했다.

"우리 함께 이겨낼 수 있어. 나이 차이도, 다른 어떤 것도 우리를 막을 수 없어. 내가 너를 지켜줄게."

그녀는 그의 말을 듣고 고개를 끄덕이며 말했다.

"나도 당신과 함께라면 어떤 어려움도 두렵지 않아요. 우리는 함께할 수 있어요."

그들은 그 밤을 함께 보내며, 앞으로의 시간을 함께하기로 결심했다. 그들에게 주어진 시간은 소중했고, 그들은 서로에게서 힘을 얻었다. 그들은 이제 서로의 사랑을 확인하고, 그 사랑을 현실 속에서도 지켜내기로 다짐했다.

그녀는 워싱턴 D.C.에서 학기를 마치고 그를 만나기 위해 LA로 왔다. 두 사람은 워싱턴 D.C.에서 만난 이후로 강렬한 감정으로 서로에게 이끌렸고, 그녀는 그와 다시 함께하는 시간을 꿈꾸며 LA행 비행기에 올랐다. LA의 밝은 햇살이 그녀를 맞이했을 때, 그녀는 새로운 시작에 대한 기대와 함께 설레는 마음을 품고 있었다. LA에서 그를 다시 만났을 때, 두 사람은 마치 오래 떨어져 있었던 시간이 없었던 것처럼 자연스럽게 서로에게 다가갔다. 그녀는 그와 함께 있는 시간이 자신에게 얼마나 중요한지 깨닫게 되었다. 그래서 그녀는 LA에서 새로운 일자리를 구하고, 당분간 그와 함께 살며 자신이 미국에 더 오래 머물러도 괜찮을지 고민하기 시작했다. 그녀의 부모님은 그녀가 미국에서 생활을 안정적으로 할 수 있도록 로즈모어에 작은 빌라를 마련해 주었다. 그녀의 부모님은 그녀의 행복과 미래를 위해 아낌없이 지원해 주었지만, 그녀가 그와 사랑에 빠져 있다는 사실은 알지 못했다. 그녀는 부모님께 이 관계를 숨기기로 했다. 그가 나이 차이와 한국 사회의 편견을 염려했기 때문이다. 그러나 그녀에게 중요한 건 두 사람의 사랑이었다. 그와 그녀는 이제 새롭게 주어진 이 공간에서 함께할 미래를 그리기 시작했다. 로즈모어에 마련된 빌라는 작고 아늑한 공간이었고, 그들은 함께 이 집을 꾸미는 일에 설레며 즐거워했다. 아직 빈 집에는 필요한 가구들이 많았다. 그래서 그들은 주말을 이용해 이케아에 가기로 했다. 이케아에 도착한 두 사람은 손을 잡고 매장을 둘러보며 소파, 책상, 침대 같은 필수 가구들을 고르고, 서로의 취향을 공유하는 시간에 행복해했다. 이케아에서 가구를 고르며, 그들은 다양하게 이야기했다. 그녀는 자신이 LA에서 일자리를 구해 당분간 여기서 지내기로 결심했다고 말했다. 그는 그 말에 기뻐하며, 두 사람의 관계가 이제 현실 속에서 뿌리를 내릴 수 있을 것이라는 생각에 설렜다. 두 사람은 자연스럽게 그의 숙소와 그녀의 집을 오가며 시간을 보내기 시작했다. 서로의 공간을 공유하는 시간이 늘어나면서 그들은 더욱 가까워졌고, 하루하루가 새로운 행복으로 가득했다.

크리스마스가 다가오면서 LA는 어느새 연말 분위기로 물들기 시작했다. 도시의 거리는 크리스마스 장식과 반짝이는 조명으로 가득했고, 두 사람은 함께 크리스마스를 보내며 이 특별한 시간을 더 깊이 나누었다. 그들은 그녀의 집에서 작은 트리를 꾸미고, 함께 요리하며 크리스마스를 기념했다. 그녀의 얼굴에는 언제나 밝은 미소가 떠나지 않았고, 그는 그녀와 함께하는 이 순간이 자신의 인생에서 가장 행복한 시간이라는 것을 깨달았다.

새해가 다가오면서 그와 그녀는 새로운 시작을 축하하기 위해 특별한 여행을 계획했다. 그들은 캘리포니아 중부 해안에 있는 허스트 캐슬(Hearst Castle)과 캠브리아(Cambria)로의 여행을 계획했다. 이 두 곳은 아름다운 자연 경관과 함께 역사의 숨결을 느낄 수 있는 장소들이었다. 여행을 떠나기 전부터 두 사람은 설레는 마음으로 이 특별한 여행을 준비했다.

그들은 그해의 마지막 날 허스트 캐슬에 도착했다. 태평양을 내려다보는 언덕 위에 자리 잡은 이 성은, 그 자체로도 장관이었지만, 무엇보다도 성안에 전시된 예술품들이 그들에게 깊은 감동을 선사했다. 허스트 캐슬은 미디어 재벌 윌리엄 랜돌프 허스트(William Randolph Hearst)가 1919년부터 1947년까지 지은 대저택으로, 전 세계에서 수집한 다양한 미술품과 골동품이 전시되어 있었다. 그와 그녀는 허스트 캐슬의 웅장한 내부를 둘러보며 이곳에 전시된 미술품들이 어떻게 태평양을 마주하는 이 성에 자리 잡게 되었는지 궁금해했다. 이 성은 단순한 대저택 그 이상이었다. 윌리엄 허스트는 자신의 예술적 취향을 반영해 유럽과 아시아에서 수집한 고대 미술품들을 이곳에 모아두었다. 르네상스 시대의 그림들, 중세의 조각들, 고대 그리스와 로마의 유적들이 성의 방 곳곳에 놓여 있었고, 성 자체가 하나의 예술품처럼 느껴졌다. 그들은 허스트 캐슬에서 마치 과거의 유럽 귀족처럼 느꼈다. 성의 벽과 천장을 장식한 화려한 세부 사항들을 감상하면서, 그와 그녀는 이 성의 역사를 상상했다. 허스트가 이 미술품들을 수집하기 위해 유럽과 세계 각지를 다니며 노력했던 과정을 떠올렸다.

“이곳이 정말 대단해요.” 그녀가 감탄하며 말했다.

“이 성 자체도 아름답지만, 여기 있는 미술품들이 정말로 이 성에 특별한 의미를 더해주는 것 같아요.”

그는 그녀의 말을 듣고 고개를 끄덕였다.

"맞아. 허스트는 자신의 꿈을 이루기 위해 많은 시간을 투자했을 거야. 마치 우리처럼, 각자의 꿈을 이루기 위해 노력하는 것처럼."

두 사람은 성을 둘러보면서 허스트가 추구했던 예술과 건축의 이상을 느꼈고, 그 감동이 서로에게 전해졌다. 특히 아름다운 태평양의 파도가 멀리서 들려오는 소리가 성 내부에서 고요함과 대조되어, 두 사람은 마치 시간과 공간을 초월한 듯한 특별한 경험을 했다.

허스트 캐슬에서 감동을 가슴에 담은 그와 그녀는 캠브리아로 이동했다. 캠브리아(Cambria)는 허스트 캐슬에서 멀지 않은 곳에 있는 작은 해변 마을로, 이곳은 예술가들과 여행자들에게 사랑받는 평화로운 도시였다. 특히 주말마다 열리는 벼룩시장은 현지 주민과 관광객들이 모여드는 장소로 유명했다. 주말 벼룩시장에서 그들은 수많은 골동품과 수공예품들을 구경하며 다양한 이야기들을 나누었다. 캠브리아의 벼룩시장은 그야말로 보물 창고 같았다. 손으로 직접 만든 도자기, 오래된 책, 세월의 흔적이 묻어나는 가구 등 다양한 물건들이 그들의 시선을 끌었다.

그녀는 벼룩시장을 둘러보며 어릴 적 이야기를 꺼냈다.

"나 어릴 때 부모님이 이런 벼룩시장을 좋아하셔서 자주 오곤 했어요. 그때마다 무언가 특별한 물건을 찾는 게 참 즐거웠죠. 지금 이렇게 다시 벼룩시장을 걸으니 그때 생각이 나네요."

그는 미소를 지으며 말했다.

"그래? 우리도 오늘 뭔가 특별한 걸 찾아볼 수 있을까?"

그들은 작은 상점 하나하나를 구경하며 웃고, 장난치고, 각자의 추억을 나누었다. 캠브리아의 벼룩시장은 단순히 물건을 사는 장소가 아니었다. 그것은 서로의 삶과 과거, 그리고 미래를 이야기하는 장소가 되었다.

"이건 어때요?" 그녀가 오래된 그림 하나를 들어 보이며 장난스럽게 물었다.

"이 그림을 우리 집 벽에 걸어둘까요?"

그는 그림을 한참 바라보더니, 진지한 표정으로 말했다.

"음, 그렇게 나쁘진 않네. 근데 이 그림보다 당신이 더 예뻐서 그림이 빛을 잃을 거 같아."

그녀는 그 말에 웃음을 터뜨리며 말했다.

"내가 더 예쁘다고요? 이 그림보다?"

그는 고개를 끄덕이며 말했다.

"당연하지. 나는 언제나 당신이 제일 예쁘다고 생각하니까."

그녀는 그 말에 웃음을 멈추지 못하고 그의 팔을 가볍게 치며 장난스럽게 말했다.

"정말, 나한테 너무 착한 거 같아요. 이러다 내가 너무 버릇없어지겠어요."

그들은 벼룩시장을 돌아다니며 소소한 농담과 장난을 주고받았고, 그 시간이 그들에게는 무엇과도 바꿀 수 없는 행복한 순간이었다.

벼룩시장에서 한참을 돌아다닌 그와 그녀는 배가 고파져 벼룩시장의 끝에 있는 식당을 찾았다. 그 식당은 캠브리아에서 유명한 갈비 요리를 내놓는 곳이었다. 두 사람은 그 갈비를 맛보지 않을 수 없었다. 그들은 주문한 갈비가 나오기를 기다리며, 서로에 대한 이야기를 나눴다. 잠시 후, 그들의 테이블에 도착한 갈비는 정말로 거대했다. 두 손으로 들어야 할 정도로 크고 묵직한 갈비를 보고, 그녀는 눈을 동그랗게 뜨며 놀란 표정을 지었다.

"이거… 정말 사람이 다 먹을 수 있는 크기 맞아요?" 그녀가 웃으며 물었다.

그는 웃음을 터뜨리며 말했다.

"그러게 말이야. 우리 둘이 먹을 수 있을까? 하지만 도전해 보자!"

그녀는 갈비를 두 손으로 들어 올리며 그에게 장난스럽게 말했다.

"준비하세요. 내가 이걸 다 먹으면 나한테 뭐 해줄 거예요?"

그는 미소를 지으며 대답했다.

"음, 만약 네가 이 갈비를 다 먹으면 내가 뭐든지 해줄게. 원하는 건 다 들어줄게."

그녀는 그 말에 더욱 의욕을 불태우며 갈비를 한 입 크게 베어 물었다. 그는 그녀의 모습을 보며 행복한 미소를 지었다. 그녀의 활기차고 즐거운 모습은 언제나 그를 행복하게 만들었다. 그는 갈비를 먹으며 그녀와의 대화 속에서 더 깊은 연결을 느꼈다. 그들은 서로에게 장난을 치며 웃었고, 그 순간만큼은 세상의 모든 문제가 사라진 것처럼 느껴졌다.

"나 정말 다 먹을 수 있을 거 같아요." 그녀가 갈비를 한 입 더 먹으며 자신 있게 말했다.

그는 고개를 끄덕이며 말했다.

"좋아. 그럼 난 네가 원하는 게 뭔지 고민해야겠네."

그들은 식당에서 즐겁게 지내며, 서로의 마음속 깊은 곳에 자리한 행복을 나누었다. 그들이 함께 보내는 이 순간들은 그들의 사랑을 더욱 단단하게 만들어 주었다.

저녁을 마친 후, 그들은 식당에서 나와 캠브리아의 조용한 거리를 걸었다. 밤바람이 부드럽게 불어왔고, 그들은 함께 손을 잡고 거리를 걸으며 서로에 대한 마음을 다시 한번 확인했다.

새해 아침, 그와 그녀는 캠브리아(Cambria)의 아름다운 바닷가를 함께 걸었다. 새해 첫날의 맑고 차가운 공기 속에서, 그들은 서로의 손을 꼭 잡고 파도 소리를 들으며 조용히 걸음을 이어갔다. 바다는 잔잔했고, 햇살이 태평양의 수면을 반짝이게 했다. 바람은 차갑긴 했지만, 그들에게는 마치 새로운 시작을 알리는 기분 좋은 신선함이 느껴졌다. 멀리서 태평양의 바다 안개가 장벽처럼 흩어져 있었고, 바닷물은 그들 발끝까지 살짝 밀려왔다가 이내 다시 물러가곤 했다. 그녀는 발끝에 닿는 시원한 물결을 느끼며 웃음을 터뜨렸다.

"이렇게 발을 적시고 걷는 게 참 좋네요. 물이 차가운 것도 신선해요." 그녀가 말했다.

그는 그녀의 손을 잡고 미소를 지었다.

"맞아, 이런 순간들이 정말 소중해. 새해 아침에 이렇게 함께 걷다니, 뭔가 특별하잖아."

그들은 바닷가를 따라 걷다가, 그녀가 신던 슬리퍼가 갑자기 파도에 휩쓸려 가버렸다. 물결이 그녀의 발에서 슬리퍼를 순식간에 빼앗아 갔고, 슬리퍼는 바다로 쓸려가기 시작했다. 그녀는 순간 당황한 듯 웃으며 슬리퍼를 잡으려고 했지만, 파도는 너무 빨랐다. 결국 슬리퍼는 멀리 떠내려가더니 이내 시야에서 사라져 버렸다.

"아, 어떡하죠? 내 슬리퍼가 바다로 가버렸어요!" 그녀가 놀란 목소리로 말했다.

그러면서도 그녀는 이 상황이 우스운지 소리 내어 웃었다. 그도 그녀의 반응에 웃음을 터뜨렸다.

그는 농담을 던지며 말했다.

"걱정하지 마, 아마 저 슬리퍼는 태평양을 건너 동해 바닷가에 도착할 거야. 그때 내가 찾아줄게. 딱 기다려."

그녀는 그의 농담에 웃음을 참지 못하고 그의 팔을 살짝 쳤다.

"정말요? 태평양을 건너서 한국까지 갈 수 있을까요? 그럼 내가 동해 바닷가에서 슬리퍼를 찾을 때까지 기다리면 되겠네요."

그는 장난스럽게 고개를 끄덕이며 말했다.

"물론이지. 그리고 그때 내가 가서 네 슬리퍼를 찾아줄 거야. 정확히 그 자리에 있을 거라고 확신해."

그녀는 고개를 저으며 웃음을 터뜨렸다.

"정말, 어쩜 그렇게 말도 안 되는 농담을 진지하게 할 수 있는지 몰라요."

그는 어깨를 으쓱하며 말했다.

"이런 순간이 재미있어야지. 슬리퍼 하나 잃어버렸다고 기분 상할 필요 없잖아. 대신 한국에서 찾으면 그게 더 특별한 추억이 될 거야."

그녀는 그 말에 고개를 끄덕이며 미소 지었다.

"맞아요, 그게 바로 우리가 만들어가는 특별한 추억들이죠. 이 순간도 나중에 생각하면 정말 웃길 것 같아요."

그들은 그렇게 슬리퍼가 떠내려가는 모습을 보며 웃음을 주고받았고, 바다를 마주 보며 다시 걸음을 이어갔다. 그녀는 맨발로 모래 위를 걸으며 차가운 모래의 촉감을 느꼈다. 비록 슬리퍼는 잃어버렸지만, 그 순간 그녀의 마음속에는 따뜻함이 가득했다. 그와 함께 나눈 이 작은 농담과 순간들은 그녀에게 소중한 기억으로 남을 것이었다. 그들은 해변을 걷는 동안, 서로의 장난과 농담 속에서 행복한 시간을 보냈다. 파도가 그녀의 슬리퍼를 태평양 건너로 가져다줄지에 대한 이야기는 두 사람 사이에서 웃음과 기쁨을 불러일으켰다. 그가 던진 가벼운 농담은 그들의 관계를 더욱 가깝게 만들었다. 슬리퍼 하나 잃어버리는 것도 그들에겐 특별한 추억이 되었고, 그 순간이 얼마나 소중한지를 느끼게 해주었다. 그들은 해변을 따라 걸으며 더 많은 이야기를 나누었다. 함께한 시간, 그리고 앞으로 함께할 미래에 대한 이야기들이 오갔다. 그녀는 자신이 한국으로 돌아가야 하는 상황에 대해 고민하지만, 그의 농담과 가벼운 대화 속에서 잠시나마 그 고민을 잊을 수 있었다. 그와 함께하는 시간이 그녀에게는 그 무엇보다 소중했고, 그가 자신을 얼마나 이해하고 사랑하는지를 다시금 느낄 수 있었다. 이 작은 해프닝은 그들의 관계를 더욱 특별하게 만들어주었다. 그녀는 그의 유머와 장난 속에서 안정감을 느꼈고, 그 또한 그녀와 함께하는 이 시간이 얼마나 소중한지를 깨달았다. 그들은 이 해변에서 보낸 새해 첫 아침을 평생 잊지 못할 추억으로 간직하게 될 것이었다.

새해를 맞이하면서 그들은 새로운 다짐과 함께 앞으로의 계획에 관해 이야기를 나누었다. 그녀는 자신의 꿈과 미래에 관해 말했고, 그는 그 이야기를 진지하게 들어주었다. 그녀가 미국에 온 이유는 단순히 공부나 인턴십이 아니었다. 그녀는 더 넓은 세상에서 다양한 경험을 쌓고, 자신의 미래를 위해 더 나은 선택을 하고 싶었다. 그의 만남은 그녀에게 중요한 경험이 되었고, 그와 함께 있는 시간이 그녀에게 큰 의미를 주었다.

그러나 어느 날, 그에게는 잠시 그들만의 시간이 멈추는 순간이 찾아왔다. 그녀의 부모님과 여동생이 한국에서 휴가를 맞아 미국에 오기로 한 것이다. 그녀는 가족과의 시간을 보내야 했고, 그동안 그녀와 잠시 떨어져 있어야 했다. 두 사람은 서로 떨어져 지내는 것이 아쉬웠지만, 각자의 시간이 필요함을 이해했다. 그녀는 가족과 함께 시간을 보내며 잠시 일상으로 돌아갔고, 그는 그동안 자신의 미래에 관해 깊이 고민하는 시간을 가졌다. 그녀가 가족들과 함께 시간을 보내는 동안, 그는 혼자서 자신이 걸어갈 길에 관해 진지하게 생각했다. 그를 만나면서 사랑을 느끼고, 함께하는 시간이 그에게 큰 행복을 주고는 있지만, 이처럼 그녀의 가족이나 친구들에게 그들의 관계를 숨기는 것과 언젠가는 알려지게 될 것에 대한 여러 문제에 관해 더 생각하게 되었다.

그녀의 고민은 시간이 지날수록 깊어졌다. 사실, 그녀는 그를 만나기 전에 이미 한국의 유명 대학에 박사 학위 과정을 신청했고, 그 신청이 받아들여졌다는 소식을 최근에 받았다. 이 기쁜 소식은 그녀의 학문적 경력에 있어 큰 성과였지만, 동시에 그녀의 마음을 무겁게 만들었다. 그는 이 문제에 어떻게 반응할지, 그리고 그녀의 부모님 또한 그녀가 앞으로 어떻게 선택할지에 관해 기대하고 있을 것이기 때문이었다. 학문적으로 깊이 있는 연구를 통해 자신의 꿈을 실현하는 것은 그녀에게 매우 중요한 목표였다. 부모님은 그녀가 학업에 전념하기를 바라며, 미래에 대한 기대와 함께 응원해 주고 있었다. 그녀 또한 박사 학위 과정이 자신에게 어떤 의미인지 잘 알고 있었다. 그러나 그와 함께 LA에서 보낸 시간은 그녀의 인생에서 잊을 수 없는 소중한 순간들이었고, 그와의 사랑은 단순한 연애 이상의 의미를 지니고 있었다. 이제 그녀는 현실적인 고민과 사랑 사이에서 갈등하고 있었다. 그는 그녀의 삶에서 중요한 부분이 되었고, 그가 없는 삶을 상상할 수 없을 정도로 깊이 사랑에 빠져 있었다. 그러나 동시에, 그녀는 한국으로 돌아가 박사 과정을 시작해야 하는 상황을 무시할 수 없었다. 그와의 행복한 순간들을 떠올릴 때마다, 어쩌면 그를 두고 떠나야 한다는 현실은 그녀의 마음을 더욱 괴롭게 만들었다.

그의 부모님과 동생이 미국에 휴가를 와서 며칠을 함께 보낸 후, 그들은 조용한 저녁 시간을 맞이했다. 그동안 그녀의 마음속을 가득 채웠던 고민을 이제는 그와 함께 나누어야 할 때라고 느꼈다. 그녀는 조심스럽게 그의 눈을 마주 보며 말했다.

"나 요즘 많은 생각을 했어요. 나 좀 더 공부하고 싶어요. 내 박사 과정이 3월 초에 시작될 예정이에요. 그런데 당신과 함께 있는 이 시간이 너무 소중해서 그걸 포기하고 싶지 않아요."

그는 그녀의 말을 들으며 잠시 침묵했다. 그리고 생각이 깊어졌다. 그 역시 그녀가 한국으로 돌아가 공부를 계속해야 한다는 사실을 느끼고 있었다. 그는 그녀의 결정을 존중하고 싶었지만, 동시에 그녀를 떠나보내야 한다는 생각에 혼란스러웠다.

"나는 네가 얼마나 이 과정이 중요한지 알아. 네 꿈을 위해서라면 무엇이든 응원할 거야. 하지만 네가 떠나야 한다는 생각에 마음이 너무 아파."

그는 솔직하게 자신의 감정을 털어놓았다. 그녀의 꿈을 존중해야 한다는 이성적인 마음과 그녀를 떠나보내고 싶지 않다는 감정 사이에서 그는 갈등하고 있었다. 그들의 사랑은 매우 특별했고, 그녀와 함께하는 시간이 그에게는 더없이 소중했기 때문이다. 하지만 그는 동시에 그녀의 인생에서 중요한 이 시점을 방해하고 싶지 않았다.

그녀는 그의 손을 잡고 조용히 말했다.

"나도 알아요. 그래서 지금 너무 힘들어요. 내 꿈도 중요하지만, 당신과 함께하는 미래도 놓치고 싶지 않아요."

두 사람은 서로를 바라보며 한동안 아무 말도 하지 않았다. 그들의 사랑은 분명했지만, 미래에 대한 선택은 쉬운 것이 아니었다. 그녀는 자신의 꿈을 포기할 수 없었고, 그는 그녀가 꿈을 이루도록 도와주고 싶었다. 그러나 동시에 그들은 서로를 놓치지 않기 위해 어떻게 해야 할지 고민하고 있었다.

그는 한숨을 내쉬며 말했다.

"네가 무엇을 선택하든 나는 너를 응원할 거야. 너는 네 꿈을 이뤄야 해. 그리고 우리가 어떻게든 이 상황을 극복할 방법을 찾을 수 있을 거라고 믿어."

그녀는 그의 말을 듣고 눈물이 고였다. 그녀는 그가 자신을 위해 얼마나 큰 결정을 내리고 있는지 알았다.

그녀가 말했다.

"고마워요, 당신이 있어서 내가 더 강해질 수 있어요. 나도 당신을 포기하고 싶지 않아요."

두 사람은 서로의 감정을 나누며, 앞으로의 길에 대한 이야기를 나눴다. 그들은 함께 있는 시간이 얼마나 소중한지, 그리고 그 시간을 이어가기 위해 무엇을 해야 할지 고민했다. 그들은 당장 함께할 수는 없더라도 각자의 자리에서 서로를 응원하며 사랑을 이어갈 것을 약속했다.

며칠 후, 그는 깊은 고민 끝에 그녀에게 중요한 결정을 내렸음을 털어놓았다.

"나도 곧 한국으로 돌아가려고 해. 네가 내게 얼마나 중요한지, 너와 함께하는 미래가 내 인생에서 얼마나 중요한지 깨달았어."

그녀는 놀라면서도 기뻐하는 표정을 지었다.

"정말요? 그게 가능한 거예요? LA에서 일들은 어떻게 하려고요?"

그는 조용히 고개를 끄덕이며 말했다.

"여기의 일들은 내가 정리할 수 있어. 물론 쉽지는 않겠지만, 널 위해서는 그게 맞다고 생각해."

그는 확신하지만, 장난기 어린 말투로 그녀의 걱정을 하지 않도록 이야기했다.

"그리고, 나는 인터넷만 문제없음, 세계 어디든 일할 수 있으니까."

그녀는 그의 결단에 깊이 감동하였다. 그녀의 고민은 여전히 있었지만, 이제는 그가 그녀와 함께 한국에서 새로운 시작을 할 준비가 되어 있다는 사실이 그녀에게 큰 위안이 되었다. 두 사람은 이제 앞으로의 계획을 세우기 시작했다. 그녀는 학기 시작 전까지 시간이 남아 있었고, 그들은 이 시간을 어떻게 보낼지 고민했다.

그는 그녀에게 말했다.

"우리 한국으로 돌아가기 전에, 미국에서 라운드 트립을 하자. 우리가 함께했던 이곳들을 다시 돌아보고, 새로운 곳들도 함께 여행하자. 그동안의 추억을 더 많이 만들어서 한국으로 돌아갈 때까지 우리 사랑을 더 깊게 만들고 싶어."

그녀는 그 제안에 기뻐하며 고개를 끄덕였다.

"좋아요! 그럼, 우리 어디로 갈까요?"

그들은 미국 전역을 돌아보는 계획을 세우기 시작했다. 그 여행이 끝나면 그도 한국으로 돌아가 함께하기로 했다. 그들의 여행은 단순한 휴식이나 즐거움 그 이상이었다. 이 라운드 트립은 그들이 함께 걸어갈 미래를 위한 준비였다. 각자의 꿈을 존중하고, 서로의 사랑을 더 깊이 확인하는 시간이 될 것이었다. 그들은 미국 전역을 돌아다니며, 자신들이 만들어온 추억을 더 단단하게 다지고 싶었다. 여행을 준비하며 그들은 앞으로의 길을 함께 걸어갈 준비가 되어 있었다. 한국으로 돌아가기 전까지, 그들은 남은 미국에서 시간을 최대한 소중하게 보내기로 했다.

그들은 떠나기로 한 아침, 로스앤젤레스는 평소와는 다른 풍경을 선사하고 있었다. 차창 밖으로 떨어지는 빗방울이 도시의 아스팔트를 적시고 있었다. LA는 언제나 건조한 날씨로 유명한 도시였기에, 비가 오는 날은 특별하게 다가왔다. 보통 비는 겨울, 1월이나 2월에만 찾아오는 드문 현상이었고, 그마저도 대개 짧게 끝나곤 했다. 하지만 오늘은 다르다. 떠나기 전날 밤부터 내리기 시작한 비는 이른 아침까지 이어졌고, 그들의 떠나는 여행을 축복이라도 하듯 빗줄기는 부드럽게 흩날리며 도로를 적시고 있었다. 그는 잠에서 깨어나 창밖을 바라보았다. 구름 낀 하늘은 잔잔한 회색빛을 띠고 있었고, 가끔 떨어지는 빗방울이 아침의 적막함을 깨고 있었다. 평소에 볼 수 없었던 LA의 이 모습은 그에게 마치 새로운 시작을 알리는 신호처럼 느껴졌다. 비는 사람들에게 불편함을 줄 수 있지만, 이곳에서는 오히려 축복과 행운을 상징하는 자연의 선물이었다. 건조한 대기와 일 년 내내 뜨거운 햇살이 가득한 이 도시에선 비가 주는 시원함이 그 자체로 특별했다.

그는 커피 한 잔을 들고 테이블에 앉아 그녀를 기다렸다. 그 또한 이 비를 반기고 있었다. 그들이 이번 여행을 시작하기로 한 날에 비가 내리는 것이 어쩌면 행운을 상징하는 것일지도 모른다고 생각했다. 여행이라는 것은 언제나 예상할 수 없는 일들의 연속이고, 비는 그들에게 새로움을 의미하는 시작의 신호였다. 비가 오면 도로가 미끄럽고, 운전이 조금 더 조심스러워지긴 하겠지만, 그는 이 날씨를 그저 행운의 시작으로 받아들이기로 했다.

그녀는 방에서 나와 그의 옆에 앉으며 말했다.

"오늘 아침 비가 참 예뻐요. 비가 오는 날은 뭔가 특별한 기분이 드는 것 같아요. 특히 여기 LA에서는요."

그는 고개를 끄덕였다.

"맞아. 비가 거의 안 오는 이곳에서 비가 내리는 건, 마치 자연이 우리 여행을 축복해 주는 것처럼 느껴져. 우리가 떠나는 날에 이렇게 비가 내리다니, 뭔가 좋은 일이 일어날 것 같지 않아?"

그녀는 미소 지으며 커피를 한 모금 마셨다.

"맞아요. 오늘은 특별한 날이니까요. 떠나는 길에 비가 내리는 건 정말 운명 같아요."

그들은 그렇게 대화를 나누며 떠날 준비를 마쳤다. 오늘 그들이 타고 떠날 도로는 태평양 해안도로 1번(Pacific Coast Highway 1)이었다. 이 도로는 캘리포니아 해안선을 따라 이어지며 태평양의 푸른 바다를 마주하고 있는 길로, 수많은 여행자에게 꿈의 도로로 알려져 있었다. 그들은 이 도로를 타고 북쪽으로 향할 예정이었다. 도로는 가끔 굽이치며 태평양의 광활한 풍경을 보여주었고, 바닷바람이 차 안으로 스며들며 그들의 여행을 상쾌하게 해줄 것이 분명했다.

비가 내리는 아침, 그들은 떠날 준비를 마치고 차에 올랐다. 엔진이 켜지자, 차 안은 따뜻한 공기로 가득 찼다. 빗소리가 잔잔하게 창문을 두드리며 배경음악처럼 들려왔다. 그들은 도로에 나서기 전에 잠시 침묵 속에서 비 오는 풍경을 바라보았다. 도로 위로 떨어지는 빗방울들은 아침 햇살이 아직 뜨지 않은 회색빛 도시를 감싸고 있었고, 빗물은 도로를 반사판처럼 빛나게 만들었다.

"자, 준비됐나요?"

그가 묻자, 그녀는 미소 지으며 고개를 끄덕였다.

"그럼 출발해요. 이 비가 우리의 행운을 가져다줄 거예요."

그는 차를 천천히 몰며 산타모니카를 거쳐 말리부 비치가 있는 태평양 해안도로 1번으로 진입했다. 빗줄기는 조금씩 가늘어지고 있었지만, 여전히 부드럽게 도로를 적시고 있었다. 비 오는 날씨 덕분에 도로에는 많은 차량이 없었다. 그들은 고요한 도로를 따라 첫 여행지를 향해 나아갔다.

LA에서 출발한 그들의 여행은 비 오는 날씨 속에서 신비로운 시작을 맞이했다. 비 덕분에 도로는 차분했고, 공기는 청량하게 느껴졌다. 창밖으로 펼쳐진 풍경은 평소와는 다른 색채를 띠고 있었다.

보통 맑은 날에는 태양 빛이 모든 것을 환하게 비추지만, 이날은 회색빛 하늘과 그 아래 펼쳐진 바다와 도로가 하나로 어우러져 조용한 아름다움을 자아냈다. 빗줄기 속에서 바다는 마치 수면 위에 부드러운 물결을 던지듯 잔잔하게 흔들리고 있었다.

그는 창밖을 바라보며 말했다.

"태평양이 이렇게 조용해 보이는 건 처음이야. 보통 이곳 바다는 더 거칠게 느껴지곤 했는데, 오늘은 마치 우리를 환영하는 것 같아."

그녀도 그와 같은 생각을 하고 있었다.

"맞아요. 비가 내리니까 바다도 더 고요해 보이네요. 뭔가 신비로워요."

그들은 그렇게 도로를 달리며 비와 함께하는 아침 풍경을 감상했다. 태평양 해안도로 1번은 그들에게 새로운 여행의 시작을 알리는 길이었다. 매끄럽게 이어진 도로는 해안을 따라 굽이치며 끝없이 펼쳐졌고, 그 길을 따라 달리는 동안 그들은 마치 자유롭게 세상을 여행하는 기분을 느꼈다. 비는 그들의 여행 내내 함께했다. 가끔 빗줄기가 굵어졌다가 다시 가늘어지며 그들을 감싸고 있었다. 하지만 그들은 비를 피하려 하지 않았다. 비는 그들에게 오히려 축복처럼 다가왔고, 그들은 그 축복을 온몸으로 받아들였다. 태평양 해안도로 1번은 캘리포니아의 아름다운 해안선을 따라 이어지며, 그들이 달리는 동안 끝없이 펼쳐진 바다가 그들을 맞이했다. 비 덕분에 바다와 하늘은 한층 더 차분한 색채로 변했고, 그 속에서 그들은 새로운 시작을 맞이했다. 도로를 달리며 그들은 과거의 기억을 떠올리기도 했고, 앞으로의 계획들에 관해 이야기하기도 했다. 비가 내리는 날씨 속에서 그들의 대화는 더 깊어졌고, 서로에 대한 믿음과 사랑은 한층 더 단단해졌다.

"이 비는 우리의 여행을 축복해 주는 것 같아." 그녀가 말했다.

그는 고개를 끄덕이며 미소 지었다.

"맞아. 비가 오는 날은 언제나 특별해. 특히 LA에서 비를 만난다는 건 정말 드문 일이니까. 이번 여행은 분명히 우리에게 큰 의미가 될 거야."

그들은 그렇게 비 오는 날의 도로를 달리며, 여행의 첫날을 특별하게 시작했다. 태평양 해안도로는 샌디에이고에서 산타모니카를 통과해 샌프란시스코를 지나 알래스카까지 태평양 해안선을 따라 이어진다. 특히, 캘리포니아 해안선은 세계적으로도 손꼽히는 아름다운 드라이브 코스로 알려져 있다. 그들은 LA에서 출발하며 태평양의 반짝이는 물결을 한눈에 담고, 두 사람의 가슴은 설렘으로 가득했다. 창밖으로 펼쳐지는 바다와 하늘, 그리고 굽이치는 도로는 이 여행을 단순한 여행 이상의 경험으로 만들어주었다.

출발점인 산타모니카(Santa Monica)는 로스앤젤레스에서 가장 인기 있는 해변 도시 중 하나였다. 이곳에서 그들은 태평양의 파도를 바라보며 떠나는 첫 순간을 만끽했다. 산타모니카 피어는 언제나 사람들로 북적였고, 아름다운 관람차가 해변을 내려다보며 여행객을 맞이했다. 산타모니카는 일상의 번잡함을 잊게 해주는 곳으로, 여행의 시작을 알리기에 더없이 좋은 장소였다. 산타모니카에서 북쪽으로 올라가자, 곧 그들은 영화배우들과 유명 인사들이 사랑하는 해변 마을 말리부(Malibu)를 지나쳤다. 말리부는 깨끗한 백사장과 고급스러운 해안가 주택들로 유명했다. 길을 달리며 그들은 말리부의 아름다운 해변과 서퍼들이 파도를 타는 모습을 감상했다. 말리부 해변의 파도는 언제나 서핑을 즐기는 이들에게 완벽한 장소였고, 그 광경을 바라보며 그들은 잠시 멈춰 차에서 내렸다. 바닷바람이 그들의 얼굴을 스치고, 시원한 파도 소리가 귓가를 간지럽혔다.

"이곳에서 살면 하루하루가 휴가처럼 느껴질 것 같아요."

그녀가 미소 지으며 말했다.

"맞아, 말리부에서 삶은 언제나 평화롭고 여유로울 것 같아. 하지만 우리는 지금 이 길을 떠나는 거니까, 오늘은 그냥 이 풍경을 마음속에 담아두자." 그가 답했다.

말리부를 지나 북쪽으로 올라가면서, 도로는 조금씩 변화를 맞이했다. 해안선이 더 거칠어지면서, 절벽이 바다로 뻗어나가고 있었고, 그 절벽 아래로 태평양의 거센 물결이 부서지고 있었다. 그들이 마주한 곳은 바로 빅 서(Big Sur)지역이었다. 빅 서는 캘리포니아에서 가장 아름답고 장엄한 풍경을 자랑하는 곳 중 하나로, 이곳을 달리는 동안 그들은 말을 잃을 정도로 감탄했다. 빅 서는 드넓은 바다와 하늘이 절묘하게 맞닿는 곳이었다. 도로는 끝없이 굽이치며 해안선을 따라 이어졌고, 길 아래로는 깎아지른 듯한 절벽과 거센 파도가 부서지는 태평양이 펼쳐져 있었다. 빅 서에서 차를 세우고 내려다보면, 끝없이 이어지는 수평선과 바위들 사이로 밀려드는 파도가 마치 하나의 그림처럼 보였다. 그들은 이곳에서 잠시 차를 멈추고 자연의 경이로움을 가슴에 새겼다.

"정말 믿기지 않아요. 이렇게 장엄한 풍경을 보고 있으면, 인간이 얼마나 작은 존재인지 새삼 느껴지네요." 그녀가 절벽 끝에서 바다를 내려다보며 말했다.

"맞아, 여기는 그저 아름다운 게 아니라 뭔가 경외감을 느끼게 해 주는 것 같아. 자연의 위대함 앞에서 우리는 겸손해질 수밖에 없지."

그가 대답하며 절벽 아래로 펼쳐진 바다를 바라봤다.

빅스비 크릭 브리지(Bixby Creek Bridge)는 빅 서의 상징과도 같은 장소였다. 아치형 다리는 해안을 가로지르며, 태평양과 절벽 사이를 잇는 독특한 모습으로 유명했다. 그들은 이 다리를 건너면서도 차를 잠시 멈추고, 멀리 펼쳐진 태평양의 광경을 사진에 담았다. 이 순간은 마치 영화 속 한 장면처럼 그들의 기억 속에 오래도록 남을 것이 분명했다.

빅 서를 지나 도착한 곳은 몬터레이(Monterey)였다. 몬터레이는 과거 스페인 식민지 시절부터 중요한 해양 도시로 알려져 있으며, 지금도 그 아름다움과 고풍스러운 매력으로 많은 여행객들에게 사랑받고 있는 곳이다. 그들은 몬터레이에 도착하자마자 해안가에 있는 캐너리 로우(Cannery Row)를 걷기로 했다. 이곳은 과거 어업으로 번성했지만, 이제는 관광객들이 즐겨 찾는 해변 거리로 변모했다. 몬터레이에서 그들은 지역에서 유명한 몬터레이 베이 수족관(Monterey Bay Aquarium)을 방문했다. 바다 생물들과 다양한 해양 동물들을 보며, 그들은 자연과 인간이 어떻게 공존할 수 있을지에 관해 생각하게 되었다. 그 수족관은 태평양을 눈앞에서 경험할 수 있는 곳으로, 그들이 이 여행에서 바다에 관해 느낀 감정을 한층 더 깊게 만들어 주었다. 몬터레이를 지나면 카멜(Carmel-by-the-Sea)이라는 아름다운 예술가 마을이 나타났다. 카멜은 작은 예술 상점들과 갤러리들로 가득한 마을로, 그림 같은 거리가 이어졌다. 그들은 카멜의 고요한 해변에서 시간을 보내며, 예술가들이 왜 이곳을 사랑하는지 이해할 수 있었다. 그녀는 이곳에서 걸으면서, 한때 자신도 예술가가 되고 싶었던 꿈을 떠올렸다. 그리고 새해 여행을 떠올렸다.

길은 해안선을 따라 실리콘밸리로 이어졌다. 실리콘밸리(Silicon Valley)는 전 세계 기술 산업의 중심지로, 구글, 애플, 페이스북 같은 대기업들이 이곳에 자리 잡고 있었다. 도로를 따라가는 동안, 그들은 기술의 진보가 이 지역을 어떻게 변화시켰는지에 관해 이야기를 나눴다.

"여기가 바로 실리콘밸리군요. 세상에서 가장 똑똑한 사람들이 모여서 세상을 바꾸고 있는 곳이죠."

그녀가 창밖을 내다보며 말했다.

"맞아, 이곳에서 만들어진 기술들이 전 세계를 연결하고 있지. 우리도 이 스마트폰 덕분에 이렇게 여행 중에도 모든 걸 해결할 수 있잖아."

그가 웃으며 말했다.

실리콘밸리 근처에는 스탠퍼드 대학(Stanford University)이 자리하고 있었다. 스탠퍼드는 실리콘밸리의 성공적인 기술 혁신의 중심지로도 알려져 있으며, 수많은 스타트업들이 이곳에서 시작되었다. 그들은 대학 캠퍼스를 잠시 방문하기로 했다. 스탠퍼드의 넓은 캠퍼스는 탁 트인 하늘과 조화를 이루며, 학생들의 활기찬 분위기가 가득했다.

"스탠퍼드는 단순히 학문적인 곳 이상이에요. 여기서 많은 혁신과 아이디어가 세상을 바꾸고 있잖아요." 그녀가 말했다.

"맞아. 그리고 이곳에서 배운 사람 중 상당수가 실리콘밸리에서 회사를 차리고 새로운 기술을 만들어내고 있지. 정말 대단한 장소야."

그가 동의하며 말했다.

드디어 그들은 샌프란시스코(San Francisco)에 도착했다. 태평양 해안도로 1번을 따라오며 마주한 수많은 경이로운 풍경들 뒤에, 샌프란시스코는 또 다른 세상처럼 그들을 맞이했다. 차를 몰며 샌프란시스코로 진입하는 순간, 그들의 시선은 저 멀리 바다 위에 떠 있는 것처럼 보이는 금문교(Golden Gate Bridge)에 고정되었다. 붉은빛을 띠는 이 거대한 다리는 샌프란시스코의 상징이자, 그들의 여행에서 꼭 보고 싶었던 장소였다.

금문교는 1937년에 완공된 이래, 전 세계의 많은 여행자와 시민들의 마음을 사로잡았다. 특히 그 길이와 높이는 당시 기술적 한계를 극복한 인류의 성과로 여겨졌으며, 금문교는 샌프란시스코만을 연결하는 중요한 교통로가 되었다. 금문교는 단순한 다리가 아니었다. 그것은 샌프란시스코를 대표하는 상징이자, 이 도시를 통해 열려 있는 태평양의 세계로 향하는 관문이었다.

"이 다리가 매년 새로 페인트칠을 받는다고요? 그리고 그 작업에 1년이나 걸린다니 정말 믿기지 않아요." 그녀가 말했다.

그는 금문교의 유래에 관해 읽은 내용을 떠올리며 설명했다.

"그렇대. 이곳의 기후와 바다의 염분 때문에, 다리가 부식되지 않게 하려면 끊임없이 페인트칠해야 한대. 금문교는 바람과 안개, 그리고 소금기에 계속 노출되니까, 매년 다시 칠하지 않으면 금방 녹슬 거야."

금문교는 그 거대한 크기 때문에 한 번에 전체를 다 칠하는 것이 아니라, 연중 내내 작업이 이루어졌다. 수많은 작업자가 다리의 양 끝에서부터 페인트칠을 시작해 1년 내내 꾸준히 작업을 이어갔다. 이러한 보수 작업은 금문교가 그 밝은 오렌지색을 유지하고, 미래에도 같은 모습으로 남기 위해 필수적인 일이었다.

"그래서 페인트 작업을 끝내면 다시 시작해야 하니까 1년이나 걸리는 거구나."

그녀가 말하며 고개를 끄덕였다.

금문교는 단순한 관광 명소 이상의 의미를 담고 있었다. 그것은 끊임없이 자신을 돌보아야 하는 생명체처럼 느껴졌고, 그 위대한 다리가 유지되는 과정 자체가 이 도시의 역사와 문화를 상징하고 있었다.

샌프란시스코는 그 아름다움 뒤에 숨겨진 아픔도 있었다. 1906년, 도시를 뒤흔든 대규모 지진은 샌프란시스코의 역사를 영원히 바꾸어 놓았다. 지진은 도시의 대부분을 파괴했고 수천 명이 목숨을 잃었으며 건물들은 폐허로 변했다. 당시, 이 도시가 겪었던 재앙은 그들의 기억 속에 깊이 새겨졌고, 지금도 샌프란시스코 곳곳에서 그 흔적을 찾아볼 수 있었다. 그러나 이 도시는 그 재난을 딛고 일어나, 지금의 아름다움을 다시 세웠다. 그들은 샌프란시스코의 도심을 거닐며 그 이야기를 나눴다.

"샌프란시스코는 정말 강인한 도시인 것 같아요. 그렇게 큰 지진을 겪고도 다시 일어났잖아요."

그녀가 말했다.

"맞아, 1906년 지진은 정말 많은 것을 바꿨지만 샌프란시스코 사람들은 포기하지 않았어. 그 후에 이곳에서 열린 1915년 국제 박람회(Panama-Pacific International Exposition)는 도시 재건의 상징이었어. 세계 각국에서 온 사람들이 샌프란시스코가 어떻게 재건되었는지를 직접 볼 수 있었지."

금문교를 다시 건너온 그들은 샌프란시스코의 피셔맨스 워프(Fisherman's Wharf)로 향했다. 이곳은 신선한 해산물로 유명한 해변 시장이 있는 곳으로, 특히 크램 차우더(Clam Chowder)가 많은 관광객에게 인기가 있었다. 크램 차우더는 부드럽고 진한 크림소스에 조개와 감자 등을 넣어 만든 수프로, 샌프란시스코의 바람이 부는 차가운 날씨 속에서 먹으면 더없이 따뜻하게 느껴지는 음식이었다. 그들은 해변 시장을 돌아다니며 따끈한 크램 차우더 한 그릇을 주문해 나눠 먹었다.

"이 수프는 정말 최고예요. 이렇게 추운 날씨에 따뜻한 수프를 먹으니 정말 몸이 녹는 것 같아요."

그녀가 말했다.

"맞아, 샌프란시스코에서는 꼭 크램 차우더를 먹어야 한다고들 하더라고. 게다가 바다 바로 앞에서 먹으니까 더 신선한 느낌이야."

그가 대답하며 미소를 지었다.

해변 시장에서는 신선한 해산물뿐만 아니라 다양한 기념품과 예술 작품들도 판매되고 있었다. 그들은 시장을 천천히 돌아보며 도시의 활기와 다양한 문화가 어우러진 모습을 즐겼다. 이곳에서 시간은 여행 중 짧지만 특별한 순간이었다.

샌프란시스코는 레즈비언과 게이커뮤니티의 중심지로도 유명한 도시다. 이 도시는 미국 내에서 성 소수자들이 가장 자유롭게 자신을 표현할 수 있는 곳으로 알려져 있으며, 그 역사는 수십 년 전으로 거슬러 올라간다. 샌프란시스코는 1960년대와 1970년대 성 소수자 인권 운동의 중심지로, 많은 사람들이 이곳에 모여 자신들의 권리를 찾기 위해 싸웠다.

"이 도시는 정말 다채롭고 개방적인 곳이에요. 여기서 많은 사람들이 자신을 자유롭게 표현할 수 있다는 점이 참 인상적이에요." 그녀가 말했다.

"맞아, 샌프란시스코는 성 소수자들을 위한 공간을 만들어왔고,

지금도 그 전통을 이어가고 있어. 이 도시가 가진 개방성은 정말 특별한 것 같아." 그가 대답했다.

그들은 샌프란시스코에서 이 커뮤니티가 형성되고 발전해 온 이야기를 나누며, 도시의 다문화적이고 포용적인 분위기를 더욱 깊이 이해하게 되었다. 그들은 금문교 북쪽에 있는 언덕에 도착해, 도시와 다리를 한눈에 내려다볼 수 있는 최고의 전망을 찾았다. 언덕 위에서 내려다본 금문교는 그들에게 또 다른 감동을 선사했다. 붉게 빛나는 다리 너머로는 푸른 태평양이 끝없이 펼쳐져 있었고, 도시의 풍경은 말로 표현하기 어려울 만큼 아름다웠다. 그들이 서 있는 곳에서 조금 더 눈을 돌리면, 바로 앞에는 알카트라즈 섬(Alcatraz Island)이 보였다. 한때 악명 높은 교도소가 있던 이 섬은 지금은 관광 명소가 되었지만, 그곳에 갇혀 있던 죄수들의 이야기는 여전히 많은 이들의 관심을 끌고 있다.

"저기 알카트라즈 섬이에요. 가장 탈출하기 힘든 교도소였다고 하죠." 그가 말했다.

"그렇다더라고요. 저 바다를 헤엄쳐 나갈 수 없으니까, 많은 죄수가 이곳에서 탈출하려다가 실패했대요. 바다가 그들의 탈출을 막는 또 다른 감옥이었겠죠."

그녀가 대답하며 알카트라즈 섬을 바라보았다.

그들은 금문교와 알카트라즈 섬을 배경으로 사진을 찍으며, 이 순간을 기억 속에 새겼다. 샌프란시스코에서 시간은 그들에게 단순한 여행 이상의 의미를 남겼다. 이 도시가 가진 역사, 문화 그리고 자연의 아름다움은 그들의 마음에 깊이 새겨졌다.

그들은 샌프란시스코에서 마지막 순간을 북쪽 언덕에서 금문교를 바라보며 저녁을 보냈다. 도시의 끝없이 펼쳐진 바다와 하늘을 보며, 그곳에 펼쳐지는 노을은 그대로 그들의 시간을 아름답게 만들기에 충분했다.

그는 감기에 걸려 몸 상태가 좋지 않았다. 밤새 열과 함께 기침과 콧물로 고생한 그에게는 따뜻한 휴식이 필요했다. 태평양의 차가운 바람을 맞으며 여행을 계속하던 그는, 점점 몸이 무겁고 지쳐갔다. 그녀는 그의 상태를 걱정하며 이곳에서 잠시 쉬기로 했다.

"오늘은 쉬어가야겠어요." 그녀가 걱정스러운 얼굴로 말했다.

"당신이 감기에 걸린 것 같아요. 따뜻한 수프를 먹고 좀 쉬면 괜찮아질 거예요."

그는 고개를 끄덕이며 피곤한 얼굴로 그녀를 바라보았다.

"그래야 할 것 같아. 몸이 많이 무거워지네. 이 작은 마을에서 하루 더 쉬자."

소살리토(Sausalito)는 금문교 바로 옆에 자리 잡은 작은 어촌 마을이었다. 바닷바람에 실린 소금기와 고요한 분위기가 그들을 감싸며 여행의 속도를 잠시 늦추는 것을 허락했다. 그들은 해안가에 자리한 아담한 호텔에 방을 잡기로 했다. 호텔은 작지만 따뜻한 느낌을 주었고, 마을 사람들은 친절했다. 호텔 로비에서 체크인하고 방으로 향하던 중, 그녀는 그가 몸을 힘들게 이끄는 것을 보고 더 빨리 도움을 주고 싶었다. 방에 도착하자마자 그는 침대에 몸을 눕혔다. 이불을 덮고서도 몸이 떨리는 것 같았고, 열로 인해 이마는 벌겋게 달아오르고 있었다. 그녀는 그를 위해 따뜻한 차와 수프를 가져오기로 결심했다.

"내가 수프를 사러 갔다 올게. 당신은 여기서 쉬고 있어요. 약도 사다 줄게요."

그녀가 부드럽게 말했다.

그는 고개를 끄덕이며 힘없이 웃었다.

"고마워."

그녀는 마을의 식당에 들어가 따뜻한 수프를 주문하고 바로 옆에 있는 약국에서 필요한 감기약을 샀다. 마을은 조용했다. 아침 포구의 바람은 여전히 차가웠지만, 이 마을의 따뜻한 분위기는 그녀의 마음을 어루만졌다. 그녀는 식당에 들어가 주문한 수프를 받아 들고 호텔로 향했다. 호텔로 돌아와 보니, 그는 이불 속에서 깊은 잠에 빠져 있었다. 그녀는 조용히 수프를 식탁에 두고 그 옆에 앉았다. 그의 이마에 손을 대자, 아직도 열이 느껴졌다. 그녀는 그가 스프를 먹고 약을 먹을 수 있도록 천천히 깨웠다.

"일어나요, 따뜻한 수프를 사 왔어요." 그녀가 조심스럽게 그를 흔들며 말했다.

그는 눈을 간신히 뜨고, 미소를 지으며 몸을 일으켰다.

"정말 고마워. 여행 시작하자마자…."

그녀는 미소를 지으며 수프를 떠먹여 주었다. 따뜻한 수프를 먹는 그의 모습은 그녀에게 위안을 해주었고, 그가 조금이라도 더 나아지기를 바라는 마음으로 가득 차 있었다. 수프를 다 먹은 후, 그녀는 약을 챙겨주었고, 그는 약을 먹고 다시 침대에 누웠다. 그날 저녁, 그녀는 그 옆에 누워 그의 품에 자신을 감쌌다.

그의 가슴에 귀를 대고서 조용히 속삭였다.

"당신이 빨리 나았으면 좋겠어요. 내가 계속 지켜줄게요."

그녀의 말에 그는 따뜻한 미소를 지으며 그녀를 꼭 안아주었다.

"네가 있어서 다행이야."

그녀는 그의 곁에서 밤새도록 기도하듯 마음속으로 그의 빠른 회복을 바랐다. 차가운 바닷바람과 감기에 지쳐 있는 그에게, 그녀의 따뜻한 존재가 커다란 위안이 되었다. 포구 마을의 고요한 밤, 그들은 서로의 체온을 느끼며 조용히 잠들었다. 바깥에서는 바닷물이 부드럽게 해안가를 치고 있었고, 멀리 금문교의 불빛이 어두운 하늘 아래에서 은은하게 반짝이고 있었다. 이 작은 마을에서 하루는 그들에게 뜻밖의 휴식이었고, 서로에 대한 사랑과 의지를 확인하는 시간이기도 했다. 그날 밤의 조용한 순간들은 앞으로의 여행에서도 기억 속에 남을 특별한 추억이 될 것임을 그들은 알 수 있었다. 그녀는 그가 기침하며 잠에서 깨어날 때마다, 그의 몸을 감싸며 그가 조금이라도 편안하게 잠들 수 있도록 도와주었다. 그들은 서로에게서 위안을 찾았고, 이 작은 마을에서 시간이 그들의 관계를 더욱 깊게 만들어 주었다.

다음 날 아침, 그는 조금 더 나아진 모습으로 잠에서 깨어났다. 그녀가 준비한 따뜻한 차를 마시며 그는 웃음을 지었다.

"덕분에 오늘은 훨씬 나아졌어. 우리 조금 더 쉬고 나서 다시 길을 떠나자."

그녀는 그가 회복되고 있음을 느끼며 안도했다. 그들은 하루를 더 이곳에서 보내기로 했다. 마을의 조용한 항구에서 따뜻한 햇살을 맞으며 걷는 그들의 모습은 다시 한번 평화로움 속에서 다가올 새로운 여행을 준비하고 있었다.

그의 감기는 아직 완전히 나아지지 않았지만, 소살리토의 고요함과 평온함이 그의 몸과 마음을 어루만지는 듯했다. 이 작은 해변 마을은 샌프란시스코와는 또 다른 차분한 매력이 있었다. 항구에 정박한 요트들과 예쁘게 줄지어 있는 집들은 마치 그림엽서 속 장면처럼 그를 맞이했다. 그는 소살리토의 한적한 호텔에서 이틀 동안 휴식을 취하며 그는 서서히 기력을 되찾았다. 이틀 동안 따뜻한 차와 가벼운 산책으로 시간을 보내며, 그는 다시 길을 떠날 준비를 마쳤다. 이틀이 지나자, 그의 상태는 많이 좋아졌다.

그녀와 함께 차에 올라타자, 그는 창밖을 바라보며 말했다.

"이제 감기도 거의 나았으니, 다시 여행을 이어가자. 오늘은 101번 도로(US Route 101)를 타고 북쪽으로 가볼 생각이야. 우리가 가야 할 곳들이 많지."

그들은 소살리토를 떠나 101번 도로를 따라 북쪽으로 나아갔다. 그 길은 아름다운 해안선과 숲을 끼고 달리며, 샌타로자를 지나쳤다. 샌타로자는 와인으로 유명한 나파밸리의 중심에 있는 작은 도시로, 그들은 이곳을 지나칠 때도 멀리 펼쳐진 포도밭을 한눈에 담으며 감탄했다.

그들은 넓은 포도밭을 지나 유레카(Eureka)에 도착했다. 유레카는 캘리포니아 북부 해안의 역사적인 항구 도시로, 과거 금광 시절에 중요한 역할을 했던 곳이다.

"유레카가 무슨 뜻인지 알아?" 그가 그녀에게 물었다.

"글쎄요, 뭔가 찾은 것과 관련이 있지 않나요?" 그녀가 대답했다.

그는 미소를 지으며 설명했다.

"맞아! 유레카는 '찾았다!'라는 뜻이야. 금을 발견한 사람들이 외친 말이지. 그래서 이 도시도 그 이름을 따서 붙여졌다고 해."

그녀는 천천히 고개를 끄덕이며 창밖을 응시했다. 유레카의 거리에는 세월의 흔적이 고스란히 담긴 역사적인 건물들이 늘어서 있었고, 그 건물들의 맨 꼭대기에는 건물이 지어진 해가 나무판에 정교하게 새겨져 있었다. 각각의 건물은 마치 과거의 한 페이지를 펼쳐 보여주는 듯, 이 도시가 겪어온 시간의 흐름과 이야기를 전하고 있었다. 마을의 중심부로 시선을 옮기면, 빅토리아 양식의 집들이 눈에 들어왔다. 이 집들은 한 세기가 지났음에도 여전히 우아한 자태를 유지하고 있었고, 마치 그 시절의 영광과 번영을 기억하라는 듯 웅장하게 서 있었다.

유레카를 지나 그들이 향한 곳은 바로 레드우드 국립공원(Redwood

National Park)이었다. 이곳은 전 세계에서 가장 키가 큰 나무들, 레드우드(Redwood)로 유명하다. 이 나무들은 수천 년 동안 자라왔으며, 그 크기와 나이가 상상을 초월했다. 레드우드 나무들은 지구상에서 가장 오래된 생물체 중 하나로, 높이가 100m 이상 자라는 나무들도 있었다. 차를 몰며 숲으로 들어서자, 그들은 마치 시간 여행을 하는 듯한 느낌을 받았다. 거대한 레드우드 나무들이 그들 위로 하늘을 가리며 뻗어 있었고, 태양 빛은 나무들 사이로 희미하게 비쳤다. 이곳은 마치 자연의 성당과도 같았다. 나무들은 거대했고, 그 아래에서 사람들은 작고 미미하게 느껴졌다.

"이 나무들은 정말 어마어마해요." 그녀가 감탄하며 말했다.

"이 나무 밑을 걸으면 마치 내가 작은 존재처럼 느껴져요."

그는 고개를 끄덕이며 말했다.

"맞아. 이 나무들은 수천 년을 살아왔대. 그리고 저 나무는 차가 지나갈 수 있을 정도로 커."

그는 그녀에게 체인 드라이브 트리(Chandelier Tree)에 관해 설명해 주었다. 이 나무는 나무 밑을 차로 지나갈 수 있을 정도로 큰 구멍이 뚫려 있었고, 실제로 그 구멍을 통해 자동차가 통과할 수 있었다. 그들은 차를 멈추고 잠시 그 나무를 지나가며 그 엄청난 크기를 직접 체험했다.

"이 나무들이 이렇게 오래 살아남을 수 있는 이유는 무엇일까요?" 그녀가 물었다.

"레드우드는 매우 튼튼하고 내구성이 강한 나무라서 병충해에도 강하고, 불에도 잘 타지 않는다고 해. 그래서 이렇게 오랫동안 살아남을 수 있었지"라고 그는 답했다.

그들은 숲을 천천히 걸으며, 나무들이 주는 위대함과 그 속에서 느껴지는 평화를 마음껏 즐겼다. 이 숲은 그들에게 자연의 경이로움을 다시금 깨닫게 해주었다. 레드우드 국립공원을 둘러본 그들은 다시 도로로 돌아왔다. 이제 그들은 101번 도로(US Route 101)를 벗어나 5번 도로(Interstate 5)로 갈아타기로 했다. 101번 도로는 태평양 해안선을 따라 이어지는 유명한 도로로, 북미 대륙의 서쪽을 관통하는 중요한 도로 중 하나다. 반면 5번 도로는 서부 해안선을 따라 북쪽과 남쪽을 잇는 주요 고속도로로, 멕시코 국경에서 시작해 캐나다까지 연결된다. 그들은 101번 도로에서 벗어나 5번 도로(I-5)로 접어들며, 산과 숲이 어우러진 풍경 속에서 북쪽으로 향했다. 5번 도로는 101번 도로 보다 더욱 넓고 시원한 풍경을 그들에게 선사해 주었다.

그는 그녀에게 미국의 도로 시스템에 관해 설명해 주었다.

"미국의 고속도로 번호는 나름대로 규칙이 있어. 동서로 이어지는 도로는 짝수 번호고, 남북으로 이어지는 도로는 홀수 번호로 되어 있어. 그래서 우리가 타고 있는 5번 도로는 남북을 잇는 도로고, 101번 도로는 해안을 따라 남북으로 이어지지. 그리고 동서로 이어지는 도로 중에서도 10번 도로, 40번 도로 같은 도로는 동쪽 끝에서 서쪽 끝까지 이어져. 우리나라도 이 시스템을 적용하고 있어."

그녀는 흥미로워하며 그 설명을 듣고 있었다.

"미국의 도로 시스템이 정말 체계적이네요. 덕분에 길을 찾는 게 좀 더 쉬워졌을 것 같아요."

그들은 도로를 따라 계속 북쪽으로 달리며, 점점 더 오레곤에 가까워지고 있었다. 오레곤주 경계선을 통과한 그들은 몇 시간을 더 달린 끝에, 마침내 오레곤주의 유진(Eugene)에 도착했다. 유진은 오레곤주의 남서부에 있는 대도시로, 활기찬 대학 도시이자 예술과 자연을 사랑하는 사람들이 모여 사는 곳으로 유명하다. 그들은 늦은 오후에 도착했기 때문에 급히 모텔을 예약해야 했다. 유진은 그들에게 또 다른 매력을 선사했다. 숲과 강으로 둘러싸인 이 도시는 자연 속에서 예술적 감각을 키우는 사람들이 많이 모여 있었다. 그들은 유진의 거리를 걸으며, 다양한 예술품들이 전시된 상점들과 카페들을 지나쳤다. 예술가들과 자연을 사랑하는 사람들로 가득한 이 도시는 그들에게 또 다른 영감을 주었다.

"오늘은 정말 다양한 풍경을 봤어요. 사막, 무지개, 숲, 그리고 이곳 유진까지. 하루에 이렇게 많은 자연의 경이로움을 만날 수 있다니, 너무 멋진 하루였어요."

그는 미소 지으며 그녀의 손을 잡았다.

"맞아. 우리 여행은 하루하루가 특별한 경험인 것 같아. 이제 유진에서 잠시 쉬고, 내일은 또 새로운 곳으로 떠나자."

그들은 모텔에 도착해 방을 잡고 짐을 풀었다. 긴 여행 끝에 드디어 편안한 침대에 몸을 누인 그들은 하루의 피로를 풀며 여행 중 느낀 감정과 경험을 나눴다. 유진에서 밤은 고요했다.

포틀랜드를 지나 시애틀로 향하는 길에 유명한 올림피아(Olympia)에 잠시 들르기로 했다. 차창 너머로 보이는 광활한 숲과 푸른 하늘, 그리고 서서히 다가오는 워싱턴주의 고요한 풍경은 그들이 올림피아에 가까워지고 있음을 알려주고 있었다. 올림피아는 비록 시애틀과 같은 대도시는 아니지만, 그 나름의 매력을 지닌 곳이었다. 워싱턴주의 주도였던 도시로서 정치적 중심지이며, 올림피아는 차분한 분위기와 함께 자연이 어우러진 도시였다. 그들은 올림피아의 의사당(Washington State Capitol)건물로 향했다. 둥근 돔이 하늘로 우뚝 솟아있는 이 건물은 워싱턴주의 중요한 상징 중 하나였다.

그는 그녀와 함께 걸으며 올림피아의 조용한 거리를 둘러보았다. 그녀가 주변을 둘러보다가 궁금한 듯 물었다.

“이 도시가 워싱턴주의 주도라니, 생각보다 작은데… 왜 여기가 주도가 된 거야?”

그는 미소를 지으며 대답했다.

“그게 꽤 흥미로운 이야기야. 처음에는 올림피아가 주도가 아니었어. 하지만 이곳이 전략적으로 중요한 위치에 있었던 덕분에 선택된 거지.”

그녀는 고개를 갸웃했다.

“전략적이라고? 여기가 항구도 아니고, 그렇게 큰 도시도 아닌데?”

“맞아. 항구도 아니고 큰 도시는 아니지만, 당시에는 중요한 무역 경로에 있었거든. 1850년대에는 이 지역이 워싱턴 준주의 주요 교통 요지였어. 그리고 바다와 가까워서 배로 물자를 옮기기 좋았고, 주변 농장과 목장들이 발달하면서 자연스럽게 중심지 역할을 하게 됐지."

그녀는 흥미롭게 그의 이야기를 들으며 물었다.

"그럼 다른 도시들도 후보에 있었겠네?"

그는 고개를 끄덕였다.

"맞아, 포트 타운젠드나 밴쿠버 같은 도시들도 있었어. 그런데 올림피아가 지리적으로 가장 이상적인 위치였던 거지. 다른 도시들은 너무 북쪽에 있거나, 남쪽으로 치우쳐 있어서 접근성이 떨어졌어. 결국 올림피아가 가장 균형 잡힌 위치로 주도에 적합하다고 판단된 거야."

그녀는 고개를 끄덕이며 말했다.

"이 작은 도시가 주도가 된 건 정말 의외야. 하지만 듣고 보니 충분히 이유가 있네."

그는 미소를 지으며 덧붙였다.

"작고 조용하지만, 역사적으로 중요한 역할을 했다는 점에서 매력적이지? 워싱턴주의 중심이 여기에 있다는 게 흥미롭지 않아?"

"응, 이제 보니 이곳의 매력이 조금씩 보이는 것 같아."

"정말요? 시애틀이 워낙 크고 중요한 도시니까 주도였을 것 같은데."

그녀는 흥미롭게 고개를 끄덕이며 말했다.

"맞아. 시애틀은 상업과 무역의 중심지로 성장하면서 경제적 중심지가 되었지만, 올림피아는 행정적 안정성을 이유로 주도가 되었지.

하지만 여전히 사람들은 시애틀이 주도라고 착각할 때도 많아. 나도 처음에는 시애틀이 주도인 줄 착각했어. 올림피아가 너무 작아서…"

"정말. 나도 처음에 시애틀이 주도인 줄 알았다니까!"

두 사람은 의사당 건물을 천천히 둘러보며 그 역사적 의미를 새겼다. 의사당은 거대한 돔과 대리석 기둥들로 웅장한 분위기를 자아내고 있었다. 그들은 이곳에서 워싱턴주의 행정과 법이 어떻게 움직이는지를 짐작해 볼 수 있었다. 의사당을 둘러본 후, 그들은 올림피아의 또 다른 명소를 찾아갔다. 바로 이곳의 특산품인 굴 요리로 유명한 식당을 찾기 위해서였다. 워싱턴주의 퓨젓 사운드(Puget Sound) 근처에서 채취되는 굴은 신선하고, 이곳에서 맛보는 굴 요리는 다른 곳과 비교할 수 없을 정도로 맛있다고 소문이 자자했다.

두 사람은 Cascadia Grill이라는 유명한 굴 요리 전문점을 찾았다. 이 식당은 현지 주민뿐만 아니라 여행객들 사이에서도 큰 인기를 끌고 있었다. 식당은 태평양 북서부의 분위기를 물씬 풍기며, 따뜻한 나무 장식과 고풍스러운 분위기가 돋보였다. 창밖으로는 바다에서 불어오는 신선한 바람이 느껴졌다.

"이곳이 바로 그 유명한 굴 요리 식당이에요." 그녀가 기쁜 표정으로 말했다.

"한번 먹어보면 아마 감기도 완전히 나을지도 몰라요."

그는 미소를 지으며 대답했다.

"굴이 면역력을 높여준다니 기대해 봐야겠네."

그들은 생굴과 버터로 구운 굴 그리고 크리미한 굴 수프를 주문했다. 굴을 한입 베어 물 때마다 신선함이 입안 가득 퍼졌고, 그들은 이곳의 해산물이 정말 특별하다는 것을 느낄 수 있었다. 식당 밖에는 키스하는 커플의 작은 동상이 있었고, 그 동상은 이곳을 찾는 이들에게 사랑과 로맨스를 상징하는 것처럼 보였다.

"저 동상 보세요." 그녀가 동상을 가리키며 말했다.

"마치 우리 같지 않나요? 여행 중에 서로를 더 알아가고, 이렇게 함께 있는 순간들이 소중해지잖아요."

그는 동상을 바라보며 미소를 지었다.

"그러네, 우리도 이곳에서 추억을 오래도록 간직하자."

식사를 마친 후, 두 사람은 올림피아의 중심부에 있는 분수대로 향했다. 이곳은 도심 속에서 시원한 물줄기를 뿜어내며 사람들에게 즐거움을 선사하는 장소였다. 분수대 주변에는 아이들이 물놀이하며 웃고 있었고, 그녀도 그 모습을 보고는 갑자기 어린아이처럼 뛰어놀고 싶다는 생각이 들었다.

"저기 가서 분수를 맞고 싶어요!" 그녀가 장난스럽게 말했다.

그는 놀란 표정으로 말했다.

"지금? 물이 꽤 세게 나오는 것 같은데, 우산이라도 쓰고 가야 하지 않을까?"

그녀는 우산을 펼치며 그를 끌고 분수대로 다가갔다. 두 사람은 우산을 쓰고 분수대 가까이 다가가, 힘차게 뿜어져 나오는 물줄기를 맞으며 웃음을 터뜨렸다. 물방울이 우산에 부딪혀 사방으로 튀었고 그들은 그런 순간을 즐겼다.

"올림피아에서 하루가 이렇게 즐겁고 특별할 줄 몰랐어요." 그녀가 웃으며 말했다.

그는 그녀의 얼굴을 바라보며, 이 순간이 얼마나 소중한지 다시금 깨달았다.

"너와 함께하는 모든 순간이 특별해. 이런 기억들은 오랫동안 우리 마음속에 남을 거야."

그들은 올림피아에서 마지막 시간을 이렇게 유쾌하게 보낸 후, 이제 다음 목적지인 시애틀(Seattle)로 향하기로 했다. 워싱턴주의 가장 큰 도시인 시애틀은 올림피아와는 완전히 다른 분위기를 지닌 곳이었다. 올림피아가 조용하고 평화로운 도시였다면, 시애틀은 북서부의 경제적, 문화적 중심지로서의 활기를 자랑했다.

두 사람은 다시 차에 올라타 도로를 달리기 시작했다. 시애틀까지의 거리는 올림피아에서 그리 멀지 않았다. 시애틀에 가까워질수록, 그들은 도시의 스카이라인이 점점 더 눈에 들어왔다. 바닷가를 따라 펼쳐진 건물들과 항구, 그리고 시애틀의 상징인 스페이스 니들이 그들을 반기고 있었다.

"시애틀에 도착하면 뭐부터 할까요?" 그녀가 물었다.

그는 잠시 생각하다가 미소를 지으며 말했다.

"먼저 시애틀의 커피 한 잔으로 시작하는 건 어때?"

"시애틀이 보이는 건너편 해변에서 도시의 야경이 무척 아름답거든."

그녀는 고개를 끄덕이며 대답했다.

"좋아요."

해밀턴뷰포인트 공원에 도착한 그들은 하루의 피로를 잠시 내려놓기로 했다. 고즈넉한 해 질 녘, 그들은 공원 근처의 피어(Pier)에 있는 유명한 레스토랑에 자리를 잡았다. 저녁이 되자 점점 시애틀의 야경이 드러나기 시작했고, 차가운 바닷바람이 그들에게 도시의 활기찬 에너지를 실어다 주었다. 시애틀의 스카이라인은 저녁 햇살이 사라지면서 서서히 빛을 발하기 시작했고, 도시의 반짝이는 불빛이 하늘로 뻗어가며 그들의 눈을 사로잡았다. 커피 한 잔을 들고 그들은 창밖을 바라보며 한껏 여유를 만끽했다. 멀리 보이는 스페이스니들(Space Needle)은 도시의 중심에서 그곳을 지켜보고 있었고, 그 주변으로 펼쳐진 빌딩들은 각자의 불빛으로 시애틀의 화려함을 더하고 있었다.

"정말 아름다워요." 그녀가 감탄하며 말했다.

"이 야경을 보니 이 도시가 왜 '잠 못 이루는 시애틀'로 불리는지 알 것 같아요. 이런 전망을 보고 누가 잠을 잘 수 있겠어요?"

그는 고개를 끄덕이며 미소를 지었다.

"그렇지. 이렇게 환상적인 야경을 앞에 두고 잠을 이루는 건 불가능할 거야."

그들은 피어의 레스토랑에서 저녁 식사를 하며 시애틀의 야경을 더욱 가까이에서 즐겼다. 도시의 빛은 마치 별처럼 반짝였고, 창밖으로 보이는 바다는 잔잔한 파도를 이루며 그 불빛을 받아 반짝거렸다. 식당 내부는 따뜻한 분위기 속에서 여러 사람들이 저녁 시간을 보내고 있었고, 그들 역시 이 순간을 오랫동안 기억에 남길 듯했다. 시애틀의 야경은 그 자체로 하나의 예술 작품처럼 완벽했다. 스페이스 니들과 고층 빌딩들이 함께 어우러져 하늘로 뻗어 있었고, 그 아래로는 바다가 잔잔히 흐르고 있었다. 시애틀의 밤은 잠잠하지 않았다. 수많은 사람들이 거리를 오가며 도시의 활기찬 밤을 즐기고 있었고, 그 풍경은 멀리서도 그 에너지가 느껴질 만큼 강렬했다. 스페이스 니들 근처에는 수많은 레스토랑과 바들이 자리 잡고 있었으며, 이곳에서 사람들은 시애틀의 밤을 즐기고 있었다. 도시의 다양한 문화와 예술이 함께 어우러지는 시애틀의 밤은 전 세계 여행자들이 찾는 곳이었다.

“이 도시가 밤에도 잠들지 않는다는 말이 정말 맞는 것 같아요.” 그녀가 말했다.

“그래, 시애틀은 밤이 되면 더 아름답지. 이 야경은 언제 봐도 놀라워.” 그가 답했다.

시애틀은 영화 〈잠 못 이루는 시애틀(Sleepless in Seattle)〉로도 유명하다. 그들은 자연스럽게 이 영화 이야기를 나누기 시작했다. 시애틀의 멋진 야경 속에서, 이 도시가 어떻게 사랑과 꿈을 그려낼 수 있었는지에 관해 이야기했다. 이 영화는 이 도시의 낭만적인 분위기와 함께 많은 사람들에게 감동을 선사했으며, 지금도 수많은 사람들이 시애틀에서 영화의 장면을 떠올리며 로맨틱한 시간을 보내고 있었다.

“우리가 이렇게 시애틀의 밤을 보며 함께 있다는 게 참 신기해요.”

그녀가 웃으며 말했다. "마치 영화 속 주인공이 된 것 같아요."
그는 그녀의 손을 잡으며 미소를 지었다.
"맞아. 이 도시에서 함께 시간을 보내는 게 정말 특별한 것 같아. 이렇게 멋진 야경을 보면서 사랑하는 사람과 함께할 수 있는 게 큰 행운이야."
식사를 마친 후 그들은 시애틀이 한눈에 보이는 호텔로 향했다. 시내 쪽으로 향해있는 방의 페티오에서 그들은 따뜻한 담요를 덮고 시애틀의 야경을 다시금 바라보며 밤을 보내기로 했다. 페티오에 앉아 그들은 도시가 조용히 잠드는 듯하면서도 여전히 반짝이는 빛들로 가득한 모습을 즐겼다. 차가운 밤공기 속에서도 그들은 서로의 온기를 나누며 이 밤을 완벽하게 즐길 수 있었다.
"이렇게 아름다운 밤을 보내는 건 정말 꿈만 같아요." 그녀가 속삭였다.
그는 그녀의 손을 꼭 잡으며 대답했다.
"이 밤이 영원히 끝나지 않았으면 좋겠어. 시애틀의 이 야경, 그리고 우리 둘만의 시간 말이야."
페티오에서 바라본 시애틀의 야경은 낮과는 또 다른 매력을 지니고 있었다. 도시의 수많은 빛이 그들에게 끝없는 이야기를 들려주는 듯했고, 그들은 그 속에서 자신들만의 추억을 만들고 있었다. 시간이 흘러 밤이 깊어졌지만, 두 사람은 여전히 잠들 수 없었다. 시애틀의 매력적인 야경과 그들 사이의 대화는 계속되었고, 그들은 이 순간을 조금이라도 더 즐기고 싶었다. 시애틀은 단순한 도시가 아니었다. 이곳은 꿈을 꾸는 사람들에게 영감을 주고, 사랑하는 이들에게는 특별한 추억을 선물해 주는 곳이었다.

"이렇게 멋진 야경을 두고 어떻게 잠들 수 있겠어요?" 그녀가 장난스럽게 말했다.

그는 웃으며 고개를 끄덕였다.

"누구라도 잠 못 이룰 거야. 이 정도면 '잠 못 이루는 시애틀'이라는 말이 정말 딱 맞는 것 같아."

그들은 그렇게 시애틀의 밤을 보내며, 서로에게 더 가까워졌고, 이 도시는 그들에게 영원히 잊지 못할 추억을 남겼다. 시애틀의 반짝이는 불빛들 속에서 그들은 각자의 마음속에 새로운 희망과 사랑을 키워갔다. 밤이 깊어질수록 도시의 불빛들은 여전히 빛나고 있었고, 그들은 그 불빛들을 바라보며 조용히 서로의 존재를 느꼈다. 시애틀의 밤은 그렇게 잠들지 않았고, 두 사람 역시 이 도시의 매력에 푹 빠져들어 잠을 이루지 못한 채 밤을 보냈다.

"시애틀의 밤은 정말 아름답네요. 이곳에 오길 정말 잘한 것 같아요."

그녀가 속삭였다.

그는 그녀의 어깨를 감싸안으며 부드럽게 대답했다.

"그래, 우리 이 밤을 영원히 기억하자. 그리고 다시 이곳에 돌아오자."

그들은 그렇게 페티오에서 시애틀의 밤을 바라보며 서로의 마음속에 깊이 새겨진 추억을 만들었다.

다음 날 아침, 그들은 West Seattle Water Taxi를 타고 시애틀 시내로 들어갔다. 택시 승강장에서 내려 그들은 스페이스 니들(Space Needle)을 향해 천천히 걸어갔다. 택시에서 내리면 바로 스페이스 니들로 올라가는 길이 이어져 있어, 그들은 곧 시애틀의 상징적인 건축물로 향할 수 있었다. 스페이스 니들 근처에는 다양한 상점들과 시장, 중고 상점들이 줄지어 있어 많은 관광객이 이곳을 찾는다. 그들은 파이크 플레이스 시장(Pike Place Market)으로 향하는 길에, 시장에서 사람들이 물고기를 던지며 장사하는 생선가게를 구경했다. 웃음소리가 끊이지 않는 시장의 활기찬 풍경 속에서 그들은 시애틀의 일상을 가까이에서 체험했다.

스페이스 니들에 도착하자, 두 사람은 전망대로 올라갔다. 비가 살짝 내리는 시애틀의 풍경은 앞바다와 도시가 한눈에 내려다보이는 멋진 장면을 연출했다. 유리창을 통해 바깥을 내려다보며, 그들은 이 도시가 가진 매력을 다시금 느꼈다.

"비가 오는 시애틀은 더 멋져요." 그녀가 창밖을 바라보며 말했다.

그는 고개를 끄덕이며 대답했다.

"맞아, 비가 이 도시의 일부인 것처럼 느껴져. 그게 시애틀의 매력이기도 하지."

두 사람은 스페이스 니들에서 내려와 근처의 식당 골목으로 향했다. 그곳에는 큰 돼지 동상이 있었고, 아이들이 그 위에 올라타 장난을 치며 사진을 찍고 있었다. 그들도 아이들과 함께 돼지 동상 앞에서 재미있는 사진을 찍으며 시간을 보냈다.

“이 동상, 정말 귀엽지 않아요?” 그녀가 웃으며 말했다.

“그러게, 나도 저 아이들처럼 동상에 올라가고 싶어지네.” 그가 장난스럽게 말했다.

점심을 먹기 위해 그들은 근처의 작은 식당을 찾았다. 이 지역의 식당 골목은 다양한 음식들을 맛볼 수 있는 곳으로, 해산물부터 아시아 요리까지 여러 선택지가 있었다. 그들은 굴 요리를 주문해 시애틀의 해산물을 맛보며 즐거운 식사 시간을 보냈다. 점심을 마친 후, 그들은 워터택시 정류장 근처에 있는 중고 상점들을 구경하기로 했다. 그곳에는 오래된 물건들과 예술품들이 많았고, 그녀는 우연히 1963년도 플레이보이 잡지를 발견했다.

“이거 봐요, 당신 나이 때쯤 나온 잡지인 것 같네요.” 그녀도 장난스럽게 말했다.

그는 웃으며 말했다.

“이건 정말 고전 중의 고전이네. 그때는 이런 잡지들이 꽤 대담한 물건이었지.”

그녀는 장난스럽게 그 잡지를 사며 그에게 장난을 쳤고, 그들은 중고 상점에서 다른 재미있는 물건들을 구경하며 시간을 보냈다. 다시 시장으로 돌아와, 그들은 생선 판매대에서 신선한 조개, 마늘, 양파를 샀다. 그날 저녁은 조갯국을 만들기로 했기 때문에 필요한 재료들을 준비한 것이었다. 시장을 돌아다니며 그들은 시애틀의 신선한 재료들로 가득한 활기찬 분위기를 즐겼다.

“오늘 저녁은 내가 조갯국을 만들어줄게.” 그가 말했다.

그녀는 기쁜 표정으로 대답했다.

"당신이 만든 요리라면 기대할게요!"

그들은 레지던스 호텔로 돌아와 주방 기구를 사용해 저녁 준비를 시작했다. 그는 능숙하게 조개를 씻고, 마늘과 양파를 다듬어 국을 끓이기 시작했다. 주방에서는 신선한 해산물 향기가 퍼졌고, 그녀는 옆에서 그가 요리하는 모습을 지켜보며 미소를 지었다.

"요리할 때 진지한 당신 모습, 정말 멋져요." 그녀가 말했다.

그는 웃으며 대답했다.

"당신을 위해 만드는 거니까 더 열심히 해야지."

조갯국이 완성되었고, 두 사람은 따뜻한 국을 맛보며 하루를 마무리했다. 바깥에서는 여전히 시애틀의 비가 내리고 있었지만, 그들은 호텔 안에서 따뜻한 국을 마시며 서로의 존재에 감사하고 있었다.

"이 국, 정말 맛있어요." 그녀가 감탄하며 말했다.

그는 만족스러운 미소를 지으며 대답했다.

"당신이 좋아하니까 다행이네. 앞으로도 내가 자주 해줄게."

그들은 그렇게 함께 국을 먹으며, 시애틀에서 하루를 행복하게 마무리했다.

다음날, 그들은 시애틀에서 아침 일찍 출발했다. 워싱턴주의 유명한 스키 리조트인 크리스탈 마운틴(Crystal Mountain)에 들렀다 가기로 했다. 이곳은 베이커-스노퀄미 국유림 안에 자리 잡고 있었다. 이곳은 워싱턴주에서 가장 큰 스키장으로, 겨울철이면 스키어들과 눈을 즐기려는 사람들로 가득하다. 그들은 시애틀에서 2번 도로(Highway 2)로 접어들며, 이번 여행이 얼마나 기억에 남을지 기대하고 있었다. 차를 타고 가는 길에 울창한 숲이 양옆으로 펼쳐졌다. 겨울의 차가운 공기가 차창 너머로 느껴졌고, 숲속으로 들어서자, 하늘에서는 천천히 눈이 내리기 시작했다. 그들이 베이커-스노퀄미 산맥의 한가운데로 들어갈 때쯤, 눈은 점점 더 거세게 쏟아지기 시작했다.

"이 눈, 정말 대단해요. 마치 그림 속에 있는 것 같아요." 그녀가 감탄하며 말했다.

"맞아. 오늘 하루 종일 눈 덮인 스키장에서 놀 수 있겠네." 그가 미소를 지으며 대답했다.

스키장에 도착하자, 눈은 이제 그들의 시야를 방해할 정도로 강하게 내리고 있었다. 하지만, 이내 눈이 조금씩 가늘어지더니, 차분하게 내리기 시작했다. 두 사람은 차에서 내리며 스키 장비 대신, 눈썰매를 선택하기로 했다.

크리스탈 마운틴의 썰매장에서는 많은 아이가 웃음소리를 내며 눈썰매를 타고 있었다. 그들은 두 개의 썰매를 빌려와 언덕 꼭대기로 올라갔다. 눈 덮인 경사에서 그들은 함께 썰매를 타고 내려왔고, 그 찬 바람에 얼굴이 얼어붙을 정도로 차가웠지만, 웃음은 끊이질 않았다.

"여기서 시간을 보내는 게 정말 좋아요. 눈이 이렇게 많이 내리는 날도 드문데, 오늘은 특별한 날이네요." 그녀가 말했다.

눈 속에서 하루는 즐거웠고, 그들은 어둠이 내리기 전에 스키장을 떠나기로 했다. 그들은 스키장에서 벗어나 90번 도로로 접어들었다. 이제 그들의 앞길은 멀었다. 차로 몇 시간을 동쪽으로만 달리며 그들은 도로 양옆으로 펼쳐진 광활한 설원을 바라보았다. 눈이 덮인 대지는 끝이 없는 듯이 이어졌고, 차창 밖으로 펼쳐진 풍경은 가끔 그들의 마음을 차분하게 해주었다.

"저 멀리까지 쭉 펼쳐진 설원이 정말 아름다워요. 이렇게 하얀 세상이 펼쳐지니, 마치 우리가 세상 끝에 와 있는 것 같아요." 그녀가 말했다.

"맞아, 이곳에서 평온함은 말로 다 표현할 수 없지. 자연이 얼마나 위대한지 다시금 느끼게 되는 것 같아." 그가 대답했다.

그들은 미국 북부를 가로지르는 90번 도로를 타고 동쪽으로 향했다. 이 도로는 미국을 횡단하는 주요 고속도로 중 하나로, 각기 다른 풍경과 분위기를 가진 수많은 작은 도시들을 연결하는 길이기도 했다. 차창 밖으로 펼쳐진 광활한 자연과 도시의 풍경을 감상하며, 그들은 중간중간 휴게소에 들러 따뜻한 커피를 마시며 몸을 녹였다. 밖의 기온은 점점 더 떨어지고 있었고, 차 안에 있어도 얼음처럼 차가운 공기가 느껴졌다. 이곳의 추위는 보통 겨울과는 달랐다. 기온은 영하 45도를 넘나들었고, 그 차가운 바람은 차 문을 열기조차 망설이게 했다.

"이렇게 추운 날씨는 정말 처음이에요. 추위를 싫어하는 나도 이 풍경은 놓치고 싶지 않네요." 그녀가 말하며 창밖을 내다보았다.

도로는 클리 엘럼(Cle Elum)이라는 작은 마을을 지났다. 이 도시는 석탄 채굴의 역사를 간직한 곳으로, 한때 번성했던 광업의 흔적이 곳곳에 남아 있었다. 비록 현재는 조용한 마을로 변했지만, 오래된 건물들과 소박한 거리는 여전히 과거의 이야기를 전하고 있었다. 클리 엘럼의 작은 식당에서 커피 한 잔을 마시며 그들은 이 도시에 머물렀던 시간이 오랜 역사 속 한 조각임을 느꼈다.

다음으로 그들은 엘렌스버그(Ellensburg)를 지나쳤다. 이 도시는 19세기 후반에 설립된 곳으로, 독특한 건축 양식을 자랑하는 거리가 매력적이었다. 오래된 벽돌 건물과 작은 상점들이 늘어서 있는 엘렌스버그의 도심은 마치 시간이 멈춘 듯한 고요함을 주었고, 그곳의 주민들은 모두 느긋하고 여유로워 보였다. 이 도시는 그들이 그동안 지나쳐왔던 곳들과는 또 다른 분위기를 풍겼다. 현대적인 번잡함에서 벗어나 전통과 지역 사회의 따뜻함이 스며들어 있는 느낌이었다.

고속도로를 계속 따라가며 그들은 워싱턴주를 넘어 아이다호주로 진입했다. 도로를 달리던 그들은 쿠틀레네(Kootenai) 호수 근처에 다다랐다. 맑고 청명한 물이 한눈에 들어오는 이곳의 풍경은 정말이지 숨이 멎을 만큼 아름다웠다. 차창 밖으로 보이는 푸른 호수와 그 주변을 둘러싼 울창한 산림은 마치 그림 같은 풍경을 자아내고 있었다. 그들은 더 이상 이곳을 그냥 지나칠 수 없다는 생각에 차를 세우고 호수 주변을 산책하기로 했다.

“정말 아름답다.” 그녀가 말을 꺼냈다.

"여기 이름이 쿠틀레네라는데, 무슨 의미일까? 왜 이 호수와 마을에 그런 이름이 붙었지?"

그는 미소를 지으며 호수를 바라보았다.

"쿠틀레네는 사실 이 지역에 살았던 원주민 부족의 이름이야. 그들이 이 땅에서 오랫동안 살아왔고, 그들의 전통과 역사가 이곳에 깊이 스며들어 있지. 이 부족 이름을 따서 호수와 마을이 이름 붙여졌지."

그녀는 호수의 맑은 물을 바라보며 잠시 생각에 잠긴 후 말했다.

"그럼, 그들의 역사도 꽤 흥미로울 것 같아. 어떻게 이런 아름다운 곳에 정착하게 되었는지 궁금하네."

그는 고개를 끄덕이며 이어서 설명했다.

"쿠틀레네 부족은 오래전부터 이 지역에 정착해 살아왔어. 주로 사냥과 낚시로 생계를 이어갔는데, 이 호수와 주변 자연이 그들에게 풍부한 자원을 제공해 주었지. 그런데 이 부족과 관련된 가장 유명한 이야기는 바로 서부 개척 시대의 이야기야. 그때 한 인디언 여자가 서부로 개척을 나선 백인 무리에게 길을 안내해 준 일이 있었어."

그녀는 그 이야기에 흥미를 보이며 물었다.

"인디언 여자가 백인들을 도와줬다고? 서부 개척 시대라면 그 당시 백인들과 원주민들 사이에 갈등이 심했을 텐데, 왜 도와줬지?"

그는 미소를 지으며 대답했다.

"맞아, 그때는 백인과 원주민 사이의 관계가 그리 좋지 않았어. 하지만, 이 인디언 여자는 특별했지. 그녀의 이름은 알려지지 않았지만, 백인 무리 중 몇몇이 기록한 이야기에는 그녀가 용감하고 지혜로운 여성으로 묘사되고 있어. 그녀는 서부로 이동하는 동안 길을 잃은 백인 무리에게 길을 안내해 줬어. 그 무리는 이 지역의 험난한 지형 때문에 생명의 위협을 받던 상황이었고, 그녀의 도움이 아니었다면 아마 많은 사람이 목숨을 잃었을 거야."

그녀는 그의 설명을 듣고 고개를 끄덕이며 말했다.

"그렇구나. 그 인디언 여자가 그들에게 길을 안내해 준 덕분에 그들은 서부로 무사히 갈 수 있었고, 그 과정에서 이 지역의 아름다움과 자원을 알게 되었겠네."

그는 다시 한번 고개를 끄덕였다.

"맞아. 그 사건 이후로 백인들이 이곳의 풍부한 자원을 알게 되었고, 서부 개척이 본격화되면서 이 지역도 개발되기 시작했지. 하지만 그 과정에서 원주민들은 자신들의 터전을 빼앗기고 삶이 힘들어지기도 했어. 그 인디언 여자는 백인들을 도운 것이 결국 자기 부족의 어려움을 초래할 것이라고는 생각하지 못했을 거야."

그녀는 한동안 말없이 호수를 바라보았다.

"참 복잡한 이야기네. 도움을 준 것이 결국 자신에게 해가 될 수도 있다는 걸 모르는 상황에서, 그녀는 그저 선의를 베푼 거잖아. 하지만 그런 이야기가 이곳의 역사에 담겨 있다니… 이 마을과 호수가 더 특별하게 느껴져."

그는 고개를 끄덕였다.

"그래, 쿠틀레네라는 이름 자체가 이 부족의 역사와 문화를 기리는 이름이야. 그들의 이름이 영원히 이곳에 남아 있는 거지."

그들은 호수 주변을 산책하며 조용한 시간을 보냈다. 도시의 소음과 복잡함에서 벗어난 이곳에서 그들은 평온함을 만끽했다. 그러나 시간이 흐르자 차가운 바람이 불어오기 시작했고, 그녀는 몸을 움츠렸다.

"이제 조금 추워지기 시작하네." 그녀가 말했다.

그는 그녀를 보고 말했다.

"그럼, 이 근처에 따뜻한 옷을 파는 곳이 있을지 찾아보자."

잠시 후 그들은 근처 마을에 있는 작은 상점에 도착했다. 그 상점의 이름은 'Goodwill'이었다. 그들은 가게에 들어섰다. 매장 입구에서 쏟아지는 다양한 중고 의류 속에서 그녀는 호기심 가득한 표정으로 옷걸이들을 구경했다.

"오늘은 뭐를 사야 할까?" 그녀가 장난스럽게 물었다.

그는 미소를 지으며 대답했다.

"음, 추워지니까 따뜻한 코트 하나 있으면 좋겠지?"

그녀는 코트들이 걸려 있는 곳으로 걸어갔다. 다양한 스타일의 코트들 사이에서 손가락을 휘저으며 보던 중, 그녀의 눈길을 사로잡은 것은 회색 양털 코트였다. 그녀의 키에 비해 다소 길어 보였지만, 묘하게 매력적이었다.

"이거 어때? 나한테 너무 긴가?" 그녀가 코트를 들고 그에게 보여주었다.

그는 잠시 코트를 바라보더니 고개를 끄덕였다.

"조금 긴 것 같긴 한데, 그런 스타일도 멋있어 보일 수 있어. 한번 입어봐."

그녀는 거울 앞에 서서 회색 양털 코트를 조심스레 입어 보았다. 코트는 그녀의 발목 아래까지 내려왔고, 양털이 두툼하게 그녀를 감싸주었다. 거울을 본 그녀는 자신도 모르게 미소를 지었다.

"이거 엄청 따뜻한데? 마치 내가 작은 회색 담요를 입고 다니는 것 같아."

그는 웃으며 그녀를 바라보았다.

"담요? 이건 겨울이 너를 절대 이길 수 없을 것 같은데."

그녀는 코트 속에서 몸을 돌리며 장난스럽게 말했다.

"그럼, 이걸 입고 있으면 내가 북극에 가도 문제없겠어! 북극곰이랑 친구가 될 수 있을지도 몰라."

그는 웃으며 고개를 끄덕였다.

"응, 그런 긴 코트면 북극의 추위도 문제없을 거야."

그녀는 코트를 벗지 않고 계산대로 걸어갔다. 계산대 직원이 코트를 보며 말했다.

"와, 그 코트 정말 멋지네요! 잘 어울리세요."

그녀는 환하게 웃으며 말했다.

"그렇죠? 이 코트 덕분에 나는 추위를 전혀 느낄 수 없을 것 같아요."

직원도 미소를 지으며 "그 코트면 북극도 문제없겠네요. 정말 따뜻해 보이네요"라고 말했다.

그녀는 코트를 다시 한번 만져보며 기분 좋게 대답했다.

"이제 겨울이 아무리 추워도 걱정 없을 것 같아요. 완벽한 선택이네요!"

"응, 정말 마음에 들어. 여기서 따뜻한 코트를 구하다니, 운이 좋아."

그들은 코트를 산 후 상점을 나섰다. 밖은 여전히 차가운 바람이 불고 있었지만, 그녀는 이제 따뜻한 코트 덕분에 한결 편안하게 여행을 계속할 수 있었다. 다시 차에 올라 달리며, 그들은 몬태나주로 접어들었다. 90번 도로를 따라 펼쳐진 광활한 들판과 거대한 산맥은 몬태나가 '큰 하늘의 나라'라고 불리는 이유를 실감하게 했다. 몬태나의 작은 도시들, 특히 빌링스(Billings)와 보즈먼(Bozeman)을 지나며 그들은 서부 개척 시대의 흔적을 곳곳에서 발견할 수 있었다. 특히 보즈먼은 아름다운 자연경관과 활기찬 대학 도시의 분위기를 동시에 지니고 있어, 짧은 시간이었지만 그들의 마음속에 깊은 인상을 남겼다. 보즈먼의 중심가를 지나며 그들은 이곳의 활기찬 에너지를 느낄 수 있었다.

몬태나의 광활한 대지를 뒤로하고, 그들은 계속해서 동쪽으로 달렸다. 이제 여행의 절반을 넘어선 그들은 사우스다코타에 도착했다. 이곳은 또 다른 색다른 풍경을 제공했다. 사우스다코타의 평원과 언덕을 지나며, 그들은 바드랜즈 국립공원(Badlands National Park)의 놀라운 지형을 감상했다. 붉은 흙으로 이루어진 협곡과 기괴한 바위 형성물들이 마치 다른 행성에 와 있는 듯한 느낌을 주었다. 이곳에서 그들은 차를 잠시 세우고 광활한 대지를 둘러보며 이 대자연의 웅장함에 감탄했다.

다시 길을 떠나면서 그들은 사우스다코타의 작은 마을들을 지나갔다. 특히 미첼(Mitchell)이라는 작은 마을이 그들의 눈길을 끌었다. 이곳은 '콘 팰리스(Corn Palace)'라는 독특한 건축물로 유명했다. 매년 가을마다 콘으로 외벽을 장식하는 이 건물은 마을의 자랑이었고, 그들은 이 독특한 광경을 보며 여행의 즐거움을 더했다.

식사를 마친 후, 그들은 다시 길을 떠났다. 차는 노스다코다 주를 넘으며 거대한 평원을 가로지르고 있었다. 도로 양옆은 여전히 눈으로 덮여 있었고, 그들은 한참 동안 아무도 없는 길을 달리며 조용한 시간을 보냈다. 그 추위 속에서도 그들은 서로에게 기대며 따뜻함을 느꼈다. 그들은 며칠 동안 여러 개의 작은 도시에 지나며 작은 도시들마다의 아름다운 풍경들을 보며, 드디어 미네소타주 미니애폴리스(Minneapolis)에 도착했다. 이 도시는 그들이 지나온 광활한 대지와는 또 다른 모습으로 그들을 맞이했다. 차가운 날씨 속에서도 미니애폴리스는 활기찬 도시였고, 그들은 이곳에서 하루를 마무리하기로 했다.

그들이 미니애폴리스의 호텔에 도착했을 때는 자정을 훌쩍 넘겨 새벽 2시를 넘기고 있었다. 그녀는 미리 호텔에 연락해 늦은 도착 시간을 알렸고, 호텔 측은 흔쾌히 이를 수용하며 그들의 도착을 기다리고 있었다. 이 호텔은 유서 깊은 곳으로 알려져 있었고, 그들의 도착 시간에 맞춰 모든 준비가 완벽히 되어 있었다. 그들은 장시간의 여행 끝에 호텔에 들어섰을 때, 친절한 직원이 따뜻하게 맞이해 주었다.

호텔의 서비스는 그들이 경험했던 일반적인 서비스와는 달랐다. 늦은 시간임에도 불구하고 호텔은 그들의 피곤함을 배려하여 신속하고도 세심하게 체크인을 도와주었다. 일반적인 호텔에서는 자정이 넘으면 제한된 서비스만 제공되는 경우가 많지만, 이 호텔에서는 마치 그들이 주인공인 것처럼 모든 것이 준비되어 있었다. 방에 들어섰을 때는 이미 온도가 적당히 조절되어 있었고, 편안한 침대가 그들을 기다리고 있었다. 방 안의 가구 배치부터 작은 디테일까지, 모든 것이 그들의 안락함을 고려한 세심한 터치로 가득했다. 창문 밖으로 가로등 불빛이 나뭇가지에 반사되어 기묘한 그림자를 드리웠지만, 방 안은 포근하고 안전한 느낌을 주었다. 무엇보다도 이 호텔의 서비스는 일반적인 서비스의 수준을 뛰어넘었다. 여행의 피로를 씻어내는 듯한 환대와, 필요한 것이 있으면 언제든지 도움을 줄 준비가 되어 있는 직원들의 따뜻한 미소가 그들에게 특별한 인상을 남겼다.

그들은 호텔의 편안한 침대에 누워 그날의 여행을 되새기며 미니애폴리스의 밤을 조용히 맞이했다. 눈 덮인 평원을 달리고, 휴게소에서 따뜻한 커피 한 잔을 즐기며 느꼈던 순간들이 머릿속에 스치며, 그들에게 또 하나의 소중한 추억이 되었다. 다음날 다시 길을 떠날 준비를 하며, 그들은 호텔에서 받은 따뜻한 환대와 편안함을 마음속에 새기고 있었다.

그들과 그녀는 미니애폴리스를 떠나 밀워키와 시카고로 향하는 긴 여행을 시작했다. 눈 덮인 평원을 지나며 차창 밖의 광활한 풍경이 서서히 지나가는 동안, 그들은 미니애폴리스의 과거와 그 도시가 어떻게 발전해 왔는지에 관해 이야기를 나누기 시작했다. 미니애폴리스(Minneapolis)라는 이름은 '미니'라는 단어가 다코타족 원주민 언어에서 유래한 '물'을 뜻하는 단어와, 그리스어로 '도시'를 의미하는 '폴리스'가 결합한 것이다. 즉, 미니애폴리스는 '물의 도시'라는 의미를 담고 있다. 이 도시는 미시시피강과 맞닿아 있는 지리적 이점을 활용하여 초기 산업화가 이루어졌으며, 19세기 후반부터 미국의 주요 제분 산업의 중심지로 떠올랐다. 미니애폴리스는 한때 세계 최대의 밀가루 제분 도시였으며, 이는 도시 발전에 크게 이바지했다. 수많은 방앗간이 강을 따라 세워졌고, 이 지역은 번영의 중심지가 되었다. 미니애폴리스는 다양한 문화와 인종이 어우러진 도시로 발전했고, 특히 이민자들이 도시 발전에 중요한 역할을 했다. 스칸디나비아, 독일, 아프리카계 미국인들이 대거 이주하여 도시의 문화적 다양성을 더했다. 오늘날 미니애폴리스는 예술과 문화의 중심지로서 워커 아트 센터(Walker Art Center)와 미니애폴리스 인스티튜트 오브 아트(Minneapolis Institute of Art)와 같은 세계적인 예술 기관들을 자랑하고 있다.

그들은 워커 아트 센터(Walker Art Center)를 산책하며 그 유명한 스푼과 체리(Spoonbridge and Cherry) 조각상을 감상하고 있었다. 미니애폴리스에 있는 이 조각은 거대한 은색 스푼 위에 앉은 붉은 체리가 특징으로, 공원의 상징적인 작품이었다. 그 체리는 마치 방울처럼 맑은 물방울을 담고 있었고, 사람들이 그 주위에서 사진을 찍는 모습을 쉽게 볼 수 있었다. 공원을 둘러보던 중, 그는 옆의 작은 식물원을 발견하고 그녀와 함께 걸어 들어갔다.

식물원의 유리 돔 아래에서 그들은 다양한 식물들 사이를 걷기 시작했다. 자연의 푸르름과 향기가 코끝을 자극하며 기분 좋은 휴식의 시간을 주고 있었다. 그때 그들의 눈에 한 가족이 들어왔다. 3살쯤 되어 보이는 귀여운 쌍둥이 여자아이들이 잔디 위에서 엄마 곁을 졸졸 따라다니며 놀고 있었다. 하얀 원피스를 입은 쌍둥이들은 마치 작은 인형처럼 사랑스러워 보였다.

그는 미소를 지으며 그녀에게 말을 걸었다.

"쌍둥이, 너무 귀엽지 않아? 나 쌍둥이 참 좋아해."

그녀는 살짝 웃으며 아이들을 바라보았다.

"정말 귀엽네. 저런 아이들이 있으면 얼마나 행복할까?"

그는 장난기 가득한 얼굴로 말했다.

"그럼, 한번 안아보는 건 어때? 저 아이 엄마에게 물어볼까?"

그녀는 깜짝 놀라며 손을 휘저었다.

"에이, 그건 좀 부끄러워. 내가 왜 아이들을 안아보겠어?"

하지만 그는 이미 행동에 옮기고 있었다. 그는 쌍둥이들의 엄마로 보이는 백인 여인에게 다가가서 공손히 물었다.

"실례지만, 저희가 아이들이 너무 귀여워서 그러는데, 잠깐 안아봐도 될까요?"

아이들의 엄마는 살짝 놀란 표정을 짓다가 웃으며 말했다.

"아, 물론이죠. 애들이 낯을 좀 가리긴 하지만 괜찮을 거예요."

허락을 받은 그는 흥분한 표정으로 그녀에게 돌아와 말했다.

"됐어! 안아봐도 된대. 가서 안아봐."

그녀는 머뭇거리며 아이들에게 다가갔다. 쌍둥이들은 그녀가 조심스레 손을 내밀자, 그녀에게 다가왔다. 그녀는 한 아이를 품에 안았고, 또 다른 아이도 그녀의 다리 옆에 붙어 고개를 갸웃거렸다. 그 순간 그녀는 마치 자신이 쌍둥이의 엄마가 된 듯한 느낌을 받았다. 작은 손들이 그녀의 옷깃을 잡고, 따뜻한 체온이 느껴지는 순간은 신비로웠다.

그는 그 모습을 사진으로 찍으며 크게 웃었다.

"와, 너 정말 엄마처럼 보인다. 쌍둥이 엄마!"

그녀는 웃으며 말했다.

"이거 정말 이상한 기분이야. 너무 사랑스럽고… 그런데 왜 내가 쌍둥이 엄마처럼 보인다는 거야?"

그녀는 장난스럽게 눈을 깜빡이며 말했다.

"뭐, 곧 될지도 모르지. 쌍둥이를 낳는 건 생각보다 쉬울지도 몰라. 한번 시도해 볼까?"

그녀는 쌍둥이들을 다시 엄마에게 돌려주며 미소를 지었다.

"아이들이 정말 착하고 귀엽네. 나중에 이런 순간을 다시 한번 느낄 수 있다면 좋겠어."

그들은 미니애폴리스를 떠나기 전, 중앙 광장(Central Plaza)에 있는 타워에 올라 도시를 내려다보기로 했다. 이 타워는 미니애폴리스의 전경을 한눈에 내려다볼 수 있는 명소로, 방문객들에게는 도시의 독특한 스카이라인을 감상할 기회를 제공했다. 타워에 올라가자, 그들 앞에는 미시시피강이 흐르는 아름다운 풍경이 펼쳐졌다. 강을 따라 자리 잡은 공장들과 현대적인 건물들이 조화롭게 어우러져 있었고, 멀리 보이는 미니애폴리스의 상징적인 건축물들이 그들의 시선을 사로잡았다.

"도시가 이렇게 높은 곳에서 보니 완전히 다르게 느껴지네요. 역사의 흔적들과 현대적인 건축물들이 함께 어우러진 모습이 정말 인상적이에요." 그녀가 말했다.

그는 고개를 끄덕이며 말했다.

"맞아. 이 도시는 과거와 현재가 멋지게 공존하는 곳이야. 제분 산업으로 시작된 작은 도시가 이렇게 거대해졌다는 게 놀랍지 않아?"

그들은 타워 꼭대기에서 미니애폴리스의 전경을 감상하며 이 도시가 걸어온 역사를 다시 한번 되새겼다. 눈 덮인 대지와 미시시피강의 얼어붙은 물결, 그리고 도시의 스카이라인은 그들에게 또 다른 감동을 안겨주었다.

미니애폴리스를 떠난 후, 그들의 다음 목적지는 밀워키(Milwaukee)였다. 밀워키로 가는 길은 광활한 평원이 이어졌고, 차 안에서 그들은 눈 덮인 대지를 바라보며 차분한 대화를 나누었다. 밀워키는 미국 위스콘신주에서 가장 큰 도시로, 오랜 역사를 자랑하며 특히 맥주 산업으로 유명하다. 19세기 중반 독일 이민자들이 대거 밀워키에 정착하면서, 이곳은 미국 내 맥주의 중심지로 자리 잡았다. 밀워키에 도착하자, 그들은 먼저 유명한 현지 식당을 찾기로 했다. 이곳은 다양한 나라에서 온 관광객들이 자주 방문하는 곳으로, 특히 벽면에 붙어 있는 사진들이 유명했다. 각국의 관광객들이 식당 주인과 함께 찍은 사진들이 벽을 장식하고 있었고, 이는 이 식당의 독특한 분위기를 만들어주고 있었다.

그들이 찾아간 식당은 밀워키의 대표적인 전통 요리를 제공하는 곳이었다. 메뉴판에는 브랫부르스트(Bratwurst), 맥주 치즈 수프 등 현지 특산 요리들이 적혀 있었고, 그들은 배를 채울 준비를 했다. 벽에는 각 나라에서 온 손님들의 사진들이 가득했으며, 식당 주인은 그들과 이야기하며 즉석에서 사진을 찍고 벽에 붙여주는 특별한 전통을 이어가고 있었다. 그들은 식사를 마친 후 식당 주인과 대화를 나누었다.

"이곳에서 이렇게 많은 사람들의 추억이 담긴 사진을 볼 수 있어서 정말 놀랍네요."

그녀가 말했다.

식당 주인은 미소를 지으며 대답했다.

"맞아요, 이 사진들은 저희 식당의 자랑이에요. 전 세계에서 온 손님들이 이곳에서 식사하며 저와 함께 추억을 만들었죠. 사진을 찍어드릴까요?"

그들은 흔쾌히 사진을 찍기로 했다. 주인은 즉석에서 사진을 찍어주었고, 그들은 그 사진을 직접 벽에 붙이는 과정에 참여했다. 그 순간, 그들도 이곳의 일부분이 되어 여행의 특별한 추억을 남길 수 있었다.

"이렇게 우리도 이 식당 역사의 한 조각이 된 것 같아 기쁘네요." 그가 말했다.

그들은 밀워키에서 시간을 보내며 다양한 사람들과 이야기를 나누었고, 이 도시의 따뜻한 환대에 감동했다.

밀워키에서 그들은 다시 시카고(Chicago)로 향했다. 시카고는 미국 중서부의 경제와 문화의 중심지로, 건축과 음악, 음식 등 다양한 분야에서 독특한 매력을 지닌 곳이다. 차가 시카고에 가까워질수록, 그들은 거대한 시카고 스카이라인을 바라보며 흥분을 감추지 못했다. 특히, 시카고의 상징적인 윌리스 타워(Willis Tower)와 존 핸콕 센터(John Hancock Center)가 그들 눈앞에 나타나자, 도시의 위용을 실감할 수 있었다. 그들은 차에서 내려 도시를 걸으며, 한때 미국의 철도 교통의 중심지로서 번영했던 시카고의 역사적 흔적들을 느꼈다.

도시에 들어서자, 그들은 시카고의 번화한 거리를 걸으며 다양한 문화와 예술을 즐겼다. 시카고는 또한 블루스 음악의 발상지로 유명하며, 그들은 거리의 공연과 라이브 클럽에서 흘러나오는 음악에 귀를 기울였다.

"이 도시, 정말 멋지네요. 이렇게 많은 역사와 문화가 함께 있는 곳이라니."

그녀가 감탄하며 말했다.

"맞아, 시카고는 그냥 큰 도시가 아니라, 미국의 역사가 그대로 숨쉬는 곳이지. 오늘 밤엔 시카고 피자도 먹어봐야 할 것 같아." 그가 웃으며 대답했다.

그들은 시카고에 도착한 후 호텔에 간단히 짐을 정리한 후, 저녁으로 유명한 시카고 딥디쉬 피자를 먹기로 했다. 그들이 선택한 곳은 시카고에서 전통적인 딥디쉬 피자를 제공하는 Lou Malnati's Pizzeria였다. 이 피자집은 시카고를 방문하는 누구나 한 번쯤은 꼭 들려야 할 명소로 알려져 있다.

호텔을 나서며 저녁 하늘이 어둑해지기 시작했다. 시카고 도심을 가로질러 걸으며, 그들은 이 도시의 활기찬 분위기와 바쁜 거리를 즐겼다. Lou Malnati's는 겉으로 보기에 소박하고 오래된 느낌이 드는 좁은 입구를 가지고 있었다. 하지만 문을 열고 들어가자, 그들을 맞이한 것은 따뜻하고 아늑한 분위기의 실내였다. 벽에는 시카고의 역사를 상징하는 사진들과 다양한 피자 관련 포스터들이 걸려 있었고, 붉은 벽돌 인테리어가 식당의 전통적이고 고풍스러운 매력을 더해주고 있었다.

그들은 자리에 앉아 메뉴를 펼쳤다. 두툼한 피자도우에 풍부한 치즈와 소스, 그리고 가득 얹은 토핑이 특징인 클래식한 시카고 스타일 딥디쉬 피자를 주문하기로 했다. 신선한 토마토소스와 이탈리아 소시지, 두툼한 모차렐라 치즈가 얹힌 피자는 상상만으로도 입에 군침이 돌았다.

"이 피자는 정말 특별해 보이네요. 시카고 피자는 이렇게 두꺼운 게 매력이죠." 그가 말했다.

그녀도 동의하며 말했다.

"맞아요. 얇은 피자와는 완전히 다르죠. 이곳에서만 경험할 수 있는 독특한 맛일 거예요."

잠시 후, 그들의 테이블에 주문한 피자가 도착했다. 커다란 피자 팬에 담겨 나온 딥디쉬 피자는 그 크기와 비주얼만으로도 놀라웠다. 노릇노릇하게 구워진 치즈와 신선한 토마토소스, 가득 올려진 소시지가 피자 위를 장식하고 있었다. 그들은 각자의 접시에 조심스럽게 피자를 덜어내며, 첫 조각을 입에 넣었다. 치즈는 쭉쭉 늘어났고, 바삭한 도우의 끝과 부드럽고 진한 토핑이 절묘한 조화를 이루었다. 피자의 짭짤함과 신선한 재료들이 입안 가득 퍼지며, 그들은 만족스러운 미소를 지었다.

"이게 바로 시카고 딥디쉬 피자네요. 정말 기대 이상이에요!" 그녀가 감탄하며 말했다.

그가 고개를 끄덕이며 대답했다.

"맞아. 이 피자는 정말 독특해. 딱 적당히 바삭한 도우에 치즈와 토핑이 완벽하게 어우러져 있네."

식당 안은 따뜻하고 아늑한 분위기 속에서 피자를 즐기는 사람들로 가득했다. 그들 옆 테이블에는 이탈리아에서 온 여행객들이 앉아 있었다. 그들은 서로 피자를 나누며 이야기를 나누고 있었다. 한 이탈리아 여행객이 그들에게 말을 걸었다.

“안녕하세요, 저희는 이탈리아에서 왔어요. 시카고에서 이 피자를 먹는 게 정말 특별한 경험이라고 해서 왔죠. 어떠세요? 맛있나요?”

그녀는 웃으며 대답했다.

“정말 맛있어요! 이탈리아 피자와는 다르겠지만, 나름대로 매력이 있어요.”

이탈리아 여행객은 고개를 끄덕이며 말했다.

“맞아요, 이탈리아 피자는 주로 얇고 간단하지만, 시카고 피자는 정말 풍부하고 무게감이 있네요. 이곳의 치즈가 이렇게 두껍고 풍부하게 들어간 게 인상적이에요.”

그들은 시카고의 딥디쉬 피자와 이탈리아 피자의 차이점에 관해 이야기를 나누기 시작했다. 이탈리아에서는 얇고 크리스피한 도우가 주를 이루지만, 시카고 피자는 두툼한 도우에 무거운 토핑과 치즈가 특징이었다. 이탈리아 여행객은 피자를 얇게 먹는 것이 이탈리아의 전통이라고 설명하면서도, 시카고 스타일 피자도 매우 인상적이라고 평했다.

“이탈리아 피자와는 또 다른 매력이 있죠. 이렇게 다양한 피자를 경험할 수 있다는 게 참 재미있어요.” 그가 말했다.

이탈리아 여행객과의 대화를 나누며, 그들은 서로의 문화와 음식을 공유할 수 있다는 것에 즐거움을 느꼈다. 대화를 마친 후, 그들은 함께 사진을 찍기로 했다. 식당 주인은 그들의 사진을 찍어 주었다.

피자로 저녁 식사를 마친 후, 그들은 시카고의 밤거리를 걸었다. 차가운 바람이 불었지만, 그들의 마음은 피자와 새로운 인연 덕분에 따뜻했다. 빌딩 사이로 보이는 도시의 야경은 여전히 활기차고 아름다웠다.

"시카고는 정말 멋진 도시네요. 낮과 밤의 분위기가 완전히 다르지만, 두 가지 모두 매력이 있어요." 그녀가 말했다.

그는 그녀의 손을 잡으며 말했다.

"그래, 이 도시는 항상 에너지가 넘쳐. 오늘 이곳에서 경험한 것들이 나중에도 계속 기억에 남을 것 같아."

그들은 호텔로 돌아가는 길에 그날의 추억을 떠올리며, 시카고의 활기찬 밤을 마주했다. 시카고는 그들에게 새로운 모험과 맛, 그리고 사람들과의 특별한 인연을 선사한 도시였다.

다음 날 아침 그들은 조금 일찍 일어났다. 호텔에서 간단한 식사를 마친 그들은 도시 도시의 활기찬 분위기에 휩싸였다. 바람의 도시로 불리는 시카고는 그들을 새로운 모험으로 이끌었다. 그들은 시카고 강 건축물 보트 투어를 하기로 했다. 이 투어는 시카고의 유명한 건축물들을 강 위에서 감상할 수 있는 인기 있는 프로그램이다. 보트에 올라타자, 가이드가 미소를 지으며 그들을 맞이했다. 보트가 천천히 강을 따라 움직이기 시작하자, 양옆으로는 시카고의 상징적인 건축물들이 펼쳐졌다. 윌리스 타워(Willis Tower), 트리뷴 타워(Tribune Tower), 존 핸콕 센터(John Hancock Center) 등 고층 빌딩들이 하늘을 찌를 듯이 솟아 있었다.

가이드는 각 건축물의 역사와 건축 양식에 관해 자세히 설명해 주었다. "저 건물은 아르데코 양식으로 지어졌으며, 1920년대 시카고의 번영을 상징합니다." 그의 설명을 들으며 그들은 시카고의 역사와 문화에 관해 깊이 있게 이해할 수 있었다. 보트 투어는 약 90분 동안 진행되었고, 그들은 시카고의 아름다운 스카이라인을 감상하며 즐겁게 지냈다. 햇살에 반짝이는 건물들의 유리창과 강물에 비친 도시의 모습은 마치 그림 같은 풍경을 만들어냈다.

투어를 마친 후, 그들은 필드 자연사 박물관(Field Museum)으로 향했다. 이 박물관은 세계적으로 유명한 자연사 박물관으로, 다양한 유물과 전시물로 가득했다. 특히 가장 완벽한 형태로 남아 있는 티라노사우르스 렉스 화석인 '수(SUE)'가 전시되어 있어 많은 이들의 관심을 끌었다. 박물관을 둘러보고 나오던 중, 그들은 박물관 벽에 붙어 있는 독특한 돌들을 발견했다. 그것은 전 세계의 주요 지역에서 가져온 돌이나 역사 유적의 일부를 박물관의 벽에 박아 놓은 것이었다.

"여기 봐요, 이건 이집트에서 가져온 피라미드의 일부래요." 그녀가 말했다.

"정말 대단하네. 그러면 한국의 유물도 있을까?"

그가 호기심에 가득 차 대답했다.

하지만 아쉽게도 한국의 유물은 찾을 수 없었다. 대신 그들은 중국에서 가져온 유물을 발견했다. 그것은 중국의 오래된 사원에서 가져온 돌 조각이었다.

"비록 한국의 유물은 없지만, 이렇게 아시아의 유물을 보니 반갑네요." 그녀가 말했다.

그들은 도시 곳곳에 설치된 예술 작품들을 감상하며 거리를 걸었다. 그러던 중 'Great Migration Monument'를 보게 되었다. 이 동상은 20세기 초 아프리카계 미국인들의 대이동을 기념하는 작품으로, 여행 가방을 들고 있는 남성의 모습이 인상적이었다.

"이 동상은 남부에서 북부로 이주한 아프리카계 미국인들의 희망과 용기를 상징한다고 해요." 그녀가 설명했다.

"그들의 역사를 이렇게 기념하는 것이 정말 의미 있는 것 같아요. 우리의 역사도 더 많이 알려졌으면 좋겠네요." 그가 동의했다.

그들은 그 거대한 동상 앞에서 사진 한 장을 남겼다.

길을 걷다가 그들은 알록달록한 소 조각상을 발견했다. 그것은 바로 시카고의 유명한 예술 프로젝트인 'Cows on Parade'의 일부였다.

"이 프로젝트는 1999년에 시작되었는데, 다양한 예술가들이 소 조각상을 꾸며 도시 곳곳에 전시했대요." 그녀가 말했다.

"정말 독특한 아이디어네요. 도시를 더욱 활기차게 만들어주는 것 같아요." 그가 감탄했다.

그들은 소 동상 앞에서 사진을 찍으며 즐겁게 지냈다. 각각의 소는 독특한 디자인과 색상으로 꾸며져 있어 보는 재미가 있었다. 하루가 저물어 갈 때쯤, 그들은 허쉬 초콜릿 기념품점에 들렀다. 초콜릿의 달콤한 향기가 가게 안을 가득 채우고 있었다. 그들은 다양한 초콜릿 제품들을 구경하다가, 자신들의 사진을 초콜릿 포장지에 인쇄해 주는 서비스를 발견했다.

"우리 사진을 초콜릿에 담아볼까요?" 그녀가 제안했다.

“좋은 생각이에요! 여행의 추억으로 간직하기 딱 맞네요.” 그가 대답했다.

그들은 기념으로 사진이 담긴 초콜릿을 만들었고, 이를 들고 사진도 찍었다. 가게 직원은 친절하게도 그들에게 여러 가지 포즈를 추천해 주며 사진 촬영을 도와주었다.

“이 초콜릿을 보면 오늘 하루가 떠오를 것 같아요.” 그녀가 웃으며 말했다.

“맞아요. 달콤한 추억이 될 거예요.” 그가 응수했다.

그렇게 그들은 시카고에서 하루를 풍성하게 보냈다. 건축물 보트 투어로 시작된 그들의 여행은 박물관에서 문화 탐방, 거리의 예술 작품 감상, 그리고 달콤한 초콜릿으로 마무리되었다. 도시의 다양한 면모를 경험하며, 그들은 시카고의 매력에 흠뻑 빠져들었다. 호텔로 돌아오는 길, 그들은 오늘의 경험을 되새기며 서로의 손을 꼭 잡았다.

“오늘 정말 즐거웠어요. 시카고는 정말 특별한 도시인 것 같아요.” 그녀가 말했다.

그는 고개를 끄덕이며 대답했다.

“맞아요. 이렇게 많은 것을 보고 느낄 수 있어서 행복해요.”

그들은 그렇게 시카고의 밤하늘 아래에서 내일을 기약하며 하루를 마무리했다.

다음 날 아침, 그들은 시카고에서 마지막 시간을 여유롭게 보내기로 했다. 호텔 체크아웃 시간이 다가왔을 때까지도 그들은 서둘지 않기로 했다. 창밖으로는 여전히 시카고의 스카이라인이 펼쳐져 있었고, 그들은 이 도시에 대한 마지막 인사를 나누기 위해 호텔 주변을 천천히 산책했다. 짧은 산책 후, 그들은 호텔로 돌아와 마지막으로 짐을 정리하고 체크아웃을 마쳤다.

시카고를 떠나기 전, 그들은 호수 근처의 도로를 따라 천천히 드라이브를 즐기기로 했다. 미시간 호수(Lake Michigan)는 도시의 동쪽 경계를 따라 펼쳐져 있었고, 그 도로는 시카고의 또 다른 아름다운 모습을 보여주었다. 바람이 불어오는 호숫가를 따라 도로를 달리며, 그들은 도시의 분주함에서 벗어나 조금 더 여유로운 풍경을 즐길 수 있었다.

"이 호수는 바다처럼 보이네요. 끝이 보이지 않아요." 그녀가 창밖을 바라보며 말했다.

그는 미소 지으며 대답했다.

"그래, 미시간 호수는 정말 거대하지. 도시와 자연이 이렇게 가까이 붙어있는 게 시카고의 또 다른 매력이야."

그들은 천천히 도로를 따라 남쪽으로 달리기 시작했다. 주변의 경치는 고요하고 평화로웠고, 여전히 가을의 흔적이 남아 있는 나무들이 그들에게 손짓하는 듯했다. 시카고를 뒤로한 그들의 이제 또 다른 도시, 디트로이트(Detroit)를 향하고 있었다. 디트로이트는 한때 미국 자동차 산업의 중심지였으며, 포드, GM, 크라이슬러 같은 거대 자동차 회사들이 이곳에 본사를 두고 있었다.

길게 이어진 호숫가의 도로는 점점 더 황량한 풍경으로 변하기 시작했다. 디트로이트로 가까워질수록, 도시의 정적이 그들에게 스며들었다. 저녁 늦게 도착한 디트로이트는 생각보다 더 쓸쓸한 느낌을 주었다. 이 도시는 한때 산업의 중심지로 번영했지만, 지금은 도시의 몰락을 상징하는 장소가 되었다. 호텔에 도착한 그들은 짐을 풀고 창문 밖을 바라보았다. 저 멀리 디트로이트 청사가 보였고, 건물에 새겨진 하트 모양의 불빛이 어둠 속에서 희미하게 빛나고 있었다. 하지만 그 불빛조차도 어딘가 쓸쓸해 보였다. 도시는 한때의 영광을 간직한 채, 그저 조용히 그 자리를 지키고 있었다.

"디트로이트, 정말 많이 변했다고 하더군요. 자동차 산업의 황금기가 끝나면서 이 도시도 함께 사라져 버린 것 같아." 그가 말했다.

그녀는 고개를 끄덕이며 대답했다.

"네, 한때는 정말 활기찼던 곳이었겠죠. 하지만 이제는 거의 유령 도시처럼 변해 버린 것 같아요."

디트로이트의 변화는 도시 경제에 엄청난 충격을 주었고, 지역 경제의 몰락은 더 이상 막을 수 없는 현실이 되었다. 빈 건물들과 버려진 공장들이 도시 곳곳에 남아 있었다. 한때 자동차의 수도로 불리던 이 도시는 이제 쇠락의 상징이 되었다. 그들은 도시에 대한 안타까움과 함께, 이곳에서 살아가는 사람들에 대한 이야기를 나누었다.

"여기서 태어난 사람들은 어떻게 살고 있을까요?" 그녀가 물었다.

"많은 사람이 여기를 떠났다고 하더군. 특히 흑인 커뮤니티가 큰 영향을 받았어. 일자리를 잃고 경제적으로 어려워진 사람들이 많았지." 그가 대답했다.

도시는 여전히 고요했고, 그들은 호텔 창문 너머로 보이는 디트로이트의 전경을 조용히 바라보았다. 미시간 센트럴 역(Michigan Central Station)의 하트 모양의 불빛은 그들에게 희미한 사랑과 희망을 전달하는 듯 보였다. 이 도시가 언젠가 다시 일어설 수 있을지, 그들은 생각에 잠겼다. 다음 날, 그들은 다시 길을 떠날 준비를 했다. 디트로이트는 한때 자동차 산업의 거대한 도시였고, 지금도 그 흔적을 곳곳에서 찾을 수 있었다. 하지만 그들의 마음속에는 이 도시가 과거의 영광을 잃고 지금은 빈 도시가 되어버린 현실에 대한 안타까움이 자리 잡고 있었다. 그들은 창문을 통해 불 켜진 디트로이트의 하트를 바라보았다.

그들이 디트로이트를 출발해 버팔로에 도착했을 때는 거의 저녁 시간이 지나가고 있었다. 길고 지친 하루였지만, 그들은 버팔로에 도착하자마자 가까운 식당으로 향했다. 그들 앞에 보인 오래된 나무 건물로 되어 있는 식당이 보였다. 그들은 그 식당으로 들어가기로 했다. 식당의 문을 열고 들어가자, 그들의 눈에 띄는 것은 할머니가 뽀뽀하듯 입을 내민 모형이었다. 그 사람 크기의 모형은 닭 날개를 서빙하는 포즈로 서 있었고, 그 모습은 약간의 유머와 함께 이 식당의 특별함을 강조하고 있었다. 그들이 도착한 식당은 겉모습은 소박했지만, 버팔로윙의 역사적 발상지로 알려진 앵커 바(Anchor Bar)였다. 이곳은 1964년, 처음으로 버팔로윙이 탄생한 장소라고 조그만 안내문이 벽에 걸려 있었고, 버팔로윙을 상징하는 여러 장식물과 오토바이

등 옛 추억의 물건들로 장식되어 있었다.

“재미있네요. 저 모형!” 그녀가 웃으며 말했다.

식당 안은 늦은 시간이어서 손님들이 거의 없었다. 그들은 편안하게 자리를 잡고 버팔로윙과 빵을 주문했다. 잠시 후, 중년의 백인 아주머니가 그들의 테이블로 다가왔다. 그녀는 따뜻하고 친근한 미소로 그들을 맞이했다. 그녀가 서빙하는 버팔로윙은 바삭하고 뜨거웠으며, 소스는 매콤하면서도 달콤한 향이 은은하게 퍼졌다. 그들은 버팔로윙을 맛보며 식사를 시작했다.

“정말 맛있네요. 전 세계에서 버팔로윙을 맛보는 사람들이 왜 이토록 열광하는지 알 것 같아요.” 그가 말했다.

중년의 아주머니는 그들의 대화를 듣고 있다가 그들에게 다가왔다. 그리고 버팔로윙에 대한 이야기를 들려주기 시작했다.

그녀는 마치 오래된 친구에게 이야기하듯 자연스럽게 말을 이어갔다.

“사실 이 집의 버팔로윙이 처음 탄생하게 된 이야기는 아주 단순해요. 그때는 저희 어머니가 주방에서 일을 마치고 주방을 정리하고 계셨는데, 제 동생의 아이와 친구들이 늦게 방문했어요. 그때 주방에 준비된 재료가 없어서 급하게 냉장고에서 남아있던 닭 날개를 꺼냈죠. 원래 닭 날개는 버려지는 부위였거든요. 하지만 어머니는 그것을 그냥 버릴 수 없어서 냉장고에 보관 중이었어요. 어머니는 여러 가지 소스를 만들어 즉흥적으로 요리했죠. 그게 너무 맛있어서, 결국 이렇게 팔게 된 거예요. 그리고 이게 지금 전 세계 사람들이 사랑하는 버팔로윙이 됐어요."

그들은 그 이야기를 들으며, 평범한 재료에서 시작된 음식이 어떻게 전 세계적인 인기를 끌게 되었는지에 관해 감탄했다.

"정말 놀랍네요. 한 번의 우연이 이렇게 전 세계적인 음식 문화를 만들다니." 그녀가 말했다.

"그렇죠? 때론 가장 단순한 아이디어가 최고의 결과를 가져오기도 하죠. 그리고 이렇게 전통을 이어오고 있다는 것이 우리 집의 자랑이에요." 아주머니는 자부심 가득한 목소리로 말했다.

아주머니는 또한 그들에게 식당 옆에 있는, 오래된 호텔에 관해 이야기해 주었다. 이 호텔은 한때 많은 유명인이 머물렀던 곳으로, 역사적인 의미가 있었다. 그녀는 특히 이 호텔에서 마일스 데이비스나 마릴린 먼로 같은 전설적인 인물들이 묵었던 이야기들을 들려주었다. 그 호텔은 식당과 마찬가지로 전통을 유지하며, 여전히 그 매력을 유지하고 있었다. 그들의 이야기가 끝나자, 아주머니는 그들 버팔로에 아직 숙소를 정하지 못한 것을 알고는, 그 호텔에 방이 있는지 확인해 준다고 말했다.

"사실, 제가 이 호텔과 오래된 친구예요. 제가 직접 전화를 걸어 예약을 해드릴게요. 밤도 늦었고, 좋은 방을 준비해 줄 거예요."

그들은 기쁘게 그녀의 제안을 받아들였고, 아주머니는 호텔에 전화를 걸어 방을 예약해 주었다.

"이분들은 제 친구들이니 좋은 방으로 부탁할게요." 아주머니는 친절하게 말했다.

그들은 따뜻한 버팔로윙과 함께 맛있는 저녁을 마무리하고, 호텔로 향했다. 아주머니가 예약해 준 호텔은 오래되었지만, 그만의 역사적인 분위기가 감도는 곳이었다. 로비에는 과거 유명 인사들의 사진과 그들의 흔적이 남아 있었고, 이 호텔에 머물렀던 손님들의 역사가 묻어 있었다. 그들에게는 특별한 날이었다. 우연한 기회로 탄생한 버팔로윙의 이야기를 듣고, 그들의 여행을 도와준 사람들의 친절한 마음을 느낄 수 있었던 소중한 시간이었기 때문이다. 침대에 누운 그들은 서로의 손을 잡고, 이번 여행에서 경험한 모든 것들에 관해 이야기를 나누었다.

"오늘 정말 잊을 수 없는 하루였어요. 버팔로윙의 원조 이야기도 듣고, 호텔까지 예약해 주다니." 그녀가 말했다.

그는 고개를 끄덕이며 대답했다.

"맞아. 이런 경험이 여행의 진짜 의미인 것 같아. 사람들과의 만남, 그들의 이야기 그리고 그 순간을 함께 기억하는 것."

그들은 버팔로의 역사와 함께 그들만의 이야기를 만들어 가며, 그 밤을 아름답게 보냈다.

다음 날 그들은 차가운 바람과 눈을 뚫고 웅장한 나이아가라 폭포에 도착했다. 겨울의 나이아가라 폭포는 여름과는 전혀 다른 모습을 보여주고 있었다. 거대한 물줄기는 여전히 힘차게 떨어지고 있었지만, 차갑게 내리치는 물방울은 공중에서 얼어붙어 주변을 하얗게 물들였다. 그들이 도착한 시각은 이른 아침, 관광객이 거의 없어 마치 폭포를 전세 낸 듯한 기분이 들었다. 바람이 거세게 불어 그들의 얼굴을 얼얼하게 만들었고, 손끝은 곧 감각을 잃어갔다. 폭포는 여전히 굉음을 내며 물을 쏟아내고 있었지만, 그 웅장한 장관 앞에서 그들은 점점 추위를 느끼기 시작했다.

"정말 춥네요. 아무리 아름다워도 이 날씨는 견디기 힘들 것 같아요." 그녀가 말했다.

그는 고개를 끄덕이며 주변을 둘러봤다. 다행히도 근처에 작은 카페가 열려 있었다. 그들은 서둘러 카페로 들어가 따뜻한 아메리카노 두 잔을 주문했다. 따뜻한 커피를 두 손으로 감싸자, 금방이라도 얼어붙을 것 같았던 손끝에 다시 생기가 돌기 시작했다.

"LA의 봄이 그리워지네요." 그가 웃으며 말했다.

그녀도 고개를 끄덕이며 말했다.

"정말요. 아무 준비도 없이 이 추운 곳에 온 게 실수였어요. 그래도 이 양털 코트 덕분에 버틸 수 있었네요."

그녀가 입고 있던 코트는 그들이 네브라스카의 어느 작은 도시에서 재활용품 시장을 구경하다 우연히 발견한 것이었다. 코트는 다소 낡아 보였지만, 따뜻해 보이는 양털 안감이 그녀의 시선을 사로잡았다.

"당신 기억나요? 네브라스카에서 이 코트 처음 봤을 때, 당신은 망설였잖아요."

그녀가 미소를 지으며 말했다.

그는 그때를 떠올리며 고개를 끄덕였다.

"맞아, 그때 난 저 코트가 낡았다고 생각했지. 하지만 지금은 이 코트 덕분에 우리가 이렇게 추위를 견딜 수 있는 거잖아. 역시 당신의 선택이 옳았어."

그들은 네브라스카의 그 작은 도시를 떠올리며 추억을 나누기 시작했다. 그날도 추운 날씨였지만, 그들은 현지인들이 추천한 재활용품 시장에서 많은 시간을 보냈다. 낡은 가구, 빈티지 의류, 오래된 책과 레코드판들이 즐비했던 그곳은 마치 시간이 멈춘 듯한 공간이었다.

"그 시장에 들어가자마자 우리는 서로 다른 것에 눈이 갔었잖아요." 그녀가 말했다.

"맞아, 난 그 빨강 스웨터를 발견했지." 그가 대답했다.

그가 입고 있던 스웨터는 바로 그때 산 것이다. 두툼하고 따뜻해 보이던 그 빨강 스웨터는 산타할아버지와 루돌프가 수 놓아진 스웨터로 아주 두툼해서 마치 LA의 봄날 같은 온기를 가져다주는 듯했다. 네브라스카의 재활용품 시장에서 그 스웨터를 처음 보았을 때, 그는 그 옷이 얼마나 그에게 필요한지를 직감했다.

"내가 그 스웨터를 고를 때, 당신은 이 양털 코트를 고르고 있었지. 서로 각자의 선택에 관해 얘기했는데, 결국 우리는 서로에게 '좋은 선택'이라고 말했어요." 그가 회상했다.

그녀가 웃으며 말했다.

"당신의 스웨터도 정말 좋은 선택이었어요. 이 추운 나이아가라 폭포 앞에서 그 스웨터가 얼마나 유용한지 보세요. 내가 고른 코트도 그렇고요."

두 사람은 따뜻한 커피를 마시며, 네브라스카의 재활용품 시장에서 나눈 작은 순간들을 회상했다. 그 작은 도시에서 우연한 만남과 선택이, 지금 이 추운 나이아가라 폭포 앞에서 얼마나 중요한 역할을 하고 있는지를 다시 한번 깨달았다. 그들은 당시의 자신들을 떠올리며 서로의 선택을 존중했고, 지금의 이 순간을 더 소중하게 여길 수 있었다. 그저 낡고 흔한 양털 코트와 스웨터였지만, 그들에게는 소중한 추억의 일부가 되었다.

"이제는 양털 코트와 스웨터 없이는 어떻게 여행할지 상상이 안 가네요."

그가 농담처럼 말했다.

그녀는 미소를 지으며 "다음 여행에는 꼭 미리 옷을 준비해야겠어요. 이번에는 준비 없이 떠나서 좀 추웠지만, 그래도 이 코트 덕분에 이 추위를 버틸 수 있었네요"라고 덧붙였다.

그들은 따뜻한 카페 안에서 밖에 얼어붙은 폭포를 바라보며 조용히 이야기를 나누었다. 커피잔이 비워질 무렵, 그들은 다시 밖으로 나가서 추운 나이아가라 폭포의 마지막 장관을 감상하기로 했다. 얼어붙은 물방울이 바람에 휘날리며 눈처럼 내리는 그 순간, 그들은 마치 겨울왕국 속에 들어온 듯한 기분이 들었다.

그들은 나이아가라 폭포에서 강과 숲을 지나며 도로를 달리자, 뉴욕주의 주도 올버니(Albany)에 도착했다. 올버니에 도착한 그들은 한적한 작은 식당에서 점심을 먹기로 했다. 그날의 식사는 특별할 것 없었지만 그들에게는 그동안의 여행을 돌아보며 차분히 이야기를 나눌 수 있는 시간이 되어주었다.

“이렇게 여러 주를 여행하면서 정말 많은 걸 배웠어요. 미국이 이렇게 넓고 다양한 줄 다시금 깨달았네요.” 그녀가 웃으며 말했다.

“맞아. 우리가 한 여행이 단순한 여행 이상의 의미를 가진 것 같아. 서쪽 끝에서 시작해 동쪽 끝까지, 이 나라의 가장 극단적인 경계를 경험한 거잖아.” 그가 동의하며 말했다.

그들은 올버니의 조용한 식당에서 음식을 먹으며 지난 며칠 동안 겪었던 모험을 떠올렸다. 눈 덮인 나이아가라 폭포의 경이로움, 디트로이트에서 느꼈던 역사적 무게, 시카고에서 찬란한 도시 야경, 그리고 시애틀에서 따뜻한 밤하늘과 스키장에서 설레는 순간들. 그들의 여행은 단순한 관광을 넘어, 서로의 감정을 나누고 삶의 여행에 관해 깊이 생각하는 시간이었다. 식사를 마친 후, 그들은 미국의 북쪽 끝이며 동쪽 끝인 메인주 뱅고어(Bangor)로 향했다. 길고 아름다운 뉴잉글랜드 지역을 지나며 그들의 대화는 점점 깊어졌다.

“우리가 미국의 서쪽 끝에서 시작해 이제 북쪽 끝, 그리고 곧 동쪽 끝에 도착한다니 믿기지 않아요.” 그녀가 감탄하며 말했다.

“우리가 이렇게 먼 길을 함께 여행했다는 것만으로도 정말 행복해. 이 여행은 우리에게 많은 걸 가르쳐줬어. 그리고 앞으로 우리가 함께할 시간이 더 기대돼.” 그가 대답했다.

뱅고어에 도착했을 때, 이미 저녁 시간이었다. 그들은 메인주의 유명한 랍스터 전문 식당을 찾아갔다. 메인은 신선한 랍스터로 유명한 주였기 때문에, 이곳에서 저녁은 그들에게 특별한 의미가 있었다. 그들이 도착한 식당은 항구 근처에 자리 잡고 있었고, 바다의 향기와 함께 따뜻한 불빛이 그들을 맞이했다. 식당의 내부는 아늑했고, 커다란 창문 너머로는 고요한 바다와 그 위로 반짝이는 별빛이 보였다. 그들은 랍스터 요리를 주문했다. 커다란 접시에 담긴 신선한 랍스터는 버터 소스와 함께 제공되었고, 그 향기는 그들의 기대를 한껏 고조시켰다. 그들은 함께 여행하며 쌓은 소중한 추억을 나누며 저녁 식사를 즐겼다.

“이 랍스터 정말 맛있네요. 우리가 그동안 먹었던 음식 중에서 가장 기억에 남을 것 같아요.” 그녀가 행복한 미소를 지으며 말했다.

“맞아. 우리가 여행한 모든 곳에서 각기 다른 음식을 먹었지만, 이 랍스터는 완벽한 요리인 것 같아.” 그가 대답했다.

그들은 랍스터를 한입 먹으며 서로의 이야기를 나누었다. 그들이 여행을 시작했을 때 느꼈던 설렘, 길 위에서 마주친 작은 사건들, 그리고 여행을 통해 서로에게 더 가까워진 순간들이 하나씩 떠올랐다.

“앞으로도 이렇게 세계를 함께 여행하며 새로운 곳을 발견할 생각만 해도 너무 기대돼요. 우리가 미국의 끝까지 온 것처럼, 이제 전 세계의 끝과 시작을 함께 할 수 있겠죠.” 그녀가 말했다.

식사를 마친 후, 그들은 식당을 나서며 바다를 바라보았다. 바다 위로 떠오른 달빛이 그들의 발걸음을 부드럽게 비추었다. 그들은 서로의 손을 잡고 조용히 해변을 걸으며, 앞으로 함께할 시간을 기대했다. 그들은 세상의 끝을 향해 떠나는 것이 아니라, 그 끝에서 새로운 시작을 맞이할 준비를 하고 있었다. 세상의 끝이자 시작점이 어디일까 그는 생각해 보았다.

"앞으로도 우리가 함께라면, 어떤 여행이든 행복할 것 같아요." 그녀가 말했다.

"그럼, 우리가 함께라면 어디든 갈 수 있어. 우리만의 세상 끝을 찾아가자." 그가 대답했다.

그들은 그렇게 서로에게 미래를 약속하며 행복한 미소를 지었다. 메인의 차가운 바람과 따뜻한 바다의 향기가 그들의 추억을 감싸안았다.

그들은 나이아가라 폭포와 메인주의 뱅고어를 지나, 그날 저녁 보스턴(Boston)에 도착했다. 차가운 바람이 부는 겨울의 보스턴은 그들 앞에 새로운 하루를 맞이하게 했다. 늦은 시간에 도착한 만큼, 그들은 호텔에서 짐을 풀고 깊은 밤의 여행을 마무리했다. 다음 날 아침, 그들은 보스턴의 상징적인 두 대학을 방문하기로 했다. 먼저 향한 곳은 전 세계적으로 유명한 하버드대학교(Harvard University)였다.

하버드대학교의 고풍스러운 캠퍼스에 도착한 그들은 그곳의 아름다운 건축물과 겨울 풍경에 매료되었다. 대학의 오래된 도서관, 넓은 잔디밭, 그리고 대학 건물들을 둘러보며 그들은 하버드의 오랜 역사와 그 속에서 배출된 위대한 인물들을 떠올렸다.

"하버드는 정말 오랜 전통과 명성을 가지고 있네요. 이곳에서 공부한 사람들은 세계 곳곳에서 큰 변화를 끌어냈죠." 그가 말했다.

"맞아요. 이곳에서 교육은 단순한 학문 이상의 의미를 있을 거예요. 여기는 정말로 미래를 만들어가는 장소 같아요." 그녀가 동의했다.

하버드를 둘러본 후, 그들은 보스턴에서 멀지 않은 MIT(매사추세츠 공과대학, Massachusetts Institute of Technology)로 향했다. MIT는 전 세계에서 과학과 기술 혁신의 중심지로 잘 알려져 있었다. 그들은 공대의 실험실과 캠퍼스를 둘러보며, MIT가 가진 혁신적인 연구와 그 성과들에 관해 감탄했다. 캠퍼스를 걷는 내내 그들은 MIT가 세계적으로 얼마나 중요한 연구기관인지를 실감했다.

"MIT는 과학과 기술 혁신의 상징이에요. 이곳에서 나온 수많은 연구이 우리가 사는 세상을 변화시키고 있죠." 그녀가 말했다.

"그래, 이곳에서는 창의적 사고와 끊임없는 연구가 얼마나 중요한지 느낄 수 있어. 하버드가 인문학과 사회과학을 대표한다면, MIT는 과학과 기술을 대표하는 것 같아." 그가 응답했다.

두 대학을 둘러본 후, 그들은 로드아일랜드로 향했다. 그곳에는 또 다른 명문 대학인 로드아일랜드 디자인학교(Rhode Island School of Design, RISD)가 있었다. 그들은 이 학교에서 진행 중인 졸업작품 전시회를 관람했다. 이곳은 세계적으로 유명한 미술대학으로, 예술과 디자인 분야에서 최고의 교육을 제공하는 곳이었다. 전시회장을 둘러보던 중, 그들은 한 작품에 한국 이름이 적혀 있는 것을 발견했다. 한국에서 온 학생이 만든 작품이었다. 그들은 궁금한 마음에 전시회 담당자에게 다가가 대화를 나누기 시작했다.

"이 작품은 한국에서 온 학생이 만든 건가요?" 그녀가 물었다.

담당자는 미소를 지으며 말했다.

"네, 맞습니다. 이곳 RISD에는 한국 학생들이 꽤 많이 있습니다. 미술과 디자인에 대한 열정이 매우 크죠."

"놀랍네요. 미국에서 이렇게 한국 학생들이 활발하게 활동하고 있다는 걸 보니 뿌듯해요." 그녀가 말했다.

담당자는 그들에게 RISD와 더불어 세계적으로 유명한 또 다른 미술 대학인 파사데나 아트센터(Pasadena ArtCenter College of Design)에 관해서도 이야기해 주었다.

"미국에서 미술 대학 하면 RISD와 함께 파사데나 아트센터도 유명하죠. 그곳에는 한국 학생들이 전체 학생의 20% 이상을 차지할 정도로 큰 비중을 차지하고 있습니다."

담당자가 설명했다.

그 말을 듣고 그들은 다시 한번 놀라움을 감추지 못했다. 한국 학생들이 세계 최고의 미술 대학에서 이렇게 중요한 역할을 하고 있다는 사실은 그들에게 자랑스러운 순간이었다. 그들은 RISD의 전시회를 보고 다음 목적지인 예일대학(Yale University)으로 향했다. 예일대학은 아이비리그 중 하나로, 그 역사와 전통이 매우 깊은 대학이었다. 그곳을 둘러보며 그들은 다시 한번 미국의 명문 대학들이 가진 매력을 느꼈다.

"아이비리그는 정말 특별한 교육 환경을 제공하는 것 같아요. 하버드, 예일, 그리고 프린스턴 같은 대학들이 수백 년간 이어온 전통이 여전히 살아있네요." 그가 말했다.

"그렇죠. 이곳에서는 단순한 학문을 넘어서, 세상을 변화시킬 수 있는 인재들이 길러지는 것 같아요." 그녀가 덧붙였다.

예일대학을 둘러본 후, 그들은 펜실베이니아대학(University of Pennsylvania, 유펜)까지 이어지는 아이비리그 대학들의 명성에 관해 이야기를 나누었다. 유펜은 미국 최초의 대학 병원을 설립한 대학으로, 의학 분야에서 세계적인 명성을 가지고 있었다. 그들은 이렇게 미국 동부의 명문 대학들을 둘러보며, 각 대학이 가진 특성과 역사에 관해 깊이 생각했다. 이 모든 대학은 단순한 교육 기관을 넘어, 세상을 이끌어가는 중요한 역할을 하고 있었다.

눈이 내린 풍경 속에서 그들은 다시 한번 95번 도로를 달렸다. 뉴욕을 향하는 길은 마치 그들을 새로운 시작으로 안내하는 듯, 잔잔하고 고요했다. 그날 아침, 하얀 눈이 나무 위로 내려앉아 모든 풍경을 새롭게 만들어냈다. 가로수 길은 한 폭의 동화처럼 변했고, 도로 양쪽으로 펼쳐진 눈꽃 터널은 그들에게 자연이 선사하는 평온과 아름다움을 담아냈다. 차창 밖으로 보이는 세상은 온통 눈으로 덮여 있었고, 그들은 눈이 만들어내는 경이로운 장관을 감상하며 천천히 달려갔다.

"마치 시간이 멈춘 것 같아요. 이 눈 덕분에 도로가 완전히 다른 세계처럼 보이네요."

그녀가 창밖을 바라보며 말했다.

그는 미소 지으며 동의했다.

"맞아. 눈이 내린 풍경은 뭔가 마법 같은 느낌이 있어. 특히 이렇게 끝없이 이어지는 눈꽃 터널을 보면, 마치 우리가 시간과 공간을 넘어선 곳에 있는 것처럼 느껴지기도 하고."

차는 천천히 눈 덮인 도로를 따라 움직였고, 그들은 과거의 기억과 함께 앞으로의 미래를 이야기했다.

"이 여행이 우리에게 주는 의미는 정말 특별해요. 그냥 여행이 아니라, 우리가 함께할 미래를 생각하게 만들어줘요. 미국의 서쪽 끝에서 출발해 동쪽 끝까지 왔고, 이제는 그 너머로, 더 멀리 갈 수 있다는 걸 알았어요." 그녀가 말했다.

그는 그녀의 손을 살며시 잡으며 대답했다.

"그래. 우리가 함께라면 어디든 갈 수 있을 거야. 뉴욕에 도착하면, 그곳은 우리 여행의 또 다른 시작이 될 거야. 그리고 언젠가는 세상의 끝으로 불리는 리스본까지 함께 갈 수 있을 거라고 믿어."

눈 덮인 풍경 속에서, 그들은 마치 모든 세상과 단절된 듯한 고요함을 느꼈다. 차 안에서만 들리는 소리는 그들의 대화와 부드럽게 흘러가는 음악뿐이었다. 고요함 속에서 그들은 서로의 존재를 더욱더 소중하게 느끼며, 함께할 미래를 더욱더 확신하게 되었다.

그들은 서로를 바라보며 그동안의 여행을 돌아봤다. 서쪽 끝에서 시작된 그들의 여행은 이제 동쪽 끝에 도착하기 직전이었다. 그러나 그들에게는 이 여행이 끝이 아니었다. 오히려 이제 진정한 모험이 시작될 것이라는 기대감이 가득했다.

뉴욕으로 향하는 95번 도로는 끝없이 펼쳐진 눈꽃 길로 그들에게 새로운 기억을 선물했다. 차 안은 따뜻했지만, 그들 사이의 대화는 그 어느 때보다 진지하고도 감성적이었다. 그들은 서로가 얼마나 소중한지, 함께하는 시간이 얼마나 특별한지를 새삼 깨달았다.

"우리가 이렇게 함께할 수 있다는 게 정말 기적 같은 일이에요. 매일매일 새로운 기억을 만들어가는 것 같아요." 그녀가 말했다.

"그래, 우리 앞으로도 그렇게 계속 함께하자. 세상 어디든 우리가 함께라면 그곳이 우리만의 특별한 장소가 될 거야." 그가 대답했다.

뉴욕에 도착한 그들은 허드슨강 옆에 자리 잡은 멋진 호텔에서 뉴욕의 아름다운 야경을 바라보며 휴식을 취했다. 창밖으로 펼쳐지는 뉴욕의 야경은 그야말로 영화 속 한 장면처럼 황홀했다. 마천루들이 밤하늘을 수놓으며 빛나는 스카이라인은 이 도시의 특별함을 여실히 보여주고 있었다. 호텔 창문을 통해 비친 뉴욕의 풍경은 이 여행의 마지막을 장식하는 아름다운 배경이 되어주었다.

뉴욕에서 이틀 동안, 그들은 도시 곳곳을 여행하며 뉴욕의 매력을 만끽했다. 타임스 스퀘어, 센트럴 파크, 그리고 브루클린 브리지를 걸으며 그들은 도시의 숨결을 느꼈다. 타임스 스퀘어의 화려한 불빛 아래에서 많은 사람들이 활기차게 움직이고 있었고, 센트럴 파크에서는 겨울의 고요함 속에서 도시와 자연이 공존하는 아름다움을 발견했다. 또한, 그들은 엠파이어 스테이트 빌딩을 방문하여 도시 전체를 내려다보며 뉴욕의 웅장함에 감탄했다.

이틀의 시간이 빠르게 흘러갔고, 그들은 다음 여행을 위해 준비를 마쳤다. 이제 그들의 목적지는 버지니아주로, 이곳에서 오토 트레인(Auto Train)을 타고 플로리다주로 향할 계획이었다. 오토 트레인은 암트랙(Amtrak)에서 운행하는 장거리 열차로, 버지니아주 로튼(Lorton)과 플로리다주 샌포드(Sanford)사이의 약 1,376km 구간을 운행하며, 승객들이 차량을 기차에 싣고 장거리 여행을 할 수 있는 특별한 열차였다. 그들은 뉴욕에서 차를 몰아 버지니아로 향했고, 로튼역에 도착한 후 오토 트레인에 차를 싣기 위한 준비를 시작했다. 오토 트레인은 승객들이 직접 차량을 가지고 여행할 수 있는 독특한 시스템이었다. 차를 로딩 구역으로 이동시키고, 기차 직원들이 차량을 안전하게 기차에 실을 수 있도록 도와주었다. 차량을 기차에 실은 후, 그들은 기차 내에서 편안하게 여행할 준비를 마쳤다. 오토 트레인은 일반 기차와는 달리, 긴 여행 동안 차량을 가지고 다닐 수 있는 장점이 있었다. 플로리다에 도착한 후에도 자신들의 차량으로 여행을 이어갈 수 있다는 점이 그들에게는 매우 편리했다. 로튼역에서 차량 적재가 마무리되자, 그들은 자신의 객실로 이동했다. 오토 트레인은 장거리 여행을 위한 슬리퍼룸이 마련되어 있어, 밤새 편안하게 잠을 잘 수 있었다.

기차 안은 조용하고 편안한 분위기였다. 기차의 창문을 통해 지나가는 풍경을 바라보며, 그들은 여행 중 느꼈던 감정들과 앞으로의 계획에 관해 이야기를 나눴다.

"이 기차 여행이 우리에게 잠깐의 휴식을 주는 것 같아요. 뉴욕의 복잡함을 떠나 이렇게 조용한 공간에서 시간을 보낼 수 있다니 참 좋아요." 그녀가 말했다.

"맞아, 차를 실을 수 있다는 것도 참 독특하고 편리한 것 같아. 이곳에서 조금 쉬고, 플로리다에서 다시 여행을 시작할 수 있잖아." 그가 대답했다.

기차가 움직이기 시작한 후, 그들은 저녁 식사를 위해 식당차로 이동했다. 오토트레인의 식당차에서는 다양한 음식들이 제공되었고, 승객들은 기차 안에서 여행의 피로를 풀며 편안한 식사를 즐길 수 있었다. 그들은 기차에서 제공되는 따뜻한 식사를 하며 플로리다에 도착한 후의 계획을 세웠다.

"올랜도에 도착하면 먼저 어디로 갈까요?" 그녀가 물었다.

그는 미소 지으며 말했다.

"디즈니월드를 빼놓을 수 없지. 그리고 시간이 된다면 마이애미와 키웨스트도 가보고 싶어."

저녁 식사가 끝난 후, 그들은 기차 안에서 느긋하게 휴식을 취했다. 여행의 피로가 서서히 풀리기 시작했고, 오토 트레인의 안정적인 움직임 덕분에 그들은 점점 편안해졌다. 차창 밖으로는 어둠이 깔리고, 기차는 버지니아의 풍경을 지나고 있었다. 밤이 깊어지자, 그들은 슬리퍼룸으로 돌아와 침대에 누웠다. 기차의 흔들림 속에서 그들은 서로의 손을 잡고 조용히 눈을 감았다.

"우리가 함께 이 여행을 할 수 있어서 정말 행복해요." 그녀가 속삭였다.

"나도 그래. 이 여행이 끝나도 우리는 계속해서 함께할 거야. 플로리다에서, 그리고 그 너머로." 그가 부드럽게 대답했다.

그들은 서로를 바라보며 미소를 짓고, 기차 안에서 조용한 밤을 맞이했다. 그들의 여행은 이제 새로운 국면에 접어들었다. 오토 트레인을 타고 플로리다로 향하는 이 여행은 또 다른 시작을 의미했다. 뉴욕에서 찬란한 야경을 뒤로 하고, 이제 그들은 미국 남부의 따뜻한 태양 아래에서 새로운 모험을 준비하고 있었다.

다음 날 아침, 그들이 눈을 뜬 순간 기차는 이미 플로리다에 가까워지고 있었다. 기차 창밖으로는 점점 푸른 하늘과 열대의 풍경이 드러났다. 차가운 겨울을 뒤로한 채, 그들은 따뜻한 플로리다의 햇살을 기대하며 웃음을 지었다. 기차가 샌포드(Sanford)역에 도착하자, 그들은 기차에서 내리고 다시 한번 차량 적재 구역으로 향했다. 기차 직원들이 그들의 차량을 기차에서 내려주었다. 그들은 차에 올라 플로리다의 햇살을 맞이하며 샌포드 역을 떠났다. 이번 여행은 그들에게 새로운 시작이었고, 앞으로의 여행에 대한 기대감으로 가득 차 있었다. 그리고 5개의 테마파크가 있는 디즈니월드에서 하루를 보냈다.

며칠 후, 그들은 마이애미 해변을 걷고 있었다. 따뜻한 바람이 그들의 얼굴을 스치고, 고운 모래는 발밑에서 사르르 흩어지며 기분 좋은 촉감을 선사했다. 바다는 끝없이 펼쳐져 있었고, 파도는 일정한 리듬으로 해변에 부딪히며 잔잔한 소리를 내고 있었다. 이날 마이애미의 해변은 더없이 평화로웠고, 그들은 이곳에서 시간을 온전히 만끽하고 있었다. 그러다 갑자기 그들은 한쪽에서 영화 촬영이 진행되고 있는 것을 보게 되었다. 그곳에는 카메라, 조명 장비들이 배치되어 있었고, 여러 명의 스태프가 분주하게 움직이고 있었다. 그들은 촬영을 잠시 구경하기로 하고, 좀 더 가까이 다가가 보기로 했다. 주인공으로 보이는 남성과 여성이 해변에서 대화를 나누고 있었지만, 촬영이 계속해서 중단되며 배우들은 반복되는 NG 장면을 소화하고 있었다.

그들은 그 장면을 보며 웃음을 참지 못했다. 남자 배우가 여자에게 말을 걸다가 매번 어떤 이유에서든 실수를 저지르는 장면이었기 때문이다. 여배우는 마치 이 상황이 너무나 익숙하다는 듯 차분하게 연기를 이어갔지만, 남자 배우는 초조한 듯 실수를 반복하고 있었다.

"저 배우, 진짜 몇 번째 NG인지 모르겠어요. 정말 재밌네요." 그녀가 웃으며 말했다.

"그러게. 저렇게 계속해서 NG가 나는 걸 보니 왠지 안쓰럽기도 하네."

그도 웃으며 대답했다.

그들은 그 장면을 보며 계속해서 웃음을 터뜨렸다. NG가 반복될수록 더 이상 대화를 참을 수 없을 정도로 웃음이 나왔지만, 그들은 어떻게든 진지하게 구경하려 애썼다.

그녀는 궁금한 마음으로 근처에 있던 한 사람에게 다가가 물었다.

"혹시 이 장면이 어떤 내용인지 알 수 있을까요?"

그 사람은 잠시 머뭇거리더니 웃으며 대답했다.

"아, 이 장면이요? 남자 주인공이 해변에서 매력적인 여자에게 접근하려다 결국 거절당하는 장면이에요. 이 장면이 영화에서 가장 웃긴 부분 중 하나죠."

그녀는 그 말을 듣고 곧장 그에게 돌아가 그 내용을 전했다.

"주인공이 해변에서 예쁜 여자에게 작업 걸다가 거절당하는 장면이래요." 그녀가 웃음을 참으며 말했다.

"오, 그래서 NG가 그렇게 많이 났던 거구나. 진짜 이 남자 배우 고생하네."

그도 미소를 지으며 말했다. 그러자 그녀는 그의 손을 잡으며 장난스럽게 덧붙였다.

"근데 당신도 딴 여자에게 눈이라도 한번 팔면 나도 저 여배우처럼 당신을 박살 내줄 거예요. 그러니까 조심해요!"

그는 크게 웃으며 그녀의 말에 응답했다.

"걱정하지 말아요. 내가 당신 같은 사람을 두고 다른 사람에게 눈 돌릴 이유가 있을까?"

그들은 함께 웃으며 영화 촬영 장면에서 다시 눈을 떼었다. 촬영장 주변에서 한동안 더 시간을 보낸 후, 그들은 이제 다음 목적지인 키웨스트(Key West)로 향할 준비를 했다. 마이애미 비치에서 시간을 뒤로하고, 그들은 남쪽 끝을 향해 달리기 시작했다. 마이애미의 해안선을 뒤로 하고, 그들은 플로리다 남단을 따라 이어지는 길을 타고 플로리다 키스(Florida Keys)를 따라가며 길게 뻗은 해안도로를 달렸다.

"키웨스트에서는 해가 질 때쯤 도착할 것 같아요. 정말 멋진 노을을 볼 수 있겠죠?" 그녀가 설레는 듯 말했다.

"물론이지. 키웨스트의 노을은 정말 아름답기로 유명하잖아요. 그 순간을 놓치지 않게 서둘러야겠어." 그가 대답하며 차의 속도를 조금 더 높였다.

그들이 차를 몰고 가는 동안, 플로리다의 아름다운 해안선이 끝없이 이어졌다. 도로 양쪽으로 펼쳐진 바다는 어느덧 점점 깊어지는 파란색으로 물들어 가고 있었고, 하늘은 서서히 붉은 기운을 띠기 시작했다. 그들은 이 풍경 속에서 서로의 이야기를 나누며 시간을 보냈다. 영화 촬영장에서 본 장면부터, 여행하는 동안 쌓인 추억들, 그리고 앞으로 함께할 시간에 대한 이야기까지 그들의 대화는 끊이지 않았다. 차가 해안도로를 따라 계속 달리며, 그들은 점점 더 남쪽으로 향했다. 키웨스트에 도착할 시간이 다가오자, 하늘은 점점 더 붉게 물들어 가고 있었다. 그들은 플로리다 키스의 아름다운 풍경과 그곳을 지나는 다리들을 지나며 이곳이 얼마나 특별한지 다시금 느꼈다. 마침내 그들은 키웨스트에 도착했다. 해가 지는 모습을 보며 그들은 마치 시간이 멈춘 듯한 기분을 느꼈다. 키웨스트의 노을은 그들이 상상했던 것보다 훨씬 더 아름다웠다. 하늘은 붉고 주황빛으로 물들었고, 바다는 그 색을 고스란히 반사하며 은은하게 빛나고 있었다.

"이것보다 더 아름다운 순간이 있을까요?"

그녀가 감탄하며 말했다.

"글쎄, 아마도 우리가 함께하는 모든 순간이 그럴 거야. 지금, 이 순간도, 그리고 앞으로 함께할 시간도." 그가 진지하게 대답했다.

그들은 키웨스트(Key West)의 노을을 좀 더 가까이서 보기 위해 썬셋 디너 크루즈를 타기로 결정했다. 마이애미에서 여행은 아직도 그들의 기억 속에 남아 있었지만, 이제 그들은 키웨스트에서 태양이 바다 위로 떨어지는 마법 같은 순간을 직접 경험하기 위해 나섰다. 이 크루즈는 그들에게 새로운 감동을 선사할 준비가 되어 있었다.

키웨스트의 선셋 디너 크루즈는 단순한 식사와 노을 감상을 넘어서 바다 위에서 특별한 모험을 제공하는 독특한 경험이었다. 그들은 배에 오르며 선상에서 펼쳐질 저녁 풍경을 기대했다. 크루즈는 범선(sailing ship) 넉넉한 공간과 탁 트인 전망을 자랑했다. 이곳에서 그들은 바다 위를 떠다니며 멀리 보이는 지평선을 넘어가는 태양을 바라볼 수 있었다.

배가 출항하자, 잔잔한 바람과 함께 바다 위로 떠오르는 붉은 빛의 노을이 그들을 감쌌다. 하늘은 금빛과 주황빛으로 서서히 물들었고, 바다는 그 빛을 고스란히 받아 반사했다. 바다 위에서 노을은 마치 세상이 멈춘 듯한 착각을 일으킬 정도로 경이로웠다.

"이것 봐요. 정말 믿을 수 없을 만큼 아름다워요." 그녀가 감탄하며 말했다.

"맞아요, 여기에 오길 정말 잘한 것 같아요. 이 순간을 절대 잊지 못할 거예요." 그도 맞장구를 쳤다.

선셋 디너 크루즈는 단순한 노을 감상 외에도 특별한 이벤트가 마련되어 있었다. 선상에서 라이브 음악이 흘러나오기 시작했고, 현지 뮤지션이 열대의 리듬에 맞춰 연주하는 곡은 분위기를 더욱 낭만적으로 만들었다. 그들은 음악에 맞춰 잔잔하게 흔들리는 배 위에서 서로 손을 잡고 함께 노을을 감상했다.

잠시 후, 승객들을 위한 특별한 체험이 준비되었다. 선원들이 직접 나와서 승객들에게 범선 체험을 할 기회를 제공했다. 그들은 해적들이 과거에 바다를 항해하며 사용했던 선박과 장비를 설명하고, 일부 승객들이 직접 로프를 잡고 돛을 올리는 체험을 하게 했다. 그 체험을 통해 그들은 잠깐 선원이 되어 항해하는 기분을 느낄 수 있었다.

그녀는 선장의 설명을 듣고 흥미로운 눈빛을 보이며 말했다.

"이거 정말 재미있을 것 같아요! 우리도 한번 해볼까요?"

"물론이죠, 이왕 온 김에 다 체험해 봐야죠!" 그도 웃으며 대답했다.

그들은 선원들과 함께 적극적으로 돛을 올리는 작업에 참여했다. 직접 손으로 로프를 당기고 돛을 조정하는 동안, 바닷바람이 얼굴을 스치며 상쾌한 기분을 선사했다. 돛이 천천히 올라가자 배는 바람을 받아 더욱 힘차게 나아갔고, 그들은 그 순간 자신이 바다의 일부가 된 듯한 자유로움을 온몸으로 느꼈다. 관광객으로서 이 경험은 단순한 풍경 감상이 아니라, 직접 항해의 일원이 되어 바다를 정복하는 듯한 특별한 체험이었다.

잠시 후, 그들은 바다 저 멀리에서 희미하게 보이는 또 다른 배를 발견했다. 그 배는 마치 해적선처럼 생겼고, 그들이 탑승한 범선 쪽으로 서서히 다가오고 있었다. 승무원들이 해적선의 등장을 알리며 소리쳤다.

"해적선이 등장했습니다! 모두 포격 준비를 하세요!"

그 말에 모두가 깜짝 놀라면서도 흥분된 표정으로 그 장면을 지켜봤다. 물론 실제로 해적선이 등장한 것은 아니었지만, 이 이벤트는 승객들에게 흥미진진한 경험을 제공하기 위한 연출이었다. 그들은 해적선과의 함포 포격전을 체험할 기회를 얻게 되었다.

승무원들은 함포 모형을 배치했고, 승객들에게 '포를 쏘는 방법'을 알려주었다. 그들은 순서대로 함포에 다가가 포를 조준하고 "발사!"를 외쳤다. 실제로 포가 발사되지는 않았지만, 연기와 함께 터져 나오는 소리가 그 장면을 더욱 실감 나게 했다.

그녀는 함포 앞에서 진지한 표정으로 포를 조준한 뒤 "발사!"라고 외쳤고, 그 장면을 본 그는 큰 소리로 웃음을 터뜨렸다.

"당신 정말 멋지게 해냈어요! 해적들도 당신을 두려워할 것 같아요."

그녀도 웃으며 대답했다. "당신도 해보세요! 이거 정말 재미있어요."

그들은 서로의 모습을 사진으로 남기며, 이 특별한 체험을 즐겼다. 바다 위에서 펼쳐진 해적선과의 '전투'는 그들에게 또 다른 추억이 되었다.

시간이 흘러 노을은 점점 짙어졌고, 하늘은 붉은빛에서 보랏빛으로 바뀌며 서서히 어둠 속으로 빠져들었다. 그들은 저녁 식사를 위해 자리에 앉았고, 열대 풍미 가득한 뷔페를 즐기며 그동안의 여행을 되돌아봤다. 따뜻한 랍스터와 신선한 생선 요리가 그들의 입맛을 사로잡았고, 한 모금의 와인과 함께 노을을 바라보며 그들은 또 다른 행복을 느꼈다.

"우리가 함께한 모든 순간이 다 특별했어요. 그리고 이 배 위에서 시간도 정말 잊을 수 없을 것 같아요." 그녀가 미소를 지으며 말했다.

"맞아요. 우리가 키웨스트에서 이렇게 아름다운 노을을 보며, 해적들과 '싸우고', 범선 체험까지 했으니, 이건 정말 완벽한 여행이네요." 그가 응답했다.

저녁 식사가 끝난 후, 그들은 배의 갑판 위로 올라가 바다의 바람을 느끼며 키웨스트의 야경을 바라보았다. 바다 위로 빛나는 달빛이 잔잔한 물결을 반사하며 은은하게 빛나고 있었고, 그들은 그 순간을 조용히 즐겼다.

키웨스트에서 기억은 여전히 두 사람의 마음속에 생생하게 남아 있었다. 그들이 범선 위에서 봤던 황홀한 노을과 밤바다의 부드러운 파도 소리는 아직도 귓가에 들리는 듯했다. 해적선과의 가상 전투, 범선 체험, 그리고 선상에서 즐겼던 저녁 식사는 그들의 여행에서 잊을 수 없는 특별한 순간이 되었다. 서로를 바라보며 나눈 웃음과 대화, 바다 위에서 평온한 시간은 그들만의 소중한 추억으로 남았다.

그렇게 아름답던 키웨스트의 저녁이 지나고, 이제 아침이 찾아왔다. 그들은 일찍 일어나 다시 한번 키웨스트의 풍경을 감상하기 위해 서둘러 밖으로 나섰다. 밤이 지나고 새벽이 밝아오면서, 바다는 다시금 그들 앞에 새로운 모습을 보여주고 있었다. 해가 떠오르는 모습은 마치 어제의 노을과 대비되는 또 다른 장관이었다.

키웨스트의 아침은 잔잔했다. 밤사이 부드럽게 별빛이 흘러내린 바다 위로 부드러운 물결을 일으켰고, 바다 위로 떠오르는 태양은 천천히 수면을 금빛으로 물들이기 시작했다. 푸른 바다는 이제 태양 빛을 받아 반짝였고, 그 위로 새들이 자유롭게 날아다니며 아침을 알렸다. 그들이 서 있던 해변에서 바라본 키웨스트의 피어(Pier)는 마치 바다 위에 떠 있는 작은 섬처럼 보였다. 피어 위에 자리한 예쁜 식당들은 아침 식사를 준비하고 있었고, 따뜻한 햇살 아래에서 활기가 넘쳐 보였다.

"이 아침은 정말 환상적이에요. 어제의 노을도 아름다웠지만, 오늘 아침의 이 평온한 느낌은 또 다른 매력이 있어요." 그녀가 말했다.

"맞아요. 이곳의 아침은 그야말로 천국 같아요. 바다 위에 피어가 떠 있는 것처럼 보이는 것도 참 신기하네요. 저곳에서 아침을 먹으면 정말 특별한 하루가 될 것 같아요." 그가 미소 지으며 대답했다.

그들은 바다 위로 지어진 피어 위의 한 식당으로 걸음을 옮겼다. 그들이 선택한 이곳은 현지에서 유명한 아침 식사 장소로, 신선한 해산물과 함께 다양한 아침 메뉴를 제공하고 있었다. 피어에서 바다 위로 뻗은 테이블에 앉아 그들은 아침을 주문했다. 바다 위에서 들려오는 잔잔한 물결 소리와 선선한 아침 바람이 두 사람을 감쌌다.

그들이 주문한 아침 식사는 신선한 과일과 함께 제공되는 따뜻한 커피, 그리고 갓 구운 크루아상과 함께 나온 해산물 오믈렛이었다. 이 오믈렛에는 키웨스트의 특산물인 신선한 게살이 듬뿍 들어가 있었고, 그 맛은 그들의 기대를 한층 더 높여주었다.

"이 오믈렛 정말 맛있어요. 게살이 이렇게 신선한 건 처음이에요."

그녀가 감탄하며 말했다.

"여기에서 먹는 아침 식사라 그런지 더 특별하게 느껴지네요. 바다 위에서 아침을 먹는 게 얼마나 좋은지 몰라요." 그도 동의하며 말했다.

두 사람은 천천히 식사하며 바다 위의 풍경을 즐겼다. 바다 위로 떠오르는 태양은 이제 완전히 하늘을 비추고 있었고, 파란 하늘과 맑은 바다, 그리고 그들 앞에 펼쳐진 키웨스트의 전경은 그들의 마음을 평온하게 만들었다. 이 순간, 그들은 그동안의 여행과 키웨스트에서 보낸 시간이 얼마나 소중한지를 새삼 느낄 수 있었다.

식사를 마친 후, 그들은 키웨스트에서 또 하나의 유명한 장소를 방문하기로 했다. 그곳은 바로 헤밍웨이 박물관(Ernest Hemingway Home and Museum)이었다. 이 박물관은 노벨문학상을 수상한 어니스트 헤밍웨이(Ernest Hemingway)가 생전에 머물렀던 집으로, 이제는 그가 남긴 흔적들을 기념하는 장소로 많은 이들에게 사랑받고 있었다.

박물관에 들어서자마자 그들은 헤밍웨이의 작품들과 함께 그가 이곳에서 살았던 시간을 떠올리게 되었다. 헤밍웨이는 키웨스트에서 자신의 가장 유명한 작품 중 일부를 집필했으며, 이곳은 그의 창의력이 꽃피운 장소로 알려져 있었다. 두 사람은 헤밍웨이가 글을 쓰던 책상, 그가 애정을 쏟았던 고양이들, 그리고 그의 삶을 기념하는 다양한 전시물들을 둘러보았다.

"헤밍웨이가 이곳에서 그렇게 많은 시간을 보냈다니, 참 놀라워요. 이곳의 아름다움이 그의 창의력에 얼마나 많은 영향을 미쳤을까요?" 그녀가 말했다.

"그랬을 거예요. 이곳에서 느껴지는 평온함과 자연의 아름다움이 그의 글에 스며들었을 것 같아요. 이곳에서라면 누구든 영감을 받을 수 있을 것 같아요." 그가 답했다.

박물관을 둘러보며 그들은 헤밍웨이가 남긴 문학적 유산에 관해 깊은 존경심을 느꼈다. 그의 작품들이 여전히 전 세계에서 많은 이들에게 사랑받고 있다는 사실이 이곳을 더욱 특별하게 만들었다. 헤밍웨이의 집을 둘러보는 동안, 그들은 그의 삶과 작품에 대한 이야기를 나누며 이곳에서 느껴지는 역사의 무게를 되새겼다.

"이곳에서 시간을 절대 잊지 못할 것 같아요. 키웨스트는 정말 모든 것이 특별한 곳이에요." 그녀가 말했다.

"맞아요. 이곳에서 우리는 자연의 아름다움뿐만 아니라, 역사와 문학의 중요한 부분을 경험할 수 있었어요. 키웨스트에서 시간은 우리에게 정말 많은 것을 남겨줬어요." 그가 동의하며 말했다.

박물관을 나서며 그들은 다시 한번 키웨스트의 거리로 걸어 나왔다. 따뜻한 햇살이 그들을 감싸며, 이곳에서 아침이 얼마나 특별했는지 다시금 느끼게 해주었다. 그들은 이제 다음 여행을 향해 떠날 준비를 하고 있었지만, 키웨스트에서 이 순간들은 그들 마음속에 오랫동안 남을 것이 분명했다.

그들은 다음 날 아침 일찍 키웨스트에서 출발해 플로리다를 가로지르며 뉴올리언스(New Orleans)로 향하는 긴 여행을 시작했다. 이번 여행은 플로리다의 화이트샌드비치(White Sand Beach)를 지나, 다양한 도시들을 거쳐 가는 경로로 계획되었다. 해가 떠오르는 이른 시간, 그들은 차를 몰고 길을 떠나며 끝없이 이어지는 해변과 도시들을 지날 생각에 설렜다.

먼저 그들이 지나간 곳은 플로리다의 펜사콜라(Pensacola)였다. 펜사콜라는 플로리다 팬핸들의 서쪽 끝에 있는 도시로, 미국 해군 항공대의 탄생지로 알려져 있다. 이곳은 하얀 모래와 푸른 바다를 자랑하는 해변들로 유명하다. 펜사콜라는 작은 규모의 도시지만, 그만의 독특한 매력을 가진 곳이었다. 그들은 펜사콜라의 고요한 해변을 바라보며 잠시 멈춰 쉬었다가 다시 여행을 계속했다.

여행 중 그들이 가장 기대한 곳은 바로 화이트샌드비치(White Sand Beach)였다. 이 해변은 그 이름처럼 눈부시게 하얀 모래로 유명한 곳으로, 하늘과 바다가 맞닿는 지점에서 펼쳐지는 하얀 모래 해변은 그야말로 환상적인 장관을 연출한다. 그녀는 해변에 도착하자마자 수영복으로 갈아입고, 맑은 바닷속으로 들어갔다. 물은 투명하고 깨끗했으며, 부드러운 파도가 그들을 맞아주었다.

"이 모래는 정말 특이하네요. 다른 해변보다 훨씬 더 부드러운 것 같아요." 그녀가 모래를 손으로 집으며 말했다.

"맞아요. 이 하얀 모래가 어떻게 생겨난 건지 궁금하네요." 그가 대답했다.

그들은 해변에서 여유롭게 시간을 보내며 하얀 모래의 기원에 관해 이야기하기 시작했다. 화이트샌드비치의 모래는 다른 일반적인 해변의 모래와 달리, 석영으로 이루어져 있었다. 이 석영 모래는 수천 년에 걸쳐 침식된 화강암에서 유래한 것으로, 빙하가 내려오면서 남긴 퇴적물들이 바다로 흘러 들어가 시간이 지남에 따라 현재 하얀 모래 해변을 형성하게 되었다. 이곳의 모래는 너무나도 부드러워 발이 닿을 때마다 촉감이 좋았고, 하늘과 바다의 푸른빛과 대비되는 순백색의 아름다움을 더해주었다.

"이 모래가 그렇게 오랜 세월을 거쳐서 만들어진 거라니 정말 놀라워요. 자연이 주는 선물 같아요." 그녀가 감탄하며 말했다.

그들은 하얀 모래 해변에서 수영을 즐기며 그곳에서 시간을 만끽했다. 이 해변은 그들에게 또 다른 기억을 선물해 주었고, 그들은 이 순간을 사진으로 남기며 추억을 기록했다.

다시 길을 떠난 그들은 플로리다에서 떠나 앨라배마(Alabama)로 들어섰다. 앨라배마는 남부의 매력을 간직한 주로, 모빌(Mobile)이라는 항구 도시가 가장 눈에 띄는 곳이었다. 모빌은 미국에서 가장 오래된 항구 중 하나로, 역사적인 배들과 해양 박물관이 자리한 곳이었다. 그들은 잠시 모빌을 지나며 이 도시의 역사적인 배경에 관해 이야기를 나눴다.

"이곳은 남부의 항구 중에서도 가장 오래된 곳 중 하나래요. 해양 산업이 이곳의 중심이었겠죠?" 그녀가 말했다.

"그렇겠죠. 이곳의 역사적 중요성이 그만큼 크니까요." 그가 대답했다.

그들은 모빌을 지나 앨라배마를 빠져나가며, 이제 미시시피주(Mississippi)로 향했다. 미시시피주는 남부의 깊은 뿌리를 간직한 주로, 특히 블루스 음악과 농업으로 유명하다. 미시시피강이 이곳을 가로지르고 있으며, 미국의 문화와 경제에 큰 영향을 끼친 중요한 지역 중 하나다. 그들은 미시시피를 지나며 이곳의 광활한 풍경과 남부 특유의 느긋한 분위기를 느낄 수 있었다.

"미시시피강이 이곳을 가로지르니, 정말 중요한 지역이었겠어요. 이곳에서 많은 블루스 음악가가 탄생한 이유를 알 것 같아요." 그가 말했다.

"맞아요. 이곳에서 느껴지는 감정과 풍경이 그들에게 영감을 줬겠죠." 그녀가 대답했다.

마침내 그들은 긴 여행 끝에 루이지애나주(Louisiana)에 도착했다. 루이지애나는 다채로운 문화와 역사를 자랑하는 주로, 특히 뉴올리언스(New Orleans)가 그 중심에 있다. 뉴올리언스는 재즈 음악의 탄생지로 유명하며, 독특한 건축물과 활기찬 거리 문화로 많은 이들에게 사랑받는 도시다. 특히 프렌치 쿼터(French Quarter)는 뉴올리언스의 상징적인 장소로, 다양한 예술가들과 음악가들이 모여드는 곳이다.

그들이 뉴올리언스에 도착했을 때, 도시는 이미 어둠이 깔려 있었지만, 거리 곳곳에서는 여전히 활기찬 음악과 웃음소리가 들려왔다. 뉴올리언스의 밤은 그들 앞에 새로운 에너지를 선사하고 있었다. 두 사람은 이 도시 특유의 분위기에 매료되어 잠시 말을 잃고 도시의 풍경을 바라보았다.

“여긴 정말 독특해요. 음악이 곳곳에서 들려오고, 사람들은 모두 즐거워 보이네요.” 그녀가 말했다.

“그래요. 뉴올리언스는 다른 도시들과는 완전히 다른 매력을 가지고 있어요. 재즈의 탄생지답게, 이곳의 모든 것들이 음악과 관련된 것 같아요.” 그가 대답했다.

그들은 뉴올리언스의 거리를 걸으며 프렌치 쿼터에서 재즈 음악을 감상하고, 거리에서 만난 사람들과 짧은 대화를 나누며 이곳의 문화를 직접 체험했다. 뉴올리언스는 그들에게 또 다른 모험의 시작을 알리는 도시였고, 이곳에서 시간도 그들에게 특별한 의미로 남게 되었다.

뉴올리언스는 그들의 긴 여행의 마지막을 장식하는 도시였지만, 앞으로도 많은 곳을 함께 여행할 수 있다는 기대감이 그들을 설레게 했다. 화이트샌드비치의 부드러운 모래, 앨라배마의 역사적인 항구, 미시시피의 광활한 풍경, 그리고 뉴올리언스의 밤까지, 그들은 이 여행을 통해 또 한 번 서로의 소중함을 깨닫게 되었다.

뉴올리언스의 아침은 여느 날과 다름없이 활기차게 시작되었다. 두 사람은 그날 아침 일찍 눈을 떠 서둘러 준비를 마치고, 뉴올리언스에서 가장 유명한 카페 뒤 몽드(Café du Monde)로 향했다. 이곳은 뉴올리언스에서 오랜 전통을 자랑하는 커피와 베네(베이녜), 즉 도넛을 먹기 위해 전 세계에서 사람들이 몰려오는 곳이었다.

그들이 카페에 도착했을 때는 이미 많은 사람들이 줄을 서고 있었다. 베네는 뉴올리언스의 대표적인 간식으로, 부드럽고 달콤한 도넛에 하얀 설탕 가루, 즉 화이트 슈거 파우더가 듬뿍 뿌려진 채로 제공되는 디저트다. 그들의 눈앞에 펼쳐진 광경은 그야말로 흥미진진했다. 수많은 사람들 사이로 하얀 파우더가 피어오르고 있었고, 사람들은 서로 웃고 떠들며 아침을 즐기고 있었다.

그들은 줄을 서서 기다리며 이곳에서만 느낄 수 있는 독특한 분위기를 느꼈다. 뉴올리언스의 카페 뒤 몽드는 단순한 식당 그 이상이었다. 그곳에서는 사람들이 베네를 먹으며 행복한 시간을 보내고, 하얀 파우더를 입에 묻히고도 개의치 않으며 웃고 있었다. 이곳에는 어떤 전설이 있었는데, 바로 베네 위에 뿌려진 화이트 슈거 파우더를 불며 소원을 빌면 그 소원이 반드시 이루어진다는 것이다.

그녀가 미소를 지으며 말했다.

"이곳에서 소원을 빌면 반드시 이루어진대요. 소원이 이루어지면, 연인들은 다시 이곳을 찾아와 행복한 시간을 보낸다는 전설도 있어요."

그는 그녀의 말을 듣고 고개를 끄덕이며 미소를 지었다.

"그럼 우리도 소원을 빌어야겠네요. 이곳에서 아침이 정말 특별한 이유가 또 있었군요."

마침내 그들이 긴 줄을 기다린 후 주문을 마치자, 베네와 커피가 빠르게 나왔다. 그들은 주변을 둘러보다 빈 테이블을 찾아 자리에 앉았다. 테이블 위에 놓인 베네는 하얗게 뿌려진 설탕가루 덕분에 보기만 해도 기분이 좋아졌다. 그들은 그 설탕 가루가 단순한 것이 아니라, 마치 행복을 가져다주는 마법의 가루처럼 느껴졌다. 베네를 앞에 두고 두 사람은 미소를 지으며 서로의 눈을 마주쳤다. 그 순간, 달콤함과 함께 찾아온 평화로운 기분이 그들의 대화 없이도 마음을 따뜻하게 감싸주었다.

그녀가 장난스러운 미소를 지으며 말했다.

"이제 소원을 빌 차례예요. 하얀 파우더를 불며 서로의 소원을 빌어요."

그는 고개를 끄덕이며 파우더가 잔뜩 묻은 베네를 들었다. 그녀도 베네를 들고 그와 함께 깊은숨을 들이쉬고는 동시에 파우더를 후 불었다. 하얀 가루가 공중으로 흩날리며 작은 기적을 만들어내는 듯했다. 그들의 얼굴에는 하얀 가루들이 날아와 붙어 버렸다.

그들이 소원을 빌고 나서 그녀가 물었다.

"무슨 소원을 빌었어요?"

그는 미소를 지으며 대답했다.

"비밀. 말하면 소원이 이루어지지 않을 거라고 했잖아."

그녀도 웃으며 말했다.

"맞아요. 비밀로 해요. 나도 말하지 않을 거예요. 하지만 분명 행복한 일이 우리에게 찾아올 거예요."

그들은 그렇게 서로의 소원이 이루어지길 바라며 베네를 한 입씩 베어 물었다. 부드러운 반죽에 듬뿍 뿌려진 화이트 슈거 파우더가 입 안에서 사르르 녹았다. 베네의 달콤함은 그들이 느끼는 기분을 더욱 달콤하게 만들어주었다. 커피 한 잔과 함께하는 이 아침은 뉴올리언스에서 그들이 누릴 수 있는 최고의 시간이었다.

그녀가 커피를 한 모금 마시며 말했다.

"이곳에서 아침을 먹으면 정말 행복해요. 왠지 오늘 하루는 모든 게 잘 풀릴 것 같은 기분이에요."

그도 고개를 끄덕이며 답했다.

"나도 그래요. 이 베네는 단순한 도넛이 아니라 마법처럼 우리의 하루를 행복하게 만들어주는 것 같아요."

그들은 천천히 베네와 커피를 즐기며 뉴올리언스에서 이 특별한 아침을 만끽했다. 주변에는 여전히 많은 사람들이 자리를 잡고 아침을 먹고 있었고, 그들 역시 같은 파우더를 불며 웃음 짓는 모습들이 보였다. 이곳에서 아침은 단순한 식사가 아닌, 서로의 행복을 기원하고 함께하는 순간을 즐기는 축제와 같았다.

그들이 베네를 다 먹고 나자, 주변의 풍경이 더욱 환하게 보였다. 뉴올리언스의 독특한 건축물과 길을 따라 흐르는 활기찬 에너지가 그들을 감쌌다. 거리에는 재즈 음악이 흘러나오고 있었고, 사람들은 그 리듬에 맞춰 여유롭게 걸어가고 있었다. 이 도시의 아침은 어제와 다르지 않게 생동감 넘쳤고, 그들은 그런 뉴올리언스의 활기를 몸소 느끼며 다시 여행을 이어갈 준비를 했다.

이 아침은 그들에게 행복 그 자체였다. 하얀 파우더를 불며 소원을 빈 순간, 그들은 서로의 마음속에 깊이 간직하고 있던 소망을 나누었고, 이 도시가 그들의 소원을 들어주리라는 믿음이 생겼다. 뉴올리언스에서 아침은 단순히 맛있는 음식을 먹는 것 이상의 의미를 가졌고, 그들은 이곳에서 시간을 잊지 못할 소중한 추억으로 간직하게 되었다. 이렇게 그들은 뉴올리언스에서 아침을 행복하게 마무리하고 다시 여행을 떠날 준비를 했다. 화이트 슈거 파우더를 불며 빌었던 그들의 소원이 이루어지기를 바라며 미소를 지었다.

그들은 뉴올리언스에서 아침을 마치고 천천히 남부 해안도로를 따라 드라이브를 시작했다. 마치 주변의 아름다움을 즐기려는 연인들처럼, 그들은 서두르지 않고 여유롭게 주변 풍경을 감상했다. 이 드라이브는 그들에게 남부의 독특한 풍경과 문화를 경험할 수 있는 또 다른 기회였다.

뉴올리언스를 벗어나면서 그들이 선택한 경로는 남부 해안도로, 즉 Interstate 10이었다. 이 도로는 미국 남부를 가로지르며 루이지애나, 미시시피, 앨라배마, 텍사스의 다양한 도시들을 통과하는 중요한 도로 중 하나다. 이 도로를 타고 달리는 동안 그들은 미국 남부의 특유 풍경과 함께, 바다와 맞닿은 길을 따라 끝없이 펼쳐진 해안선을 즐길 수 있었다. 남부 해안의 경치는 그들의 마음을 사로잡았다. 끝없는 평야와 하늘이 맞닿아 있고, 이따금 눈에 들어오는 작은 어촌 마을들은 마치 시간의 흐름을 잊게 만드는 듯했다.

이 지역의 해안은 미국 내에서도 독특한 매력을 지닌 곳이다. 플로리다 팬핸들에서부터 텍사스까지 이어지는 이 해안선은 다양한 자연경관을 품고 있다. 바다와 가까운 지역은 물론, 울창한 숲과 습지가 어우러진 풍경도 그들이 여행 중에 볼 수 있었다. 또한 남부 해안의 작은 마을들은 그들만의 고유한 문화와 전통을 간직하고 있었다. 그들은 마을마다 조금씩 다른 모습을 보면서도, 그 지역 특유의 따뜻한 환대와 느긋한 삶의 방식을 체험할 수 있었다.

루이지애나를 지나며 그들은 미시시피의 해안가 마을들을 지나쳤다. 미시시피 해안은 플로리다나 캘리포니아처럼 화려한 해변은 없지만, 그곳의 소박하고 평화로운 해안은 또 다른 매력을 뽐냈다. 이곳의 해변은 마치 사람의 손길이 닿지 않은 듯 자연 그대로의 모습을 간직하고 있었고, 그들은 차창 밖으로 그 광경을 즐기며 조용히 대화를 나눴다.

"이런 자연스러운 풍경이 참 좋아요. 복잡한 도시보다 이런 곳에서 좀 더 시간이 흘렀으면 좋겠어요." 그녀가 말했다.

그도 미소를 지으며 대답했다.

"맞아요. 이런 평온함은 도시에서 느낄 수 없는 거죠. 이 길을 따라가면서 다양한 자연을 보는 것만으로도 우리 여행이 더 특별해지는 것 같아요."

그들이 미시시피를 지나 텍사스로 진입했을 때, 풍경은 다시 한번 바뀌었다. 텍사스는 그 자체로도 넓은 땅을 자랑하는 주로, 다른 주들과는 차별화된 독특한 자연경관을 가지고 있었다. 끝없이 펼쳐진 평원과 황량한 사막 지형은 그들의 눈을 사로잡았다. 텍사스의 도로를 따라가는 동안, 그들은 수많은 풍력 발전기를 볼 수 있었고, 넓은 들판 위로 펼쳐진 푸른 하늘은 그들의 마음을 더 자유롭게 만들어 주었다.

그들의 다음 목적지는 텍사스의 대표적인 도시 중 하나인 휴스턴(Houston)이었다. 휴스턴은 미국에서 네 번째로 큰 도시이자, 미국의 에너지 산업과 우주 탐사로 유명한 도시이다. 그들이 휴스턴에 도착했을 때는 이른 오후였다. 휴스턴은 대도시 특유의 바쁜 분위기를 가지고 있었지만, 동시에 다양한 문화와 역사를 자랑하는 도시였다.

그들은 휴스턴에서 잠시 휴식을 취하며 도시의 활기찬 모습을 느낄 수 있었다. 휴스턴은 텍사스의 중심지로서 다양한 인종과 문화를 아우르는 국제적인 도시이기도 하다. 그들은 이곳에서 잠시 머무르며 도시의 명소들을 둘러봤다. 특히 NASA의 존슨 우주 센터(Johnson Space Center)는 휴스턴을 방문하는 이들이 꼭 한 번 들러야 하는 곳 중 하나다. 우주 탐사와 관련된 전시물들을 보며 그들은 과학 기술의 발전과 인류의 꿈을 상상할 수 있었다.

"이 도시에는 정말 많은 이야기가 담겨 있어요. 우주 탐사부터 에너지 산업까지, 휴스턴은 참 독특한 매력을 가진 도시네요." 그녀가 말했다.

"맞아요. 이곳에 오길 잘한 것 같아요. 우주 탐사와 관련된 이야기는 항상 흥미롭잖아요." 그가 대답했다.

휴스턴을 떠나 그들은 샌안토니오(San Antonio)로 향했다. 샌안토니오는 텍사스에서 두 번째로 큰 도시로, 독특한 역사적 배경과 함께 미국 남서부 문화의 중심지로 알려져 있다. 그들은 차를 몰고 서서히 도시로 가까워지면서 샌안토니오의 상징적인 장소들을 기대했다.

샌안토니오는 알라모 전투(The Alamo)로 잘 알려져 있다. 이 전투는 텍사스 독립 전쟁 중 가장 중요한 사건 중 하나로, 텍사스가 멕시코로부터 독립을 쟁취하기 위한 상징적인 전투였다. 알라모는 오늘날 많은 이들이 찾는 역사적 명소로, 그들이 도시에 도착했을 때 밤이었음에도 불구하고 알라모는 여전히 그곳에 서서 과거의 이야기를 들려주고 있는 듯했다.

샌안토니오에 도착한 것은 저녁 무렵이었다. 도시에는 따뜻한 빛이 가득했고, 거리에는 사람들이 여전히 활기차게 움직이고 있었다. 그들은 숙소에 도착해 간단히 짐을 풀고 나서, 도시를 조금 둘러보기로 했다. 샌안토니오는 그들의 여행 중 또 다른 하이라이트가 될 곳이었다.

도시의 밤거리는 아름다웠고, 특히 샌안토니오 리버워크(San Antonio River Walk)는 그들의 눈길을 사로잡았다. 이곳은 강을 따라 이어진 산책로로, 양옆으로 레스토랑과 카페들이 늘어서 있어 걷기만 해도 낭만적인 분위기를 느낄 수 있었다. 그들은 강가를 따라 걸으며 하루를 마무리할 준비를 했다. 샌안토니오의 리버워크는 마치 그림 속에서나 볼 법한 풍경을 제공했고, 그들은 이 도시의 밤을 즐길 수 있었다.

"이곳은 정말 매력적이에요. 강가를 따라 이렇게 걷다 보면 시간이 어떻게 가는지 모를 것 같아요." 그녀가 말했다.

"맞아요. 강이 이렇게 도시를 관통하면서도 자연스럽게 어우러진다는 게 참 인상적이에요. 여긴 꼭 다시 와보고 싶어요." 그가 대답했다.

샌안토니오에서 첫날 밤, 그들은 도시의 풍경에 빠져들었다. 강가에 비친 불빛과 그 아래를 흐르는 물, 그리고 그 속에서 들려오는 음악 소리와 사람들의 이야기들이 어우러져 그들에게 또 다른 추억을 선사했다. 그들의 남부 여행은 이렇게 끝없이 이어졌고, 그들은 서로의 손을 잡고 그 모든 순간을 함께 나누었다.

샌안토니오는 그들에게 단순한 도시 이상의 의미를 남겼다. 텍사스의 역사와 문화, 그리고 남부의 매력을 고스란히 느낄 수 있는 곳에서 그들은 또 한 번 특별한 경험을 하며 앞으로의 여행을 기대했다.

다음 날 아침, 그는 그녀와 함께 샌안토니오 리버워크(San Antonio River Walk)에서 보트 투어를 준비했다. 이 도시는 남부 텍사스의 역사를 온전히 담고 있는 매력적인 장소로, 그들은 강을 따라 흐르는 물길을 통해 도시의 다양한 건축물과 역사적 장소를 볼 수 있었다. 리버워크는 샌안토니오의 중심을 흐르는 강을 따라 조성된 산책로로, 양옆으로는 그림 같은 건물들이 자리 잡고 있고, 그 사이로 많은 사람들이 오가며 도시의 활기를 더하고 있었다.

보트에 오르자, 가이드는 강을 따라 자리 잡은 주요 건축물들에 관해 하나씩 설명하기 시작했다. 미션 시대(Mission Era)의 흔적이 남아 있는 오래된 교회들, 그리고 현대적인 건축물들이 조화를 이루며 강변을 장식하고 있었다. 그들은 이곳에서 샌안토니오의 과거와 현재를 동시에 느낄 수 있었다. 도시의 물길을 따라가면서 가이드는 이 지역의 중요한 역사적 사건들과 인물들에 관해 이야기했다. 샌안토니오는 미국 남서부 역사의 중요한 무대였고, 이곳에서 벌어진 많은 사건이 오늘날의 미국을 형성하는 데 중요한 역할을 했다.

보트 투어를 마친 후, 그들은 도시의 가장 상징적인 장소인 알라모 요새(The Alamo)로 향했다. 알라모는 텍사스 독립 전쟁 중, 중요한 전투 중 하나가 벌어진 장소로, 많은 이들이 이곳에서 텍사스의 자유를 위해 목숨을 바쳤다. 그와 그녀는 알라모에 들어서면서 이곳이 가진 역사적 의미에 관해 깊이 생각했다.

그는 그녀에게 알라모 요새의 이야기를 천천히 들려주었다.

"이곳은 단순한 요새가 아니야. 1836년, 텍사스 혁명 기간, 이곳에서 텍사스 군인들과 멕시코 군인들 사이에 벌어진 전투는 텍사스의 독립을 이끄는 중요한 전환점이었어."

그녀는 알라모의 벽을 보며 그 이야기에 몰입했다.

"어떻게 그런 작은 요새에서 텍사스 군이 멕시코와 싸울 수 있었나요?" 그녀가 물었다.

"당시 알라모 요새에는 약 200명의 텍사스 군인이 있었는데, 그들은 멕시코의 산타 안나(Santa Anna) 장군이 이끄는 1,500명 이상의 군대와 맞서 싸웠지. 13일 동안이나 알라모에서 저항했지만 결국 모두 전사했어. 하지만, 이 전투는 텍사스 독립 전쟁에서 중요한 상징이 되었어. 'Remember the Alamo'라는 구호가 텍사스 사람들에게 독립을 위한 용기를 심어주었지."

그녀는 그 말을 듣고 고개를 끄덕이며, 그곳에서 전투가 텍사스와 멕시코 간의 갈등이 아니라, 미국이 지금의 서부 땅을 차지하기 위한 첫걸음이었다는 점을 이해했다.

"그렇다면 알라모 요새의 전투가 텍사스뿐만 아니라 아리조나, 캘리포니아, 그리고 그랜드 캐니언까지 영향을 미친 건가요?" 그녀가 다시 물었다.

"맞아. 이 전투는 텍사스가 독립하는 데 중요한 역할을 했고, 그 이후로 미국은 멕시코 전쟁을 통해 서부의 많은 땅을 차지하게 되었어. 지금의 캘리포니아, 아리조나 그리고 그랜드 캐니언까지 이 전쟁으로 미국 땅이 되었지. 이 모든 것이 여기 알라모에서 시작되었어."

그들은 알라모 요새에서 한참을 머물며 역사의 깊이를 느꼈다. 이 작은 요새는 많은 사람들의 희생과 함께 오늘날의 미국을 만드는 데 중요한 역할을 했음을 깨닫게 되었다.

알라모에서 긴 시간을 보낸 후, 그들은 저녁을 먹기 위해 다시 리버워크로 돌아왔다. 샌안토니오의 강변에 자리한 레스토랑들은 아름다운 야경과 함께 로맨틱한 분위기를 자아냈다. 그들은 물결이 잔잔히 흐르는 강가의 한 레스토랑에 자리를 잡고 앉았다. 레스토랑에서 바라본 강가의 풍경은 그야말로 완벽했다. 불빛이 강물에 비치며 반짝였고, 배들이 천천히 물길을 따라 지나가며 그들에게 평온함을 선사했다.

저녁 메뉴는 텍사스의 전통 요리인 텍스멕스(Tex-Mex)였다. 그들은 따뜻한 또르띠야에 신선한 재료들이 가득 채워진 타코와 함께 맥주 한 잔을 나누며 오늘 하루를 돌아봤다. 샌안토니오의 음식은 그 지역의 문화와 역사를 잘 담고 있었고, 그들은 그 속에서 또 다른 여행을 느낄 수 있었다.

그녀는 그의 눈을 바라보며 말했다.

"샌안토니오에 몇 번 와봤다고 했죠? 왜 그렇게 이 도시에 반했는지 이제야 알 것 같아요. 이곳은 단순한 도시가 아니라, 남부의 매력이 모두 담긴 장소 같아요."

그는 미소를 지으며 고개를 끄덕였다.

"맞아. 나는 매년 몇 번씩 샌안토니오에 와. 이곳은 역사와 문화 그리고 자연이 모두 어우러진 곳이거든. 리버워크를 따라 걷는 것만으로도 평온함을 느낄 수 있고, 알라모 같은 역사적 장소에 오면 이곳이 가진 깊이를 알게 돼. 그래서 이 도시에 올 때마다 새로운 감정을 느끼곤 해."

그녀는 그의 이야기에 공감하며 샌안토니오의 매력에 더욱 빠져들었다. 강가에서 바라본 도시의 야경, 그리고 그들의 대화는 그들에게 또 다른 추억이 되었다.

"이런 순간이, 우리가 함께하는 여행이 더 특별하게 느껴지는 것 같아요." 그녀가 조용히 말했다.

그도 동의하며 그녀의 손을 잡았다.

"맞아. 우리 둘만의 시간이 계속 이렇게 특별하길 바라."

그들은 그렇게 샌안토니오의 밤을 마무리했다. 강변을 따라 흐르는 물소리와 불빛, 그리고 그들만의 대화는 그들에게 또 하나의 행복한 기억을 남겼다. 샌안토니오에서 하루는 끝이 났지만, 이 도시는 그들의 마음속에 오래도록 남을 것이다.

샌안토니오에서 피닉스로 향하는 길은 드넓은 사막을 가로지르는 긴 여행이었다. 그들은 10번 도로(Interstate 10)를 타고 서쪽으로 향하며 광활한 텍사스와 애리조나의 사막을 마주하게 되었다. 이 도로는 남부의 주요 고속도로로, 텍사스와 애리조나의 다양한 풍경을 보여주는 중요한 도로 중 하나다. 도시를 벗어나자 점차 풍경은 바뀌었고, 초목이 드문 황량한 사막이 그들 앞에 펼쳐지기 시작했다. 두 사람은 차 안에서 조용히 사막의 풍경을 감상하며 생각에 잠겼다. 넓게 뻗은 하늘과 끝없이 이어지는 평야는 일종의 고요함을 자아냈다.

그들이 달리는 도로 양옆으로 펼쳐진 사막은 마치 끝이 없는 것처럼 보였다. 하지만 그 황량한 사막 속에서도 눈길을 끄는 것이 있었다. 사막을 가로지르는 동안, 도로 옆에 자리한 거대한 사람 모양의 선인장들이 그들 앞에 나타났다. 그들은 사막에서 자주 볼 수 있는 전형적인 사구아로 선인장(Saguaro Cactus)이었다. 사구아로 선인장은 애리조나 사막의 상징으로, 높게 솟은 기둥과 그 옆으로 뻗은 두 팔이 마치 사람처럼 보였다. 이 선인장은 영화나 TV 프로그램에서 자주 등장하는 상징적인 이미지로, 특히 서부의 분위기를 자아내는 장면에서 많이 사용된다.

"저 선인장들, 정말 사람 같아요. 팔을 벌리고 있는 것처럼 보이네요." 그녀가 말했다.

"맞아요. 사구아로 선인장은 이 지역의 대표적인 식물이에요. 수백 년 동안 자라면서 저렇게 거대해진 거죠. 이 선인장 하나가 자라기 위해서는 엄청난 시간과 자연의 힘이 필요해요." 그가 설명했다.

사구아로 선인장은 10년이 지나야 겨우 몇 센티미터 자라기 시작하며, 수백 년에 걸쳐 이처럼 거대한 크기로 성장한다. 그들은 사구아로 선인장의 신비로운 모습에 매료되며 차를 몰았다. 이 선인장은 사막의 거칠고 가혹한 환경에서도 생존하며, 사막의 생명력을 상징하는 존재였다. 그들이 지나가는 도로 옆으로는 크고 작은 선인장들이 자리 잡고 있었고, 그 풍경은 사막의 고요함을 더욱 강조해 주었다.

길은 끝이 없을 것처럼 이어졌고, 도로 위로는 뜨거운 태양 빛이 내리쬐고 있었다. 사막의 뜨거운 열기 속에서도 그들은 느긋하게 여행을 이어갔다. 잠시 후 그들이 애리조나에 들어서면서, 멀리 피닉스(Phoenix)의 스카이라인이 보이기 시작했다. 피닉스는 애리조나주의 주도로, 사막 위에 자리한 대도시다. 그들은 피닉스에서 잠시 머무르며 도시의 활기찬 분위기를 느낄 수 있었다.

피닉스는 사막 한가운데서도 번성한 도시로, 사막의 거칢 속에서도 인간의 삶과 번영을 보여주는 독특한 매력을 지닌 곳이었다. 이곳의 날씨는 연중 대부분이 덥고 건조하지만, 사람들은 이곳에서 사막의 아름다움과 함께 살아가고 있었다. 그들은 피닉스에서 잠시 쉬며 도시를 둘러봤다. 현대적인 건물들과 사막 풍경이 어우러져 독특한 분위기를 자아내는 이곳은 두 사람에게 또 다른 여행의 재미를 선사했다.

잠시 후, 그들은 다시 차를 타고 피닉스를 떠나 북쪽으로 향했다. 그들의 다음 목적지는 애리조나의 대표적인 관광지 중 하나인 세도나(Sedona)였다. 세도나는 피닉스에서 차로 약 두 시간 정도 떨어진 곳에 있으며, 붉은 바위산으로 유명한 도시다. 세도나에 가까워질수록 풍경은 점점 더 아름다워졌다. 멀리 보이는 붉은 바위산은 그들 앞에 장관을 펼쳐 보였고, 그들은 그 모습을 감상하며 세도나로 들어섰다.

세도나에 도착했을 때, 해가 서서히 저물고 있었다. 붉은 바위산은 햇빛을 받아 더욱 짙은 붉은빛을 내뿜고 있었고, 그 풍경은 마치 자연이 빚어낸 예술 작품 같았다. 세도나는 그동안 그들이 보아온 다른 사막 도시들과는 달리, 독특한 매력을 가지고 있었다. 이곳은 영적인 에너지가 강한 곳으로 알려져서 많은 사람들이 명상하러 방문하는 장소로도 유명하다. 그들은 세도나의 붉은 바위산을 오르기 위해 천천히 걸음을 옮겼다.

그들이 도착한 곳은 세도나의 상징적인 바위산 중 하나인 캣헤드럴 록(Cathedral Rock)이었다. 이곳은 세도나의 대표적인 명소로, 수많은 등산객과 관광객들이 이곳에서 붉은 노을을 바라보며 시간을 보내곤 한다. 그들은 바위산 위로 올라가면서 점점 더 붉게 물들어가는 하늘을 바라보았다. 햇빛이 붉은 바위산을 비추며 사라질 때마다, 그들의 마음도 점차 고요해졌다.

"이곳에서 노을은 정말 환상적이네요. 마치 하늘과 바위가 하나가 된 것 같아요."

그녀가 감탄하며 말했다.

"맞아요. 세도나는 항상 이런 감동을 주는 곳이에요. 이곳에 오면 모든 걱정이 사라지고, 자연 속에서 평온함을 느낄 수 있죠." 그가 대답했다.

그들은 바위산 꼭대기에 앉아 붉은 노을을 바라보며 서로의 손을 잡았다. 붉게 타오르는 하늘과 그 아래로 펼쳐진 광활한 대지는 그들 앞에 무한한 세상을 펼쳐 보였다. 그 순간, 그들은 세상의 끝에 서 있는 것처럼 느껴졌다. 자연의 위대함과 그 안에서 느끼는 사랑은 그들에게 또 다른 의미로 다가왔다.

그는 그녀의 손을 꼭 잡으며 조용히 속삭였다.

"이 순간이 영원히 계속되었으면 좋겠어요. 당신과 함께 이 아름다운 풍경을 바라보는 것만으로도 너무 행복해요."

그녀도 그의 손을 꼭 잡으며 대답했다.

"나도 그래요. 이곳에서 당신과 함께하는 시간이 정말 소중해요. 앞으로도 우리 둘이 이렇게 많은 순간을 함께할 수 있길 바라요."

그들은 그렇게 서로의 사랑을 확인하며 붉은 노을이 지는 세도나의 하늘을 바라봤다. 하늘은 점차 어두워졌고, 그들 앞에 펼쳐진 붉은 바위산도 서서히 어둠 속으로 사라졌다. 하지만 그들은 여전히 그 자리에서 서로를 바라보며 속삭였다. 이 순간, 그들의 사랑은 자연과 하나가 되었고, 그들은 세상의 모든 것과 연결된 듯한 평온함을 느낄 수 있었다.

세도나에서 저녁은 그렇게 깊어졌다. 그들은 그곳에서 보낸 시간이 얼마나 소중한지 다시 한번 깨달았다. 붉은 바위산에서 노을은 그들에게 자연이 주는 선물이었고, 그 속에서 그들은 서로의 사랑을 더 깊이 느낄 수 있었다.

다음 날 아침, 그들은 세도나에서 첫날을 맞이하며 간단한 아침 식사를 마쳤다. 맑은 공기가 가득한 세도나의 이른 아침, 붉은 바위산이 그들 앞에 서 있었다. 아침의 조용한 시간 속에서 세도나는 평화롭고 고요했으며, 그곳에서 느껴지는 신성한 분위기가 그들을 감쌌다. 그는 그녀에게 특별한 장소로 가자며 차를 몰았다.

그가 그녀를 데리고 간 곳은 세도나의 상징적인 장소 중 하나인 언덕 위의 성당이었다. 이 성당은 채플 오브 더 홀리 크로스(Chapel of the Holy Cross)로, 세도나의 붉은 바위 언덕 위에 자리한 아름다운 건축물이다. 성당은 높은 언덕에 세워져 있어, 그곳에 올라서면 세도나의 모든 풍경을 한눈에 내려다볼 수 있다. 이 성당은 1950년대에 지어졌으며, 주변의 자연과 완벽하게 어우러진 모습으로 세도나를 찾는 이들에게 깊은 감동을 선사하는 장소로 알려져 있다.

그는 그녀의 손을 잡고 성당으로 올라갔다. 성당의 입구에 다다랐을 때, 그녀는 자연스럽게 성당의 고요함과 그곳에 깃든 성스러움을 느낄 수 있었다. 성당은 마치 자연 속에서 자라난 듯, 붉은 바위와 하나가 된 모습이었다. 바깥에서는 뜨거운 태양이 내리쬐고 있었지만, 성당 안으로 들어서자 고요하고 차분한 분위기가 그들을 감쌌다.

그는 성당 안쪽으로 걸음을 옮기며 그녀에게 말했다.

"이곳은 내가 널 만나기 전에 방문했던 곳이야. 그리고 마음속으로 기도했었지."

그녀는 그의 이야기에 귀를 기울이며 성당 내부를 바라보았다. 중앙에 있는 큰 십자가가 성당의 심장부를 장식하고 있었고, 그 십자가는 성당 밖으로 보이는 붉은 바위산과 자연스럽게 이어져 있었다.

그가 이어서 말했다.

"어쩌면 그때 내가 이곳에서 기도했던 그 순간에 신이 너를 내게 보내주신 게 아닐까 싶어. 너는 나에게 주어진 선물 같은 존재야."

그녀는 그의 말을 듣고 가슴이 뭉클해졌다. 그가 자신의 삶에서 얼마나 중요한 사람인지, 그리고 그가 그녀를 얼마나 깊이 사랑하는지 느낄 수 있었다. 그녀는 성당 안쪽으로 천천히 걸어가며, 그곳의 성스러운 분위기 속에서 마음속 깊은 감정을 정리하고 있었다.

그녀는 성당 안의 십자가 밑에 조용히 무릎을 꿇었다. 붉은 바위산을 배경으로 서 있는 이 성당의 십자가는 그녀의 마음을 사로잡았다. 그녀는 조용히 기도를 올리며 그곳에서 느껴지는 평온함과 경건함을 받아들였다. 그녀의 마음속에는 많은 생각들이 교차했다. 그와 만남, 그와 함께한 시간, 그리고 그들이 함께 만들어가고 있는 미래가 머릿속에 스치며 지나갔다.

그녀는 속으로 기도했다. 이 순간, 그녀는 자신에게 주어진 모든 것이 감사하다고 느꼈다. 그와 만남이 우연이 아니며, 운명처럼 다가온 이 사랑이 그녀에게 큰 축복이라는 사실을 깨달았다. 십자가 아래에서 기도하는 그녀의 모습은 평온하면서도 경건했다. 그 또한 그 장면을 바라보며 그녀가 얼마나 아름다운지, 그녀와 함께하는 시간이 얼마나 소중한지를 다시 한번 깨달았다.

그는 성당의 뒤편으로 걸음을 옮겨 성당 밖으로 보이는 세도나의 전경을 바라봤다. 끝없이 펼쳐진 붉은 바위산과 그 위로 비치는 아침 햇살은 마치 자연이 만들어낸 신비로운 예술 작품 같았다. 그곳에서 바라본 풍경은 그에게 또 다른 감동을 주었다. 그는 이곳에서 느낀 평온함과 성스러움이 그녀와 함께하는 시간 속에서도 이어지길 바랐다. 잠시 후, 그녀는 천천히 일어나 그에게 다가갔다.

그녀의 눈에는 깊은 감동이 서려 있었다.

"여기에서 시간이 정말 소중해요. 당신이 여기서 기도했던 것처럼, 나도 지금, 이 순간이 우리에게 주어진 축복이라는 걸 느꼈어요."

그는 그녀의 손을 잡으며 말했다.

"나도 그래. 이곳에서 너와 함께 있는 시간이 너무 행복해. 너는 나에게 주어진 가장 큰 선물이야."

그들은 성당 밖으로 걸어 나와 붉은 바위산 위로 비치는 아침 햇살을 함께 바라봤다. 아침의 신선한 공기와 함께 그들 앞에 펼쳐진 자연은 그들의 마음을 더없이 평온하게 해주었다. 붉은 바위산의 풍경 속에서, 그들은 서로의 손을 꼭 잡고 있었다.

그들은 세도나에서 평온한 시간을 만끽하며 작은 마을들을 여행했다. 세도나의 붉은 바위 산맥에 둘러싸인 이 작은 마을들은 자연과 예술이 어우러진 고요하고도 매력적인 장소들이었다. 세도나에서 하루하루는 그들에게 영혼의 치유와도 같았다. 두 사람은 마을을 거닐며 지역 예술가들의 작품들을 감상하고, 가게에서 핸드메이드 도자기와 보석들을 구경하며 기념품을 샀다. 저녁이면 붉은 노을을 배경으로 서로의 손을 잡고 산책하며 하루의 마무리를 했다.

마지막 저녁, 그들은 세도나의 한 조용한 카페에서 커피를 마시며 이곳에서 마지막 밤을 기념했다.

다음 날 아침, 그들은 세도나에서 마지막 아침을 보낸 후 차에 올라 피닉스를 거쳐 샌디에고로 향했다. 피닉스는 사막의 뜨거운 태양 아래 자리 잡은 도시로, 그들에게 잠시 숨을 고를 수 있는 중간 지점이었다. 피닉스에서 잠시 머물며 간단히 식사한 후, 그들은 다시 남쪽으로 차를 몰아 샌디에고를 향해 출발했다.

샌디에고에 가까워질수록, 그에게는 감회가 새로워졌다. 샌디에고는 그가 미국 생활을 처음 시작한 곳이었기 때문이다. 그는 처음 이곳에 도착했을 때 느꼈던 설렘과 불안을 떠올리며, 그녀와 함께 그 기억을 공유했다.

"샌디에고는 내게 아주 특별한 곳이야. 미국에 처음 왔을 때 이곳에서 새로운 삶을 시작했지." 그가 말했다.

그녀는 그의 말을 들으며 그가 샌디에고에서 겪었을 많은 일들을 상상했다. "그렇다면, 당신의 시작을 함께 걸어볼 수 있겠네요. 이곳에서 어떤 경험을 했는지 궁금해요."

그들은 10번에서 8번 도로로 이어지는 긴 사막을 따라 차를 몰며 멕시코와 미국 국경에 설치된 철제 담장들을 보았다. 샌디에고는 미국과 멕시코의 국경이 맞닿은 도시로, 두 나라의 문화가 자연스럽게 어우러진 독특한 분위기를 자아내고 있었다. 국경을 따라 늘어선 울타리와 그 너머로 펼쳐진 멕시코의 풍경을 바라보며, 두 사람은 서로 다른 세계가 가까이 맞닿아 있는 이 도시에 관해 이야기했다.

그날 밤, 그들은 샌디에고 해변 근처의 호텔에서 하루를 보냈다. 창밖으로 보이는 몽돌해변은 파도 소리와 함께 그들에게 하루의 피로를 씻어주었다. 바람에 흔들리는 야자수와 파도 소리가 어우러진 그곳에서, 그들은 다시 한번 서로의 손을 잡고 사랑을 속삭였다.

다음 날 아침, 그들은 샌디에고의 대표적인 명소 중 하나인 SeaWorld로 향했다. SeaWorld는 해양 생물들과 다양한 놀이기구를 즐길 수 있는 대규모 테마파크로, 그곳에서 하루는 그들에게 새로운 즐거움을 선사했다. 돌고래 쇼를 보며 웃고, 범고래가 물을 튀기는 장면에 깜짝 놀라며 즐겁게 지냈다.

"이곳에서 하루는 정말 재밌었어요. 당신과 함께 이 모든 것을 경험할 수 있어서 더 행복해요." 그녀가 말했다.

그도 고개를 끄덕이며 말했다. "나도 그래. 오늘은 정말 잊지 못할 날이 될 것 같아."

그들은 SeaWorld에서 즐겁게 지내고, 저녁 무렵 다시 차에 올라 산타모니카를 향해 출발했다. 해안도로를 따라 이어지는 아름다운 해변들이 그들의 눈앞에 펼쳐졌다. 샌디에고에서 산타모니카로 가는 해안도로는 미국의 서부 해안의 아름다움을 고스란히 담고 있는 곳이었다. 파란 하늘과 끝없이 펼쳐진 태평양, 그리고 그 해변을 따라 이어지는 고요한 도로는 두 사람에게 평화로움을 선사했다.

드디어 산타모니카에 도착했을 때, 그들은 그들의 여행이 얼마나 많은 것을 담고 있었는지 실감했다. 차의 트립 게이지가 9999에서 0으로 바뀌는 순간, 그들은 1만 마일의 긴 여행을 마무리했음을 깨달았다. 그들은 미소를 지으며 서로를 바라봤다.

"우리가 1만 마일을 여행했어요. 이렇게 긴 여행을 함께할 수 있었다는 게 정말 믿기지 않아요." 그녀가 말했다.

"맞아. 이건 우리가 함께 만든 추억이야. 그리고 이건 시작에 불과해." 그가 대답했다.

그들은 산타모니카 해변에 차를 세우고 잠시 바닷바람을 맞으며 걸었다. 태평양의 바람은 그들의 피로를 씻어주었고, 눈앞에 펼쳐진 바다와 하늘은 그들에게 새로운 시작을 의미하는 듯했다. 여행은 끝났지만, 그들의 이야기는 계속될 것이었다.

"이 여행이 우리에게 정말 많은 것을 가르쳐줬어요. 서로에 관해 더 많이 알게 되었고, 앞으로도 함께할 수 있다는 게 얼마나 큰 축복인지 깨달았어요." 그녀가 말했다.

미국 라운드 트립을 마치고 그녀는 한국행 비행기에 몸을 실었다. 그는 떠나는 그녀를 보내며, 한두 달 더 정리가 끝나면 한국에 갈 것을 몇 번이나 다짐하며 그녀를 보냈다. 그리고 그의 아파트로 돌아왔다. 그는 문을 열고 들어서자마자, 긴 여행의 끝에서 느껴지는 묘한 감정이 그를 감싸안았다.

그는 자신의 인생을 돌아보았다. 미국에서 시간은 그에게 많은 것을 가져다주었다. 유학을 마친 후 취업하고, 스스로 사업을 시작하면서 미국은 그의 두 번째 고향이 되었다. 이곳에서 그는 많은 것을 배웠고, 많은 것을 이루었다. 그러나 이제는 그 모든 것을 내려놓고 한국으로 돌아가야 할 때가 되었다. 이 결정은 쉽지 않았지만, 그는 그녀와의 만남 이후로 새로운 시작을 꿈꾸게 되었다. 그녀가 LA에 도착하고 나서 그들은 늘 함께했다. 그들은 함께 미국 곳곳을 여행하며 서로에 대한 감정을 깊이 나누었고, 그 여행은 두 사람의 관계를 더욱 단단하게 만들어주었다.

그는 그녀를 보내던 날을 생각했다. 그날 아침, 그는 조용히 주방으로 향했다. 그는 그녀를 위해 간단한 아침을 준비했다. 빵을 굽고 커피를 내리면서 그는 이 순간이 얼마나 소중한지를 느꼈다. 오늘은 그녀와 함께하는 마지막 날이었고, 그는 이 순간을 오랫동안 기억할 것임을 알았다.

그녀가 잠에서 깨어나자, 그녀는 조용히 그의 곁으로 다가와 미소를 지었다.

"아침을 준비해 줬네요. 고마워요."

"아침이 중요하니까요. 오늘이 우리에게 특별한 날이기도 하고요." 그는 그녀에게 말했다.

그들은 함께 조용히 아침 식사를 하며, 서로의 눈을 바라보았다.

말은 많지 않았지만, 그들의 마음속에는 수많은 감정이 오갔다.

아침 식사가 끝난 후, 그는 그녀의 짐을 차에 실었다. 짐이 모두 실렸을 때, 그는 조용히 그녀의 손을 잡았다. 그들은 로스앤젤레스 공항으로 향하는 내내 손을 꼭 잡고 있었다. 그녀의 손은 따뜻했고, 그 손을 놓고 싶지 않았다. 그녀도 손을 놓지 않았고, 그 손을 통해 그의 마음을 느꼈다. 그녀도 그와 마찬가지로 이 이별을 힘들어하고 있었다.

"걱정하지 마세요." 그녀는 말했다.

"당신이 한국에 올 때까지 잘 지내고 있을게요."

그녀는 고개를 끄떡였다. 그녀의 목소리에는 슬픔이 담겨 있었다.

"저도 당신을 생각하며 열심히 공부할게요. 하지만… 그리울 거예요."

그들은 공항에 도착했고, 이별의 시간이 다가왔다. 그녀의 짐을 내려주고, 그녀를 잠시 끌어안았다.

"우리는 다시 만날 거예요."

"저도 그렇게 믿고 싶어요." 그녀는 그의 품에서 나와 그를 바라보며 말했다.

그녀는 먼저 한국행 비행기에 몸을 실었다. 그녀가 보이지 않을 때까지 그 자리에 서서, 그녀를 바라보았다. 그의 마음은 무겁고, 가슴 한구석이 비어버린 것 같았다.

그녀가 떠난 후, 그의 모든 것을 정리하기 시작했다. 사업과 집, 그리고 자신이 이곳에서 쌓아온 모든 것들을 하나씩 정리해 나갔다. 미국에서 시간은 그에게 큰 의미를 지닌 시간이었지만, 이제는 새로운 시작을 위해 모든 것을 내려놓아야 했다. 그는 그녀를 위해 그리고 자신의 새로운 삶을 위해 한국으로 돌아가기로 결심했다.

시간은 금방 지나갔다. 6월이 되었을 때, 그는 마침내 모든 것을 정리하고 한국행 비행기에 몸을 실었다. 15년 만에 돌아가는 한국, 고국이지만 그에게는 낯설게 느껴졌다. 미국 유학과 취업 그리고 사업의 시작. 그 모든 것이 이제는 과거의 일이 되었다. 그러나 그 과거가 그에게 많은 것을 가르쳐주었고, 그로 인해 그는 지금의 자신이 되었다.

비행기에 앉아 창밖을 바라보며, 미묘한 감정에 사로잡혔다. 미국에서 삶은 그의 인생에 큰 부분을 차지했고, 그곳에서 시간은 잊을 수 없는 추억으로 남아 있었다. 그러나 그는 그 추억에 머무를 수 없었다. 이제는 새로운 시작을 위해 과거를 뒤로 하고 앞으로 나아가야 했다.

비행기가 이륙하면서, LA에서 마지막 순간들을 떠올렸다. 그는 그곳에서 많은 것을 이루었고, 많은 사람들을 만났으며, 많은 것을 배웠다. 그러나 이제는 새로운 장을 열어야 할 시간이었다.

비행기가 한국에 도착한 순간, 그는 공항에서 느껴지는 낯선 광경에 가슴이 두근거렸다. 익숙한 고국이지만, 그의 마음은 여전히 혼란스러웠다. 다시 돌아온 이곳에서 자신이 무엇을 시작해야 할지 알 수 없었고, 그 생각은 그에게 막연한 두려움을 안겨주었다. 새로운 시작이라는 설렘과 함께, 과연 이곳에서 자신이 잘할 수 있을지에 대한 불안감이 그를 감쌌다. 그러나 한 가지는 분명했다. 그는 그녀와 함께 새로운 삶을 시작할 것이었다. 이 결심만이 그를 붙잡고 있었다.

짐을 챙겨 공항을 나서면서, 익숙하게 들리는 한국어가 그의 귀에 스쳤고, 한국의 공기는 그를 따뜻하게 맞이했지만, 그에게는 모든 것이 새롭고 낯설게 느껴졌다. 미국에서의 모든 기억과 익숙함이 이제는 과거로 남겨졌다는 사실을 실감하며, 그는 새로운 길 앞에 선 자신의 모습을 떠올렸다. 그 길이 어디로 이어질지 확신할 수 없었지만, 그는 그 길 위에서 다시 한번 용기를 내기로 다짐했다.

인천공항에 도착한 그는 빠른 걸음으로 그녀가 기다리는 출구로 향했다. 그녀의 얼굴을 보자마자, 그는 그동안의 고통이 한순간에 사라지는 듯한 느낌을 받았다. 그녀는 그를 따뜻하게 맞이하며, 그들의 새로운 시작을 위한 첫걸음을 함께 내디뎠다. 한국의 공기는 그들에게 새로운 희망과 가능성을 안겨주었고, 그는 이 새로운 환경에서 그녀와 함께할 미래를 꿈꾸기 시작했다.

그의 과거는 이제 먼 기억 속으로 사라지고, 한국에서 새로운 인생이 그를 기다리고 있었다. 그는 이제 새로운 도전을 맞이할 준비가 되어 있었고, 그녀의 곁에서 함께하는 미래를 바라보며 새로운 길을 걸어가기로 했다. 로스앤젤레스에서 마지막 순간은 그가 떠나는 여행의 상징이었고, 한국에서 새로운 시작은 그들의 사랑과 미래를 향한 첫걸음이었다.

그의 결정은 단순히 물리적인 이동을 넘어, 그의 삶을 새롭게 정의하는 중요한 전환점이었다. 로스앤젤레스에서 모든 추억과 경험은 그의 과거를 형성하는 중요한 부분이었지만, 그녀와 함께하는 미래가 그에게는 더 큰 의미가 있었다. 이제 그는 한국에서 새로운 인생을 시작한다.

그의 여행은 단순한 이탈이 아닌, 새로운 삶을 향한 첫걸음이었다. 그가 선택한 길에 대한 희망과 열망이 가득 담겨 있었다. 로스앤젤레스에서 비 오는 날, 공항에서 마지막 순간은 그의 새로운 시작을 상징하는 장면이었다. 이별의 아쉬움과 함께, 그는 새로운 미래를 향해 나아갔다. 그리고 이제, 한국에서 새로운 인생을 설계하며, 사랑하는 여인과 함께할 미래를 꿈꾸고 있다.

한국에서의 삶은 처음부터 쉽지 않았다. 그들이 도착한 순간부터 익숙지 않은 시선들이 따라붙었고, 예상치 못한 도전들이 이어졌다. 한국은 여전히 전통적인 가치관이 강하게 자리 잡은 사회였기에, 그들의 관계는 사람들에게 쉽게 받아들여지지 않았다. 중년의 남성과 젊은 여성 사이의 틈은 남들의 눈에 분명한 차이로 보였고, 그들의 동행이 불편한 호기심을 불러일으켰다.

그와 그녀를 잘 아는 사람들조차 그의 경제적 불안정이 이 관계에 어떤 영향을 미칠지 고민하기 시작했다. 그의 재정 상황과 그녀의 뛰어난 학력과 경력 사이의 차이는 그들 사이에 미묘한 균열을 일으킬 수 있을 것이라는 염려를 불러일으켰다. 주변 사람들은 이 차이가 그들에게 현실적인 걸림돌이 되지 않을까? 의구심을 품었고, 이러한 시선은 그의 마음을 더욱 불편하게 만들었다.

이러한 외부의 시선에서 벗어나기 위해, 그들은 자연스럽게 외출을 줄였고, 함께할 때면 종종 해외로의 짧은 여행을 떠나며 둘만의 시간을 즐겼다. 그들은 외부의 압박 속에서도 서로에 대한 애정을 지켜 나가며, 작은 세계에서 행복을 찾으려 노력했다. 그녀는 사회적 편견에 굴하지 않고 솔직한 감정을 표현했고, 그는 언제나 그녀 곁에서 묵묵히 지지했다.

그들은 남들의 눈에 관계를 더 평범하게 보이기 위해 애썼지만, 그들이 느끼는 사랑과 진심은 변하지 않았다. 한국에서 주변의 기대와 평가가 그들에게 부담으로 다가왔음에도, 두 사람은 오히려 더 열심히 일하고 서로를 지켜주며 미래를 그려나갔다. 비판적인 시선과 의구심에도 불구하고, 그들은 흔들림 없이 나아갔다.

그들의 관계는 외부의 압력 속에서도 더욱 단단해졌다. 서로에게서 얻는 지지와 애정은 그들에게 큰 힘이 되었고, 특히 그녀는 자신의 경력을 쌓는 동안 그가 보내는 조용한 응원에 의지할 수 있었다. 이 과정에서 그들의 사랑은 더 깊어졌고, 외부의 편견은 결코 그들의 유대감을 무너뜨릴 수 없었다.

두 사람은 마치 자신들만의 작은 세계에서 살아가는 듯했다. 외부의 압박과 시선에도 불구하고, 그들은 오롯이 서로에게 집중하며 함께하는 시간을 소중히 여겼다. 사회적 압박과 현실적인 도전이 만만치 않았지만, 그들은 이를 극복하며 더욱 강한 관계를 쌓아갔다. 그들의 사랑은 외부의 시선에 흔들리지 않았고, 그들만의 세계에서 진정한 행복을 찾아가기 위해 꾸준히 나아갔다.

그녀는 "박사 과정을 마치면, 우리는 더 이상 사람들의 시선을 신경 쓰지 않아도 될 거예요. 편견이 없는 나라에서, 우리만의 삶을 시작할 수 있을 거라고 믿어요"라고 말했다.

그는 그녀의 손을 꼭 잡으며 대답했다.

"맞아. 우리는 함께라면 어떤 어려움도 이겨낼 수 있을 거야. 이 과정이 끝나면, 우리는 어디에서든 행복을 찾을 수 있을 거야."

그들은 그렇게 서로에게 희망을 주며, 한국에서 사회적 편견을 넘어서는 미래를 향해 나아갔다. 박사 과정을 마치면, 그들은 새로운 나라에서 편견 없는 삶을 꿈꾸며, 함께할 행복을 찾아나갈 준비를 했다. 그들의 사랑은 외부의 시선과 편견에 휘둘리지 않고 더욱 단단해졌고, 그 희망을 통해 앞으로의 인생을 함께 만들어갈 것이었다.

그녀는 자기 인생에서 큰 성취 중 하나인 박사 학위를 마쳤다. 그와 그녀는 각자의 삶을 이어가며 서로를 지지해 왔다. 하지만 이제는 학문적 성과를 기반으로 한 새로운 취업 기회가 그녀에게 찾아오면서, 두 사람은 새로운 도전과 갈등을 맞이하게 되었다. 여러 기관에서 그녀에게 매력적인 취업 제안이 들어오기 시작했지만, 그녀는 그 제안을 쉽게 받아들일 수 없었다. 이유는 바로 두 사람의 관계가 이 사회적 편견과 맞서야 한다는 점 때문이었다. 그녀는 이러한 편견 속에서 그와의 관계를 보호해야 한다는 생각에 두려움과 책임감을 동시에 느끼고 있었다.

그녀는 오랜 고민 끝에 그에게 속내를 털어놓았다.

"박사 학위를 마치고 나서 다른 나라에서 취업하려면 국내에서 몇 년간 경력을 쌓아야 할 것 같아. 기관에서 일하면 나중에 해외에서 같은 직종으로 취업할 가능성이 더 높아질 거야. 그러려면 우리 관계를 더 철저히 숨겨야 할지도 몰라. 나는 당신을 감추는 게 너무 힘들어. 그리고 내가 이렇게 하면 당신에게도 큰 부담이 될까 봐 걱정돼."

그는 그녀의 고민을 깊이 이해했다. 두 사람은 이미 사회적 시선에서 사랑을 지키기 위해 큰 노력을 해왔고, 이제 더 큰 도전에 직면하게 된 것이었다. 하지만 그는 그녀가 이 기회를 잡아야 한다고 생각했다.

"난 네가 네 꿈을 이룰 수 있길 바라고 있어." 그는 조용히 말했다. "물론 우리 관계가 쉽지 않겠지만, 그게 네가 원하는 일을 하지 말아야 할 이유는 아니야. 국내에서 경력을 쌓으면 너에게 더 큰 기회가 열릴 거잖아. 난 언제나 네 곁에 있을 테니, 네가 원하는 길을 걸어가도록 응원할게."

그녀는 그의 말에 고개를 끄덕이며, 그의 지지에 힘을 얻었다. 비록 그들이 사회적 편견과 맞서야 할 때가 많았지만, 그녀는 그의 지지 덕분에 힘을 낼 수 있었다. 그녀는 자신이 선택한 길에서 최선을 다하기로 결심했고, 그와의 약속을 지키기 위해 두 사람은 더 많은 신경을 써야 했지만, 그들은 서로에 대한 신뢰를 바탕으로 어려움을 극복해 나가기로 했다.

취업 제안을 받아들이기로 결심한 후, 그녀는 그와의 관계를 계속 숨기면서도 사회적 성공을 위한 경험으로 몇 년 동안 임시로 일하기로 했다. 그녀의 새로운 직장은 매우 보수적이었고, 특히 공적인 위치에서 개인적인 삶에 대한 노출은 제한적이어야 했다. 따라서 그녀는 더 조심해야 했고, 그의 존재를 외부에 드러내지 않기 위해 두 사람은 철저한 비밀 속에서 살아가야 했다. 그는 그녀가 더 많은 업무와 책임을 맡으면서 더욱 바빠지고, 직장 내에서도 중요한 인물로 자리 잡는 것을 보며 자랑스러워했다. 그녀의 동료들과 상사들은 그녀를 높이 평가하고 존중했지만, 그와의 관계는 그녀가 여전히 숨겨야 할 비밀로 남아 있었다. 그런데도, 그는 그녀의 곁에서 언제나 묵묵히 지지했다. 그녀가 늦은 밤까지 업무를 마치고 돌아올 때면, 그는 그녀를 기다리며 따뜻한 차 한 잔을 준비했다. 그녀는 그가 없었다면 이 모든 과정을 이겨내지 못했을 것으로 생각했다.

"난 네가 얼마나 열심히 해왔는지 알고 있어. 그리고 그만큼 넌 더 큰 성과를 이룰 거야."

그녀는 고개를 끄덕이며 말했다.

"당신 덕분에 내가 여기까지 올 수 있었어요. 하지만 우리 관계를 계속 숨겨야 한다는 게 너무 힘들어요. 당신에게 미안해요."

그는 그녀의 손을 잡으며 따뜻하게 미소 지었다.

"난 네가 행복하면 돼. 그리고 우린 이걸 이겨낼 수 있어. 네가 하고 싶은 일을 해야 해. 편견은 우리가 함께라면 이겨낼 수 있는 문제야."

그의 말은 그녀에게 큰 힘이 되었다. 그녀는 그의 지지 덕분에 자기 일을 계속할 수 있었다.

두 사람은 함께 한국 사회의 어려움과 편견을 이겨내고 있었다. 그녀는 직장에서 자신의 능력을 인정받으며, 점차 더 큰 책임을 맡게 되었다. 그녀가 일하는 분야에서 두각을 나타내기 시작하자, 그녀는 점점 더 영향력 있는 인물이 되어갔다. 그녀가 바쁜 일정을 소화하며 성공적인 경력을 쌓아가고 있을 때, 그는 여전히 조용히 그녀의 곁을 지켰다. 그의 존재는 그녀에게 언제나 큰 힘이 되었다. 그는 그녀가 사회적 편견에 맞서며 자신의 꿈을 이루어가는 과정을 묵묵히 지켜봤고, 언제나 응원했다. 그러나 두 사람은 여전히 더 큰 꿈을 품고 있었다. 그녀가 한국에서 자신의 길을 다지면, 그들은 더 개방적이고 관용적인 다른 나라로 떠날 계획을 세웠다. 그곳에서 그들은 더 이상 편견에 얽매이지 않고 자유롭게 사랑을 나누며, 새로운 삶을 시작할 수 있다고 믿었다.

그녀는 이 희망을 품고, 더욱 열심히 자기의 일을 해 나갔다. 그녀의 사회적 위치와 영향력이 커지며, 두 사람은 그 꿈을 향해 더 가까이 나아갔다. 비록 그들의 사랑은 여전히 한국 사회에서 숨겨져야 했지만, 그들은 미래를 위한 꿈과 희망을 통해 서로를 더욱 강하게 지지하고 있었다. 그와 그녀는 이렇게 서로의 사랑을 지키며, 더 나은 미래를 위해 한 걸음씩 나아가고 있었다.

그렇게 몇 년의 시간이 흘러갔다.

그는 직장에서나 그녀의 가족에서 둘의 관계가 드러나지 않도록 조심해야 했다. 그녀는 자신이 어떤 방식으로든 그에게 불이익이 될 수 있는 상황을 만들고 싶지 않았다. 기관에서 일하는 그녀는 엄격한 규율과 사회적 시선을 신경 써야 했고, 이는 그녀에게 심리적인 부담으로 작용했다. 그녀는 자신의 경력을 지키면서도 그와의 관계를 유지하려고 애썼지만, 두 사람 모두 점점 더 큰 압박감을 느끼고 있었다.

이러한 상황이 그들이 계획한 몇 년을 훌쩍 넘기며 두 사람의 관계는 서서히 금이 가기 시작했다. 그들은 작은 일들로 인해 자주 부딪히기 시작했고, 그로 인해 갈등은 점점 더 깊어졌다. 이전에는 쉽게 해결되던 문제가 이제는 큰 논쟁으로 번졌고, 이는 둘의 관계에 큰 균열을 만들었다. 그는 그녀가 자신의 인생에서 너무 중요한 존재임을 알면서도, 그녀의 행복을 위해 자신이 물러나야 할지도 모른다는 생각에 괴로워했다.

결국, 그는 그녀를 위한 제일 나은 선택이 무엇인지 오랜 시간 고민했다. 그녀는 현재 직장에서 인정받고 있었고, 정규직으로 전환되어 안정적인 생활을 하고 싶어 하는 것은 너무나도 당연한 일이었다. 그는 그녀의 꿈을 이루기 위해, 필요한 것은 바로 이런 안정감이라는 것을 잘 알고 있었다. 하지만, 동시에 그는 그녀가 자신과의 관계 때문에 가족들에게서 받는 압박과 걱정으로 힘들어하고 있다는 사실도 이해하고 있었다.

그녀의 가족은 전통적인 가치관을 가진 사람들이었고, 그들은 그녀가 경제적으로나 사회적으로 더 안정적인 사람과 함께 하기를 바랐다. 그는 이 점이 그녀에게 부담이 되고 있으며, 자신이 그 기대에 부합하지 못하는 것에 관해 그녀가 고민하고 있다는 것도 알고 있었다. 그녀가 이러한 복잡한 감정과 고민 속에서 고군분투하는 것을 바라보는 일은 그에게도 고통스러웠다. 그는 그녀가 자신과의 관계로 인해 가족과의 갈등을 겪는 모습을 더 이상 보고 싶지 않았다.

그녀가 직장에서 인정을 받으며 자신의 자리를 잡아가고 있는 만큼, 그는 그녀가 그곳에서 더 큰 성공을 거두고, 나아가 안정된 삶을 살아가는 것을 진심으로 원했다. 하지만 그의 존재가 그녀의 행복에 걸림돌이 되고 있다는 생각이 들 때마다 그는 큰 혼란과 갈등에 휩싸였다. 그녀를 잃고 싶지 않았지만, 그녀의 행복을 위해 자신이 그녀의 곁을 떠나는 것이 옳다는 생각이 점점 더 강하게 다가왔다.

그녀는 그에게 항상 소중한 존재였고, 그와 함께하는 시간이 그에게 큰 의미를 주었지만, 그는 그녀가 자신의 꿈을 이루고 더 나은 삶을 살아가는 것이 무엇보다 중요하다고 믿었다. 그는 그녀의 곁에 있음으로써 그녀가 부담을 느끼거나 고민에 빠지게 하고 싶지 않았다. 더 이상 그녀가 자신 때문에 꿈을 이루지 못하거나, 가족과의 갈등 속에서 힘들어하는 모습을 보고 싶지 않았다.

그는 결국 그녀의 행복을 위해 자신이 물러나는 것이 최선이라는 결론에 이르렀다. 비록 그 결심이 그의 마음을 무겁게 짓눌렀지만, 그녀가 그토록 원하는 안정된 생활을 위해 자신이 떠나야 한다고 생각했다. 그녀가 그를 떠나지 않으려 할 때마다 그는 더욱더 그 결심을 굳혔다. 그는 그녀가 고통 없이, 더 나은 삶을 살 수 있도록 자신이 그녀의 삶에서 사라져야 한다고 느꼈다.

마지막으로 그들은 함께 특별한 시간을 보내기로 했다. 그들이 선택한 여행지는 강릉이었다. 강릉은 두 사람에게 많은 추억이 깃든 곳이었고, 특히 경포호는 그들에게 둘만의 시간을 보낼 수 있는 완벽한 장소였다. 그곳에서 그들은 마지막으로 함께 웃고, 함께 추억을 나누었다. 그는 그녀가 모르게 그녀와의 마지막 시간을 준비했고, 그 모든 순간이 그녀에게 아름다운 기억으로 남기를 바랐다.

강릉으로 가는 차 안에서 조용히 그녀의 손을 잡고 있었지만, 마음속에서는 그들과의 추억이 눈앞에서 흩어지는 듯한 느낌을 받았다. 그녀도 그의 침묵 속에서 무언가 달라진 것을 느꼈지만, 그것이 무엇인지 확실히 알 수 없었다. 그녀는 그저 이 순간을 온전히 느끼며, 그와 함께 있는 시간을 소중히 여기기로 했다.

강릉에 도착한 그들은 경포호 근처에 있는 작은 숙소에 짐을 풀었다. 그날 저녁, 그는 그녀를 데리고 경포대에 갔다. 경포대는 두 사람이 자주 찾던 곳이었고, 그곳에서 바라보는 호수와 밤하늘은 언제나 둘에게 평화로운 시간을 선사했다. 그들은 함께 걸으며 옛날 이야기를 나누었다. 그는 그녀에게 조용히, 그러나 진심 어린 목소리로 영랑의 사랑 이야기를 들려주었다. 영랑의 이야기는 그들에게 늘 깊은 감동을 주었으며, 그 이야기는 그들 사이의 사랑을 상징하는 듯했다.

경포대의 밤은 여전히 아름다웠다. 하늘은 별들로 가득했고, 호수 위로는 달빛이 부드럽게 내려앉았다. 그 순간, 그는 그녀를 조용히 안았다. 그녀의 체온이 느껴졌고, 그들의 심장이 하나로 연결된 것 같은 느낌이 들었다. 하지만 그 포옹 속에는 이별의 슬픔이 스며들어 있었다. 그가 그녀를 위해 마지막으로 이렇게 깊이 포옹하고 있었다는 것을 그녀는 몰랐다.

다음 날, 그들은 돌아오는 길에 차 안에서 조용히 있었다. 그는 그녀의 손을 어루만지며 무언가 말하려고 했지만, 차마 말을 꺼낼 수가 없었다. 그는 마지막 순간까지 그녀가 행복하기를 바랐고, 자신의 이별이 그녀에게 더 큰 아픔을 주지 않기를 원했다. 차 안의 공기는 무겁게 가라앉았고, 그들 사이의 침묵은 점점 더 길어졌다.

집에 도착했을 때, 그는 그녀를 차에서 내려주었다. 그녀는 그의 눈을 보았고, 그 눈 속에 담긴 슬픔을 느낄 수 있었다. 그녀도 이미 이별이 다가오고 있음을 어렴풋이 알고 있었을지도 모른다. 그는 마지막으로 그녀의 손을 놓으며 "잘 있어"라고 조용히 말했다. 그녀는 그의 말을 들었지만, 무엇이라 대답해야 할지 몰랐다. 그녀의 눈에도 눈물이 고였다.

그는 그녀가 집 안으로 들어가는 것을 지켜보았다. 그녀가 집 안으로 사라지자, 그는 한동안 그 자리에 서 있었다. 그러고는 조용히 차에 올라타서 운전대를 잡았다. 그녀의 집을 뒤로 하고 차는 천천히 멀어져 갔다.

그들의 눈에는 눈물이 고였지만, 그것이 끝이라는 것을 알면서도 서로에게 마지막 인사를 하지 못했다. 그날 밤, 그는 그들이 함께했던 모든 순간을 떠올리며 잠들지 못했다. 하지만 그는 그녀를 위한 자신의 선택이 옳았다고 믿었다. 그녀가 더 이상 자신 때문에 힘들어하지 않기를 바라며, 그는 자신의 사랑을 가슴 속 깊이 묻었다.

그들은 각자의 길을 걸어가게 되었고, 서로에게 남긴 추억은 가슴 한편에 남아 있었다. 시간이 지나도 그들의 사랑은 잊히지 않았지만, 그것이 더 이상 그들을 연결하지 않는다는 사실을 받아들여야만 했다. 그들은 서로를 위해 사랑을 포기했지만, 그 사랑은 여전히 그들의 가슴 속에 남아 그들을 지켜보았다.

그들의 이별은 슬프지만 아름다웠고, 그 사랑은 언제나 그들에게 소중한 기억으로 남아 있을 것이다. 그들의 이야기는 끝이 났지만, 그 사랑은 영원히 그들의 가슴 속에서 빛나고 있었다.

그는 영국의 다국적 기업에 취직하면서 인생은 완전히 다른 방향으로 흘러가기 시작했다. 그러나 성공과 바쁜 일정 속에서도 그의 마음은 깊은 후회와 갈등에 휩싸여 있었다. 그녀와의 이별은 스스로 선택한 일이었지만, 시간이 지날수록 그는 그 결정을 계속해서 의심하게 되었다. 그 선택이 그녀를 위한 최선의 결정이라고 스스로 위로했지만, 결국 그게 옳았는지 확신할 수 없었다.

“억지로라도 그녀를 붙잡아야 했을까?” 그 생각이 그의 마음을 자꾸 괴롭혔다. 두 사람이 함께 어려움을 극복하고 관계를 유지해야 했다는 후회가 그를 잠식해 갔다. 동시에, 자신이 그녀를 위해 떠나 준 것이 최고의 선택이었다고 믿고 싶었지만, 그 믿음마저도 흔들리기 시작했다. 선택의 양면에서 오는 후회는 그를 점점 더 고통스럽게 만들었다.

결국 그는 모든 것을 내려놓기로 결심했다. 그녀가 있는 한국을 떠나기로, 그리고 다시는 돌아오지 않기로 마음먹었다. 세계 곳곳을 돌아다니며 일에 몰두하는 삶은 그에게 현실을 잊게 해주는 도피처가 되었다. 그는 자신을 혹사하듯 쉼 없이 일하며 중국, 태국, 베트남, 네팔, 인도를 넘나들었지만, 그가 아무리 바쁘게 지내도 마음속 깊은 곳에 남은 후회와 상실감은 그를 끊임없이 따라다녔다.

그렇게 끊임없이 움직이던 그의 삶 속에서도, 마음의 공허함은 어떤 나라도, 어떤 일도 채워주지 못했다.

3장

고통

그녀의 이야기

그와의 이별은 그녀의 삶에 깊은 상처를 남겼다. 처음에는 혼란과 고통으로 가득 찬 날들이 이어졌다. 그와의 관계는 그녀에게 너무도 소중했고, 그가 떠났을 때 그녀는 마치 자신의 일부가 사라진 것처럼 느꼈다. 갑작스러운 이별은 예기치 못한 감정의 폭풍을 몰고 왔고, 그녀는 그 감정들에 휩쓸려 방향을 잃은 채 하루하루를 버텨야만 했다. 이별 후의 외로움은 그녀의 일상에 깊이 스며들어, 그녀의 모든 것을 잠식해 갔다.

처음에는 그를 잃었다는 현실을 받아들이기가 어려웠다. 매일 밤, 그녀는 그의 목소리를 그리워했고, 그와 함께했던 시간이 마치 어제처럼 생생하게 떠올랐다. 작은 일 하나에도 그의 존재가 함께했다. 거리를 걷다가도 그가 자주 가던 카페나, 그가 좋아했던 길거리를 지나갈 때마다 그녀는 그리움에 사로잡혔다. 그리움은 쉽게 사라지지 않았다. 전화기를 들고 그의 번호를 눌러보기도 했고, 다시 그에게 연락하고 싶은 마음이 간절했다. 하지만 그녀는 그럴 수 없었다. 끝난 관계를 다시 되돌릴 수 없다는 것을 자신도 알고 있었기 때문이다.

밤이 되면 더욱 고독과 외로움이 깊어졌다. 침대에 누워 있으면 그의 웃음소리, 그의 손길, 그리고 그가 남긴 따스함이 여전히 마음속에 남아있는 것 같았다. 그가 그녀의 인생에서 떠났다는 사실을 직면할수록, 그녀는 그를 그리워하는 마음과 상실감이 교차하는 복잡한 감정 속에서 허우적거렸다. 자신을 잃어버린 듯한 그 감정은 그녀를 더욱 고립시켰고, 세상과 단절된 것처럼 느끼게 했다.

그와의 이별은 완전히 갑작스러운 일은 아니었다. 그녀는 이미 어느 정도 그 결말을 예견하고 있었다. 그와 그녀의 이별은 단순히 두 사람만의 문제가 아니었다. 그들의 관계가 끝나게 된 데에는 한국 사회의 복잡한 구조와 타협해야만 했던 현실적인 이유가 깊게 자리 잡고 있었다. 서로에 대한 애정이 식었거나 관계가 위태로웠기 때문이 아니라, 오히려 그들이 속한 사회의 기대와 규범들이 그들의 사랑을 제한하고 있었다.

한국 사회에서 결혼과 관계는 여전히 많은 사회적 규범과 기대에 얽매여 있다. 특히 나이, 직장, 가정의 배경 등이 결혼에 중요한 기준으로 작용한다. 그와 그녀도 그 기대 속에서 벗어나지 못했다. 그들은 처음에는 서로에 대한 강한 사랑을 기반으로 관계하기 시작했지만, 시간이 지남에 따라 사회적 현실과 타협해야 하는 순간을 맞이했다. 그는 그녀와의 관계를 이어 나가고 싶었지만, 자신이 속한 사회와 가정의 기대에 대한 압박을 무시할 수 없었다. 사회적 지위와 직장 내에서 성취, 가정 내에서 역할 등은 그가 반드시 충족시켜야 할 중요한 과제들이었다. 그리고 그는 이런 구조 속에서 자신의 역할을 고민해야 했고, 그녀를 배려하지 않으면 안 되었다. 결혼은 단순히 두 사람의 관계가 아니라, 그들의 가정과 사회적 배경까지 포함된 복잡한 구조적 문제였기 때문이다. 그는 그녀와의 관계를 유지하고 싶었지만, 한국 사회가 요구하는 여러 규범에 계속 부딪혔다. 특히 결혼, 출산, 그리고 직장에서 경력을 동시에 관리해야 하는 여성으로 사는 삶이 그녀에게 더 큰 부담이 되었을 것임은 분명했다. 결혼 후에도 직장생활을 계속하고자 하는 그녀의 욕망은 사회적 기대와 충돌했을 게 뻔했다. 많은 한국 여성이 겪듯, 가정과 직장 사이에서 균형을 맞추는 것이 얼마나 어려운지 그녀도 깨닫고 있었다. 그녀는 그가 이런 상황을 잘 이해하고 있었을 것으로 생각했다. 분명 그는 그녀가 직장에서 경력을 포기하지 않기를 바랐고, 그녀가 하고 싶은 일들을 존중했다. 그러나 동시에 사회적 압박이 그들의 관계에 미치는 영향을 무시할 수 없었다. 주변에서 들려오는 결혼에 대한 이야기, 가정의 압박, 사회가 요구하는 규범들이 그들을 옥죄었다. 결국 그가 먼저 이별을 이야기한 이유는 그녀를 사랑하지 않아서가 아니라, 오히려 그녀가 더 큰 사회적 부담을 겪지 않도록 하려는 배려에서 비롯된 것이었다.

그는 그녀에게 계속해서 직장을 포기하지 말라고, 자신의 꿈을 놓지 말라고 말했지만, 동시에 그도 자신이 사회와 가정에서 해야 할 역할을 무시할 수 없었다. 그녀와 함께한다면, 그들도 결국 한국 사회의 편견과 현실에 직면할 수밖에 없다는 것을 알았다. 그들은 둘 다 그 압박에서 벗어나기 어려웠고, 그가 먼저 이별을 꺼내 든 것은 그런 이유에서였다.

그녀 역시 그와의 이별이 필연적인 선택이었다는 것을 이해했다. 한국 사회에서 결혼은 단순한 사랑의 관계가 아니라, 사회적 규범과 경제적 안정, 가정의 기대가 복잡하게 얽혀 있는 문제였다. 그녀는 자신의 경력을 포기하고 싶지 않았고, 동시에 그와의 관계가 사회적 시선에서 벗어나지 못한다는 것도 알고 있었다. 한국 사회에서 여성으로서 경력과 가정을 동시에 이룬다는 것은 여전히 매우 어려운 일이었고, 이에 따라 그녀는 이별을 받아들일 수밖에 없었다.

그녀는 그가 자신을 배려한 것에 관해 고마움을 느꼈다. 그가 먼저 이별을 이야기했을 때, 그것이 오히려 자신을 위한 선택이라는 것을 깨닫게 되었다. 그는 그녀가 사회적 압박에서 벗어나 자유롭게 자신의 꿈을 이룰 수 있도록 하려 했고, 그녀는 그 선택을 존중했다. 그들도 한국 사회에서 서로의 꿈을 함께 이어 나가는 것이 얼마나 어려운지 알았고, 결국 타협을 선택할 수밖에 없었다.

시간은 확실히 모든 것을 무디게 만들었다. 그녀의 마음을 찌르던 날카로운 고통은 서서히 둥글어졌고, 마음속 깊이 자리 잡고 있던 상처도 천천히 치유되기 시작했다. 물론, 그를 완전히 잊을 수는 없었지만, 이제 그녀는 더 이상 그가 자신의 삶에서 중요한 부분을 차지하지 않도록 다스릴 수 있었다. 그녀의 감정은 점점 희미해졌고, 상처는 더 이상 그녀의 삶을 지배하지 않았다.

직장은 그녀가 상처를 잊고 살아갈 수 있는 피난처가 되었다. 그녀는 직장에서 성공적인 경력을 쌓으며 바쁘게 지냈다. 매일 쏟아지는 업무 속에서 그녀는 이별의 고통을 잠시나마 잊을 수 있었고, 그 상처를 억누르며 살아갈 수 있었다. 직장에서 성과와 인정은 그녀에게 또 다른 동기부여가 되었고, 일에 집중하면서 그녀는 조금씩 자신을 회복시켜 갔다.

직장에서 성공을 거듭할수록, 그녀는 자신감과 성취감을 되찾기 시작했다. 이별의 상처를 이겨내고 일상으로 복귀하는 과정에서, 그녀는 자신이 결코 약한 사람이 아님을 깨달았다. 자신의 힘으로 그 감정을 다스리고, 다시 삶을 이어 나가는 법을 배웠다. 물론 가끔 그에 대한 그리움이 찾아오기도 했지만, 이제는 그 그리움을 이겨내는 방법을 알고 있었다.

직장뿐만 아니라 그녀는 친구들과의 관계에서도 새로운 의미를 찾기 시작했다. 이별 후 처음에는 사람들과의 관계에서도 거리를 두고 싶었지만, 시간이 흐르면서 친구들과의 만남이 오히려 그녀에게 큰 힘이 되었다. 주말 모임에서 친구들이 결혼 이야기를 하거나 신혼 생활, 아이들에 관해 이야기할 때마다 그녀는 잠시 외로움을 느끼기도 했지만, 이제는 그런 대화를 듣는 것만으로도 아주 즐거웠다.

친구들이 하나둘씩 결혼을 하고 가정을 꾸려가며 행복해하는 모습을 보면서, 그녀도 자신만의 가정을 꿈꾸기 시작했다. 이별 후 오랫동안 외로움과 고립감을 느꼈던 그녀는 이제 결혼과 가정의 의미를 다시 생각하게 되었다. 누군가와 함께하는 삶이 주는 안정감과 행복을 부정하지 않았고, 언젠가 자신도 다시 그런 삶을 살 수 있을 거라는 희망을 품게 되었다.

점차 회복된 그녀는 자신의 삶을 다시 설계하기 시작했다. 이제 더 이상 이별의 아픔에 갇혀있지 않았고, 자신만의 인생을 살기 위해 노력했다. 그러나 친구들의 행복한 결혼 생활을 보며 그녀는 결혼에 관해 깊은 고민에 빠졌다. 자신도 가정을 이루고, 사랑하는 사람과 함께하는 미래를 꿈꾸기 시작했다. 하지만 동시에 두려움도 있었다. 다시 사랑을 시작하는 것이 과연 가능한지, 그리고 새로운 관계에서 또다시 상처받지 않을 자신이 있는지에 대한 불안감이 그녀의 마음을 가득 채웠다. 그런데도 그녀는 결코 자신을 포기하지 않았다. 이별을 겪으며 얻은 교훈은 그녀를 더 강하게 만들었고, 그녀는 이제 과거의 상처를 딛고 앞으로 나아갈 준비가 되어 있었다.

그녀는 이제 한층 더 성숙한 사람으로 성장했다. 이별은 그녀에게 많은 상처를 남겼지만, 동시에 그 상처를 통해 자신을 돌아볼 기회를 제공했다. 그녀는 자신이 누구인지, 그리고 무엇을 원하는지를 깊이 성찰했고, 이제는 과거의 감정에 더 이상 휘둘리지 않았다.

그녀의 삶은 차츰 안정을 찾아갔고, 더 이상 그 상처가 그녀를 지배하지 않았다. 일상에서 자신을 몰두하게 하고, 새로운 도전을 통해 자신을 끊임없이 성장시켰다. 그녀는 이제 자신만의 삶을 잘 살아가고 있었다. 직장에서는 더 많은 성과를 이루어냈고, 사회생활에서도 더 자신감 있게 살아가고 있었다. 그녀는 스스로를 돌아보며, 이별 후의 슬픔과 아픔을 이겨내는 과정을 통해 진정한 성장을 이루었다. 이제는 그 상처가 그녀의 일부가 되었지만, 그것이 더 이상 그녀를 약하게 만들지는 않았다. 오히려 그 상처를 통해 더 강해진 자신을 발견하게 되었고, 앞으로의 삶을 더 당당하게 살아갈 준비가 되어 있었다.

그동안 여동생이 결혼을 먼저 했다. 여동생은 결혼식에서 활짝 웃으며 행복해 보였다. 둘은 어릴 때부터 유난히 친했기 때문에, 여동생의 결혼은 그녀에게도 큰 의미가 있었다. 그러나 결혼식을 마친 후에도 동생은 그녀에게 결혼에 대한 이야기를 종종 꺼내곤 했다.

"언니, 나 이제 결혼하니까 완전히 어른이 된 기분이야! 언니도 결혼하면 어때? 우리 나이도 있는데 이제 슬슬 생각해 보면 좋을 것 같아."

여동생은 결혼 후 더 행복한 삶을 살고 있다는 자랑 섞인 말로 그녀를 설득하려 했다.

언니는 여전히 미소를 지으며 "내가 지금 얼마나 바쁜지 알잖아. 결혼은 아직 내 생각 속에 없는데…"라고 답했지만 동생의 귀에 그 말은 잘 들어오지 않았다.

"무슨 바쁜 핑계야, 언니. 바쁜 와중에 결혼하면 더 안정적일 수도 있어."

여동생은 자신의 신혼 생활이 얼마나 행복한지 자랑하며 그녀를 계속해서 결혼 쪽으로 끌어당기려 했다.

그녀는 웃음을 터뜨리며 "그래, 네 말은 알겠어. 하지만 나는 아직도 내 인생을 찾는 중이거든. 너무 앞서가는 거 아니야?"라고 대답하며 농담을 주고받았다. 하지만 사실, 여동생의 말이 마음 한구석에 남아 있었다. 결혼이라는 제도에 대한 생각은 진지하게 하지 않았지만, 사회적으로 안정된 생활을 해나가고 있는 자기 모습에 관해 더 큰 그림을 그릴 필요가 있을지도 모른다는 생각이 들기 시작했다.

그렇게 몇 주가 흐른 후, 직장 동료가 그녀에게 다가왔다. 동료는 자신 있게 소개팅을 제안했다.

"이번에 소개팅 한번 해볼래? 그 사람 정말 괜찮은 사람이야. 언니랑 딱 맞을 것 같아!"

동료는 마치 오래전부터 계획해 둔 일처럼 자신감을 보이며 말했다.

처음에는 어색하게 웃으며 거절하려 했지만, 여동생의 말이 떠올랐다. 그리고 동료의 권유가 이어지면서 그녀는 결국 소개팅을 수락하게 되었다.

"그래, 뭐 한번 해볼까." 그녀는 결국 동의하며 미소 지었다.

이렇듯 그녀의 결혼에 대한 이야기는 여동생과의 사소한 대화에서 비롯되었다. 어쩌면 여동생이 행복해 보이는 모습이 그녀에게도 영향을 준 것이었다. 그러던 어느 날, 실제로 직장 동료가 그녀에게 소개팅을 제안했다. 그녀는 처음에는 망설였지만, 동료의 권유에 힘입어 그 만남에 나가보기로 했다. 그리고 그 만남에서 지금의 남편을 만나게 되었다.

그녀의 남편은 첫인상부터 지적이고 신중한 사람으로 보였다. 두 사람은 대화를 통해 많은 공통점을 발견하게 되었다. 같은 가치관과 비슷한 집안 배경을 가지고 있다는 사실이 그녀에게 안정감을 주었다. 그는 그녀가 오랫동안 꿈꿔왔던 이상적인 남성상이었고, 무엇보다 그녀의 목표와 인생에 대한 철학을 존중해 주는 사람이었다.

두 사람은 점점 가까워졌고, 데이트를 거듭할수록 서로에게 호감을 더해갔다. 그와 함께 있을 때면 그녀는 편안함을 느꼈고, 그도 그녀에게 헌신적인 모습을 보여주었다. 그들은 미래에 관해 이야기하면서 자연스럽게 함께할 인생을 설계해 나가기 시작했다. 그와의 시간은 즐거웠고, 마치 운명처럼 다가온 이 만남이 그녀에게 새로운 시작을 의미하는 것 같았다.

얼마 지나지 않아 두 사람은 결혼을 결심하게 되었다. 결혼식은 가족들과 친구들의 축복 속에서 성대하게 열렸고, 모든 것이 순조롭게 흘러가는 것처럼 보였다. 그녀는 남편과 함께 새로운 가정을 꾸리며, 서로를 지지하고 사랑하며 살아갈 것이라고 믿었다.

그러나 그녀의 결혼 생활은 생각처럼 쉽지 않았다. 결혼 초반에는 모든 것이 완벽해 보였지만, 시간이 지남에 따라 그녀는 남편과의 관계에서 점차 불협화음을 느끼기 시작했다. 남편은 지적이고 그녀와 같은 목표를 가진 사람이었지만, 그들의 관계는 어느 순간부터 조금씩 어긋나기 시작했다. 남편과 함께하는 시간은 점점 줄어들었고, 서로의 감정을 나누는 대화는 줄어들었다. 그녀는 남편이 자신을 이해하지 못한다는 느낌을 받기 시작했다. 그와의 대화는 예전처럼 깊지 않았고, 함께하는 시간이 줄어들면서 그들 사이에는 보이지 않는 벽이 생겨나기 시작했다. 그녀는 결혼 전의 그 설렘과 기대가 점차 사라지고, 일상에서 남편과의 관계가 점점 더 멀어지고 있음을 느꼈다. 남편은 그녀가 원하는 방식으로 그녀의 감정을 받아주지 않았고, 그녀 역시 그의 인생에서 어떤 역할을 해야 할지 혼란스러워졌다. 그들은 서로 다른 삶의 방식과 가치관에서 오는 갈등을 겪었고, 이러한 갈등은 점점 깊어졌다.

남편은 결혼 후 빠르게 승진했고, 직장에서 더 많은 시간을 보내게 되었다. 반면, 그녀는 자신의 경력에도 집중하고 싶었지만, 결혼 후 가정 내에서 더 많은 책임을 지게 되었다. 남편은 승진과 더 바빠진 업무 속에서 가정의 일은 그녀에게 자연스럽게 넘어갔다. 처음에는 그도 가사에 참여하려는 노력을 보였으나, 시간이 지나면서 "네가 더 잘하니까"라는 핑계로 점차 그녀에게 가사와 가정의 책임이 전적으로 맡겨졌다.

그녀는 직장에서 성과와 가정 내 역할의 균형을 맞추기 위해 노력했지만, 남편은 직장에서 받는 스트레스를 이유로 가정의 일에 무관심해지기 시작했다. 결국 그녀는 남편과의 대화에서 "나도 내 일을 열심히 하고 있는데, 가사와 집안일을 전적으로 내가 담당해야 한다는 게 억울해"라고 털어놓았다. 남편은 그녀의 말을 듣고는 당황했지만, 금방 자기 일에만 몰두하는 과정이 반복되었다.

남편의 부모도 결혼 전에는 그녀를 "딸처럼 아껴주겠다"라고 했지만, 실제 결혼 생활에서는 아들의 경력과 성공이 훨씬 더 중요하다는 태도를 드러냈다. 시어머니는 아들이 승진했다는 이야기를 듣고는 그녀에게 "우리 아들이 이제 더 바빠질 테니, 너도 가정을 좀 더 신경 써야 하지 않겠니?"라며 부담을 주었다. 그녀는 시어머니의 말을 듣고 서운함을 느꼈다. 마치 그녀의 경력은 가정을 위해 양보해야 하는 것처럼 여겨졌고, 남편의 성공이 가정의 최우선 순위인 것처럼 다뤄졌다. 겉으로는 "딸처럼 사랑해 준다"라고 말하면서도, 실제로는 아들의 승진과 성공을 가장 중요시하는 시부모님의 태도에 그녀는 혼란스러웠다. 결혼 전 시부모님의 다정한 말들은 점차 무색해졌고, 그녀는 시댁에서 가정 내 역할을 더욱 많이 떠맡게 되었다.

그녀의 직장에서도 결혼 후부터는 그녀의 승진 속도가 느려지기 시작했다. 상사들은 그녀에게 "결혼했으니 가정에 더 집중하는 게 좋지 않겠냐?"라며 은연중에 결혼한 여성의 역할을 강요했다. 반면, 남편은 승진과 더 많은 책임을 요구받았다. 남편은 상사로부터 "이제 가족을 부양할 책임이 있으니 더 열심히 일해야 한다"라는 말을 들으며, 회사에서 더욱 인정받는 위치에 올랐다.

이 상황에서 그녀는 남편과 점점 멀어지는 느낌을 받았다. 결혼 전에는 서로의 경력과 목표를 함께 나누며 지지하던 두 사람이었지만, 결혼 후에는 남편의 경력이 훨씬 우선시되었고, 그녀는 점차 소외감을 느꼈다. 그녀의 꿈과 경력은 가정과 남편의 경력을 위해 양보 되어야 하는 것처럼 보였다.

그녀는 가끔 남편과의 첫 만남을 떠올렸다. 그와 함께할 때 느꼈던 안정감과 행복이 더 이상 존재하지 않는 듯했다. 그녀는 자신이 어떤 결정을 해야 할지 혼란스러웠다. 지금의 결혼 생활이 그녀가 진정으로 원하는 것인지, 아니면 단지 사회적 기대에 부응하기 위해 선택한 것인지에 대한 의문이 들기 시작했다. 결혼 생활에서 느껴지는 불만족과 어긋난 관계 속에서, 그녀는 한때 남편과 함께했던 시간을 떠올리기도 했다. 그때는 서로의 감정을 깊이 나누며 진정으로 이해하는 관계였지만, 지금은 그렇지 않았다. 하지만 그녀는 자신에게 주어진 현재 상황을 받아들이기로 했다. 그녀는 남편과의 관계를 되돌려 보려 노력했고, 남편에게도 이를 이해시키려 했다. 그들의 관계는 더 이상 예전처럼 깊지 않았지만, 그녀는 이를 극복하기 위해 결혼 생활을 지켜나가기로 했다. 그녀는 남편과의 관계에서 균형을 찾기 위해 노력하며, 자신의 감정을 억누르고 있었다.

40대가 되어가며 그녀는 자신과 남편의 관계, 시부모님의 기대, 직장에서 편견 그리고 개인적인 불만은 더욱 커져만 갔다. 젊은 시절 그녀는 결혼과 함께 시작한 새로운 인생을 밝은 미래로 기대했다. 하지만 세월이 흐르면서 모든 것이 그렇게 간단하지 않다는 것을 깨달았다. 이제는 가정 내에서 역할, 직장에서 위치, 그리고 40대라는 나이에 따른 여러 사회적 압박이 그녀를 가로막고 있었다. 결혼 초기 그녀와 남편은 함께 많은 시간을 보냈고, 서로를 지원하며 성장했다. 남편은 그녀의 경력을 존중했고, 그녀 또한 남편의 성공을 기쁘게 응원했다. 그러나 시간이 지남에 따라 둘의 관계는 미묘하게 변하기 시작했다. 남편은 승진하고, 회사에서 책임이 늘어남에 따라 가정에서 시간은 점점 줄어들었다. 그녀 또한 직장에서 더 많은 책임을 맡게 되었지만, 사회는 여전히 여성이 가정을 우선해야 한다는 암묵적인 규범을 유지하고 있었다. 점점 더 바빠지는 일상에서 두 사람은 서로에게 많은 시간을 할애할 수 없었고, 대화의 횟수도 줄어들었다. 남편은 일 때문에 늦게 들어오는 날이 많아졌고, 그녀 또한 자신의 업무와 가사 일을 병행하면서 지쳐갔다. 그녀는 이 상황이 결국 그들의 관계를 약화하고 있다는 것을 느꼈다. 한때 뜨거웠던 애정이 점차 일상에서 식어가는 것처럼 보였다.

"우리가 더 이상 예전처럼 서로에게 집중하지 못하는 것 같아."

그녀는 남편에게 조심스럽게 말을 꺼냈다.

남편은 피곤한 얼굴로 웃으며 "일이 너무 바빠서 그래. 나도 신경 쓰려고 하는데, 쉽지 않네"라고 대답했지만, 그녀는 그의 말 속에서 진정성을 찾기 어려웠다.

그녀의 결혼 생활에 대한 부담은 남편과의 관계뿐만이 아니었다. 시부모님은 처음에는 그녀를 "딸처럼 사랑해 주겠다"고 약속했지만, 시간이 지남에 따라 그녀에게 기대하는 바가 점점 많아졌다. 특히 시부모님은 아이 문제에 관해 자주 언급하기 시작했다.

"너희 둘 다 나이가 있는데, 언제 아이를 가질 거니?"

시어머니의 말은 애정 어린 조언처럼 들렸지만, 그녀에게는 커다란 압박으로 다가왔다. 그녀는 이미 아이를 갖는 문제에 관해 깊이 고민하고 있었지만, 직장에서 승진 기회와 자신이 꿈꾸던 목표를 쉽게 포기할 수 없었다.

"아이를 낳고 직장 생활을 계속할 수 있을까?" 그녀는 스스로에게 물었다.

사회적으로는 여성의 직장 복귀와 경력 단절 문제에 대한 논의가 많아졌지만, 실제로 이를 해결할 수 있는 구조는 여전히 미비했다. 그녀는 아이를 낳으면 자신이 쌓아온 경력이 무너질지도 모른다는 두려움에 시달렸다.

또한 시부모님은 "니 남편이 승진도 했고, 앞으로 더 바빠질 테니 네가 가정에 좀 더 신경을 써야 하지 않겠니?"라는 말을 가끔 하곤 했다. 그 말속에는 여전히 남편의 경력이 가정 내에서 우선시된다는 암묵적인 기대가 담겨 있었다. 시부모님은 표면적으로는 그녀를 딸처럼 대하지만, 실제로는 남편의 성공과 안정을 위해 그녀가 많은 것을 포기해야 한다는 듯한 태도를 보였다. 이런 압력 속에서 그녀는 점점 자신이 남편의 가족에게서 소외되고 있다는 느낌을 받았다. 자신이 아이를 낳지 않거나 직장 생활을 포기하지 않는 한, 완벽한 가족으로 받아들여지기 어려운 것 같았다.

직장에서도 그녀는 어려움에 부딪혔다. 결혼 후에도 경력을 이어가고자 했지만, 회사에서는 여전히 결혼한 여성을 다르게 바라보았다. 상사들은 그녀에게 "이제 결혼도 했으니, 가정에 더 신경을 써야 하지 않겠느냐?"라며 경력보다는 가정에 집중하라는 압박을 간접적으로 가했다. 동료들 역시 결혼한 여성은 결국 가정에 전념하기 위해 승진을 미루거나 경력을 포기하게 될 것이라는 고정관념을 가지고 있었다.

그녀는 이 같은 편견 속에서 자신이 더 큰 노력을 기울여야 한다는 사실을 깨달았다. 그러나 현실은 가혹했다. 남편은 승진의 기회를 받아들일 때, 그녀는 그 기회를 박탈당하거나 늦춰야 했다. 이는 그녀에게 깊은 상처를 남겼다.

"내가 왜 이렇게까지 해야 하지? 내가 쌓아온 모든 것이 결혼과 함께 부차적인 것이 되어야만 하는 걸까?" 그녀는 스스로에게 묻곤 했다. 직장 내에서 그녀는 여전히 능력을 인정받고 있었지만, 결혼 후 여성에 대한 사회적 기대와 구조적인 문제로 인해 자신이 꿈꾸던 길이 점점 멀어지고 있다는 좌절감을 느꼈다.

그녀는 자신이 어디로 향하고 있는지를 다시 한번 고민하게 되었다. 과거의 자신이 꿈꾸던 모습과 현재의 현실은 너무나도 달랐다. 그녀는 여전히 자신의 경력과 목표를 중요시하고 있었지만, 주변에서 오는 사회적 기대와 압력은 그녀가 더 이상 무시할 수 없는 무게로 다가왔다.

나이가 들면서 아이를 갖지 않은 것에 대한 질문과 시선이 많아졌고, 그녀는 스스로 아이를 가지지 않으면 잘못된 선택을 하는 것처럼 느끼기 시작했다. 동시에, 아이를 낳고 경력이 끊길까 두려웠다. 결혼한 여성에게 요구되는 이중적인 기대 속에서 그녀는 고립감을 느꼈다.

그녀는 사회적 구조와 편견에 맞서 싸워야 했고, 자신의 꿈과 목표를 포기하지 않으면서도 가정 내 역할을 유지해야 한다는 부담을 안고 있었다. 동시에, 40대 여성으로서 미래에 대한 불안도 크게 다가왔다. 아이가 없는 삶에서 노후를 어떻게 준비할지, 혹시 아이가 없는 선택이 자신을 외롭게 만들지 않을지에 대한 두려움이 깊어졌다. 그녀는 남편과의 관계, 직장에서 편견, 그리고 시부모님의 기대 속에서 자신을 잃지 않기 위해 노력하고 있었지만, 그 과정은 결코 쉬운 일이 아니었다. 결혼과 가정 그리고 직장 생활 속에서 균형을 맞추기 위해 애쓰지만, 사회적 구조와 기대는 그녀를 끊임없이 가로막고 있었다. 그러나 그녀는 이 모든 도전에 맞서며 자신의 길을 찾기 위해 끝없이 고민하고 있었다. 그럼에도 그녀는 결혼 생활을 이어가며 가정과 직장 사이에서 균형을 맞추기 위해 애써왔지만, 이제는 또 다른 고민이 그녀의 마음을 무겁게 짓누르고 있었다. 바로 아이에 대한 문제였다. 남편의 부모는 종종 그녀에게 은근히 아이를 가져야 하지 않겠냐는 말을 빗대어서 하곤 했다. 그들은 직접적으로 말하지는 않았지만, "직장 생활은 나중에도 할 수 있지만, 아이는 시간이 더 지나면 힘들어질 거야"라는 식의 조언을 하며 그녀가 직장을 그만두고 가정을 돌보며 아이 낳기를 기대하는 눈치였다.

처음에는 시부모님의 말을 한 귀로 듣고 한 귀로 흘려보냈다. 그녀는 자신이 이룬 직장에서 성공과 앞으로의 승진 기회를 너무나도 소중하게 생각하고 있었다. 젊은 시절, 대학 시절부터 쌓아온 경력이 이제 막 빛을 발하고 있었고, 승진에 가까워지며 자신의 꿈을 이루기 위한 결정적인 순간을 맞이하고 있었다. 이런 상황에서 모든 것을 포기하고 '아이 엄마'라는 새로운 역할을 받아들이는 것은 그녀에게 있어 큰 도전이자 두려움이었다.

한국 사회에서는 여전히 결혼 후 여성이 직장에서 일을 계속하기보다는 가정을 돌보는 것을 우선시하는 경향이 강하다. 특히, 나이가 들면서 아이가 없는 여성은 주변 사람들로부터 많은 질문과 시선을 받게 된다. 그녀 또한 직장 내에서 가끔 동료나 상사로부터 "아이는 안 가질 계획이냐?"라는 질문을 받곤 했다. 이런 질문을 받을 때마다 그녀는 마음이 무거워졌다. 그녀는 아이를 갖고 싶은 마음도 있었지만, 동시에 자신이 이뤄낸 경력과 일에 대한 열정 또한 포기할 수 없었다.

남편은 그녀의 선택을 존중하려고 노력했지만, 그 역시 부모로부터 지속적으로 받는 압박과 주변 사람들의 시선에서 벗어날 수 없었다. 남편은 이 문제에 대해 그녀와 종종 이야기를 나누었지만, 그 과정에서 자신도 모르게 느껴지는 사회적 기대와 암묵적인 부담감이 그에게 무겁게 다가왔다. 그는 그녀가 스스로 결정하기를 바라면서도, 자신 또한 이러한 압력 속에서 벗어나지 못한 채 고민하고 있었다.

한국 사회는 가부장적인 문화가 많이 사라졌다고는 하지만, 여전히 여성에게 아이를 낳고 기르는 것을 당연하게 여기는 편견이 남아 있다. 그녀는 이 문제를 혼자서만 고민한 것이 아니었다. 결혼한 친구들도 아이 문제로 많이 고민 했고, 아이를 낳고 직장을 그만둔 친구들은 가끔 경력 단절의 어려움에 관해 털어놓았다. 그녀는 그들의 이야기를 들을 때마다 마음이 복잡해졌다. 자신이 과연 이런 사회적 기대에 맞춰 아이를 낳고 가정에 머물러야 하는지, 아니면 자신이 이루고 싶은 꿈을 위해 계속해서 직장 생활을 이어 나가야 할지를 끊임없이 갈등했다.

남편과의 대화에서도 이 문제는 자주 등장했다. 남편은 그녀의 마음을 이해하고 있었지만, 때때로 자신도 부모님의 기대에 압박을 느끼고 있었다. "부모님이 계속 아이 얘기를 하셔. 나도 네가 원하는 대로 했으면 좋겠는데, 그분들의 기대가 너무 커서 힘들 때가 있어"라며 그는 고민을 털어놓았다. 그녀는 그가 부모님의 기대에 얼마나 스트레스를 받고 있는지 알았지만, 자신이 가진 부담도 절대 적지 않았다.

그녀는 깊은 고민에 빠졌다. 자신이 그동안 꿈꿔왔던 직장에서 승진과 성취, 그리고 미래의 비전을 포기하고 아이를 키우며 집에 머물러야 한다는 생각은 쉽지 않았다. 그동안 여성의 경력 단절에 대한 많은 이야기를 들었고, 출산 후 다시 직장으로 돌아가고자 했지만, 기회를 잃은 많은 사례를 보며 두려움을 느꼈다. 또한 육아와 직장 생활을 병행하는 것도 쉬운 일이 아니었다. 많은 여성이 직장과 가정을 동시에 꾸려나가기 위해 노력했지만, 대부분의 경우 그 무게는 여성이 감당해야 하는 경우가 많았다. 남편이 도와준다고 해도 사회적인 기대는 여전히 여성이 아이를 키우고 가정을 돌보는 것에 더 큰 비중을 두고 있었다.

그녀는 남편과 다시 한번 진지하게 이 문제에 관해 대화를 나누기로 했다.

"나도 아이를 갖고 싶어. 하지만 직장에서 이루고 싶은 것도 많아. 그동안 내가 쌓아온 것들을 포기할 생각을 하면 너무 힘들어. 그리고 육아를 내가 다 감당해야 할 것 같은 부담이 커." 그녀의 말에 남편은 깊은 한숨을 쉬었다.

그녀의 남편도 그녀의 감정을 이해하면서도, 부모님과 주변 사람들의 기대에 응답해야 하는 입장에서도 고민이 깊어졌다.

"여전히 우리 사회는 여성이 직장과 가정 사이에서 선택을 강요받고 있어."

그녀는 남편에게 말했다.

"내가 직장을 그만두지 않으면, 사람들은 날 이기적이라고 생각할 거야. 하지만 직장을 그만두고 아이를 낳으면, 내 경력은 어떻게 되는 거지? 이 두 가지를 다 하기가 정말 어려워."

남편은 그녀의 말을 듣고 잠시 생각에 잠겼다.

"사회가 변했다지만, 여전히 남성에게는 직장이 우선이고, 여성에게는 가정이 우선시되는 것 같아. 네가 느끼는 부담을 이해해. 하지만 우리가 함께 이겨내야 할 문제 같아. 너의 선택을 존중할 테니, 우리 함께 방법을 찾아보자."

그녀는 남편과의 대화를 통해 어느 정도 위로를 얻었지만, 여전히 아이와 직장 사이에서 선택은 무거웠다. 주변에서는 결혼 후 여성의 역할을 당연하게 여기는 시선이 여전히 강했고, 시댁의 기대 또한 무시할 수 없었다. 그러나 그녀는 자신의 꿈과 경력을 쉽게 포기하고 싶지 않았다.

사실 그녀가 결혼 후, 그녀는 여러 번 임신을 시도했지만, 그 결과는 항상 비극적이었다. 첫 번째 임신에서 그녀는 세상에서 가장 기쁜 순간을 맞이했지만, 그 기쁨은 오래가지 않았다. 그녀는 아이를 잃었고, 그 상실감은 말로 표현할 수 없었다. 그녀는 다시 시도했지만, 두 번째, 세 번째 임신 역시 유산으로 끝나고 말았다. 그때마다 그녀의 마음은 점점 더 무너져갔다. 그 상실의 고통은 그녀를 깊은 절망으로 몰아넣었고, 그녀는 자신이 무언가 잘못한 것이 아닌지 자책하기 시작했다.

그녀의 시부모는 그녀가 일하는 것을 탐탁지 않게 생각했다. 잦은 그녀의 유산이 그녀의 직장 때문이라고 늘 말하곤 했다. 시부모는 그녀에게 직접적으로 일을 그만두라고 말하지는 않았다. 그들은 언제나 그녀를 생각하는 척하며, 겉으로는 부드럽고 배려하는 태도를 유지하려 애썼다. 하지만 그 안에는 분명한 의도가 숨어 있었다. 그들은 그녀와 이야기를 나눌 때마다, 교묘하게 가정을 돌보는 것의 중요성을 강조하며 일을 계속하는 것이 집안과 남편에게 좋지 않은 영향을 미칠 수 있다는 뉘앙스를 풍겼다.

예를 들어, 시어머니는 가끔 그녀에게 “네가 일을 하면서 가정도 돌보는 게 얼마나 힘든지 이해해. 하지만 네 건강이 걱정돼서 그래. 일과 가정을 모두 잘하기가 참 어려울 텐데…”라는 말을 건넸다. 마치 그녀를 생각해 주는 듯한 말투였지만, 그 안에는 분명히 가정에 더 많은 시간을 할애해야 한다는 메시지가 담겨 있었다. 시어머니의 말은 단순한 조언이 아니라, 점점 더 노골적으로 그녀가 일을 그만

두고 가정에 집중하라는 압박으로 변해갔다.

시부모는 가족 모임이나 식사 자리에서 아들에 대한 걱정을 은근히 내비쳤다. “네가 바쁘다 보니 우리 아들도 많이 외로워하는 것 같아. 요즘 피곤해 보이더라. 가정이 안정적이어야 남편도 성공하지 않겠니?”라고 말하며, 그녀가 집안일에 더 신경을 쓰지 않으면 남편이 고통받을 것이라는 암시를 해주었다. 이러한 말들은 마치 그녀가 남편의 성공과 행복을 방해하는 것처럼 느끼게 했다.

시부모의 태도는 항상 부드럽고 미소를 띤 채였지만, 그녀에게는 그들이 마치 가시 없는 장미처럼 다가왔다. 겉으로는 따뜻하고 다정한 말이었지만, 그 속에는 그녀에게 강한 사회적 기대와 역할을 강요하는 날카로운 가시들이 숨어 있었다. 특히 시어머니는 “아무래도 여자는 집안에서 가정을 잘 돌봐야 남편이 더 성공할 수 있지 않을까?”라는 말을 자주 꺼냈다. 이는 직접적으로 일을 그만두라고 하지는 않지만, 그녀가 집안일에 더 집중해야 한다는 압박을 은연중에 주고 있었다.

그녀는 이런 압박을 매번 느끼면서도, 시부모의 태도가 겉으로는 걱정하고 배려하는 듯 보이기에 이를 쉽게 거절할 수 없었다. 그녀의 내면은 점점 더 무거워졌다. 시부모의 가식적인 배려 속에 담긴 진짜 의도를 알아챌수록, 그녀는 이 상황에서 어떻게 벗어나야 할지 혼란스러워졌다. 그녀는 자기 일에 대한 열정을 포기할 수 없었다. 이는 결국 남편과의 갈등으로 이어졌다. 남편은 처음에는 그녀를 이해하려 했지만, 시간이 지나면서 그 역시 점점 더 불만을 표출하기 시작했다. 그들은 사소한 일로 자주 다투었고, 그 다툼은 점점 더 격렬해졌다.

그녀는 직장과 가정의 부담 속에서 끝없이 자신을 몰아붙였다. 몸의 한계가 오고 있다는 것을 느끼면서도 그녀는 쉬지 않았다. 남편과 시부모가 기대하는 가정 내 역할, 그리고 직장에서는 직장인의 역할, 이 두 가지가 그녀의 삶을 계속해서 짓누르고 있었다. 그녀는 자신이 놓인 상황을 떠나지 못했다. 남편과의 관계도 더 이상 처음과 같지 않았고, 시부모님은 그녀에게 언제나 아이를 갖고 가정을 돌봐야 한다는 기대를 하고 있었다. 직장에서 성취와 가정 내 책임이라는 두 가지 현실은 그녀를 점차 압박해 왔고, 결국 어느 날 그녀는 과로로 쓰러지고 말았다.

병원으로 이송된 그녀는 다양한 검사를 받게 되었다. 평소 느끼던 피로와 스트레스가 원인인 줄 알았지만, 검사 결과는 그녀가 예상했던 것보다 훨씬 더 심각했다. 그녀는 간암이 심각하게 진행된 상태였고, 시한부 선고를 받았다. 의사의 말을 들은 순간, 그녀는 충격을 받았다. 하지만 아이러니하게도, 그녀는 마음 한구석에서 묘한 평온함을 느꼈다. 오랜 시간 가정과 직장에서 기대와 압박에 짓눌려 있던 그녀는, 이 병이 오히려 자신을 이 무거운 책임에서 해방해 줄지도 모른다고 생각했다. 하지만 이내, 그녀는 자신이 처한 현실을 돌아보게 되었다. 가족들에게 이 사실을 어떻게 말해야 할지, 그리고 앞으로 남은 시간이 어떻게 흘러갈지에 대한 막막함이 몰려왔다.

그녀가 병원에 누워 있는 동안, 시부모님은 그녀의 병세를 듣고도 안타까움보다는 질책이 먼저였다. "왜 그렇게까지 무리했니? 네 몸을 아껴야 했잖니!" 시어머니의 목소리는 차가웠다. 마치 그녀의 과로가 자신의 불찰인 것처럼 질책을 받는 느낌이었다. 남편 또한 당혹스러워하며 "왜 나한테 미리 말하지 않았어? 네가 그렇게 아픈 줄 알았으면 일찍부터 병원을 가야 했잖아"라며 비난 섞인 목소리로 말했다.

그녀는 그들의 반응에 크게 상처를 받았다. 자신이 얼마나 많은 부담을 짊어지고 있었는지, 남편과 시부모는 전혀 이해하지 못했다. 직장과 가정 사이에서 균형을 맞추기 위해 자신을 희생해 왔지만, 그들이 원하는 것은 언제나 더 많은 책임과 역할이었다. 자기 몸이 한계에 다다를 때까지도 그녀는 결코 그 기대를 벗어날 수 없었다.

질책과 비난을 듣던 그녀는 결국 폭발 직전까지 다다랐다. 한때 자신을 사랑하고 지지해 준다고 생각했던 남편과 시부모에게서마저 이해받지 못한다는 사실에 절망감을 느꼈다. '내가 왜 이렇게까지 살아야 하는 걸까?' 그녀는 스스로에게 묻기 시작했다. 그녀의 마음속에서는 분노가 꿈틀거리고 있었지만, 오랜 시간 참아왔던 감정들을 갑작스럽게 풀어낼 수는 없었다.

직장에서 승진과 성과, 가정 내에서 기대를 충족하기 위해 그녀는 끝없이 자신을 몰아붙였다. 그러나 어느 순간부터 그녀는 더 이상 행복하지 않았다. 남편은 그녀의 고통을 제대로 이해하지 못했고, 시부모는 여전히 그녀가 자신의 희생을 통해 가정을 유지해야 한다고 생각했다. 그녀는 그동안 자신이 이룬 것들이 너무나도 헛되게 느껴졌다.

그녀는 병상에 누워 자신의 결혼 생활을 되돌아보았다. 한때는 서로에게 사랑을 약속했던 그들, 그러나 지금은 언제 그랬냐는 듯 관계가 멀어지고 있었다. 남편과의 대화는 더 이상 깊이 있는 이야기를 나누지 않았고, 그들의 관계는 그저 일상에서 동거인처럼 느껴졌다. 남편의 승진과 성공을 위해 그녀가 많은 것을 양보하고 희생했지만, 이제는 그마저도 의미가 없어진 것처럼 보였다.

남편과의 갈등은 깊어졌다. '내가 당신을 위해 이렇게까지 노력했는데, 당신은 나를 이해하지 못하잖아.' 그녀는 속으로 외쳤지만, 남편에게는 그 말을 할 수 없었다. 그녀는 여전히 그와의 관계를 유지하고 싶었다. 하지만 동시에 그 관계 속에서 느끼는 소외감과 좌절은 그녀를 점점 더 괴롭혔다.

그녀는 결혼 생활이 자신에게 어떤 의미인지 다시 한번 고민했다. 남편과의 관계는 이제 그저 의무처럼 느껴졌고, 자신을 사랑했던 남자는 더 이상 존재하지 않는 것 같았다. 이 결혼 생활을 계속 이어가야 할지, 아니면 자신의 삶을 다시 한번 재정립해야 할지에 관해 깊이 고민했다.

그녀는 병상에 누워 많은 생각에 잠겼다. 병원의 희미한 조명 아래에서 시간이 흐르는 소리가 유독 크게 들렸고, 자신에게 주어진 시간이 얼마 남지 않았음을 차츰 실감하기 시작했다. 그녀의 몸은 점점 더 약해져 갔고, 그와 함께 남은 삶의 조각들이 빠르게 흩어지고 있다는 사실이 가슴을 짓눌렀다.

직장에서의 끝없는 과로와 시부모의 끊임없는 기대, 그리고 무엇보다 남편과의 관계가 어느새 회복 불가능한 지경에 이르렀다는 깨달음이 그녀를 혼란스럽게 만들었다. 그들은 한때 서로에게 무엇이든 될 수 있을 것처럼 느껴졌지만, 지금은 서로에게 아무것도 될 수 없는 존재가 되어버린 듯했다. 남편은 병실에 있었지만, 그들의 사이에는 보이지 않는 벽이 놓여 있었다. 더 이상 손을 뻗어도 닿을 수 없는 거리가 그들 사이에 존재했다.

그녀는 남편과의 결혼 생활을 돌이켜보았다. 결혼 초기에 품었던 모든 기대와 희망은 어디로 사라졌는지 알 수 없었다. 그 기대는 시간이 지남에 따라 무너졌고, 그저 시부모와 남편의 기대 속에서 자신을 잃어가고 있었다. 그녀는 며느리로서 아내로서 모든 역할을 충실히 해왔지만, 그 과정에서 자신이 무엇을 원하는지에 대해서는 단 한 번도 제대로 생각해 본 적이 없었다는 사실이 이제야 깨달아졌다. 그 모든 노력은 무엇을 위해서였을까? 왜 그녀는 자신의 목소리를 내지 못하고, 오로지 남의 기대에 부응하려고만 애썼을까?

그녀의 시한부 선고는 그 모든 것을 다시 생각하게 만들었다. 처음 진단을 받았을 때, 그 소식이 너무 갑작스러워 아무런 감정도 느껴지지 않았다. 그러나 시간이 지날수록, 그녀의 마음에는 허탈함과 깊은 실망감이 자리를 잡았다. 남편의 첫 반응은 그저 무덤덤했고, 시부모 역시 당혹감을 감추지 못했다. 그들 모두가 그녀의 건강을 걱정하는 것처럼 보였지만 속내는 달랐다. 그녀는 그들이 자신을 여전히 가족으로 생각하지 않고, 그저 책임으로 여기는 것처럼 느꼈다. 남편과의 대화도 점점 더 피상적이 되었고, 시부모는 오히려 그녀의 몸이 다시 회복되길 바라는 척하면서도 마음 한구석에 있는 실망을 숨기지 않았다.

남편과의 관계에서 더 이상 그녀 자신을 찾을 수 없다는 사실이 그녀에게는 가장 큰 상처였다. 언젠가 그와 함께 행복한 가정을 꾸리고 싶었던 꿈은 결국 깨어져 버렸다. 그리고 그 관계를 유지하기 위해 했던 모든 노력이 이제는 헛된 것처럼 느껴졌다. 그녀는 그 모든 시간 동안 자신을 잃어버렸다는 생각이 들었다.

삶의 끝자락에 선 그녀는 자신이 무엇을 원했는지, 무엇을 위해 살았는지조차 모른 채 지나온 세월에 대한 후회로 가득 차 있었다. 그녀는 며느리로, 부인으로서의 역할에 충실하려고 했지만, 결국 자신에게 남은 것은 아무것도 없었다. 남편과 시부모의 냉랭한 태도는 그녀의 가슴을 더욱 아프게 했고, 그들은 그녀가 떠나는 순간까지도 책임을 느끼기보다는, 그저 짐을 덜어낸 듯한 안도감을 보였다.

결국 그녀는 자신에게 남은 시간을 어떻게 보낼지에 대해 고민하기 시작했다. 처음에는 남은 시간 동안 남편과의 관계를 회복하고, 시부모와도 화해하려고 애쓰려 했다. 그러나 시간이 지나면서, 그녀는 그 모든 노력이 자신에게 더 큰 상처만을 남길 뿐이라는 사실을 깨달았다. 그들은 그녀의 진심을 이해하지 못했고, 그녀 역시 더 이상 그들의 기대에 맞추어 살고 싶지 않았다.

그녀는 문득 모든 것을 포기하고 싶다는 생각이 들었다. 그동안의 삶이 헛된 것 같다는 허무감이 점점 그녀를 잠식해 갔다. 그동안 지켜왔던 것들이 무의미하게 느껴졌고, 남편과 시부모와의 관계조차 더 이상 의미가 없었다. 그녀는 과연 그들에게 무엇이었을까? 그들이 진정으로 그녀를 사랑했을까, 아니면 그저 가족이라는 이름 아래에 묶여 있었던 것일까? 그녀는 그 질문에 답을 찾을 수 없었다.

리스본으로의 여행은 그녀에게 마지막으로 자신을 돌아볼 수 있는 기회를 주었다. 세상의 끝이라 불리는 그곳에서 그녀는 자신의 인생을 정리하기로 마음먹었다. 남편과의 관계도, 시부모와의 기대도 이제는 모두 내려놓고, 오로지 자신만을 위한 시간을 가지려 했다. 그러나 그녀의 마음속에는 여전히 깊은 허무감이 자리 잡고 있었다. 모든 것을 정리하고 떠나기로 결심했지만, 그 과정에서 그녀는 자신이 아무것도 얻지 못했다는 사실을 깨달았다.

그녀는 리스본에서 홀로 시간을 보내며 자신의 삶을 돌아보았다. 그곳의 고요함 속에서 그녀는 자신의 인생을 마무리할 준비를 했다. 하지만 그 과정에서 그녀는 자신이 결국 아무것도 이뤄내지 못했다는 생각이 점점 더 강해졌다. 모든 것을 내려놓았지만, 그 내려놓음이 오히려 더 큰 공허함을 남겼다.

결국 그녀는 자신의 인생을 포기하기로 결심했다. 그동안의 삶은 그녀에게 더 이상 의미가 없었고, 그녀는 더 이상 그 공허함을 견딜 수 없었다.

리스본의 거리에서, 그녀는 문득 과거의 행복했던 순간들을 떠올렸다. 첫사랑이었던 남자와의 풋풋했던 데이트, 대학 시절 밤새도록 공부하며 미래를 꿈꾸던 시간, 첫 직장에 들어가 설레던 순간, 그리고 결혼 후 처음으로 맞이했던 아침들. 그녀는 이 모든 순간이 얼마나 소중했는지를 다시 한번 느꼈다.

그녀는 남편과 함께했던 시간도 떠올렸다. 처음 그를 만났을 때, 그가 보여준 따뜻한 미소와 배려심, 그리고 함께 꿈꾸던 미래. 그들은 서로에게 많은 것을 약속했고, 그 약속을 지키기 위해 노력했다. 하지만 결국 그들은 서로의 기대와 현실 사이에서 점점 멀어져 갔다. 그녀는 그와 함께했던 좋은 순간들을 기억하며, 그가 그녀에게 준 사랑에 감사했다. 비록 그 사랑이 영원하지는 않았지만, 그 순간만큼은 진심이었다.

또한 그녀는 부모님과의 추억도 떠올렸다. 그녀를 항상 응원해 주던 부모님은 그녀의 삶에 있어 가장 큰 힘이 되어 주었다. 그녀는 부모님의 사랑과 지지를 받으며 지금까지 살아왔고, 그 사랑 덕분에 어려운 순간들을 견뎌낼 수 있었다. 그녀는 부모님께 마음 깊이 감사하며, 그들이 항상 그녀의 곁에 있어 준 것을 떠올리며 눈물을 흘렸다.

절벽 위에 서서 바다를 내려다보는 순간, 그녀는 자신이 이 세상에서 얼마나 작은 존재인지를 느꼈다. 하지만 그 작은 존재가 겪어온 삶의 여행은 절대 작지 않았다. 그녀는 모든 고통과 슬픔, 기쁨과 사랑을 모두 겪으며 여기까지 왔다.

눈물이 그녀의 뺨을 타고 흘러내렸다. 그녀는 바람에 실려 멀리 사라지는 파도 소리를 들으며 그녀의 삶을 돌아보았다. 그녀는 이제 더 이상 후회하지 않았다. 그녀는 자신이 살아온 삶에 관해 자부심을 느꼈고, 모든 것을 내려놓을 준비가 되었다.

그녀는 절벽 끝에 서서 하늘을 바라보았다. 그녀의 마음은 고요했고, 그녀는 그곳에서 마지막 순간을 맞이하기로 결심했다. 그녀는 더 이상 두려움이 없었다. 그녀는 이 세상을 떠나면서도 그녀의 가슴 속에 남아 있는 사랑과 추억들을 간직할 것이었다.

그녀는 마지막으로 눈을 감고, 깊은숨을 들이쉬었다. 그리고 천천히 그 숨을 내쉬며, 그녀의 인생에서 가장 아름다운 순간들을 떠올렸다. 그녀의 마음속에는 이제 평온함만이 남아 있었다.

4장

마지막 여행

그와 그녀는 운명처럼 리스본에서 다시 만났다. 절벽 위에서 재회는 그들의 운명이 그곳으로 인도했다. 두 사람은 서로의 눈을 바라보며 지난 시간 동안 쌓인 감정들을 느끼고 있었다. 그들은 한때 사랑했지만, 시간이 지나면서 서로의 삶 속에서 멀어졌던 연인이었다. 그러나 이곳, 리스본에서 다시 만난 그들은 그들의 사랑이 아직 끝나지 않았음을 깨달았다.

그들은 서로의 품에 안겨 오랜 시간 동안 잊고 지냈던 감정을 되새기며 눈물을 흘렸다. 그 순간, 그들은 지난날의 상처와 아픔이 모두 사라지는 듯한 느낌을 받았다.

그들은 10년 만에 다시 리스본에서 재회하면서, 서로를 잃지 말아야 했다는 후회가 깊이 가슴에 남았다. 만약 그들이 그때 이 운명을 미리 알았다면, 그토록 긴 시간 헤어져 있지 않았을 것이 분명했다.

그들은 나자레의 해변이 보이는 카페에 앉아 서로를 바라보았다. 그들의 눈빛에는 지난 시간 동안에 대한 회한이 서려 있었다.

"우리가 왜 그때 왜?"

그녀가 조용히 말을 꺼냈다. 그 목소리에는 여전히 미묘한 슬픔이 담겨 있었다. 그리고 그를 원망하는 마음도 함께 실려 왔다. 그의 마음을 더욱 아프게 만들었다. 그녀의 질문에 그는 한동안 말이 없었다. 두 사람 모두, 그때의 선택이 올바른 것이었는지, 그들이 정말 서로를 위해 한 결정이었는지 다시금 생각하지 않을 수 없었다.

그가 입을 열었다.

"나도 그 생각을 많이 했어. 내가 왜 당신을…, 우리가 왜 헤어져야 했는지, 그때 나도 너무 힘들었지만…, 그게 너를 위한 길이라고 생각했어."

그의 목소리에는 그 당시의 깊은 고뇌가 묻어났다. 그는 그녀의 미래를 위해, 그리고 자신을 위해 한발 물러나야만 한다고 생각했지만, 이제 다시 생각해 보면 그 선택이 두 사람에게 더 큰 상처를 남겼음을 깨달았다.

그녀는 그의 말을 들으며 고개를 끄덕였다.

"나도 네가 왜 그 결정을 내렸는지 이해는 했어. 하지만 이렇게 다시 만나게 된 걸 보면, 우리는 애초에 서로를 놓지 말아야 했던 것 같아." 그녀의 눈가에 눈물이 맺혔다.

그들 사이의 시간이 비록 멀고 길었지만, 이 순간만큼은 마치 시간이 거꾸로 흘러 그들이 처음 사랑을 시작했을 때로 돌아간 듯한 느낌이었다. 그들은 10년이라는 긴 시간을 각자 다른 길에서 걸어왔다. 서로를 잊으려 했고, 새로운 관계를 시도했으며, 각자의 삶을 살아갔다. 하지만 그 시간이 서로에게 남긴 것은 상처와 후회뿐이었다.

그들이 다시 만나서야 비로소 깨달았다. 그 오랜 시간 동안에도 서로의 마음 깊은 곳에 항상 서로가 남아 있었다는 것을.

"내가 그때 좀 더 용기를 냈더라면, 우리가 이렇게 떨어져 있지 않았을 텐데." 그가 말했다.

"넌 그때 나에게 너무 중요한 사람이었고, 사실은 지금도 그래. 하지만 그때는 상황이 너무 어렵게 느껴졌어. 너에게 더 나은 길을 주기 위해서라고 스스로를 설득했지. 하지만 그게 맞았는지는 잘 모르겠어." 그의 목소리에는 후회의 감정이 진하게 묻어 있었다.

그녀도 같은 생각이었다.

"나도 그래. 그때 난 네가 내 삶에 있어서 얼마나 중요한지를 잘 알았어. 하지만 나도 너를 위해 한발 물러섰던 것 같아. 우리의 상황 때문에 우리가 더 힘들어질까 봐 두려웠거든. 그런데 그 선택이 결국 우리를 이렇게 오랫동안 떨어지게 만들 줄은 몰랐어."

두 사람은 그들이 과거에 선택했던 결정들에 관해 회상하며 깊은 후회를 나누었다. 그때 그들이 좀 더 용기를 냈다면, 서로를 붙잡았다면, 이렇게 긴 시간 헤어져 있지 않았을 것이다. 그들은 서로의 감정을 이해하고 있었고, 서로를 위해 내린 결정이라고 생각했지만, 결국 그 결정은 두 사람 모두에게 큰 상처로 남았다.

그녀는 그의 손을 잡으며 조용히 말했다.

"당신을 놓아주는 것이 아니었는데…."

"이런 시간을 보내지 않았을 텐데."

그녀의 목소리에는 지난날의 아쉬움이 묻어 있었다.

그도 그녀의 손을 꼭 쥐며 미소를 지었다.

그들은 10년 만에 다시 만난 것이 운명이라는 것을 느끼고 있었다. 이 재회는 단순한 우연이 아니었고, 그들에게 다시 사랑을 시작할 기회를 주는 신호였다. 그들은 10년 전 그들이 헤어질 수밖에 없었던 상황에 관해 이야기를 나누며, 그때의 선택이 얼마나 힘들었는지를 서로에게 솔직하게 털어놓았다.

그녀가 조용히 말했다.

"내가 다시 널 잃고 싶지 않아."

그녀의 말에 그는 고개를 끄덕이며 미소 지었다.

"나도 그래. 이번에는 당신과 끝까지 함께 할게."

그들의 눈빛은 슬픔과 회한으로 가득 차 있었다. 리스본의 조용한 카페에서, 그들은 지난 10년간의 후회와 상처를 풀어내고 있었다. 그들의 재회는 단순한 만남이 아니었다. 그들은 서로에게 주어진 두 번째 기회를 소중하게 여기며, 이번에는 끝까지 함께하겠다는 다짐했다.

그들은 지난 10년 동안 떨어져 있었지만, 이제 그들의 사랑은 더 강해졌다. 서로에 대한 깊은 후회와 미련이 이번 재회를 더욱 소중하게 만들었다. 그들은 그때의 선택이 옳지 않았다는 것을 깨달았지만, 이제 다시 만난 이 순간을 놓치지 않기로 결심했다.

10년 만에 다시 만나면서, 그들은 비로소 깨달았다. 그들이 서로를 떠나지 말아야 했다는 것을. 이제는 다시는 서로를 잃지, 놓지 않겠다는 다짐했다.

그는 그녀를 보았을 때, 그녀의 모습이 이전보다 더 여위어진 것을 단번에 알아차렸다. 얼굴에는 미소가 떠올랐지만, 그 미소 뒤에 감춰진 피로와 고통이 그녀의 눈가에 고스란히 남아 있었다. 그녀는 자신이 많이 변한 것을 알고 있었고, 그도 역시 그것을 느꼈다. 하지만 그들은 서로 아무 말도 하지 않았다. 그저 다시 만났다는 기쁨만으로도 충분히 감정을 채울 수 있었기 때문이다.

나자레에서 돌아온 그들은 리스본의 작은 카페에 앉아 있었다. 창문 너머로 보이는 테주강이 햇살에 반짝였고, 거리에는 관광객과 현지인들이 어우러져 있었다. 그녀의 손을 조심스럽게 잡고, 여전히 따뜻한 그녀의 손을 느끼며 속으로 다짐했다. 이제 그녀와 함께할 시간이 얼마 남지 않았음을 직감한 그는, 그녀가 남은 시간 동안 최대한 행복할 수 있도록 노력하겠다고 다짐한다.

그는 리스본에서 그녀와 함께하는 시간을 최대한 즐겁게 보내기 위해 노력했다. 그들은 매일 아침 리스본의 구시가지인 알파마(Alfama) 지역을 산책하며, 좁고 구불구불한 골목길을 따라 걸었다. 골목마다 예쁜 타일로 장식된 집들이 늘어서 있었고, 그녀는 그 풍경을 보며 행복한 미소를 지으며 말했다.

"여기 정말 예쁘네요. 이곳에서 당신과 함께 있는 것만으로도 아주 행복해요."

그는 그녀의 말에 고개를 끄덕이며, 그녀가 행복해하는 모습을 보며 안도감을 느꼈다. 그는 그녀가 리스본에서 시간을 편안하게 즐길 수 있도록, 무리한 일정은 피하고 최대한 그녀의 건강을 배려하며 일정을 짰다. 그녀에게 피로가 쌓이지 않도록 매일 오후에는 숙소로 돌아와 쉬게 했고, 저녁이 되면 그들은 조용한 레스토랑에서 함께 식사하며 하루를 마무리했다. 하지만 그녀의 건강이 점점 더 나빠지고 있음을 느끼고 있었다. 그녀의 손은 점점 더 차가워졌고, 목소리는 조금씩 더 약해졌다. 하지만 그는 이 모든 것을 마음속 깊이 감추고, 그녀에게서 행복을 느끼게 하는 데 집중했다. 그녀가 불안해하는 모습을 보이지 않도록 그는 최대한 밝은 모습을 유지하려고 애썼다.

그는 그녀를 데리고 포르투(Porto)에 갔다. 그곳은 포르투갈 북부에 있는 도시로, 리스본과는 또 다른 매력을 가진 곳이다. 그는 그녀가 이곳에서 새로운 풍경을 보며 잠시라도 기운을 낼 수 있을 거로 생각했다. 그들은 기차를 타고 포르투로 향했다. 기차가 출발하자, 그녀는 창밖으로 펼쳐지는 포르투갈의 풍경을 바라보며 조용히 미소를 지었다.

"포르투에서는 무엇을 할 계획이에요?" 그녀가 그에게 물었다.

"일단 강가를 따라 산책하면서, 와인을 즐길 수 있는 작은 바에 들러보려고 해. 그리고 당신이 좋아할 만한 예쁜 골목들이 많아요. 우리 천천히 둘러보면서 쉬엄쉬엄 다니면 좋을 것 같아요." 그녀가 무리하지 않도록 신경 쓰며 계획을 말했다.

그녀는 고개를 끄덕이며 미소를 지었다.

"당신이 계획한 모든 것들이 다 좋을 것 같아요. 당신과 함께라면 어디든 행복할 거예요."

그녀의 말을 듣고 잠시 눈을 감았다.

그녀의 이런 긍정적인 태도에 고마움을 느끼면서도, 그녀가 점점 더 약해져 가고 있다는 사실에 마음이 아팠다. 그는 그런 마음을 숨기고, 그녀와의 시간을 최대한 즐기기로 결심했다.

포르투에 도착한 그들은 도시를 천천히 둘러보았다. 리베이라(Ribeira) 지역의 아름다운 강변을 따라 산책하고, 오래된 다리를 건너며 포르투의 고유한 매력을 느꼈다. 그녀는 강가에서 불어오는 시원한 바람을 맞으며 잠시 눈을 감았다. 그녀가 피로해하지 않도록 조심스레 그녀의 걸음을 맞췄다.

"이곳에 와보길 정말 잘했어요. 이렇게 아름다운 곳에서 당신과 함께 있을 수 있어서 너무 좋아요." 그녀는 눈을 뜨며 말했다.

그녀의 말을 듣고 미소 지었지만, 마음속 깊은 곳에서는 그녀의 체력이 점점 더 한계에 다다르고 있음을 느끼고 있었다. 그는 그녀를 더욱 편안하게 해주기 위해, 그녀가 필요할 때마다 쉴 수 있는 장소를 찾아다녔다. 그들은 포르투의 작은 카페에 앉아 와인을 마시며 조용히 이야기를 나눴다. 그는 그녀의 웃음소리를 들으며, 이 순간이 영원히 지속되기를 바랐다.

포르투에서 돌아온 그녀는 피로가 배어있었다. 그들은 리스본에서 일상으로 돌아왔지만, 포르투에서 여행이 그녀에게 남긴 육체적 피로는 생각보다 오래 지속되었다. 그는 그녀가 충분히 쉴 수 있도록 배려했다.

그들은 리스본의 에두아르도 7세 공원 앞에 있는 호텔에 묵으며 며칠간 여유로운 시간을 보내기로 했다. 어느 늦은 가을 오후, 그들은 공원의 나무 그늘아래 벤치에 나란히 앉아 있었다. 따스한 가을 햇살이 부드럽게 내려와 그들의 얼굴을 감싸고, 공기는 상쾌하면서도 온화했다. 그들은 도시의 분주함을 뒤로 한 채, 느긋하게 숨을 내쉬며 주변의 평화로운 분위기에 몸을 맡겼다. 바람에 나뭇잎이 살랑이며 스치는 소리가 고요히 울려 퍼지는 가운데, 그들은 잠시 모든 것을 내려놓고 이 순간을 만끽했다.

에두아르도 7세 공원은 리스본에서 가장 큰 공원 중 하나로, 도시의 중심부에 자리 잡고 있었다. 넓게 펼쳐진 푸른 초원과 잘 정돈된 산책로, 공원의 높은 지대에서 바라보는 시내의 전경은 그들에게 더없이 평온한 시간을 선사했다. 공원의 이름은 영국의 에두아르도 7세 왕을 기리기 위해 지어졌으며, 리스본과 영국의 우호 관계를 상징하고 있다. 공원의 한쪽 끝에는 마르케스 드 폼발 광장이 있었고, 공원의 가장 높은 지대에 올라서면 아름다운 리스본 시내의 전경과 타구스강이 한눈에 내려다보였다. 이곳에서라면 그들은 차분하게 마음을 가다듬고, 여행의 피로를 조금씩 씻어낼 수 있을 것 같았다.

그들은 공원의 벤치에 앉아 느긋하게 시간을 보냈다.

"여기서 며칠을 보내면 기운을 차릴 수 있을 거야."

그녀는 가만히 미소 지으며 말했다.

그의 손을 잡은 그녀는 포르투에서 여행으로 지쳐 있었지만, 그와 함께하는 이 시간이 그 어떤 약보다도 그녀를 치유해 주는 느낌이었다. 바람은 가볍게 불어와 낙엽을 흔들었고, 햇살은 나무 그늘 사이로 비추며 두 사람을 따뜻하게 감싸주었다. 하지만 공원의 매력은 그저 넓고 푸른 잔디밭에만 있는 것이 아니었다. 에두아르도 7세 공원의 북쪽 끝에는 '에스투파 프리아(Estufa Fria)'라는 독특한 정원이 있었다. 에스투파 프리아는 공원의 중심에 자리 잡고 있는 거대한 온실이었다. 그러나 일반적인 온실과는 조금 달랐다. '프리아(Fria)'라는 이름처럼, 이 온실은 난방 장치가 없는 '차가운 온실'로, 리스본의 기후에 적합한 다양한 식물들이 자라고 있었다.

어느 날 그들은 천천히 공원을 거닐며 에스투파 프리아로 향했다. 이 온실에는 전 세계에서 가져온 식물들이 모여 있었다.

그가 먼저 말했다.

"이곳은 정말 독특한 공간이야. 보통 온실하면 열대 식물들이 자라는 곳을 떠올리는데, 여기는 자연 그대로의 기후에서 자라는 식물들이 자라고 있지." 그녀는 그 말을 들으며 미소를 지었다.

에스투파 프리아에 들어서자마자, 그들은 이국적인 식물들이 자라는 모습을 보며 감탄을 금치 못했다. 온실 안에는 야자수와 대나무, 그리고 다양한 관엽식물들이 가득했다. 이곳은 그저 식물들이 자라는 공간만이 아니라, 그 자체가 하나의 예술 작품처럼 느껴졌다. 천장에서부터 흘러내리는 덩굴식물들, 그리고 그 아래로 흐르는 작은 인공폭포가 만들어내는 평온한 분위기는 그들의 지친 몸과 마음을 천천히 치유해 주고 있었다.

그들은 온실 안을 천천히 거닐며 각자의 생각에 잠겼다. 그의 마음속에는 그녀와 함께한 시간이 주마등처럼 스쳐 지나갔다. 포르투에서 여행은 그들에게 많은 감정을 남겼지만, 이제는 이런 고요한 순간을 통해 서로에게 다시 집중할 수 있다는 것이 무척 다행스러웠다. 그녀도 마찬가지였다. 여행으로 피곤했지만, 지금, 이 순간은 마치 그 모든 고통을 잊게 해주는 듯했다. 그녀는 이곳에서 조금씩 자신을 다시 찾고 있었다.

그들은 온실을 다 둘러본 후, 공원 벤치로 돌아와 다시 앉았다. 가을의 맑은 공기가 그들의 폐 깊숙이 들어왔다. 그녀는 그동안의 피로가 사라지고, 기운이 돌아오는 느낌을 받았다.

"정말 이곳에 오길 잘했어." 그녀가 말했다.

"이렇게 아름다운 자연 속에서 당신과 함께 있으니, 다시 힘이 나는 것 같아."

그는 그녀의 손을 꼭 잡으며 미소 지었다.

"당신이 좋아하니 나도 기뻐. 우리가 함께 이런 시간을 보낼 수 있어서 정말 좋다."

그들은 며칠 동안 에두아르도 7세 공원을 오가며 시간을 보냈다. 공원의 조용한 벤치에서 서로의 손을 잡고 쉬거나, 가끔 산책하며 리스본의 평온한 일상을 느꼈다. 그녀가 점점 기력을 회복하면서, 그들의 대화도 자연스럽게 깊어졌다. 그들은 서로에 대한 애정에 관해 진지하게 이야기하기 시작했다. 공원의 한적한 공간에서 그들은 때로는 말하지 않고 그저 서로의 존재만을 느끼는 시간이 많았다. 특히 에스투파 프리아에서 보낸 시간은 그들에게 잊을 수 없는 추억으로 남았다. 온실 안에서 보았던 자연의 아름다움은 그들의 감정에 깊이 스며들었다. 그들은 이곳에서 자신들이 처한 현실의 무게를 잊고, 자연 속에서 새로운 에너지를 얻을 수 있었다.

그는 가끔 그녀에게 웃으며 말했다.

"우리가 이렇게 평화롭게 시간을 보낼 수 있다는 게 참 신기하지 않아? 모든 것이 바쁘게 돌아가는 세상에서, 이곳에서만큼은 시간이 멈춘 것 같아."

그녀도 그 말에 동의하며 고개를 끄덕였다.

"맞아. 마치 우리가 이곳에만 속해 있는 것처럼 느껴져."

에두아르도 7세 공원에서 며칠은 그들에게 잊을 수 없는 휴식의 시간이자, 서로에게 더 가까워질 수 있는 시간이 되었다. 그들은 서로의 존재가 얼마나 소중한지를 다시금 깨닫게 되었고, 함께하는 순간들이 얼마나 중요한지 느낄 수 있었다. 그녀는 이제 기력을 많이 회복한 듯 보였다.

그녀와 함께하는 이 순간들이 소중했다. 리스본의 따스한 가을 햇살은 잔잔하게 그들의 어깨를 감싸며, 오랜 여행의 피로를 서서히 풀어주었다. 바람은 부드럽게 불었고, 낙엽이 바람을 타고 살짝 흔들리는 소리는 그들에게 더없이 편안한 시간을 선사했다. 그녀는 지난 여행에서 지친 몸을 어느 정도 회복하고 있었다. 그가 늘 지켜주고 돌봐주었고, 그 덕분에 그녀는 기력을 조금씩 회복해 나가고 있었다.

어느 날 그녀가 피곤을 잊고 다시 활기를 찾기 시작했을 때, 그녀는 뜻밖의 제안을 했다.

"카사블랑카에 가보지 않을래요?" 그는 웃으며 물었다.

그는 깜짝 놀랐다. 그가 카사블랑카라는 도시와 그 유명한 영화를 좋아한다고 말했던 걸 떠올린 모양이었다.

"영화에서처럼 멋진 여행이 될지도 몰라. 릭스 카페에 가자고. 거기서 당신이 좋아하는 장면들을 떠올리면서 시간을 보내면 좋지 않겠어?"

그녀는 장난스럽게 그에게 물었지만, 그녀의 마음속엔 깊은 배려와 애정이 담겨 있었다.

그들은 카사블랑카로 떠났다. 카사블랑카는 영화 〈카사블랑카〉에서 영감을 얻은 곳이었다. 영화 속 릭스 카페는 영화의 상징적인 장소로, 영화에서 수많은 사람들이 그곳에서 슬프고도 아름다운 사랑 이야기를 나누었다.

카사블랑카는 모로코의 경제 중심지이자 문화의 용광로로, 매혹적인 관광지와 문화적 명소가 많은 도시다. 하산 2세 모스크(Hassan II Mosque)는 세계에서 가장 큰 모스크 중 하나로, 대서양을 마주하고 있다. 그 아름다운 건축물은 모로코의 전통적 건축 양식과 현대적 요소가 결합한 결과물로, 웅장한 미나레트는 210m에 달한다. 앙팡스 지역(Quartier des Habous)은 전통적인 모로코 건축 양식과 유럽의 영향을 결합한 카사블랑카의 역사와 문화를 고스란히 담고 있다. 좁은 골목길과 정교한 장식들이 가득한 이곳에서, 그들은 시간을 거슬러 올라가는 듯한 느낌을 받았다. 이곳에서 그들은 오랜 시간의 흔적을 느끼며 서로의 이야기를 나누었다. 그들은 카사블랑카의 평화로운 분위기 속에서 서로의 손을 잡고 조용히 시간을 보냈다.

저녁이 되면 그들은 카사블랑카 코르니쉬(Corniche de Casablanca) 해안가를 따라 펼쳐진 카페에서 석양을 바라보며, 향긋한 박하차를 마셨다. 바다를 바라보며 여유로운 시간을 보내며 카페의 테라스에서 들려오는 현지 음악이 그들의 귀를 간질이고, 그들은 음악과 함께 과거의 추억을 되새기며 서로의 마음을 다시 확인했다. 그들은 삶과 사랑에 대한 깊은 이야기를 나누었다. 마지막 날 그들은 영화 〈카사블랑카〉의 배경이 되었던 Rick's Cafe에서 저녁을 먹었다. 이 카페는 영화 〈카사블랑카〉에서 영감을 받아 만들어진 곳으로, 영화의 감성과 분위기를 그대로 재현한 공간이었다. 고풍스러운 인테리어와 클래식한 분위기가 가득한 이곳에서, 그들은 특별한 선율의 피아노 곡을 신청하기로 했다.

그녀는 카페의 피아니스트에게 다가가 조용히 속삭였다.

"저희를 위해 아름다운 곡 하나를 연주해 주실 수 있을까요?" 피아니스트는 미소를 지으며 고개를 끄덕였다.

잠시 후, 피아노에서 부드럽고 감미로운 멜로디가 흘러나온다. 그녀는 영화 〈카사블랑카〉에서 릭과 일자의 사랑을 담아낸 'As Time Goes By'를 신청했다. 그녀는 그가 그녀와 헤어지기 전에 그녀에게 한 말을 기억했을 것이다.

피아노 선율이 울려 퍼지는 동안, 그들은 서로를 바라본다. 음악은 그들의 마음 깊은 곳까지 스며들어, 오랜 시간 동안 묵혀두었던 감정을 끄집어낸다. 그는 그녀의 손을 잡고, 조용한 목소리로 말했다.

"나는 이 곡을 들을 때마다, 우리의 이야기가 생각났어. 10년 전 우리가 헤어졌던 순간부터, 다시 만난 지금까지. 하지만 이제는 너를 떠나보내지 않을 거야. 우리가 함께할 시간이 얼마나 남았든, 그 모든 순간을 소중히 할 거야."

그녀는 눈물을 머금고 고개를 끄덕였다.

"이 음악이 우리를 다시 연결해 준 것 같아요. 나는 당신과 함께 있는 이 순간이 너무나 소중해요. 당신의 곁에서, 마지막까지 함께하고 싶어요."

그들은 서로의 손을 꼭 잡고, 피아노 선율이 끝날 때까지 눈을 감고 음악에 집중했다. 그 순간, 카페의 모든 소음이 사라진 것만 같았다. 그들만의 세계 속에서 사랑과 추억 그리고 미래에 대한 다짐이 그들의 마음속에 새겼다.

그가 그녀를 데리고 간 릭스 카페는 실제로 영화 〈카사블랑카〉가 촬영된 장소가 아니다. 사실 영화는 할리우드 스튜디오에서 촬영되었고, 릭스 카페는 그저 영화 속에서 만들어진 가상의 장소였다. 그러나 그들은 이 사실을 알면서도 카페에 들어섰다. 이곳은 영화에서처럼 많은 감정을 자극했다. 영화 속 릭은 그가 사랑하는 여인의 행복을 위해 그녀와 그녀의 남편을 비행기에 태워 떠나보냈다. 릭이 사랑했던 여자는 릭이 비록 자신을 사랑했음에도 불구하고, 그녀의 행복을 위해 그녀를 떠나보냈다는 점에서 슬프고 아름다운 사랑의 진정한 의미를 느꼈다.

"우리도 어쩌면 릭과 영화 속 여자 같은 운명이었는지 몰라. 사랑하지만, 어쩔 수 없는 선택을 해야 했던 순간들이 있었지."

그녀는 그의 말을 조용히 들으며 고개를 끄덕였다. 그들이 함께했던 시간 속에서도 분명히 서로를 위해 물러서야 했던 순간들이 있었다.

"릭이 그녀를 사랑하면서도 보내야만 했던 것처럼, 당신과 나도 그런 순간이 있었던 것 같아." 그녀는 속삭이듯 말했다.

"사랑하지만 함께할 수 없는 운명이라는 게 참 슬프지만, 그 또한 우리 사랑의 일부였을지도 몰라."

그는 그녀의 손을 잡으며 대답했다.

"맞아, 우리도 어쩌면 서로의 행복을 위해 잠시 헤어졌던 걸지도 몰라. 그런데 지금, 이렇게 다시 만나게 된 걸 보면, 어쩌면 그 순간들은 필요했던 것일지도 모르겠어."

그녀는 그의 말을 듣고 조용히 눈물을 흘렸다.

10년이라는 긴 세월 동안 그들이 각자의 삶에서 겪어야 했던 고통과 슬픔이 스쳐 지나갔다. 그들은 서로를 위해 힘든 선택을 했지만, 그 선택이 지금 그들을 다시 만나게 했다. 그들은 릭스 카페에서 영화 속 주인공들처럼 자신들의 운명을 회고하며, 슬프지만, 아름다운 감정에 휩싸였다.

그들의 대화는 슬프면서도 평온했다. 그들은 다시 만나기까지 겪었던 상처와 회한을 공유하며, 서로의 감정을 조금씩 이해했다.

"만약 우리가 그때 다른 선택을 했더라면 어땠을까?" 그녀가 물었다.

그는 고개를 저으며 대답했다.

"모르겠어. 그때는 그게 우리가 할 수 있는 최선의 선택이었어. 하지만 지금은 우리가 다시 함께할 수 있게 되었으니, 그것만으로도 충분하지 않을까?"

그녀는 그의 대답에 미소 지었다.

"그렇겠지. 지금 우리가 이렇게 함께 있는 것이 중요해."

릭스 카페에서 저녁은 영화 속 장면처럼 로맨틱하면서도 슬펐다. 그들은 영화 속 주인공처럼 서로를 위해 떠나보내야 했던 순간들을 이해하며, 다시 만난 이 순간을 소중하게 느꼈다.

카사블랑카의 거리에서, 그들은 오랜 시간 동안 억눌려왔던 감정을 털어놓으며 서로의 이야기를 나누었다. 그들은 서로의 손을 꼭 잡으며 릭스카페의 라이브 음악을 함께 들었다.

그들의 사랑은 10년이라는 시간을 돌고 돌아 다시 만난 운명이었다. 그들이 그때 서로를 떠나지 않았다면, 지금처럼 서로에 대한 진정한 가치를 깨닫지 못했을지도 모른다. 카사블랑카에서 이 밤은 그들에게 슬프면서도 아름다운 감정을 선사했고, 그들은 서로에 대한 사랑을 다시 한번 확인할 수 있었다.

"여기 정말 아름다워요. 당신이 이곳으로 오자고 해서 정말 기뻐."

그는 호텔 방에서 창밖을 내다보며 말했다.

"당신이 좋아해 줘서 다행이에요. 여기서 우리 조금 더 편안하게 지내도록 해요. 무리하지 않게 천천히 즐기면서요." 그녀는 다정한 미소를 지으며 그의 뒤로 다가가, 부드럽게 그의 허리를 감쌌다. 그들은 서로의 온기를 느끼며, 말없이 조용한 감동 속에서 한순간의 평온을 함께 나누고 있었다.

카사블랑카에서 시간은 그들에게 특별한 의미가 있었다. 그는 남은 시간을 최대한 즐길 수 있도록 세심하게 배려하며 일정을 짰다. 그들은 하산 2세 모스크를 방문해 거대한 모스크의 아름다움을 감상했고, 메디나 지역을 산책하며 현지 문화를 체험했다. 하지만 내내 그녀의 건강에 신경을 쓰지 않을 수 없었다. 그녀가 피로를 느낄 때마다 그는 그녀를 쉬게 했고, 너무 더운 날씨에는 실내에서 시간을 보냈다. 그녀가 조금이라도 피로해 보이면 그녀를 배려해 일정을 조정했다.

"내가 너무 무리하게 하는 건 아닌가요?" 그녀는 그의 배려가 고맙지만, 동시에 미안함을 느끼며 물었다.

"전혀. 당신이 편안하고 행복하게 지내는 게 가장 중요해. 그러니 너무 신경 쓰지 말고, 우리 같이 이 순간을 즐겨요." 그는 그녀의 손을 잡고 부드럽게 말했다.

그는 그녀에게 미소를 지었지만, 속으로는 그녀의 상태가 점점 더 나빠지고 있다는 사실에 불안해하고 있었다. 그녀를 위해 최선을 다하고 있었지만, 그가 할 수 있는 일에는 한계가 있다는 것을 잘 알고 있었다. 그는 마음속 깊이 불안과 두려움을 느꼈지만, 그것을 그녀에게 들키지 않기 위해 항상 밝은 모습을 유지했다.

그들이 카사블랑카에서 돌아와 리스본에서 며칠 더 쉬기로 한 것은 무엇보다도 그녀의 체력을 고려한 결정이었다. 그동안의 여행에서 그녀가 받은 피로에서 회복시키기 위해, 그는 그녀가 무리가 되지 않도록 조심스레 배려하며 리스본 시내를 천천히 둘러보기로 했다. 그녀가 완전히 회복하기까지 시간이 조금 더 필요했지만, 그는 그녀에게 이곳에서 아름다운 추억을 남겨주고 싶었다. 그래서 가까운 유명 관광지부터 천천히 걸으며 그녀와 함께 리스본의 문화와 역사를 느끼기로 했다.

며칠 후 아침, 그들은 리스본의 맑은 하늘 아래에서 호텔을 나섰다. 전날의 피로는 완전히 가셨고, 오늘은 또 다른 리스본의 아름다움을 발견할 시간이 기다리고 있었다. 그들은 서로의 손을 꼭 잡고 호텔 앞에 서서 노란 트램이 다가오길 기다렸다. 리스본의 노란 트램은 이 도시의 상징 중 하나였다. 좁은 골목길과 가파른 언덕을 오르내리는 이 오래된 트램은 도시의 매력을 한껏 더해주었다.

그녀는 그 노란 트램을 바라보며 웃었다.

“이 트램을 타고 어딘가로 떠나는 게, 마치 동화 속 한 장면 같아.”

그는 웃으며 그녀의 손을 잡았다. “맞아. 오늘은 제로니무스 수도원에 갈 거야. 리스본에서 중요한 유적 중 하나지. 거기서 또 하나의 잊지 못할 추억을 만들 수 있을 거야.”

트램이 도착하자 그들은 느긋하게 자리에 앉아 창문 밖으로 지나가는 리스본의 풍경을 바라보았다. 트램은 오래된 건물들과 골목을 천천히 가로질렀고, 그들이 가는 길목마다 리스본 특유의 화려한 타일로 장식된 건물들이 눈에 들어왔다. 그는 그녀에게 도시의 여러 역사적인 장소들을 가리키며 간단한 설명을 덧붙였다.

"여기서 보이는 건 리스본의 오래된 상업 지구야. 저 건물들은 대항해 시대에 큰 역할을 했지. 지금도 그 시대의 흔적이 곳곳에 남아 있어."

그녀는 창문 너머로 흘러가는 풍경을 바라보며, 리스본이 가진 시간의 깊이에 감탄했다. 이 도시의 건축물과 골목길은 단순히 아름다운 풍경 그 이상이었다. 그 속에 담긴 이야기가 그녀를 매료시키고 있었다. 트램이 천천히 기울어진 도로를 오를 때마다, 그들은 리스본이 주는 고요한 분위기 속에서 여유를 즐겼다.

얼마 지나지 않아 그들은 제로니무스 수도원에 도착했다. 수도원은 탁 트인 광장 앞에 자리 잡고 있었고, 웅장한 건축물은 그들을 압도했다. 마치 중세 시대로 돌아간 것 같은 착각이 들 정도였다. 수도원의 하얀 석조 건축물은 섬세한 조각으로 장식되어 있었고, 그 위로 햇빛이 부드럽게 내리비쳐 수도원 전체를 빛나게 하고 있었다.

그녀는 감탄하며 수도원을 바라보았다.

"정말 아름다워. 이곳이 이렇게 웅장할 줄은 몰랐어."

그는 미소 지으며 말했다. "여기는 단순한 건축물이 아니야. 리스본의 대항해 시대를 기념하기 위해 세워진 상징적인 장소야. 그 시대의 많은 탐험가가 여기서 출발했지."

그들은 천천히 수도원으로 들어갔다. 제로니무스 수도원은 1502년에 지어지기 시작해 약 100년 동안 완성되지 않았을 정도로 방대한 규모를 자랑했다. 수도원의 내부는 외부만큼이나 화려하고 세련된 조각과 섬세한 건축물로 가득했다. 대리석으로 만들어진 기둥은 하늘로 뻗어 있었고, 그 사이로 빛이 부드럽게 내려오며 고요한 분위기를 자아냈다.

그는 그녀에게 수도원의 역사를 이야기해 주기 시작했다.

"이 수도원은 포르투갈의 대항해시대를 기념하기 위해 마누엘 1세 왕이 세웠어. 특히 이곳은 바스코 다 가마가 인도 항로를 발견한 뒤, 그의 항해를 기념하기 위한 장소로 선택되었지. 바스코 다 가마도 여기서 출발하기 전에 기도를 드렸다고 해."

그녀는 그의 이야기를 들으며 천천히 수도원의 긴 복도를 걸었다. 복도 양옆에는 정교하게 조각된 아치들이 늘어서 있었고, 그 아래로는 수백 년의 역사를 담고 있는 수도원의 벽들이 그들을 감싸고 있었다.

"여기서 그렇게 많은 역사적 사건이 일어났다는 게 참 믿기지 않아. 이곳에서 대항해시대의 모든 탐험이 시작되었다니, 감동적이야." 그녀가 말했다.

그들은 수도원의 중심으로 들어가, 정원으로 연결된 큰 아치를 지났다. 수도원의 정원은 마치 천상의 정원을 연상케 했다. 꽃과 나무들이 조화롭게 배치되어 있었고, 그 사이로는 작은 연못이 조용히 흐르고 있었다. 그들은 정원의 벤치에 앉아 잠시 휴식을 취했다. 햇살은 그들의 얼굴을 따뜻하게 비추었고, 수도원의 고요함이 그들을 감싸며 평온한 기분을 들게 했다.

"여기서 이렇게 앉아 있으면 정말 마음이 편안해져." 그녀가 말했다.

"바스코 다 가마도 이곳에서 기도했을 거라는 생각을 하니 뭔가 신비롭기도 해."

그는 그녀의 말을 들으며 고개를 끄덕였다.

"맞아. 이곳에서 많은 사람들이 새로운 모험을 시작했겠지. 그리고 그들이 떠나기 전에 이곳에서 마음의 안정을 찾고, 희망을 품었을 거야."

그들은 잠깐 수도원의 고요함 속에서 여유를 즐겼다. 그리고 수도원 옆에 있는 작은 가게로 향했다. 그곳은 리스본에서 가장 유명한 에그타르트, 즉 파스텔 드 벨렘(Pastéis de Belém)을 파는 곳이었다.

그는 그녀를 위해 따뜻한 에그타르트를 하나 샀다.

"이게 바로 원조 에그타르트야. 수도원에서 처음으로 만들어진 이 타르트는 대항해시대와 함께 시작된 리스본의 맛이지."

"리스본에서 가장 유명한 음식 중 하나인 에그타르트, '파스텔 드 벨렘'이야. 이 근처에서 시작된 이 타르트는 전통적인 리스본의 디저트인데, 대항해시대의 항해자들이 먼 길을 떠나기 전에 먹었던 음식 중 하나래."

그녀는 타르트를 한입 베어 물었다. 바삭한 페이스트리와 달콤한 커스터드 크림이 어우러진 에그타르트는 그녀의 입안에서 사르르 녹았다.

“이게 그들이 먹었던 음식이라니, 정말 신기하네.” 그녀가 웃으며 말했다.

그는 따뜻한 에스프레소 한 잔을 그녀에게 건네며 말했다.

“이 커피와 함께라면 이 순간을 더 잘 기억할 수 있을 거야. 리스본의 향기가 이 커피 한 잔에 다 들어있으니까.” 그녀는 그의 말을 들으며 커피잔을 들었다.

“이곳의 에그타르트는 수도원의 수녀들이 처음 만들었대. 당시에는 계란 흰자로 옷을 풀어 만드는 세탁법이 있었는데, 계란 노른자가 남아서 그것을 활용해 타르트를 만들기 시작했다고 해. 그게 점점 유명해지면서 오늘날까지 이어져 온 거야.”

그녀는 그의 설명을 들으며 감탄했다.

“이 작은 타르트에 그렇게 많은 이야기가 담겨 있구나.”

에스프레소의 진한 향이 코끝을 감싸며, 그녀는 리스본의 따스함과 평온함을 느꼈다. 벨렘 탑 앞에서 그들은 조용히 서로의 손을 잡고, 마주 앉아 그 순간을 즐겼다. 타구스강에서 부드럽게 불어오는 바람이 그들의 얼굴을 스치며, 리스본의 아름다운 가을을 마음 깊이 새기게 해주었다.

그들은 벨렘 탑과 제로니무스 수도원을 배경으로 리스본의 햇살을 맞으며 에그타르트와 에스프레소를 마셨다. 그녀는 이 순간이 영원히 기억될 것 같았다.

“이렇게 아름다운 곳에서 당신과 함께 있는 게 정말 행복해.” 그녀가 말했다.

그는 그녀의 손을 잡으며 미소 지었다.

"나도 그래. 우리에게 이런 시간이 있다는 게 정말 감사해."

그들은 수도원에서 벨렘 탑(Torre de Belém)을 향해 걸어갔다. 수도원 서쪽 벨렘 지역에 있는 이 탑은 대서양을 내려다보며 오랜 세월 동안 리스본을 지키고 있었다. 벨렘 탑은 포르투갈의 역사적, 상징적 의미를 지닌 건축물로, 특히 대항해 시대의 시작을 상징하는 중요한 유적 중 하나였다. 그는 이곳에서 그녀와 함께 리스본의 역사를 느끼며, 그들에게만 남을 추억을 쌓고 싶었다.

벨렘 탑 근처로 걸어가며 그는 그녀에게 이곳의 역사적인 배경을 간단히 설명해 주었다.

"이 탑은 16세기에 마누엘 1세 왕에 의해 세워졌어. 처음에는 리스본 항구를 보호하기 위한 군사적 목적으로 만들어졌지만, 이후에는 대항해시대를 기념하는 상징적인 장소가 되었지. 이곳에서 수많은 배들이 신대륙으로 떠나면서, 세계를 향한 항해가 시작되었어."

"하지만, 이 탑도 평탄한 역사를 가진 건 아니야. 1755년에 발생한 대지진은 리스본을 완전히 무너뜨렸고, 이 탑도 그 피해를 면치 못했어. 당시 리스본의 대부분이 파괴되었고, 탑 역시 수리와 복구를 거쳐야 했지. 그것은 마치 우리의 인생처럼, 언제나 평온할 수는 없다는 것을 보여주는 것 같아."

그녀는 그가 이야기하는 동안 탑의 주위에 일렁이는 물결을 바라보았다. 이 탑도 수많은 시간을 견뎌내며 지금까지 서 있는 것처럼,

그녀 역시 이 마지막 여행을 견뎌내야 했다.

“이 탑은 대지진뿐만 아니라 나폴레옹 전쟁 때도 큰 타격을 입었어. 그 당시에는 탑이 군사 기지로 사용되기도 했지. 그만큼 이곳은 단순한 건축물이 아니라, 수많은 사람들의 삶과 죽음이 얽혀 있는 곳이야.”

그녀는 그가 이야기하는 동안, 자기 삶과 이 탑의 역사를 겹쳐보았다. 그들은 이곳에 서서 서로의 마지막을 준비하고 있었다. 이 탑이 수많은 시간과 사건을 견뎌내며 지금까지 서 있는 것처럼, 그들도 이 마지막 순간을 견뎌내야 했다.

“이 탑이 그토록 많은 것을 견뎌냈지만, 여전히 여기 서 있는 걸 보면, 우리도 끝까지 버틸 수 있지 않을까 하는 생각이 들어요.” 그녀가 조용히 말했다.

그는 그녀의 말을 들으며, 탑을 둘러싼 바람 소리를 들었다.

“맞아요, 우리는 버틸 거예요. 그리고 이 탑처럼, 우리의 기억도 여기에 남아 있을 거예요.”

“지금은 관광객들이 이곳에 와서 그저 아름다운 경치를 감상하고, 사진을 찍지만, 이 탑의 진정한 의미를 아는 사람은 많지 않아. 이 탑은 수많은 항해자와 그들의 가족들, 그리고 포르투갈의 역사를 품고 있는 상징적인 장소야. 우리가 이곳에서 이렇게 서 있는 것만으로도, 이곳은 우리에게 특별한 의미로 쓰이게 되는 거야.”

그녀는 그의 말에 고개를 끄덕였다. 그들은 이제 이곳에서 시간을 마음속에 간직할 준비를 하고 있었다.

"우리의 이야기도 이 탑의 역사 속에 남아 있는 것 같아요." 그녀가 말했다.

그녀는 그의 이야기를 들으며 조용히 미소 지었다. 탑은 푸른 하늘과 끝없이 펼쳐진 바다를 배경으로 웅장한 자태를 뽐내고 있었다. 이곳에서 느껴지는 시간의 흐름은 마치 멈춰 있는 듯했다. 탑의 돌벽에 새겨진 정교한 문양과 창문 그리고 고요히 흐르는 타구스강이 함께 어우러지며 눈앞에 펼쳐진 풍경은 마치 한 폭의 그림 같았다. 그녀는 벨렘 탑 앞에 서서 잠시 탑을 바라보며 생각에 잠겼다. 이곳에서 많은 사람들이 새로운 세계를 향해 떠났을 것이다. 그들은 미지의 세계에 대한 기대와 두려움 속에서 이 탑을 마지막으로 바라보며 희망을 품었을 것이다.

"참 멋지네." 그녀가 말했다.

"이곳에서 세상을 향해 나아갔던 사람들의 마음이 어땠을지 상상이 가."

그는 미소 지으며 그녀의 손을 잡았다.

"그래. 그때는 이 탑이 그들에게 출발점이었을 거야. 새로운 세상으로 나아가는 길목에서 그들은 이 탑을 마지막으로 보고 떠났겠지."

그 순간, 주변에서 바이올린 소리가 들려왔다. 그는 고개를 돌려보니, 한 악사가 벨렘 탑 옆에서 바이올린을 연주하고 있었다. 그는 그녀를 위해 바이올린 연주를 선물하고 싶었다. 그녀가 미소 지으며 그 바이올린 소리를 듣고 있는 것을 보며, 그는 악사에게 다가가 조용히 물었다.

“혹시 ‘차이코프스키의 서정적인 멜로디’를 연주해 줄 수 있을까요?”

악사는 고개를 끄덕이며 곡을 준비하기 시작했다. 그는 다시 그녀 곁으로 돌아와, 악사의 바이올린 소리가 두 사람을 감싸는 순간을 기다렸다. 바이올린이 울리기 시작하자, 그녀는 그 선율에 빠져들었다. 곡은 아름다웠고, 감미로웠다. 바이올린 선율이 타구스강 위를 흘러가듯 부드럽게 퍼져나가며, 벨렘 탑과 그녀를 조용히 감싸는 듯했다.

그녀는 눈을 감고 음악에 집중했다. 마치 대항해시대의 용감한 선원들이 항해를 떠나는 순간을 상상하며, 그녀는 마음속 깊은 곳에서 무언가가 벅차오르는 것을 느꼈다.

“정말 아름다워.” 그녀가 조용히 말했다.

“이 음악이 이곳과 이렇게 잘 어울리다니.”

그는 그녀가 행복해하는 모습을 보며 조용히 웃었다. 이 순간, 그는 그녀에게 벨렘 탑과 리스본에서 추억을 평생 잊지 못할 기억으로 남겨주고 싶었다. 그들이 이곳에 서서 음악을 듣고 있는 동안, 그들은 마치 과거와 현재를 동시에 경험하고 있는 듯한 기분을 느꼈다.

“이곳에서 추억은 정말 잊을 수 없을 거야.” 그녀가 말했다.

그는 고개를 끄덕이며 대답했다.

“맞아. 이곳에서 시간을 우리는 오래도록 기억할 거야. 그리고 이곳에서 우리의 이야기가 다시 시작된 것처럼 느껴져.”

그들은 그렇게 벨렘 탑 앞에서, 리스본의 과거와 현재를 모두 느끼며 천천히 시간을 보냈다. 대항해시대의 이야기가 그들의 대화 속에서 오갔고, 리스본의 바람은 그들에게 마치 새로운 출발을 약속하는 듯했다. 벨렘 탑은 이제 그들에게 단순한 역사적 기념물이 아니라, 서로를 위해 다시 찾아온 소중한 추억의 공간으로 남게 되었다.

이날의 추억은 벨렘 탑과 함께, 리스본의 가을 햇살 속에서 영원히 빛나고 있었다.

다음 날, 그들은 리스본에서 약 30km 떨어진 신트라(Sintra)로 향했다. 신트라는 마치 동화 속에서 튀어나온 것 같은 풍경으로 유명한 곳이었다. 이곳은 수많은 왕족과 귀족들이 찾던 휴양지로, 울창한 숲과 화려한 궁전들이 어우러져 포르투갈의 역사를 고스란히 담고 있었다. 그들의 여행은 신트라의 고즈넉한 아름다움 속에서 잠시 현실의 무게를 벗어날 수 있는 특별한 시간이었다. 신트라로 향하는 길은 끝없이 펼쳐진 언덕과 그린벨트로 둘러싸인 풍경으로 가득했다. 차창 밖으로 보이는 풍경은 마치 다른 세상으로 들어가는 듯한 착각을 불러일으켰다. 하늘은 맑았고, 신선한 바람이 그들의 얼굴을 스쳤다. 도시에 머물렀던 피곤함과 무거운 마음이 서서히 녹아내리며, 그들은 자연스럽게 신트라의 신비로운 분위기에 빠져들었다.

신트라의 가장 높은 언덕에 자리한 페나 궁전(Palácio Nacional da Pena)은 멀리서도 그 화려한 자태를 드러내고 있었다. 궁전은 황색과 붉은색, 보라색의 화려한 색채로 칠해져 마치 동화 속, 성처럼 보였다.

이 궁전은 포르투갈의 마지막 왕들이 머물던 장소로, 고딕과 이슬람, 르네상스 스타일이 혼합된 독특한 건축양식을 자랑한다. 그들은 궁전 안으로 들어서며 한 발짝씩 천천히 걸었다. 화려한 대리석 바닥과 웅장한 기둥들, 섬세하게 조각된 창문들은 그들의 발걸음을 멈추게 했다. 궁전은 마치 그들의 상념을 잠시 잊게 해줄 만큼 압도적이었다. 그들은 내부를 천천히 둘러보며, 궁전이 품고 있는 시간과 역사를 느꼈다.

신트라의 페나 궁전은 그들에게 디즈니월드에서 기억을 떠올리게 했다.

"그때 우리는 마법의 세계에 있는 것 같았죠. 이곳도 마찬가지네요." 그녀가 말했다.

궁전의 화려한 색채와 이국적인 분위기는 그들에게 다시 한번 삶의 기쁨을 느끼게 했다. "우리의 여행이 이렇게 아름다울 수 있다는 것이 감사해요." 그녀가 말했다.

신트라의 페나 궁전(Palácio Nacional da Pena)은 마치 동화 속에서 튀어나온 듯한 모습을 한, 포르투갈에서 가장 아름답고 신비로운 건축물 중 하나다. 이곳은 자연과 건축이 완벽하게 어우러진 곳으로, 그 독특한 색채와 로맨틱한 분위기로 많은 사람들의 사랑을 받고 있다. 그는 그녀와 함께 페나 궁전의 아름다운 전경을 바라보며, 이 궁전이 지닌 역사와 그 속에 담긴 슬픔에 관해 조용히 이야기를 시작했다. 그들의 대화 속에는 슬픔과 함께 아름다운 음악이 흐르고, 궁전의 이야기가 그들의 마음속으로 스며들기 시작했다.

"페나 궁전은 19세기 중반에 지어진 건축물이야."

그가 그녀에게 설명을 시작했습니다.

"처음에는 중세 수도원이 있던 자리였어. 이곳에서 수도사들은 고요하게 신에게 기도하며 살았지. 하지만 1755년에 발생한 대지진이 이 수도원을 거의 완전히 파괴하고 말았어. 그 후 몇십 년 동안 이곳은 폐허로 남아있었지."

그녀는 그가 말하는 동안 궁전의 화려한 외관을 바라보고 있었다. 화려한 색채와 다양한 건축 양식이 조화를 이루며, 마치 꿈속의 세계에 와 있는 듯한 기분이 들게 했다.

"이렇게 아름다운 곳에 그런 슬픈 역사가 있다는 것이 믿기지 않아요." 그녀가 말했다.

그는 고개를 끄덕이며 이야기를 이어갔다.

"지금 우리가 보고 있는 이 궁전은 페르디난드 2세가 이곳을 사서, 로맨틱한 궁전으로 재건축한 결과야. 그는 예술에 깊은 관심이 있었고, 다양한 건축 양식을 혼합해 이곳을 완성했지. 고딕, 르네상스, 그리고 바로크 스타일이 모두 한데 어우러져, 마치 꿈속의 궁전처럼 만들어졌어."

"페르디난드 2세는 이 궁전을 그의 첫 번째 부인인 마리아 2세와 함께 지었어. 그들의 사랑은 깊었고, 이 궁전은 그들의 사랑을 상징하는 장소였지. 그들은 이곳에서 함께 시간을 보내며, 예술과 자연을 즐겼어. 하지만 마리아 2세는 젊은 나이에 세상을 떠났어. 그녀가 떠난 후, 페르디난드 2세는 큰 슬픔에 빠졌고, 이 궁전은 그의 고독을 담는 장소가 되었지."

그녀는 페나 궁전의 높은 탑을 바라보며 그에게 속삭이듯 말했다.

"이 궁전의 아름다움 속에 그런 슬픔이 담겨 있었다니, 그들의 사랑이 얼마나 깊었는지 느껴져요."

그는 조용히 고개를 끄덕였다.

"맞아. 페르디난드 2세는 이후에 오페라 가수 엘리제 헨슬러와 사랑에 빠지게 되었지만, 마리아 2세와의 추억은 이곳에 깊이 남아 있어. 그래서 이 궁전은 슬픔과 사랑이 공존하는 장소로 남게 되었지."

"이 궁전의 건축에는 깊은 상징성이 담겨 있어." 그가 그녀에게 설명을 계속했습니다.

"각기 다른 건축 양식들이 혼합된 것은 페르디난드 2세가 가진 예술적 비전을 반영하는 동시에, 그가 느꼈던 감정의 혼란과 복잡함을 나타내는 것이기도 해. 이곳은 단순한 궁전이 아니야. 이곳은 페르디난드 2세의 마음, 그의 사랑과 슬픔 그리고 그가 세상을 바라보는 시각을 담고 있는 예술 작품이지."

그녀는 궁전의 화려한 색채와 정교한 장식을 바라보며 고개를 끄덕였다.

"이곳의 색채와 건축 양식들이 너무나도 다양해서, 마치 여러 감정이 한데 얽혀 있는 것 같아요. 그것이 이곳을 더 특별하게 만드는 것 같아요."

그는 그녀의 말을 들으며 미소를 지었다.

"맞아. 이 궁전은 그 모든 감정들을 담아내고 있어. 그리고 그것이 바로 이곳이 단순히 아름다운 건축물이 아니라, 예술 작품으로서 사랑받는 이유야."

그들이 궁전의 정원을 거닐 때, 부드러운 음악 소리가 들려왔다. 그는 그녀에게 음악의 출처를 가리키며 말했다.

"저기, 궁전 내 작은 공연장에서 음악회가 열리고 있어. 이 음악은 포르투갈의 전통적인 파두(Fado) 음악이야. 이 음악은 페나 궁전처럼 슬프고도 아름다워."

그녀는 음악을 들으며 눈을 감았다.

"이 음악은 정말로 마음을 울리네요. 슬픔 속에서도 아름다움을 느낄 수 있는, 그런 감정을 불러일으켜요."

그는 고개를 끄덕이며 말했다.

"파두는 리스본과 포르투갈 전역에서 사랑받는 음악이야. 이 음악은 사람들의 삶, 그들의 고통과 기쁨, 그리고 그들이 겪은 모든 것들을 이야기해. 이곳에서 파두를 듣는 것은, 이 궁전이 가진 슬픔과 사랑을 더 깊이 이해하게 만들어 주지."

그들은 음악에 몸을 맡기며, 궁전의 정원을 천천히 걸었다. 음악은 그들의 마음을 어루만지며, 궁전의 슬픔과 사랑을 더욱 깊이 느끼게 해주었다.

그들은 페나 궁전의 높은 탑에 올라, 신트라 산맥과 그 너머로 펼쳐진 포르투갈의 아름다운 풍경을 내려다보았다.

그는 그녀를 바라보며 속삭였다.

"페나 궁전은 슬프지만, 동시에 아름다워."

그녀는 그의 말을 듣고 조용히 미소를 지었다.

"이 궁전이 그들의 사랑을 담고 있듯이, 우리도 이곳에 우리의 사랑을 남길 수 있겠죠. 이곳에서 우리는 모든 것을 내려놓고, 서로를 기억하며 떠날 수 있을 것 같아요."

그는 그녀의 손을 꼭 잡고 말했다.

"맞아. 페나 궁전은 우리에게 중요한 장소가 될 거야. 이곳에서 우리는 우리의 이야기를 영원히 기억할 수 있을 거야."

궁전의 발코니에 서서 그들은 신트라의 푸른 산맥을 내려다보았다. 산과 들, 그리고 도시의 풍경이 한눈에 들어오는 그곳에서 그들은 잠시 말을 잃었다.

그녀는 그를 바라보며 조용히 말했다.

"사랑해."

그녀의 목소리에는 담담한 감정이 스며 있었다. 지난 시간 동안 마음에 남았던 많은 고민과 두려움이, 이 순간 잠시나마 사라진 듯했다.

그는 그녀의 말을 듣고, 그녀의 손을 부드럽게 잡았다.

"사랑해."

그는 진심으로 그녀가 남은 시간 동안 평온함과 행복을 느낄 수 있기를 바랐다.

그는 그녀의 손을 잡고 마지막으로 궁전을 한 번 더 바라보았다. 페나 궁전의 풍경은 저녁노을과 함께 점점 어둠 속으로 스며들고 있었다. 그는 그녀를 안으며 속삭였다.

그들은 궁전에서 나와 신트라의 좁고 구불구불한 골목길을 걸었다. 골목은 작은 상점들과 고풍스러운 집들로 가득했으며, 나무들 사이로 따뜻한 햇빛이 비치며 그들을 환영했다. 그들은 신트라의 자연과 함께 걸으며 서로의 이야기를 나누었다. 그들에게 신트라는 단순한 관광지가 아니었다. 그것은 인생의 여행 속에서 자신들의 선택과 결정을 되돌아보는 장소였다.

그녀는 걸으며 이렇게 말했다.

"우리가 걸어온 길이 참 길었네요. 그동안 많은 일들이 있었고, 이제는 후회보다는 고마운 마음이 들어요."

그녀의 목소리에는 지난 시간에 대한 후회보다는 차분한 감정이 담겨 있었다.

그도 그녀의 말을 따라 생각에 잠겼다. 그들은 서로를 만나기 전부터 그리고 그들의 길이 갈라진 후에도 수많은 선택을 했다. 하지만 결국 그들은 다시 이렇게 함께 있는 것이다. 그는 그녀와 함께 걸으며 조용히 대답했다.

"맞아요. 우리가 다시 이렇게 함께 걷고 있다는 것만으로도 모든 것이 의미가 있는 것 같아요." 그들은 신트라의 좁은 길을 걸었다. 때로는 아무 말도 없이, 때로는 서로의 손을 꼭 잡으며, 그들은 인생의 무게를 덜어내고 있었다. 신트라의 푸른 산맥은 그들에게 조용한 위로를 건네주었다. 궁전의 화려한 색채는 그들의 어두운 마음속에 빛을 비추고 있었다. 그들은 다시 한번 페나 궁전의 멀리 떨어진 탑을 바라보았다. 그곳에서 바라보는 세상은 현실과는 조금 떨어져 있는 듯했다. 어쩌면 그들이 이곳에 와서 느낀 평온함과 아름다움이 그들을 치유해 준 것일지도 모른다. 그들은 인생의 갈림길에서 선택한 길이 그들을 이곳으로 이끌었음을 느끼며, 이곳에서 시간을 깊이 마음에 새기고 있었다. 신트라의 평온한 풍경 속에서 그들은 서로의 손을 꼭 잡고 미소 지었다.

"우리는 앞으로도 이렇게 걸을 수 있을까?" 그녀가 물었다.

그는 고개를 끄덕이며 대답했다.

"물론이죠. 이곳에서 느낀 모든 것들을 우리의 인생 속에 남기며, 앞으로도 계속 함께할 수 있을 거예요."

신트라에서 아름다운 여행을 마치고 리스본으로 돌아오던 저녁, 그들은 Café Luso에서 예약한 파두 공연을 기대하며 식당으로 향했다. Café Luso는 리스본에서 가장 전통적이고 유명한 파두 하우스 중 하나로, 1930년대에 개장하여 지금까지 이어져 오는 유서 깊은 곳이다. 수많은 파두 가수가 이곳을 거쳐 갔고, 그중에서도 전설적인 파두 가수인 아말리아 호드리게스가 이곳에서 공연했다는 사실만으로도 그들은 기대감에 부풀었다.

바이후 알투 지구에 도착하자, 활기찬 저녁의 기운이 거리 곳곳을 채우고 있었다. 좁은 골목을 따라 작은 식당과 바들이 빼곡하게 늘어서 있었고, 거리의 불빛은 리스본의 독특한 매력을 한층 더해주었다. Café Luso에 도착했을 때, 그들은 식당의 외관에서부터 고풍스러운 분위기를 느낄 수 있었다. 오래된 벽돌 건물의 앞면에는 세월의 흔적이 고스란히 남아 있었고, 문 앞에서 따뜻한 불빛이 그들을 맞이하고 있었다.

식당 안으로 들어서자, 그들은 어둡고 아늑한 분위기에 압도되었다. 나무 테이블과 의자가 깔끔하게 배치된 식당 내부는 전통적인 포르투갈식 인테리어로 장식되어 있었으며, 벽면에는 파두의 역사를 보여주는 사진들과 장식품들이 걸려 있었다. 그들은 안쪽 테이블에 자리를 잡고 앉았다. 식당은 이미 많은 손님으로 가득 차 있었고, 모두가 곧 시작될 파두 공연을 기다리고 있는 듯했다.

메뉴가 도착하자, 그들은 파두 공연과 함께 저녁을 즐길 수 있는 코스 요리를 주문했다.

Café Luso의 요리는 전통적인 포르투갈 요리를 기반으로 하여 신선한 해산물과 육류를 활용한 풍미 가득한 음식들이 제공되었다. 그들은 식사를 시작하며, 주변을 둘러보았다. 무대는 작고 조용히 빛나고 있었고, 곧 시작될 공연을 예고하듯 기타 연주자들이 준비를 마치고 있었다. 파두 공연이 시작되기 전에, 그들은 포르투갈의 전통적인 와인을 마시며 여유롭게 이야기를 나누었다.

그녀는 와인을 한 모금 마시며 말했다.

"정말 멋진 분위기야. 여기가 1930년대부터 이렇게 많은 사람들에게 사랑받아 왔다니 신기하네요."

그는 고개를 끄덕이며 대답했다.

"맞아. 아말리아 호드리게스 같은 전설적인 가수도 여기서 공연을 했다고 하잖아. 오늘 우리가 듣게 될 공연도 기대돼."

잠시 후, 불빛이 희미해지며 파두 공연이 시작되었다. 파두는 리스본의 영혼을 담은 음악으로 불리며, 포르투갈의 정서와 민족적 아픔, 희망, 사랑 등을 노래하는 장르다. 공연이 시작되자, 기타리스트가 잔잔한 선율을 타며 연주를 시작했고, 무대 위에 선 가수가 무겁고도 깊은 목소리로 첫 소절을 내뱉었다. 그녀는 감동한 듯 공연을 집중해서 바라보았다.

"정말 아름다워요." 그녀가 속삭였다.

파두의 선율은 깊은 감정의 울림을 담고 있었다. 가수의 목소리는 때로는 슬프고, 때로는 애틋하게 울리며 공간을 가득 채웠다. 노래가 끝나자, 그들은 서로를 바라보며 미소를 지었다.

그는 손을 그녀의 손등 위에 올리며 조용히 말했다.

"이런 음악을 당신과 함께 들을 수 있다는 게 정말 기뻐요. 이곳의 분위기와 우리의 이야기가 어우러지는 것 같아."

파두의 다음 곡이 이어졌고, 그들은 그 분위기에 흠뻑 빠져들었다. 노래는 계속해서 그들의 마음을 울렸고, 가수는 자신의 삶과 사랑, 그리고 상실에 관한 이야기를 노래로 풀어냈다. 파두는 단순한 음악 그 이상이었다. 그것은 감정의 언어였고, 마음 깊은 곳에서 나오는 목소리였다. 공연이 끝나갈 무렵, 그들은 함께 파두 음악에 관한 이야기를 나누었다. 그는 파두가 리스본의 상징이자, 이 도시에 살아온 사람들의 삶을 대변하는 음악임을 설명했다.

"파두는 슬픔을 노래하지만, 그 속에 담긴 희망과 인내의 메시지도 담고 있어요. 오늘 들은 노래들도 결국 그들이 살아왔던 역경을 넘어서 새로운 길을 찾는 이야기를 담고 있었지요."

그녀는 고개를 끄덕이며 말했다.

"맞아요. 이 음악을 들으니 제 인생의 여러 순간이 떠올라요. 우리가 겪었던 모든 일들이 결국 이 파두처럼…."

식사가 끝나고, 그들은 파두의 마지막 선율을 들으며 식당을 나섰다. 밖으로 나왔을 때, 리스본의 밤하늘은 별빛으로 가득했고, 거리에는 여전히 파두의 여운이 남아 있었다. 그들은 서로의 손을 잡고 바이후 알투의 좁은 골목길을 걸으며, 오늘의 경험을 마음속에 깊이 새기고 있었다.

"오늘 밤은 정말 잊지 못할 것 같아요." 그녀가 말했다.

"나도 그래요." 그가 대답했다.

"당신과 함께 이곳에서 파두를 들을 수 있어서 정말 행복해요."

그들은 리스본의 밤공기를 마시며, 그날의 추억을 간직한 채 호텔로 돌아갔다.

금요일 그들은 알파마의 좁은 골목길을 걸으며 그들은 과거의 추억을 되새겼다.

"이 골목길은 마치 우리가 뉴욕의 타임스 스퀘어에서 길을 잃고 방황하던 그때 같네요. 하지만 여기는 더 따뜻하고 아늑한 느낌이 있어요." 그녀가 말했다.

타임스 스퀘어의 번잡함과 알파마의 고요함을 비교하며, 그들은 리스본이 주는 따뜻한 위로를 느꼈다. 알파마 지구는 리스본의 가장 오래된 지역 중 하나로, 그들의 마음을 어루만져 주었다. 그녀는 이곳에서 리스본의 진정한 모습을 발견했다.

"여기서라면 모든 걱정이 사라질 것 같아요." 그녀가 말했다.

알파마 지구(Alfama)는 리스본의 심장과도 같은 곳이다. 이곳은 포르투갈의 역사와 문화를 온전히 품고 있으며, 리스본에서 가장 오래된 지구로서 수 세기 동안 많은 사람들의 삶과 이야기를 담아왔다. 그는 알파마 지구의 골목길을 따라 그녀와 함께 걸으며, 이곳의 역사와 그 안에 담긴 슬픔, 그리고 아름다운 음악에 관해 조용히 이야기하기 시작했다.

"알파마는 리스본에서 가장 오래된 지역이야." 그가 그녀에게 설명을 시작했다.

"그 기원은 로마 시대까지 거슬러 올라가지만, 지금 우리가 보고 있는 이 좁은 골목길과 낡은 집들은 대부분 무어인이 이곳을 지배하던 중세 시대에 만들어졌어. 알파마라는 이름도 아랍어에서 유래했지. '알함마(al-hamma)'라는 단어에서 나온 건데, '온천'이나 '목욕탕'을 의미해. 당시 이 지역에는 온천이 많이 있었거든."

그녀는 그의 이야기를 들으며 주변을 둘러보았다. 낡은 건물들과 구불구불한 골목길, 세월의 흔적이 고스란히 남아 있는 이곳은 과거의 시간을 그대로 간직한 채 지금도 살아 숨 쉬고 있었다.

"여긴 정말 시간이 멈춘 것 같아요. 마치 몇백 년 전으로 돌아간 기분이에요."

그는 고개를 끄덕였다.

"맞아, 이곳은 리스본 대지진 때도 큰 피해를 보지 않아서, 다른 지역들과는 달리 그 옛 모습을 그대로 간직하고 있어. 그래서 이곳에 오면 과거와 현재가 마치 한 공간에 공존하는 듯한 느낌을 받을 수 있지."

알파마는 오랫동안 어부들과 노동자들이 거주하던 곳이었다. 이 지역의 사람들은 바다와 밀접한 삶을 살았고, 그들의 일상은 어둡고 고단했다. 그는 그녀에게 알파마의 주민들에 관해 이야기했다.

"이곳은 한때 리스본의 가난한 지역 중 하나였어. 어부들과 서민들이 좁은 골목길을 따라 빽빽하게 모여 살았지. 이곳의 집들은 작고 비좁았고, 사람들은 바다에서 힘든 노동을 마치고 돌아와 이곳에서 휴식을 취했어. 그러나 이곳 사람들은 그들만의 문화를 만들어냈고, 그중에서도 가장 유명한 것이 바로 파두(Fado) 음악이야."

그녀는 며칠 전 들었던 파두를 생각하며 파두에 관한 무엇인가 생각하는 눈빛을 보였다. 그는 미소를 지으며 계속 이야기를 이어갔다.

"파두는 이곳 알파마에서 시작된 음악이야. 어부들의 고단한 삶과 이별의 슬픔, 그리고 그리움을 담은 음악이지. 파두의 가사에는 사랑과 상실, 그리고 운명에 관한 이야기가 가득해. 이 음악은 그들 삶의 고통과 기쁨을 그대로 반영하고 있어."

그는 그들이 한 작은 카페에 들어서며 파두 음악이 흐르는 순간, 이야기를 계속 이어갔다.

"파두는 단순한 음악이 아니라, 이곳 사람들의 삶 그 자체야. 알파마의 좁은 골목에서 울려 퍼지던 파두는 그들 삶의 모든 것을 담고 있지. 파두의 가사에는 이곳을 떠난 이들에 대한 그리움과 다시는 돌아올 수 없는 과거에 대한 슬픔이 담겨 있어."

그녀는 파두의 멜로디에 귀를 기울이며 고개를 끄덕였다.

"정말 슬프고 아름다워요. 이 음악이 이곳 사람들에게 얼마나 큰 위로가 되었을지 상상이 가요."

그는 그녀의 손을 잡으며 말했다.

"파두는 이곳 사람들의 영혼을 대변하는 음악이야. 그들은 파두를 통해 자신의 감정을 표현하고, 서로를 위로했어. 그리고 이 음악은 지금도 이곳에서 여전히 살아 숨 쉬고 있어. 이 카페에서 들리는 파두도 바로 그 연장선에 있는 거야."

카페에서는 나이 든 여성이 파두를 부르고 있었다. 그녀의 목소리에는 깊은 슬픔과 고독이 담겨 있었고, 그 소리는 알파마의 오래된 벽을 타고 울려 퍼졌다.

"이 목소리 속에서 느껴지는 그리움은 마치 이곳을 떠나간 모든 영혼의 이야기 같아요." 그녀가 속삭였다.

그는 조용히 고개를 끄덕였다. "그럴지도 몰라. 이곳 알파마는 수많은 사람들이 떠나갔지만, 그들의 이야기는 이 골목과 음악 속에 남아 있어. 그래서 이곳은 언제나 슬픔과 아름다움이 공존하는 곳이야."

알파마의 좁은 골목길과 언덕길을 따라 걸으며, 그들은 이곳의 건축과 생활에 관해 이야기를 나누었다. 그는 그녀에게 이곳의 특별한 건축 양식과 그 속에 담긴 이야기를 설명했다.

"알파마의 집들은 대부분 작고 비좁지만, 그 안에는 수많은 이야기가 담겨 있어. 이곳 사람들은 작은 공간에서 서로를 의지하며 살아왔지. 집들은 서로 붙어 있어서, 창문 밖으로 손을 내밀면 이웃과 손을 맞잡을 수 있을 정도야. 이곳의 사람들은 그렇게 가까이에서 서로의 슬픔과 기쁨을 나누며 살았어."

그녀는 주변을 둘러보며 고개를 끄덕였다.

"이런 곳에서 살면, 다른 사람들과 정말 가까워질 수밖에 없겠네요. 그게 이곳 사람들의 연대감을 키웠을 것 같아요."

그는 웃으며 말했다.

"맞아. 그래서 이곳 사람들은 서로를 가족처럼 여겼어. 이웃이 곧 가족이었고, 그들은 함께 웃고 울었지. 그리고 그런 연대감은 파두를 통해 더 강해졌어. 파두는 이곳 사람들을 하나로 묶어주는 음악이었지."

그는 알파마가 어떻게 대지진 속에서도 살아남았는지 설명하며, 그 안에 담긴 의미에 관해 이야기했다.

"1755년 리스본 대지진이 일어났을 때, 도시의 대부분이 무너졌어. 하지만 알파마는 비교적 피해가 적었지. 이곳은 언덕 위에 자리 잡고 있어서, 해일의 영향을 덜 받았거든. 마치 이곳이 어떤 신성한 힘으로 보호받은 것처럼 느껴질 정도였어."

그녀는 그의 말을 들으며 생각에 잠겼다.

"이곳이 그렇게 큰 재난 속에서도 살아남았다는 건 정말 놀라워요. 그리고 그런 역사가 이곳을 더 특별하게 만드는 것 같아요."

그는 고개를 끄덕였다.

"맞아. 이곳은 단순한 주거 지역을 넘어서, 리스본의 생명력과 회복력을 상징하는 장소가 되었어. 알파마는 리스본의 가장 오래된 부분이면서도, 가장 강한 생명력을 가진 곳이지."

그들은 알파마의 높은 언덕 위에 올라 리스본의 전경을 바라보았다. 리스본의 붉은 지붕들이 햇빛을 받아 빛나고 있었고, 대서양의 바람이 그들의 얼굴을 스쳤다.

그는 그녀를 바라보며 말했다.

"알파마는 리스본의 영혼을 품고 있는 곳이야."

그들은 알파마의 좁은 골목길을 따라 다시 걸어 내려왔다. 파두의 슬픈 멜로디가 여전히 그들의 귀에 울려 퍼지고 있었고, 그들은 그 음악 속에서 서로의 마음을 느낄 수 있었다.

"우리의 이야기도 이곳 알파마의 파두처럼, 영원히 남아 있을 거예요." 그녀가 말했다.

그는 그녀의 손을 꼭 잡고, 조용히 대답했다.

"맞아요. 우리의 이야기는 이곳에서 끝날지도 모르지만, 그 기억은 영원히 우리와 함께 할 거예요."

토요일 늦은 아침, 리스본의 따뜻한 햇살이 부드럽게 내리쬐는 가운데 그들은 유명한 도둑시장인 산타클라라 시장(Feria da Ladra)으로 향했다. 산타클라라 시장은 리스본의 알파마 지구에 자리 잡고 있으며, 매주 화요일과 토요일에 열리는 이 벼룩시장은 도시에서 가장 오래되고 활기찬 장소 중 하나로, 다양한 물건들을 파는 상인들과 구매

자들이 붐비는 곳이었다.

그녀보다 이 시장을 더 좋아하는 사람은 그였다. 그는 매번 여행을 갈 때마다 그 도시의 전통시장이나 벼룩시장을 방문하여 현지 사람들의 생활을 엿보고, 오래된 물건들 속에서 그들이 간직한 이야기를 찾아보는 것을 즐겼다.

이번에도 그녀를 위한 배려로 방문했지만, 그녀는 미소 지으며 말했다.

"사실, 이번엔 당신이 좋아하는 장소잖아요." 그들은 손을 잡고 시장으로 들어섰다.

산타클라라 시장은 좁고 구불구불한 길을 따라 펼쳐진 다양한 노점상들과 테이블들로 가득했다. 오래된 책, 골동품, 의류, 장난감, 심지어 오래된 그림과 가구까지, 테이블마다 다른 시대의 이야기를 담고 있는 듯했다. 상인들은 자기 물건을 자랑스럽게 설명하며 손님들과 담소를 나누고 있었고, 거리에는 포르투갈 전통 음악인 파두가 은은하게 울려 퍼졌다.

그들은 천천히 걷다가 오래된 레코드판을 파는 작은 상점에 들렀다. LP 레코드와 오래된 턴테이블이 잔뜩 쌓여 있었고, 그중에서도 클래식 음악과 파두 음반들이 눈에 띄었다. 그는 오래된 아말리아 호드리게스의 파두 레코드를 들춰보며 흥미롭게 바라보았다.

"이 레코드는 정말 귀하겠군요. 아말리아 호드리게스는 파두의 여왕으로 불리잖아요."

그가 말했다. 그녀는 고개를 끄덕이며, 그가 얼마나 이런 것들을 좋아하는지 잘 알기에 함께 구경하는 동안 미소를 지었다.

시간이 지나자, 그들은 시장 안에 있는 작은 식당으로 들어가 점심을 먹기로 했다. 그들은 테라스에 자리를 잡고, 리스본의 전통적인 음식을 주문했다. 따뜻한 에스프레소와 함께 나오는 진한 소스에 절인 생선, 그리고 고소한 올리브와 함께 먹는 포르투갈식 빵이 그들의 테이블에 차려졌다.

식사를 기다리며, 그들은 옆 테이블에 앉아 있는 두 명의 포르투갈 여인들이 유쾌하게 대화하는 것을 듣게 되었다. 두 여자는 서로를 바라보며 빠르고 활기차게 이야기를 나누고 있었고, 종종 웃음소리가 들려왔다. 그는 그 여인들의 말을 하나도 이해할 수 없었다. 그럼에도 그는 두 여인의 이야기에 귀를 쫑긋 세우고 있었다.

그녀는 고개를 돌려 그에게 장난스럽게 말했다.

"지금 저 여자들이 무슨 이야기를 하는지 맞혀봐요."

그는 잠시 생각하더니 자신만의 추측을 내놓았다.

"음, 아마도 우리가 시킨 음식을 보며 그들의 알고 있는 다른 식당 음식과 비교하는 이야기를 하는 것 같아, 우리가 포르투갈어를 모를 거로 생각하고 말이죠."

그녀는 그 말을 듣고 살짝 놀라며 미소 지었다.

"정말 놀라워요! 맞아요. 저 여자들이 우리가 먹고 있는 음식에 관해 이야기하고 있었어요. 리스본의 여러 식당에서 같은 음식을 먹어봤고, 어느 곳이 더 나은지 평하고 있더라고요."

그는 그 말을 듣고는 옆 테이블에 있는 여인들에게 웃으며 영어로 인사를 건넸다.

“안녕하세요. 저희 음식에 관해 이야기하시더군요. 같이 즐기실래요?”

두 여인은 깜짝 놀라며 서로를 쳐다보았다. 그들은 당연히 그들이 포르투갈어를 모를 것으로 생각했기 때문이다. 그러자 그녀가 나서서 포르투갈어로 자연스럽게 그들에게 말을 걸었다.

“사실 저희도 방금 대화를 듣고 있었습니다. 같은 음식을 먹고 있어서 무슨 말씀하시는지 궁금했어요.”

두 여인은 그녀의 유창한 포르투갈어에 또 한 번 놀라며 활짝 웃었다.

“오, 대단하시네요! 전혀 포르투갈어를 할 줄 모를 거로 생각했는데 말이죠.”

그들은 자연스럽게 대화를 나누기 시작했고, 시장과 리스본에 관한 이야기를 공유했다.

그들은 리스본의 전통과 음식, 그리고 시장에서 파는 물건들에 관해 이야기하며 한참 동안 웃음을 나누었다.

“여기 도둑시장에 처음 오신 건가요?” 한 여자가 물었다.

그녀는 고개를 끄덕이며 대답했다.

“네, 남편이 이런 벼룩시장을 정말 좋아해서요. 이런 장소에서 현지 생활을 엿보는 걸 좋아하더라고요.”

그녀들의 대화는 끊임없이 이어졌고, 간간히 나를 위해 영어로 이야기하거나, 그녀가 한국어로 통역해 주었다. 두 여인은 그들에게

명함을 건네며 언제든지 다시 리스본을 방문하면 연락하라는 말을 남겼다. 그들은 두 여인과 함께 사진을 찍으며 즐겁게 지냈고, 시장에서 보낸 이 특별한 날을 기념하기로 했다.

점심이 끝난 후, 그들은 리스본의 거리로 다시 나서며 서로 손을 잡고 미소를 지었다. 그날의 만남은 예상치 못한 즐거움과 웃음을 안겨주었고, 그들은 리스본에서 또 다른 특별한 추억을 만들었다.

며칠 후, 상 조르제 성(Castelo de São Jorge) 위에서 그들은 리스본의 전경을 내려다보았다. 10여 년 전, 그들은 그랜드 캐니언의 절벽 위에서 세상의 끝을 보는 듯한 경외심을 느꼈었다. 그러나 이 성 위에서 전망은 전혀 달랐다.

"그때의 광활한 풍경은 우리를 압도했지만, 여기는 더 따뜻해요. 마치 리스본이 우리를 안아주는 것 같아요." 그녀가 말했다.

그는 그녀의 손을 꼭 잡고 말했다.

"여기서 우리가 함께하는 시간… 이곳에서 당신과 함께 할 수 있어서 행복해요."

상 조르제 성(Castelo de São Jorge)은 리스본의 가장 높은 언덕 위에 있는 고대의 요새로, 포르투갈의 오랜 역사와 함께한 상징적인 장소다. 그는 그녀와 함께 성을 오르며, 이곳에 담긴 슬픈 역사와 그 안에 녹아 있는 다양한 이야기를 그녀에게 들려주기 시작했다. 그들의 걸음과 함께, 고요하지만, 무거운 감정이 이 성의 오래된 돌벽을 타고 흘러나왔다. 그리고 어디선가 흐르는 잔잔한 음악이 그들 사이의 대화를 더욱 깊이 있게 했다.

“이 성의 역사는 정말 오래됐어. 초기 기록은 기원전 2세기경 로마 제국까지 거슬러 올라가지만, 지금 우리가 보고 있는 이 모습은 11세기 무렵, 무어인들이 이곳을 차지하면서부터 시작됐어. 무어인들은 이곳에 요새를 세우고, 리스본을 방어하는 중요한 거점으로 사용했지.”

그녀는 성벽을 손끝으로 천천히 스치며 말했다.

“여기 서 있으면 수백 년의 세월이 느껴지는 것 같아요. 이 성벽은 얼마나 많은 사람들의 손을 타고, 또 얼마나 많은 전쟁과 슬픔을 겪어왔을까요?”

그는 고개를 끄덕이며 계속 말했다.

“무어인들이 이곳을 지배하던 중세 시대 동안, 상 조르제 성은 그들의 군사적 요충지였어. 하지만 1147년, 포르투갈의 첫 번째 왕 아폰수 엔히크스(Afonso Henriques)가 이끄는 기독교 군대가 리스본을 점령하면서 이 성을 빼앗았지. 그때 이곳에서 수많은 전투와 피가 흘렀다고 해. 리스본 시민들, 그리고 이 성을 방어하던 무어인들 모두 이 성에서 많은 목숨을 잃었어.”

그녀는 조용히 그 말을 들으며, 고대 전쟁의 흔적을 상상했다.

“여기서 그들의 마지막 순간을 맞이했을 많은 사람들이 있었겠네요. 그들의 목소리는 바람 속에서 아직도 들리는 것 같아요.”

그들은 천천히 성안으로 들어갔다. 성안에는 폐허가 된 오래된 건물들이 남아 있었고, 당시의 영광과 그 뒤에 따라온 파괴를 엿볼 수 있었다. 그는 그녀에게 성의 변천사를 설명했다.

"상 조르제 성은 그 이후로도 포르투갈 왕가의 주요 거점이었어. 왕들이 이곳에서 중요한 행사를 열었고, 외국에서 온 대사들이 이곳에서 왕을 만났지. 그러나 리스본 대지진이 일어났어. 그 지진은 리스본을 거의 완전히 파괴했고, 이 성도 큰 피해를 보았지. 당시 리스본 시민들이 얼마나 큰 슬픔에 빠졌을지 상상하기 힘들어."

그녀는 성의 폐허를 바라보며 고개를 끄덕였다.

"이곳에서 모든 것이 무너졌을 때, 사람들은 얼마나 절망했을까요. 이 성이 모든 것을 지켜줄 거라 믿었을 텐데, 결국 그들도 자연의 힘 앞에서는 무기력했겠죠."

그는 성벽 너머로 보이는 리스본의 전경을 바라보며 말했다.

"그렇지. 그 후로 이 성은 오랜 세월 동안 버려지거나 방치되었어. 오랫동안 이곳은 잊힌 장소가 되어갔지. 마치 우리가 잊고 싶어도 잊을 수 없는 슬픈 기억들처럼 말이야."

그 순간, 어디선가 흐르는 파두(Fado) 음악이 들려왔다.

그들은 잠시 걸음을 멈추고 그 음악에 귀를 기울였다.

"이 음악… 파두 맞죠?" 그녀가 물었다.

"그러게, 리스본이 파두의 고장이라는 말이 실감나네…."

그는 웃음 띤 얼굴로 그녀를 보며 말했다.

"맞아, 파두는 이곳 포르투갈 사람들의 삶을 담고 있어. 슬픔, 그리움, 그리고 운명에 관한 이야기가 담겨 있지. 이곳 성에서 이 음악을 듣고 있으면, 마치 이 성도 그 음악의 일부가 된 것 같아. 성도 이 음악처럼, 수많은 사람들의 삶과 죽음을 지켜보며 그 모든 이야기를 품고 있는 것 같지."

그녀는 파두의 슬픈 멜로디 속에서 자신들의 이야기를 떠올렸다.

성 위에서 바라본 리스본의 붉은 지붕들이 저물어가는 햇빛에 물들어갔다. 그는 그녀의 손을 잡고 조용히 말했다.

"이곳은 리스본을 내려다보는 곳이야. 전쟁이 벌어지던 시기엔 적들이 이 성을 포위했을 때, 리스본 시민들은 이곳에서 그들을 막아냈지. 하지만 그건 단순한 전투가 아니라, 사랑하는 사람들을 지키기 위한 싸움이었어. 수많은 사람들이 이 성에서 죽어갔지만, 그들의 사랑과 기억은 여전히 이 성벽에 남아 있어."

그녀는 그의 말을 들으며 고개를 숙였다.

"여기서 사랑하는 사람들을 지키기 위해 싸웠던 그들의 이야기는 우리와 닮은 것 같아요. 우리도 우리의 사랑을 지키기 위해 이렇게 마지막까지 함께 있잖아요."

그는 그녀의 손을 꼭 잡고 말했다.

"그래, 이 성은 단순한 역사적인 장소가 아니라, 우리처럼 서로를 지키기 위해 싸워온 수많은 사람들의 이야기가 담긴 곳이야. 그리고 이곳에서 우리의 이야기도 마지막으로 완성될 거야."

해가 서서히 지고, 성안에는 어둠이 깔리기 시작했다. 그들은 성의 가장 높은 곳에 서서 리스본의 야경을 바라보았다. 도시의 불빛이 하나둘씩 켜지며, 그들 주위를 부드럽게 감싸고 있었다.

그녀는 그의 어깨에 머리를 기댔다.

그는 그녀를 바라보며 속삭였다.

"이곳에서 우리가 함께한 시간도 언젠가는 추억으로 남을 거야. 상 조르제 성이 그토록 많은 이야기를 품고 있는 것처럼, 우리의 이야기도 이곳에 남을 거야."

그녀는 그의 손을 꼭 잡고 눈물을 글썽였다.

"이곳에서 모든 순간이 소중해요. 슬프지만, 아름다운 기억으로 남을 거예요."

그는 그녀를 안으며 말했다.

"우리의 이야기는 이 성의 역사처럼 영원히 남을 거야. 이곳의 슬픔과 아름다움이 우리의 마음속에 깊이 새겨질 테니까."

다음 날 호텔 앞, 그들은 마르케스 드 폼발 광장의 광활한 공간에 발을 내디디며, 저녁 햇살이 자갈길 위로 긴 그림자를 드리우고 있었다. 그는 조용히 그녀를 바라보며, 그 눈 속에 담긴 고요한 슬픔을 느꼈다. 그는 부드러운 목소리로 말을 시작했다.

"이 광장은" 그가 말했다.

"단순히 한 사람을 기리는 것이 아니야. 이곳은 모든 것이 잃어버린 후에 재탄생, 회복력, 그리고 다시 일어설 힘을 상징하지."

그는 말을 멈추며 그녀가 이 말을 받아들이도록 잠시 시간을 주었다.

"대지진으로 거의 완전히 파괴되었어. 도시는 폐허가 되었고, 사람들은 절망에 빠졌지. 하지만 이곳에 서 있는 마르케스 드 폼발은 단순한 파괴를 넘어서 새로운 것을 만들고자 했어. 그는 무언가 강력한 것을 만들어야 한다는 기회를 보았지."

"리스본이 잿더미에서 다시 일어설 때, 이 광장은 새로운 도시의 심장이 되었어. 그가 이 광장을 설계한 이유는 어떤 타격을 입더라도, 항상 다시 일어설 수 있다는 것을 보여주기 위함이었지." 그는 그녀가 이 말을 이해하며 그들의 삶에 어떻게 적용되는지 알아차리기를 바라며 그녀를 바라보았다.

리스본의 거리를 걷던 그들은 10여 년 전 미국에서 함께했던 라운드 트립 여행을 떠올렸다. 그들은 젊고 자유로웠으며, 모든 것이 가능할 것 같던 시절이었다. 그러나 지금, 그들은 인생의 무게와 다가오는 이별을 감내하며, 리스본의 아름다운 풍경 속에서 서로를 이해하고 위로하려 했다. 리스본은 그들에게 또 다른 기억을 선사할 도시였고, 그들은 이 도시의 구석구석을 여행하며 과거와 현재를 함께 반추했다.

며칠 후, 그들은 리스본에서 비행기를 타고 스페인의 아름다운 도시, 세비야에 도착했다. 세비야는 이슬람과 기독교 문화가 어우러져 독특한 매력을 지닌 곳으로, 그들의 발길을 사로잡기에 충분했다. 도시의 공기는 고즈넉하면서도 활기가 넘쳤다. 그들은 호텔에 한 짐을 정리한 후, 세비야의 주요 관광지들을 탐방하기로 했다. 세비야에서 가장 먼저 향한 곳은 알카사르(Alcázar de Sevilla)였다. 이곳은 세비야를 상징하는 궁전으로, 10세기에 처음 지어졌으며 이슬람과 기독교 건축 양식이 절묘하게 혼합된 장소였다. 궁전의 벽에는 수백 년의 역사가 담겨 있었고, 그들은 그 벽을 손으로 살짝 만져보며 그 속에 숨겨진 시간의 흐름을 느꼈다. 그들은 천천히 궁전의 화려한 정원을 거닐며 그곳에서 느껴지는 슬픔과 아름다움에 마음이 물들었다. 알카사르는 세비야의 오랜 왕조와 귀족들이 머물렀던 곳이었지만, 수많은 전쟁과 권력 다툼 속에서 사랑과 슬픔이 교차한 곳이기도 했다.

그녀는 궁전 안쪽의 작은 연못을 바라보며 말했다.

"이곳은 마치 사랑과 슬픔이 함께 머물러 있는 것 같아요."

그는 고개를 끄덕이며, 그녀의 손을 잡았다.

"그래요. 이 궁전도 그 오랜 시간 속에서 많은 것을 잃었겠지요. 그러나 이토록 아름답게 남아있는 걸 보면, 마치 그 모든 고통을 견뎌낸 것 같아요."

그들은 궁전 안을 둘러본 후, 세비야의 또 다른 명소인 히랄다(Giralda)탑으로 향했다. 히랄다는 세비야 대성당의 종탑으로, 원래는 이슬람 시대, 모스크의 일부였던 이 탑은 현재 세비야를 한눈에 내려다볼 수 있는 곳이었다. 그들은 탑 꼭대기까지 올라가면서 도시의 풍경이 점점 더 넓게 펼쳐지는 모습을 감상했다. 세비야의 붉은 지붕과 고풍스러운 건물들이 끝없이 이어졌고, 멀리서 들려오는 파두와 비슷한 음악 소리는 그들의 감성을 더욱 자극했다.

"세비야가 이렇게 아름다운 곳일 줄은 몰랐어요." 그녀가 말했다.

"이곳의 모든 것이 마치 과거와 현재가 하나로 얽혀 있는 듯해요."

그는 그녀의 말을 들으며, 히랄다 꼭대기에서 바라보는 도시의 전경을 함께 감상했다.

“맞아요. 이 도시에는 시간이 흐르지 않은 것처럼 느껴져요. 여기에 머물면 마치 그 옛날이야기로 들어가는 것 같아요.”

히랄다를 내려와 세비야 대성당(Catedral de Sevilla)으로 향했다. 세계에서 가장 큰 고딕 양식의 성당으로, 그 웅장함은 말로 표현할 수 없을 정도였다. 그들은 성당 안으로 들어서자마자 그 거대한 천장과 고딕 양식의 건축물에 압도당했다. 특히 성당 내부에 있는 크리스토퍼 콜럼버스의 무덤은 그들에게 또 다른 역사의 깊이를 느끼게 해주었다.

“이곳에 콜럼버스가 잠들어 있다니, 그가 얼마나 위대한 인물인지 다시 한번 깨닫게 되네요.” 그가 말했다. 그녀는 잠시 무덤을 바라보며 콜럼버스가 가졌을 꿈과 그가 이루어낸 업적을 생각했다.

성당을 나와 그들이 걸음을 멈춘 곳은 세비야에서 가장 유명한 광장 중 하나인 스페인 광장(Plaza de España)이었다. 이곳은 세비야의 상징적인 장소로, 반원 모양으로 펼쳐진 건물과 그 앞을 가로지르는 물길이 그들의 시선을 사로잡았다. 스페인 광장은 1929년 이베로아메리카 엑스포를 위해 지어진 것으로, 다양한 건축 양식이 결합한 독특한 장소였다. 그들은 천천히 광장을 걷다 보니 한쪽에서 노래를 부르며 춤을 추는 사람들을 보게 되었다. 그들은 발길을 멈추고 잠시 그들의 춤사위를 감상했다.

“이런 곳에서 춤을 추는 사람들을 보니, 마치 세비야의 영혼을 보는 것 같아요.” 그녀가 말했다.

“맞아요. 이 도시는 정말 모든 것이 예술 같아요. 슬픔과 기쁨, 사랑과 이별이 모두 이곳에 묻혀있는 것 같아요." 그가 답했다.

세비야의 아름다움과 슬픔은 그들이 방문한 곳곳에서 느껴졌다. 이곳은 과거와 현재가 공존하는 도시였고, 그들은 그 속에서 새로운 감정을 느꼈다. 그들이 마지막으로 찾은 곳은 세비야의 알람브라 정원(Jardines de Murillo)이었다. 이 정원은 조용하고 평화로웠으며, 그곳에서 들려오는 새들의 지저귐 소리가 마치 그들의 마음을 달래주는 듯했다. 그들은 정원 한구석에 앉아 서로의 손을 잡고 조용히 앉아 있었다.

"이곳 시간이 마치 멈춰버린 것 같아요." 그녀가 말했다. 그는 그녀의 손을 꼭 잡으며 말했다. "그래요. 우리가 여기에서 보내는 시간이 영원히 이어졌으면 좋겠어요."

세비야에서 하루가 저물어가며, 그들은 이 도시에서 느꼈던 모든 감정들을 가슴에 담았다.

다음 날 그들은 호텔에 'Late check-out'을 신청하고 오후 기치 시간에 맞추어 기차역에 도착했다. 세비야에서 그라나다로 향하는 기차는 스페인의 남부 풍경을 감상할 수 있는 아름다운 여행으로, 두 도시를 잇는 약 3시간 동안 승객들은 안달루시아의 자연과 문화가 어우러진 독특한 매력을 경험할 수 있었다. 그들은 세비야의 산타 후스타(Santa Justa) 기차역에서 기차에 올랐다.

기차가 출발하자마자, 차창 밖으로는 세비야의 시내 풍경이 천천히 뒤로 사라졌고, 그 대신 탁 트인 하늘 아래 펼쳐진 넓은 들판과 초록빛으로 물든 평원이 그들을 맞이했다. 기차가 고요하게 달리는 동안, 그들은 그라나다로 향하는 이 여행이 단순한 이동이 아닌, 마치 한 편의 시처럼 느껴지기 시작했다. 안달루시아의 풍경은 그들에게 서서히 다가왔다. 기차가 달리며 펼쳐지는 언덕과 평야는 그 지역 특유의 따뜻한 햇살에 반짝였다. 끝없이 펼쳐진 농장은 올리브 나무들이 가득했고, 그 사이사이로 작은 마을들이 자리 잡고 있었다. 기차는 때때로 구불구불한 산길을 달렸고, 그들은 산의 실루엣과 그 아래 펼쳐진 농촌 풍경을 즐길 수 있었다. 기찻길 옆에 보이는 작은 마을들은 세비야의 바쁜 도시 생활과는 대조적으로 한가로워 보였으며, 마치 시간이 멈춘 듯한 고요함을 자아냈다.

기차가 산을 넘을 때마다 그들은 새로운 경치를 마주했다. 남부 스페인의 가을은 아직 여전히 푸르름을 유지하고 있었다. 들판 곳곳에는 작은 연못들이 보였고, 그 속에서 반사되는 햇살은 마치 바다처럼 반짝였다. 그들은 마치 이 풍경 속에 한가롭게 머무르고 싶은 마음이 들 정도로 그 풍경에 빠져들었다.

“이곳은 정말 고요하면서도 강렬하네요.” 그녀가 창밖을 바라보며 속삭였다.

그는 그녀의 말에 동의하며 “안달루시아는 언제나 그렇죠. 끝없는 올리브나무밭과 이 푸른 풍경을 보면 언제나 마음이 평화로워지니까요”라고 말했다.

기차는 점점 속도를 내며 산과 계곡 사이로 길을 이어갔다. 그라나다로 향하는 길은 점차 변해갔다. 안달루시아의 중부 평원을 벗어나며 나타나는 경치는 전혀 다른 얼굴을 하고 있었다. 드넓은 평원은 구릉지와 작은 계곡으로 이어지며, 그라나다 주변으로 다가갈수록 더욱 웅장한 풍경이 그들을 맞이했다. 구불구불한 언덕은 점점 더 높아졌고, 저 멀리에는 스페인의 웅장한 산맥이 모습을 드러내기 시작했다. 그라나다로 다가가며, 차창 밖으로 시리얼 바다를 닮은 언덕들이 보였다. 그곳에는 바람에 흔들리는 밀밭과 초원들이 무성하게 펼쳐져 있었고, 그 사이로 작은 집들이 띄엄띄엄 보였다.

그들은 잠시 서로를 바라보며 미소를 지었다.

"우리 이제 곧 그라나다에 도착해요." 그는 그녀에게 말했다.

그녀는 눈을 감으며 고개를 끄덕였다.

"네, 이곳은 마치 꿈속에서만 보던 풍경 같아요."

그라나다에 가까워질수록, 알푸하라스 산맥(Sierra Nevada)의 웅장한 경치가 그들의 눈앞에 다가왔다. 기차가 천천히 멈추며 그들은 그라나다 기차역에 도착했다. 그곳은 세비야와는 다른 느낌의 도시였다. 그라나다는 스페인의 남부에서도 가장 독특한 도시 중 하나로, 도시 전체가 마치 시간을 거슬러 올라간 듯한 분위기를 자아내고 있었다.

그들은 그라나다에 도착한 후, 호텔 체크인 절차를 마치고 짐을 정리한 뒤 잠시 휴식을 취했다. 그날의 여행으로 다소 지친 몸을 이끌고 호텔 방에 들어온 두 사람은 잠깐의 여유로운 시간을 즐기며, 저녁 식사를 위해 어디로 갈지 논의했다. 호텔의 프론트 데스크에서 추천받은 식당이 바로 그라나다의 명물 중 하나인 'El Trillo Restaurante'였다. 이 식당은 아름다운 알바이신 지구에 자리 잡고 있었고, 무엇보다도 알함브라 궁전의 불빛을 배경으로 멋진 저녁 식사를 즐길 수 있다는 점에서 강력한 추천을 받았다.

그들은 늦은 오후, 서서히 저물어가는 그라나다의 노을을 배경으로 호텔을 나섰다. 좁고 고풍스러운 그라나다의 거리를 걸으며 두 사람은 이 도시가 지닌 독특한 분위기에 매료되었다. 골목길 사이로 드리운 그림자와 고전적인 건축물들이 그라나다만의 독특한 매력을 한층 더 배가시켰다. 조금씩 어두워지기 시작한 하늘 아래, 그들은 El Trillo Restaurante에 도착했다.

도시의 중심을 지나며 그들은 도시의 고풍스러운 건물들과 좁은 골목길을 감상했다. 알함브라 궁전이 그라나다의 하늘을 배경으로 서 있었고, 도시 곳곳에는 아랍의 흔적이 여전히 남아있었다. 그들은 천천히 걸으며 이곳에서 시간을 즐겼다. 세비야와는 또 다른 매력을 지닌 그라나다는 그들에게 새로운 감동을 선사했다.

그라나다의 카르멘 거리를 지나며 그들은 안달루시아 전통 가옥의 매력을 느꼈다. 집들은 주로 하얀색으로 칠해져 있었고, 벽에는 무성한 덩굴이 자라고 있었다. 좁은 골목길을 따라 걷다 보면, 집마다 놓인 작은 정원에서 꽃이 피어나고 있었다.

그녀는 이곳의 매력을 느끼며 말했다.

"여긴 정말 다른 세계에 온 것 같아요. 도시가 이렇게 아름답고 고요할 줄은 몰랐어요."

"맞아요. 그라나다는 세비야와는 또 다른 매력을 가지고 있죠. 이곳의 역사와 문화는 정말 독특해요. 특히 이슬람 문화와 기독교 문화가 혼합된 흔적들이 곳곳에 남아있죠." 그가 설명했다.

그들은 이 도시에 머물러 있는 옛 흔적들과 아름다움을 천천히 음미했다. 그라나다는 단순한 관광지가 아닌, 그들에게는 마치 한 편의 시처럼 다가왔다. 그라나다로 가는 기차 여행에서 본 풍경, 그라나다의 고요한 거리 그리고 알함브라 궁전의 위엄까지 모든 것이 그들에게는 하나의 큰 그림처럼 완성되어 갔다.

식당의 테라스에 앉자마자, 그들은 알함브라 궁전을 완벽하게 내려다볼 수 있는 탁 트인 전망에 감탄을 금치 못했다.

"이곳은 정말 예술이네요." 그녀가 말했다.

테이블 위에는 은은한 촛불이 켜져 있었고, 알함브라 궁전의 불빛이 점점 더 강해지며 저녁의 낭만을 더했다. 궁전의 장엄한 모습은 해가 저물수록 더 환상적으로 변해갔다. 그라나다의 산등성이를 따라 푸른 하늘이 붉은빛으로 물들기 시작했고, 두 사람은 마치 이 도시가 선사하는 특별한 순간을 위해 초대받은 것만 같았다.

그들은 저녁 메뉴를 살펴보며, 그라나다의 특산물로 만든 음식을 주문했다. 이곳에서는 그라나다의 전통 재료를 사용한 요리가 많았지만, 특히 그들이 선택한 요리는 페라드라(Porrusalda)라는 음식이었다. 이 요리는 신선한 재료를 바탕으로 만든 수프처럼 부드럽고 깊은 맛이 나는 음식으로, 그라나다 지역 특유의 농작물과 신선한 허브를 사용한 것이 특징이었다.

"이건 정말 맛이 독특하네요. 신선한 향이 가득해요." 그녀가 수저를 들며 말했다.

식사하며, 그들은 눈앞에 펼쳐진 알함브라 궁전의 장관을 감상했다. 알함브라 궁전은 그라나다를 상징하는 역사적 건축물로, 오랜 세월 동안 수많은 예술가와 작가들로부터 찬사를 받아왔다. 그는 궁전에 대한 여러 이야기를 꺼냈다.

"워싱턴 어빙이 말했죠. '알함브라는 상상력의 거대한 성채다. 그것은 눈으로만 보는 것이 아닌 마음으로 보아야 한다'라고요. 그가 여기서 머물며 쓴 이야기들이 아직도 이 도시를 상징하고 있어요."

그녀도 고개를 끄덕이며 말했다.

"맞아요. 많은 사람들이 알함브라를 보고 사랑에 빠졌다는 이야기를 많이 들었어요. 그리고 알함브라를 배경으로 한 여러 작품이 있잖아요. 여기는 그라나다 자체를 이해하는 데 아주 중요한 의미를 가지는 곳 같아요."

그들은 알함브라 궁전의 불빛을 바라보며 다양한 대화를 나눴다. 로맹 롤랑의 글귀처럼, "알함브라는 고대의 별처럼 그라나다 위에 빛나고 있다"라는 이야기도 떠올랐다. 그들은 이 도시가 주는 평화로움 속에서 마치 그들의 인생이 하나의 예술 작품처럼 완성되어 가는 듯한 느낌을 받았다. 서로를 바라보며 미소를 지었고, 조용하지만, 깊은 사랑이 그들 사이에서 흐르는 듯했다.

저녁 식사가 끝나갈 무렵, 그들은 그라나다의 밤하늘 아래에서 느끼는 이 특별한 순간을 오래도록 기억에 남기고 싶었다. 알함브라의 불빛은 여전히 강하게 빛났고, 그들은 이 도시에서 보낸 시간이 얼마나 소중한지를 다시 한번 느꼈다.

식사를 마치고 호텔로 돌아가는 길, 그들은 거리의 조용함과 함께 걸었다. 도로에는 비에 젖은 그라나다의 역사적인 건축물들이 가로등 불빛에 비쳐 그림자처럼 드리워져 있었다.

"오늘 밤은 잊을 수 없을 것 같아요." 그녀가 속삭이듯 말했다.

그는 고개를 끄덕이며 그녀의 손을 꼭 잡았다.

"그래요. 이 도시가 우리에게 준 선물이죠."

호텔로 돌아와 창문을 열자, 알함브라 궁전의 끝자락이 여전히 보였다. 두 사람은 침대에 누워 천장을 바라보며 오늘 하루를 곱씹었다. 그라나다의 풍경, 그들이 함께 나눈 대화, 그리고 그들을 둘러싼 이 도시의 아름다움은 마치 꿈속에서나 있을 법한 환상적인 경험이었다.

그들은 다음 날 2주 전에 예약한 아함브라 궁전을 방문하기 위해 택시에 올랐다. 그들은 햇살이 부드럽게 내리쬐는 아침을 맞아 경쾌한 기분으로 여행을 시작했다. 택시에 올라타자마자 택시 운전사는 반갑게 그들을 맞이하며 목적지를 물었다.

"Vocês vão para o Palácio de Alhambra?" 택시 기사가 말했다.

"아함브라 궁전으로 가실 건가요?"

"Sim, está certo. Por favor, nos leve ao Palácio de Alhambra." 그녀가 말했다.

"네, 맞아요. 아함브라 궁전으로 가 주세요."

운전사는 길을 나서며 말문을 열었다.

“아함브라 궁전이라, 정말 멋진 선택입니다. 아함브라는 스페인에서 가장 아름답고 역사적인 곳 중 하나죠. 처음 방문하시나요?”

그는 운전사의 물음에 고개를 끄덕였다.

“네, 저희는 처음이에요. 정말 기대가 됩니다.”

그녀는 옆에서 조용히 창밖을 바라보고 있었다. 그녀는 긴 여행에 약간 피로한 기색을 보였다. 그는 그런 그녀를 걱정하며 “힘들지는 않아요?”라고 조심스럽게 물었다.

그녀는 미소 지으며 고개를 저었다. “괜찮아요. 오늘 하루는 기대가 되네요.”

운전사는 두 사람의 대화를 듣고 미소를 지으며 이야기를 이어갔다. “아함브라 궁전은 그라나다에 자리 잡고 있고, 13세기에 지어진 알함브라 왕궁의 주요 부분입니다. 알함브라는 ‘붉은 성’이라는 뜻을 가지고 있어요. 이곳은 이슬람 왕조의 유산으로, 스페인의 다른 곳에서는 볼 수 없는 독특한 건축 양식을 자랑하죠.”

그녀는 이슬람 건축에 관심이 많았기 때문에 운전사의 말에 귀를 기울였다. 그녀는 그라나다가 스페인의 이슬람 문화 중심지 중 하나였다는 사실을 알고 있었지만, 알함브라의 역사에 관해서는 좀 더 알고 싶었다.

“아함브라는 어떻게 그렇게 특별한 곳이 되었나요?” 그녀가 물었다.

운전사는 잠시 생각한 뒤 대답했다.

“알함브라는 모하메드 1세에 의해 시작된 궁전으로, 이슬람의 영향 아래에서 발전해 왔습니다. 이곳은 이슬람 문화와 예술의 정수가 모인 곳이죠. 아름다운 정원, 우아한 대리석 기둥, 그리고 섬세한 벽 장식들은 그 시대의 뛰어난 예술적 성취를 보여줍니다."

"정말 아름답겠네요." 그가 감탄하며 말했다.

운전사는 고개를 끄덕이며 계속해서 말했다.

"그렇죠. 하지만 알함브라는 단지 아름다운 곳만은 아니에요. 이곳에는 많은 슬픈 이야기와 역사가 깃들어 있죠."

그녀는 운전사의 말을 듣고 흥미를 느꼈다. "어떤 이야기인가요?"

운전사는 운전하면서 잠시 침묵을 지켰다가 다시 입을 열었다. "알함브라에는 왕과 그 가족들의 이야기, 사랑과 배신, 그리고 전쟁의 이야기가 얽혀 있어요. 예를 들어, 알함브라의 마지막 무어인 왕 보압딜과 그 어머니의 이야기가 유명합니다. 보압딜이 알함브라를 떠나며 마지막으로 이곳을 돌아보았을 때, 그의 어머니는 그에게 '남자가 여자처럼 울지 말라'고 꾸짖었다고 하죠."

그녀는 그 이야기를 듣고 안타까운 표정을 지었다.

"슬프네요. 얼마나 힘들었을까요, 그 왕은."

"그랬을 겁니다." 운전사는 고개를 끄덕이며 말했다. "보압딜은 자신이 사랑하는 궁전을 떠나야만 했고, 그 과정에서 많은 슬픔을 겪었겠죠. 하지만 그의 유산은 오늘날까지도 많은 사람들에게 감동을 주고 있어요."

그는 그녀를 보며 걱정스러운 눈빛을 보냈다.

"이야기가 너무 무겁지 않나요?"

그녀는 고개를 저으며 미소를 지었다.

"아니에요. 이런 이야기를 듣는 것도 여행의 즐거움 중 하나죠. 그리고 당신과 함께 있어서 더 좋아요."

운전사는 두 사람의 대화를 흐뭇하게 지켜보며 다시 한번 말을 이었다. "알함브라에 가시면 꼭 놓치지 말아야 할 곳이 많습니다. 특히 '사자의 궁전'과 '나스리드 궁전'은 정말 아름답습니다. 사자의 궁전에는 12마리의 사자가 물을 내뿜는 분수가 있는데, 이슬람 왕조 시절의 섬세한 조각 기술을 엿볼 수 있습니다."

"너무 기대돼요." 그녀는 점점 더 기대감에 찬 목소리로 말했다.

"이 모든 이야기를 직접 눈으로 확인할 수 있다는 게 정말 흥분돼요."

그는 그녀가 기분이 좋아진 것을 보고 안도했다.

"그러면 많이 즐기세요. 우리가 함께할 수 있어서 정말 기뻐요."

운전사는 그들의 대화에 살짝 끼어들며 "두 분이 알함브라에서 멋진 추억을 만드시길 바랍니다. 그곳은 정말 특별한 곳이에요. 많은 분이 이곳을 방문한 뒤 다시 찾아오곤 하죠."

"우리가 그렇게 되지 않을까요?" 그가 웃으며 말했다.

"그럴지도 모르죠." 그녀가 따라 웃으며 대답했다.

택시는 아함브라 궁전을 향해 달려가고 있었다. 창밖으로 보이는 풍경은 점점 더 아름다워졌고, 택시 안의 분위기는 따뜻하고 평화로웠다. 운전사의 친절한 설명과 이야기는 그들의 여행을 더욱 특별하게 만들어주었다. 그들은 서로의 손을 잡고 창밖을 바라보며, 곧 마주할 아함브라의 아름다움을 상상했다. 그들이 경험할 모든 것들이 기대되었고, 그곳에서 모든 순간이 추억으로 남을 것임을 확신했다.

택시는 서서히 언덕을 오르며 그들을 아함브라 궁전으로 안내했다. 그들은 이제 운전사가 이야기한 모든 것을 직접 눈으로 확인할 준비가 되어 있었다. 궁전의 웅장함과 그 속에 담긴 이야기를 마음 속에 새기며, 그들은 서로를 보며 미소 지었다. 아함브라 궁전에 도착한 그들은 택시에서 내려 운전사에게 감사 인사를 전했다.

"오늘 정말 감사합니다. 덕분에 많은 이야기를 들을 수 있었어요." 그가 말했다.

"저야말로 감사합니다. 두 분과 함께할 수 있어서 정말 기뻤습니다. 좋은 여행되시길 바랍니다." 운전사는 밝게 미소 지으며 그들을 배웅했다.

그들은 이제 아함브라 궁전의 문을 향해 천천히 걸어갔다. 눈앞에 펼쳐진 궁전의 아름다움에 두 사람은 말없이 감탄하며, 운전사가 들려준 이야기를 떠올렸다. 그들은 곧 궁전 앞에 도착해 수많은 사람이 늘어선 긴 줄을 뒤로 하고 예약자 줄로 들어가 빠르게 입장했다. 그리고 그는 그녀에게 그동안 그가 알고 있었던 궁전과 이슬람왕국의 마지막 이야기를 들려주었다.

그들은 궁전을 둘러보기 시작했다. 아함브라 궁전은 스페인의 이슬람 왕국이었던 나스르 왕조의 마지막 보루로, 그라나다 언덕 위에 자리 잡고 있는 거대한 궁전이다. 아함브라 궁전의 정교한 무늬와 화려한 타일 장식은 그들의 시선을 사로잡았다. 그는 그녀에게 아함브라 궁전의 슬픈 이야기를 들려주기 시작했다.

“이곳은 스페인의 이슬람 문화가 절정에 달했던 곳이야. 하지만 이곳은 슬픈 이야기를 품고 있지. 나스르 왕조의 마지막 왕, 보아브딜은 이곳에서 그의 왕국을 잃었어. 이슬람 세력의 마지막 보루였던 아함브라는 결국 기독교 군대에 의해 함락되었지. 보아브딜은 이곳을 떠나며 눈물을 흘렸고, 그 순간은 ‘모로의 탄식’으로 알려졌어.”

그녀는 그의 말을 듣고 조용히 말했다.

“그들은 자신들의 집을 떠나야 했군요. 그들이 느꼈던 슬픔을 이해할 수 있을 것 같아요. 이곳은 너무 아름답지만, 그 속에는 깊은 슬픔이 담겨 있어요.”

그들은 아함브라 궁전의 정원을 거닐며 그라나다의 아름다운 풍경을 감상했다. 정원의 분수에서 흐르는 물소리가 그들의 마음을 차분하게 해주었다.

그 순간, 그는 그녀를 바라보며 말했다.

“우리가 이곳에 함께 올 수 있어서 정말 다행이야. 이곳의 슬픔 속에서도 우리는 우리의 사랑을 확인할 수 있어.”

그녀는 그의 손을 잡고 조용히 말했다.

“당신과 함께 이 순간을 보낼 수 있어서 정말 행복해요.”

아함브라 궁전은 스페인의 그라나다에 있는, 이슬람 건축의 정수로 손꼽히는 역사적인 궁전이다. 이곳은 나스르 왕조의 마지막 왕인 보아브딜과 그의 가족이 지냈던 장소로, 그라나다 왕국의 슬픈 몰락과 함께 그들의 사랑과 상실의 이야기가 얽혀 있다.

나스르 왕조는 13세기부터 15세기까지 그라나다를 다스렸던 이슬람 왕조다. 그들은 아함브라 궁전을 거점으로 하여, 수 세기 동안 안달루시아 지역을 지배했다. 그러나 15세기 말, 기독교 세력의 점진적인 확장과 함께 그라나다 왕국은 점점 더 위기에 처하게 되었다. 페르디난드 2세와 이사벨라 1세의 결혼으로 통합된 스페인 기독교 왕국은 이베리아반도에서 이슬람 세력을 완전히 몰아내고자 하는 '레콩키스타'를 추진했고, 그 최종 목표는 바로 그라나다였다.

보아브딜(Boabdil), 나스르 왕조의 마지막 왕은 그라나다를 끝까지 방어하려 했다. 하지만 1492년, 그라나다는 결국 스페인 기독교 군대에 함락되었고, 보아브딜은 항복해야만 했다. 이로써 나스르 왕조는 역사 속으로 사라졌으며, 이베리아반도에서 이슬람 지배는 종식되었다.

보아브딜은 그의 왕국뿐만 아니라 그의 개인적인 삶에서도 비극적인 인물이었다. 그는 자기 어머니 아이샤 알-호라(Aixa al-Horra)와 아내 모리요(Morraima)와 함께 아함브라 궁전에서 지냈다. 그의 어머니 아이샤는 그를 사랑했고, 그가 왕으로서의 책임을 다할 수 있도록 격려했다. 그러나 그라나다가 위기에 처했을 때, 그의 어머니는 아들이 겪을 고통을 미리 짐작하고 그를 지키기 위해 애썼다. 보아브딜의 아내 모리요는 그에게 큰 사랑을 주었지만, 그녀도 그들의 운명을 피할 수 없다는 것을 알고 있었다. 그라나다가 함락되기 직전, 모리요는 그들의 사랑이 영원할 수 없음을 깨달았고, 이에 따라 그녀는 큰 슬픔에 빠졌다. 그녀는 보아브딜을 위로하려 했지만, 점점 다가오는 불가피한 운명에 관해 그를 설득할 수는 없었다.

그라나다가 항복한 후, 보아브딜은 아함브라 궁전을 떠나야만 했다. 그는 스페인 왕과의 협상을 통해 그의 가족과 함께 안전하게 궁을 떠날 수 있는 약속을 받았지만, 그가 떠나는 순간, 그는 자신이 왕국을 잃었다는 사실을 실감하게 되었다. 아함브라 궁전에서 내려다보이는 언덕을 마지막으로 바라보며, 보아브딜은 눈물을 흘렸다. 그 순간 그의 어머니 아이샤는 그를 향해 말했다. “남자답게 왕국을 지키지 못했다면, 여자의 눈물로 그것을 슬퍼하지 말아라.” 이 순간은 역사에 ‘모로의 탄식(El suspiro del Moro)’으로 기록되어, 그라나다와 아함브라 궁전의 비극적 종말을 상징하는 이야기로 전해진다.

아함브라 궁전에서 마지막 날들은 보아브딜과 그의 가족에게 깊은 슬픔의 시간이었다. 그들은 궁전 곳곳을 거닐며, 그곳에 남겨진 모든 기억을 떠올렸다. 모리요는 그들의 정원이었던 ‘헤네랄리페(Generalife)’에서 시간을 보내며, 그곳에서 보아브딜과 나눴던 사랑의 순간들을 기억했다.

보아브딜은 그가 지켜야 했던 왕국을 잃었다는 죄책감에 시달렸고, 자신이 이슬람 세계에서 마지막 보루를 지키지 못했다는 사실에 절망했다. 그의 마음은 아함브라의 화려한 벽들과 정교한 문양들 속에서 점점 더 무너져 갔다. 그는 사랑하는 사람들과 함께 있지만, 그들 모두가 이곳을 떠나야 한다는 사실이 그를 더욱 괴롭혔다. 모리요는 그가 짊어진 고통을 이해했지만, 그에게서 더 이상 무거운 짐을 덜어줄 수 없다는 사실이 그녀를 아프게 했다. 그녀는 그에게 용기를 주려고 애썼지만, 그들도 결국은 운명을 거스르지 못할 것임을 알고 있었다. 운명은 아무도 거스르지 못한다는 것에 그들은 서러운 듯 보였다. 그들이 아함브라 궁전을 떠나는 날 아침, 궁전은 여전히 고요했다. 하지만 그 고요함 속에는 깊은 슬픔과 절망이 깃들어 있었다. 보아브딜은 마지막으로 궁전의 벽을 만지며, 그곳에 남겨진 모든 것을 가슴에 새겼다. 그는 이곳에서 모든 것을 잃었지만, 그의 사랑과 기억만은 그와 함께할 것이라고 믿었다. 모리요는 그의 곁에서 그를 지켜보며 그 순간을 함께했다. 그녀의 마음은 무거웠지만, 그녀는 그의 곁에서 마지막까지 함께할 수 있다는 사실에 감사했다. 그들은 서로를 위로하며, 그라나다를 떠날 준비를 마쳤다. 그들은 아함브라 궁전을 뒤로 하고 그라나다 언덕을 내려갔다. 보아브딜은 마지막으로 궁전을 돌아보며, 그의 왕국과 이별했다. 그의 눈에는 눈물이 맺혔지만, 그는 더 이상 그 눈물을 감추려 하지 않았다. 그는 자신이 잃은 것들에 대한 슬픔을 온전히 받아들이며, 그 슬픔을 가슴에 품고 나아갔다.

보아브딜과 모리요의 사랑은 이슬람 왕국의 마지막 순간 속에서도 변함이 없었다. 그들은 비록 왕국을 잃었지만, 그들의 사랑은 그 모든 것을 초월했다. 모리요는 보아브딜을 떠나지 않았고, 그가 겪는 고통을 함께 나누었다. 그들의 사랑은 아함브라 궁전의 아름다움 속에서 더욱 빛났고, 그 슬픔 속에서도 그들의 사랑은 영원히 기억될 것이다.

보아브딜이 그라나다를 떠난 후, 그는 더 이상 왕이 아니었다. 하지만 그는 모리요와 함께 새로운 삶을 시작할 수 있었다. 그들은 비록 왕국을 잃었지만, 서로에 대한 사랑은 여전히 남아 있었고, 그들은 그 사랑을 통해 새로운 삶을 살아갔다.

그라나다와 아함브라 궁전은 그들의 사랑과 슬픔을 간직한 채 오늘날까지도 그 자리에 남아 있다. 그곳은 단순히 이슬람 문화의 유산이 아니라, 보아브딜과 모리요의 사랑과 상실을 담은 장소이기도 하다. 그들의 이야기는 아함브라 궁전의 아름다움 속에서 여전히 살아 숨 쉬고 있으며, 그곳을 방문하는 사람들에게 깊은 감동을 전해준다.

아함브라 궁전의 벽과 정원, 그리고 그곳의 모든 구석구석은 그들의 사랑과 슬픔의 기억을 간직하고 있다. 그곳은 단순한 건축물이 아니라, 인간의 감정과 역사, 그리고 사랑과 상실이 얽힌 복합적인 장소이다. 그곳을 방문하는 사람들은 그들의 이야기를 통해, 아함브라 궁전의 진정한 아름다움을 느낄 수 있을 것이다.

그들은 긴 시간을 궁전과 정원 그리고 예약 시간에 맞추어 나스리드 궁전을 보며 시간을 보냈다. 그는 그녀의 가이드가 되어 조용히 이 지역의 많은 이야기를 들려주었다. 그들은 저녁을 먹은 후 예약 시간에 맞추어 야간 개장을 하는 불빛에 빛나는 궁전을 더 둘러보았다.

그라나다의 마지막 날 밤, 그들은 저녁 식사를 마치고 Casa Ana로 향했다. Casa Ana는 플라멩코의 순수한 열정과 예술을 가까이서 느낄 수 있는 특별한 장소였다. 그들은 저녁 내내 이 공연에 대한 기대감으로 가슴이 두근거렸다. 그라나다는 플라멩코의 본고장 중 하나로 이 도시에서 공연은 다른 어떤 곳보다도 깊은 감동을 주기로 유명했다.

극장에 들어서자 그들은 Casa Ana만의 독특한 분위기에 감탄했다. 공연장은 아늑하면서도 넓고 우아했다. 무대는 화려한 장식 없이 단순했지만, 그것이 오히려 이곳의 매력을 더했다. 플라멩코는 화려한 세트나 복잡한 무대 장치가 필요 없었다. 오직 예술가의 감정과 열정만이 관객을 사로잡기에 충분했다. 그들은 무대가 잘 보이는 중간 자리로 안내받았고, 손에 든 잔에는 집에서 만든 듯한 와인이 담겨 있었다.

공연이 시작되자마자, 분위기는 순식간에 바뀌었다. 무대에는 기타리스트와 가수가 먼저 등장했다. 기타 소리는 낮고 깊게 울려 퍼졌고, 그 소리는 마치 그라나다의 고대 벽돌을 통해 흘러나오는 것 같았다. 그리고 플라멩코 무용수가 무대에 올라섰다. 그녀의 발끝 하나하나가 바닥을 강하게 울리며, 리듬을 만들어냈다. 그녀의 움직임은 매우 정교하면서도 강렬했고, 손끝에서부터 발끝까지 흐르는 힘이 관객을 휘어잡았다.

그들은 첫 순간부터 공연에 깊이 몰입했다. 기타리스트의 정교한 연주, 가수의 애절한 목소리, 무용수의 박력 넘치는 발레는 그들 모두를 압도했다. 공연 내내 무대에서 흐르는 감정은 무겁게 느껴졌지만 동시에 놀라운 예술적 표현으로 빛났다.

그는 그녀에게 속삭였다. “이렇게 가까이서 플라멩코를 보는 게 처음이야. 정말 엄청나게 강렬하네."

그녀는 고개를 끄덕이며 대답했다. "그렇죠? 마치 몸짓 하나하나로 모든 감정을 표현하고 있는 것 같아요. 여기에선 말이 필요 없어요."

플라멩코 무용수는 전통적인 의상인 롱 드레스와 꽃장식을 하고 있었다. 드레스가 공중에서 휘몰아칠 때마다, 그녀의 손끝에서 흩날리는 열정은 관객들의 시선을 붙잡았다. 발끝이 바닥을 세게 내디딜 때마다 울리는 소리는 그라나다의 오래된 돌길에서 울리는 것처럼 깊게 퍼져나갔다. 그들은 무대의 리듬에 맞추어 무심코 그들의 몸도 살짝 움직이고 있었다. 그들의 심장과 음악, 무용, 그리고 리듬이 하나가 된 그 순간은 그들로 하여금 플라멩코가 단순한 춤이 아닌 삶 그 자체임을 느끼게 했다.

공연이 끝나고, 그들은 한참 동안 말이 없었다. 무대가 끝나고도 그 울림은 여전히 그들 마음속에 남아 있었다. 가수가 마지막으로 내지른 깊은 고음은 아직도 귀에 맴돌았고, 무용수가 마지막 스텝을 밟고 무대를 떠나는 순간까지도 그녀의 에너지는 그들의 가슴을 깊이 울렸다.

그녀가 입을 열었다.

"이건 그냥 공연이 아니라, 마치 예술가들의 모든 감정이 녹아든 한 편의 시 같았어요. 저 춤사위 하나하나가 그들의 삶이었고, 그들의 사랑이었어요."

그는 미소를 지으며 "그래, 정말 그랬어. 플라멩코는 단순히 춤이 아니라 그 자체가 이야기하고 있어. 삶과 죽음, 사랑과 상실 그리고 모든 인간의 감정들이 이 춤을 통해 흘러나오는 것 같았어"라고 말했다.

그들은 잠시 조용히 잔을 들었다. 와인의 깊은 향과 함께 플라멩코의 여운이 다시 그들 마음속에 스며들었다. 무대에서 느낀 그 감정들은 단순한 감상이 아니라, 그들 자신의 삶을 돌아보게 하는 중요한 순간들이었다. 특히 그라나다에서 마지막 밤이었기에 이 공연은 그들에게 더욱 특별하게 다가왔다.

그들은 Casa Ana에서 플라멩코 공연을 보고 나와 천천히 그라나다의 골목을 걸었다. 밤은 깊었지만, 마음속의 열정은 아직도 그들을 지배하고 있었다. 그녀는 공연에서 느꼈던 감동을 이야기했고, 그는 잠시 침묵을 지키다가 조용히 입을 열었다.

"자기도 느꼈겠지만, 스페인의 열정은 붉은 색깔에 담겨 있는 것 같아. 그 붉은 색은 단순한 감정이 아니라, 스페인의 역사를 관통하는 슬픔과 희망, 그리고 그들의 고난을 상징하는 것 같아. 플라멩코 노래 속에서도 그런 감정을 깊이 느낄 수 있었지. 사실 그라나다는 그 감정의 중심에 있는 도시라고 할 수 있어."

그녀는 그를 바라보며 궁금한 표정을 지었다. 그는 그녀의 손을 부드럽게 잡고 계속해서 말했다.

"그라나다는 스페인 역사의 중요한 전환점 중 하나였어. 이곳은 스페인의 마지막 이슬람 왕국의 수도였지. 알함브라 궁전이 바로 그 상징이었고. 1492년 그라나다의 마지막 이슬람 왕 보아브딜은 결국 이 도시를 페르디난드와 이사벨라에게 넘겨줬어. 보아브딜이 알함브라를 떠나면서 마지막으로 언덕에서 궁전을 돌아보며 울었다는 이야기가 있지. 그때 그의 어머니가 '남자라면 울지 말라'고 질책했다고 해. 그때 보아브딜이 느꼈던 슬픔이 바로 이 플라멩코의 노래 속에 담긴 것 같아."

그녀는 가만히 그의 말을 들으며 무언가를 생각하는 듯했다. 그는 다시 입을 열었다.

"보아브딜이 울었던 그 순간은 그라나다를 떠나는 마지막 왕의 슬픔이기도 했지만, 이 도시에 남아 있던 백성들의 슬픔이기도 했을 거야. 그들은 자신들 삶의 터전을 잃었고, 이제는 떠날 수도 남을 수도 없는 상황에 부닥쳤지, 그 아픔과 고통이 시간이 지나면서 시가 되고, 노래가 되었을지도 몰라. 플라멩코는 어쩌면 그들의 상실감과 좌절을 대변하는 예술 형태일 거야."

그녀는 고개를 끄덕이며 말했다.

"맞아요, 그라나다의 역사는 슬픔으로 가득 차 있었네요. 오늘 본 공연도 그 슬픔을 담고 있었던 것 같아요. 강렬한 춤 속에서 느껴졌던 감정들은 단순히 개인적인 것이 아니라, 이 도시가 겪어온 역사와도 연결된 것 같아요."

그는 미소를 지으며 말했다.

"그래, 플라멩코는 개인의 감정과 도시의 역사가 혼합된 예술이야. 슬픔 속에서도 아름다움을 찾아내는 그들의 방식이랄까. 그라나다의 마지막 왕이 느꼈던 그 깊은 상실감이 플라멩코 속에 살아있다는 게 신기하지 않아?"

그녀는 그 말을 듣고 눈길을 돌려 알함브라 궁전이 있는 방향을 바라보았다.

“보아브딜이 그랬던 것처럼, 우리는 어쩌면 이 아름다운 도시에 담긴 슬픔을 함께 느끼고 있는 걸지도 몰라요.”

그들은 다시 한번 서로의 손을 꼭 잡고, 그라나다의 밤을 걸었다. 그 도시는 그들의 마음속에서, 슬픔과 열정이 뒤섞인 플라멩코의 음률처럼 깊이 남기고 있었다.

그녀는 그가 전해준 이야기를 떠올리며 덧붙였다.

“이 공연이 내 인생에서 가장 특별한 공연 중 하나일 것 같아요. 이런 경험을 하게 해줘서 정말 고마워요.”

그는 손을 잡으며 말했다.

“너와 함께라서 이 순간이 더 특별했어. 우리 둘이 이런 아름다운 순간을 공유할 수 있어서 정말 행복해.”

공연의 여운은 쉽게 사라지지 않았지만, 그라나다의 밤은 그들에게 깊은 감동과 함께 잊을 수 없는 추억을 남겼다. 그렇게 그들은 천천히 Casa Ana를 떠나, 호텔로 향하는 길에서도 플라멩코의 열정과 감동을 이야기하며 밤을 보냈다.

그녀는 마지막으로 속삭였다.

“이 밤을 잊지 못할 거예요. 이곳에서 경험은 평생 기억할 것 같아요.”

그도 조용히 미소 지으며 말했다.

“그래, 이 순간을 오래 기억하자. 우리에게 너무 소중한 시간이었으니까.”

그렇게 그들은 서로의 손을 꼭 잡고 호텔로 돌아가며 그라나다에서 마지막 밤을 마무리했다.

다음 날, 그들은 그라나다를 떠나 리스본으로 출발했다.

"이번 여행은 정말 특별했어. 우리가 함께할 수 있는 이 시간이 이렇게 아름다울 수 있어서 정말 행복해."

그녀는 미소를 지으며 대답했다.

"당신과 함께한 모든 순간이 소중해요. 우리가 이 여행을 함께할 수 있어서 정말 감사해요."

리스본으로 돌아오는 길, 그들은 지친 몸을 이끌고도 서로의 존재를 더욱 소중하게 여겼다.

"우리에게 남은 시간이 얼마나 될지는 모르지만, 나는 그 시간을 소중히 여기며 당신과 함께할 거야."

그녀는 눈물을 머금고 대답했다.

"우리가 함께한 이 여행은 내 인생에서 가장 특별한 시간이었어요. 당신과 함께한 이 순간들을 영원히 기억할 거예요."

그들은 리스본으로 향하는 비행기 안에서 리스본의 밤하늘을 내려다보며, 서로의 손을 꼭 잡고 약속했다.

그녀는 그에게 파두의 노래가 듣고 싶다고 말했다. 그녀는 파두 공연이 있는 식당을 직접 예약했다. 그리고 그녀는 그를 리스본의 알파마(Alfama) 지구에 있는 작은 파두(Fado) 클럽 식당에 그를 데리고 갔다.

식당에 도착했을 때, 그들을 반기는 것은 고풍스러운 분위기와 따뜻한 조명이었다. 이 식당은 리스본에서 가장 유명한 파두 공연을 진행하는 곳 중 하나로, 수십 년간 그 자리를 지키며 수많은 사람들의 사랑을 받아왔다. 식당의 사장은 그녀를 직접 맞이하며 잘 아는 사람인 것처럼 밝은 미소로 인사했다.

"어서 오십시오. 오늘 밤 이곳에서 특별한 시간을 보내시길 바랍니다."

사장은 그에게 말했다. 그는 사장의 인사를 받으며 의아해했다.

그들은 사장을 따라 식당 안으로 들어갔다. 벽에는 오래된 사진들이 걸려 있었고, 그 사진들은 이 식당이 걸어온 역사를 증명하고 있었다. 사장은 그들을 조용한 구석에 자리 잡게 하고는, 이 식당의 역사에 관해 이야기를 시작했다.

"이 식당은 1920년대에 처음 문을 열었습니다. 당시에는 작은 술집에 불과했지만, 점차 파두를 사랑하는 사람들이 모여들기 시작하면서 이곳은 리스본에서 파두를 즐길 수 있는 대표적인 장소로 자리 잡게 되었지요. 여기서 많은 유명한 파두 가수들이 데뷔했고, 그들의 목소리는 이곳의 벽에 스며들어 있습니다."

사장의 목소리에는 자부심이 가득했다. 그는 이어 오늘 밤 공연에 관해 설명했다.

"오늘 밤 공연은 리스본 최고의 파두 가수 중 한 명인 마리아나가 진행합니다. 마리아나의 목소리는 슬픔과 그리움을 담고 있어, 많은 이들의 마음을 울립니다. 파두는 포르투갈의 영혼을 담은 음악으로, 운명과 이별, 사랑과 슬픔을 노래합니다. 오늘 밤, 마리아나의 목소리를 통해 그 모든 감정을 느낄 수 있을 것입니다."

그녀는 그의 손을 꼭 잡으며 미소를 지었다. 이곳에서 시간이 더욱 특별해질 것이라는 예감이 들었다.

그들이 자리에 앉자마자, 웨이터가 와서 그들에게 전통적인 포르투갈 요리를 추천했다. 그들은 바칼라우 아 브라스(Bacalhau à Brás)와 아로스 데 마리스코(Arroz de Marisco)를 주문했다. 이 음식들은 포르투갈의 전통적인 맛을 느낄 수 있는 대표적인 요리로, 둘은 그 음식들을 즐기며 이야기를 나누었다.

"이곳에서 밤이 이렇게 아름다운 줄은 몰랐어요." 그녀가 말했다. "우리가 함께한 모든 순간이 정말 소중해요."

그녀의 말을 들으며, 그는 그녀가 이 순간을 얼마나 소중하게 여기는지 느낄 수 있었다. 그러나 동시에 그의 마음에는 안타까움과 복잡한 감정들이 뒤섞여 일렁였다. 그녀를 바라보는 그의 눈에는 따스함과 애정, 그리고 어떻게든 그녀를 지켜주고 싶은 마음이 담겨 있었지만, 그 속에는 말로 표현하기 어려운 슬픔과 혼란도 함께 존재했다. 그가 조용히 고개를 들어 그녀를 바라보는 순간, 그는 그녀의 행복을 위해 자신이 해야 할 선택을 다시금 떠올리며 여러 감정이 교차하는 마음을 억누르고 있었다.

식사가 끝날 무렵, 식당의 조명이 어두워지고 파두 공연이 시작되었다. 무대에 오른 마리아나는 깊고도 애절한 목소리로 첫 곡을 시작했다. 마리아나의 목소리는 식당 안을 가득 채웠고, 모든 사람이 그 소리에 귀를 기울였다.

마리아나의 노래는 깊은 슬픔과 그리움을 담고 있었다. 마리아나의 목소리는 마치 영혼의 깊은 곳에서 우러나오는 듯했다. 노래는 이별과 운명을 주제로 했고, 그 노래 속에서 그는 자신과 그녀의 이야기를 떠올렸다. 그들의 사랑과 이별, 그리고 지금, 이 순간까지의 여행이 그 노래에 담겨 있는 것만 같았다.

그는 그녀를 바라보며 조용히 속삭였다.

"우리의 이야기가 이 노래 속에 담겨 있는 것 같아. 파두는 우리의 마음을 그대로 담아내고 있어."

그녀는 고개를 끄덕이며 눈을 감았다. 마리아나의 목소리는 그녀의 마음을 어루만졌고, 그녀는 그 속에서 자신을 맡겼다. 그녀는 그 순간, 자신이 이제 모든 것을 내려놓을 준비가 되었다는 것을 느꼈다. 식당은 어두운 조명 아래에서 은은한 촛불만이 그들의 얼굴을 비추고 있었고, 그곳에서는 아말리아 호드리게스의 'Barco Negro'가 흐르고 있었다. 그녀는 차가운 손을 잡고 테이블에 앉아, 눈을 감고 천천히 숨을 고르고 있었다. 음악 속에서 느껴지는 여인의 슬픔은 그녀의 내면을 흔들어 놓았고, 그 고요한 선율은 그녀의 마음을 더욱 선명하게 그려냈다.

포르투갈 기타의 서정적인 소리가 울려 퍼지는 가운데, 그녀는 힘겹게 눈을 떴다. 주변의 사람들은 모두 파두의 깊은 감정에 잠겨 있었지만, 그녀는 자신이 이 순간이 그녀의 마지막일지도 모른다는 사실을 깨닫기 시작했다. 몸은 점점 더 무거워졌고, 심장은 한 번 더 두근거리며 마치 마지막 박동을 준비하는 듯했다. 그녀는 그와 함께 파두를 듣고 있는 이 순간을 가장 아름다운 이별의 순간으로 기억하고 싶었다.

그녀의 시선은 멀리 무대 위로 향했다. 파두 가수의 애절한 목소리가 그녀의 내면 깊숙이 파고들었다. 'Barco Negro'는 검은 배를 기다리며 애타게 그리워하던 여인의 이야기였지만, 지금 그 노래는 그녀 자신의 이야기처럼 느껴졌다. 파두의 애절한 선율이 그녀의 마음에 파고들 때마다, 그녀는 서서히 다가오는 죽음을 담담하게 받아들이고 있었다.

그는 그녀의 옆에서 조용히 그녀의 손을 다시 잡았다. 두 사람은 아무 말도 나누지 않았지만, 그들은 음악이 모든 것을 대신하고 있음을 그녀는 알고 있었다. 그녀는 떨리는 손으로 그의 손을 마지막으로 꼭 쥐었다. 그녀의 손끝에서 느껴지는 온기가 점점 사라지고 있었지만, 그녀는 그와 함께 있는 이 순간이 아름답기를 바랐다.

음악이 클라이맥스로 치달을 때, 그녀의 눈에서 눈물이 조용히 흘러내렸다. 그녀는 자신이 떠나기 전에 그가 옆에 있어 준 것에 감사했다. 그리고 곧, 마지막 순간이 다가왔다. 'Barco Negro'의 마지막 음이 끝나자마자, 그녀의 심장은 조용히 멈추었다. 그녀의 얼굴은 여전히 평온했고, 슬픔과 고통은 이제 그녀를 배에 태웠다.

그는 그녀의 얼굴을 바라보며, 눈을 감고 그녀의 마지막을 함께했다. 파두의 음악은 여전히 식당 안을 가득 채우고 있었고, 그녀의 영혼은 그 음악과 함께 멀리 떠나가고 있었다.

파두 공연이 끝날 즈음, 그녀는 조용히 머리를 떨구며 눈을 감았다. 그는 그녀가 평화롭게 잠든 것처럼 보였지만, 곧 그녀가 더 이상 숨을 쉬지 않는다는 것을 깨달았다. 그 순간, 그의 마음은 찢어질 듯 아팠지만, 그녀가 고통 없이 마지막 순간을 맞이할 수 있었다는 것에 감사했다.

식당 안은 여전히 고요했고, 마리아나의 마지막 파두 노래가 여운을 남기고 있었다.

그녀의 마지막 순간은 파두의 멜로디 속에서 조용히 찾아왔고, 그들은 그 음악 속에서 서로를 다시 한번 느끼며 이별을 맞이했다. 그는 그녀와 함께한 모든 순간을 떠올리며, 그녀를 평화롭게 보내줄 수 있었다는 사실에 위안을 느꼈다. 그녀는 그의 품에서 평화롭게 떠났고, 그는 그녀를 영원히 기억할 것이다. 그들의 사랑은 슬프지만 아름다웠으며, 그 사랑은 영원히 리스본의 밤하늘 아래 남아 있게 될 것이다.

리스본의 밤은 여전히 아름다웠다. 그는 그녀의 마지막 순간을 기억하며, 그들의 사랑이 영원한 것이라 다짐했다. 그녀는 이 세상에서 이별을 맞이했지만, 그녀의 리스본 밤하늘 아래 영원히 빛날 것이다.

Barco Negro(검은 배: Black Boat)

De manhã, que medo, que me achasses feia Acordei, tremendo deitada na areia Mas logo os teus olhos disseram que não E o sol penetrou no meu coração

Vi depois, numa rocha, uma cruz E o teu barco negro dançava na luz Vi teu braço acenando entre as velas já soltas Dizem as velhas da praia que não voltas São loucas, são loucas

Eu sei,

아침에, 당신이 나를 못생겼다고 생각할까 두려워 모래 위에 누워 떨며 깨어났어요. 하지만 당신의 눈은 곧 아니라고 말했죠. 그리고 태양이 내 마음속으로 스며들었어요.

그 후, 나는 바위 위에 십자가를 보았고 당신의 검은 배가 빛 속에서 춤추는 것을 보았어요. 이미 풀려버린 돛들 사이로 흔들리는 당신의 팔을 보았죠. 해변의 늙은 여인들은 당신이 돌아오지 않을 거라고 말해요. 그들은 미쳤어요, 미쳤어요.

나는 알아요...

In the morning, how afraid I was that you might find me ugly I woke up trembling, lying on the sand But soon your eyes said no And the sun penetrated my heart

Then I saw, on a rock, a cross And your black boat danced in the light I saw your arm waving between the already loosened sails The old women on the beach say you won't return They are crazy, they are crazy

I know...

https://www.youtube.com/watch?v=qsImL6X1uTo

5장

파도

리스본으로의 마지막 여행

그는 그녀와의 마지막 순간을 떠올리며 홀로 남겨졌다. 그는 다시 그녀를 볼 수 없다는 사실을 절감했다. 리스본의 하늘은 여전히 흐렸고, 차가운 바람은 그의 마음속 깊은 곳까지 스며들어 그를 더욱 공허하게 만들었다. 한때 그가 느꼈던 그리움과 외로움은 그녀가 멀리 떨어져 다른 곳에서 살고 있을 때의 것이었다. 그때는 그녀가 여전히 어딘가에서 잘 살아가고 있을 것이라는 막연한 믿음 속에서 버텨낼 수 있었다.

처음 그들이 헤어졌을 때, 그는 이별의 슬픔을 견뎌내며 그녀가 같은 하늘 아래에서 자신의 삶을 살아가고 있을 것으로 생각했다. 그는 그동안 느껴온 공허함을 스스로 감내하며 그녀가 없는 삶에도 익숙해지려 애썼다. 하지만 그 마음속 깊은 곳에서는 언제나 어쩌면 그녀를 멀리서라도 볼 수 있으리라는 희망이 있었다. 서로 다른 곳에서 각자의 길을 걷고 있을지라도, 그들은 여전히 같은 하늘 아래에 있었고, 그것만으로도 충분하다고 생각했다.

그의 삶은 그녀와 헤어진 후에도 계속되었고, 그 공허함은 일상에서 조금씩 익숙해졌다. 가끔 그녀의 소식을 들을 때면 묘한 안도감이 들기도 했다. 그리고 그들의 사랑은 다시 한번 찾아왔다. 마치 운명이 그들을 다시 연결해 주려는 듯, 예상치 못한 순간에 그들은 재회했다. 그 순간, 그는 그녀가 여전히 자신에게 얼마나 큰 의미인지, 그리고 그들의 사랑이 얼마나 깊은지를 다시 한번 깨달았다.

그녀와의 재회는 그에게 작으나마 행복을 선사했다. 오랜 시간 떨어져 있었던 만큼, 그들은 서로에게 더욱 애틋하고 소중한 존재가 되었다. 그들은 이전보다 더 깊은 사랑을 나누었고, 마치 처음부터 다시 시작하는 듯한 기분으로 함께 사랑을 했다. 그동안 잃어버린 시간은 더 이상 문제가 되지 않았다. 그들은 함께 있는 지금, 이 순간이 중요했고, 그 순간을 영원히 기억하고 싶었다.

그러나 그 행복은 오래가지 못했다. 운명은 다시 그들을 갈라놓으려 했다. 이번에는 더 이상 그들이 어쩔 수 없는 곳으로, 그녀는 그가 다가설 수 없는 곳으로 떠났다. 그녀의 죽음은 그에게 모든 것을 앗아갔다. 이제는 그녀가 세상에 없다는 사실이 그에게는 받아들이기 힘든 현실로 다가왔다. 더 이상 그녀가 어딘가에서 살아가고 있거나, 그들과의 재회가 가능하리라는 희망 차조 품을 수 없었다.

리스본의 하늘은 여전히 잿빛이었다. 그는 그 흐린 하늘을 바라보며, 그녀가 이 세상에 없다는 것을 실감했다. 차가운 바람은 그의 뺨을 스치며 그녀가 없다는 상실감을 더욱 깊게 만들었다. 그녀와 다시는 만날 수 없다는 사실이 그에게는 너무도 큰 충격이었다. 이제는 그녀가 먼 곳에서 그저 다른 삶을 살고 있는 것이 아니라, 그가 아무리 원해도 다시는 그녀를 볼 수 없는 곳에 있다는 현실이 그를 짓눌렀다.

그녀와의 마지막 이별은 그에게 남겨진 유일한 기억이 되었다. 그녀가 없는 세상은 그에게 더 이상 의미가 없었다. 그는 그녀의 부재를 인정해야 했지만, 마음속 깊은 곳에서는 여전히 그녀가 곁에 있는 것 같은 착각에 빠져있었다. 그녀가 그리운 만큼, 그는 그녀가 마치 곁에 있는 듯한 환상 속에서 잠시나마 위안을 찾았다. 그러나 그 환상은 오래 가지 않았다. 현실은 그의 눈앞에 선명하게 다가왔고, 그는 더 이상 그것을 외면할 수 없었다. 그녀는 이 세상에 없었고, 그는 홀로 남겨졌다. 더 이상 그녀와 함께할 수 없다는 사실은 그의 마음을 더욱 무겁게 했다. 그녀와 나눴던 모든 순간이 이제는 그에게 추억으로 남아버렸다. 그는 그 추억에 기대어 살아갈 수밖에 없었고, 그 추억이 이제 그의 상상 속에서만 존재할 수 있었다.

그는 리스본의 거리를 천천히 걸었다. 그들이 함께 걸었던 돌길과 골목은 여전히 그 자리에 있었지만, 그녀와 함께했던 순간들은 이제 기억 속에만 남아 있었다. 그와 그녀가 함께했던 카페, 강변, 그리고 골목길의 추억들이 그의 마음속을 스쳐 지나갔다. 그녀와 함께한 시간은 그에게 큰 의미였고, 그 순간들이 얼마나 소중했는지 다시금 깨닫게 했다. 하지만 이제 그녀는 그 곁에 없었다. 그녀의 미소, 따뜻한 손길, 다정한 눈빛은 더 이상 느낄 수 없었지만, 그 모든 기억이 그의 마음속 깊이 새겨져 있었다. 그는 그 기억을 떠올리며 리스본의 하늘을 바라보았다.

그녀와의 마지막 시간, 그들은 리스본에서 운명처럼 다시 만나 사랑을 되찾았지만, 주어진 시간은 너무 짧았다. 그녀는 약해져 갔고, 그는 그녀의 손을 놓지 않았다.

마지막으로 그녀는 "우린 함께 세상 끝까지 왔어. 이제 나는 떠나지만, 우리의 사랑은 여기서 끝나지 않을 거야"라는 말을 남겼다. 그는 그녀의 말대로 그들의 사랑이 끝나지 않았음을 느꼈다. 비록 그녀는 떠났지만, 그녀와의 사랑은 그의 가슴속에서 계속 살아 있었다. 그녀와의 추억은 그의 삶에서 가장 소중한 보물이 되었다. 그가 리스본의 거리를 걸을 때마다, 그가 서 있던 그 자리에서 그녀의 존재를 느꼈다.

그녀가 떠나고 난 후, 그는 자신이 그녀와 나누었던 사랑이 이제 어떻게 완성될 수 있을지, 그리고 그 사랑의 의미에 관해 고뇌하기 시작했다. 그녀의 죽음은 단지 한 사람과의 이별을 넘어선 깊은 상실이었다. 그녀의 부재 속에서 그는 사랑의 본질과 그 끝에 관해 끊임없이 질문했다. 사랑의 완성은 단순히 두 사람의 관계가 끝나는 지점이 아니라, 그들의 감정이 절정에 이르고 궁극적인 형태로 이루어진다는 것을 의미하는 것은 아닐까? 그는 이러한 생각이 그들 사이에 이루어졌던 사랑의 의미를 더 깊게 탐구하게 했다.

죽음은 사랑을 단절하는 것으로 보일지 모르지만, 때로는 죽음을 통해 사랑이 더 높은 차원에서 완성된다는 생각이 그를 사로잡기 시작했다. 그에게 그녀의 죽음은 끝이 아니었다. 오히려 그 사랑이 더 강렬하고 깊게 자리 잡았으며, 그녀와의 사랑이 영원히 지속될 수 있는 형태로 완성된 것은 아닐까 고민하기 시작했다. 그 과정에서 그는 자신이 그녀를 잃은 것만이 아니라, 그녀를 통해 더 깊은 차원의 사랑을 이해하게 되었음을 느꼈다. 이제 그 사랑이 비로소 완성되기 위해서는, 자신도 언젠가 그녀가 있는 곳에 도달해야만 그 사랑이 완성될 수 있다는 생각이 점차 그의 마음속에 깊이 자리 잡았고, 그 생각은 막연한 희망이나 단순한 바람이 아닌, 설명하기는 어렵지만 분명하게 느껴지는 어떤 내면의 소리처럼 그를 이끌기 시작했다. 더 이상 이 세상의 이별이 두렵지 않게 느껴졌고, 그에게 남은 시간은 마치 그녀에게로 다가가는 마지막 여행처럼 느껴졌다.

대학원에서 문학을 공부하던 시절, 그가 플라톤의 사랑에 관해 깊이 고민했던 기억이 떠올랐다. 플라톤은 육체적이고 일시적인 사랑을 넘어 영적인 사랑의 가치를 강조했다. 플라톤의 대화편 향연(Symposium)에서 사랑은 단순히 육체적인 욕망을 넘어서, 이데아의 세계로 이끌리는 힘으로 묘사되었다. 이데아의 세계란, 물리적인 세상을 넘어선 영원하고 완전한 진리의 세계를 의미했다. 그는 사랑이 단지 인간적인 감정의 일시적 교류가 아니라, 두 영혼이 결합하여 더 높은 차원에서 하나가 되는 영적인 과정으로 보았다. 이 관점에서 그는 그녀의 죽음을 통해 비로소 그 사랑이 완성되었음을 깨달았다. 그들에게 사랑은 단순한 감정이 아니라, 죽음을 넘어선 영원한 결합이었을지도 모른다.

그러나 그에게는 플라톤적인 사랑의 이론이 완전히 위안이 되지 않았다. 철학적 관점에서 죽음이 사랑을 완성한다는 생각은 머리로는 이해할 수 있었지만, 가슴으로는 받아들이기 힘들었다. 그는 인간의 본능적인 감정, 상실감, 그리고 외로움을 느끼지 않을 수 없었다. 그녀가 없다는 사실은 그에게 매 순간 현실로 다가왔고, 그 현실은 그를 고통스럽게 만들었다. 그가 그녀를 잃은 후, 매일 아침 일어날 때마다 그녀의 부재를 실감하게 되었다. 침대의 빈자리, 늘 같이 걷던 리스본의 가로수와 벤치의 한쪽 자리에 그녀가 없다는 사실은 사랑의 영원함을 말하기 전에 인간적인 슬픔을 더욱 부각했다.

그는 플라톤의 사랑이 영원하다는 이론과 자신이 느끼는 이 강렬한 상실감 사이에서 갈등했다. 이론적으로는 사랑이 영원할 수 있음을 이해하지만, 현실 속에서 상실은 그에게 참을 수 없는 고통을 안겨주었다. 그의 머리는 철학적으로 이성적 이해를 제공하지만, 그의 가슴은 감정적 상처로 인해 매일 괴로워하고 있었다. 철학적인 통찰과 인간적인 감정의 충돌 속에서 그는 혼란을 겪었다. 플라톤의 세계에서는 그녀의 죽음이 그들의 사랑을 영원한 것으로 만들어 주었을 것이다. 그러나 현실에서는 그녀의 죽음이 그에게 남긴 것은 깊은 상실감과 외로움이었다. 그는 그녀의 부재 속에서 매일 고통을 겪었지만, 동시에 그녀가 그에게 남긴 사랑이 여전히 존재한다는 사실도 부정할 수 없었다.

그는 그녀가 없는 세상에서 살아가야 한다는 사실을 받아들였지만, 그 사랑이 완전히 사라지지 않았음을 느꼈다. 오히려 그 사랑은 더 깊고 영원한 무언가로 남아 그의 삶 속에 자리 잡았다. 그는 이제 그녀가 더 이상 손에 닿지 않는 곳에 있음을 알면서도, 그 사랑이 여전히 그의 마음속에 살아 있었다.

그는 자신이 인간으로서 느끼는 감정과 철학적인 통찰 사이에서 계속해서 갈등을 겪었다. 사랑이 단순히 육체적인 것이 아니라, 영원한 영적인 결합이라는 플라톤의 주장은 그의 마음속에 여전히 강하게 자리 잡고 있었다. 그러나 그 사랑을 영원한 것으로 받아들이기까지는 그의 인간적인 감정이 너무도 힘들었다. 결국 그는 그들의 사랑이 영원할 수 있다는 철학적 통찰과 그녀의 부재로 인한 인간적인 고통 사이에서 균형을 찾으려 노력했다.

그녀의 죽음은 그녀의 존재 자체의 의미를 재정립하게 했고, 이별과 죽음을 통한 사랑의 완결성을 찾으려는 그의 노력은 철학적인 탐구로 계속 이어졌다. 그는 자신이 그동안 경험했던 사랑이 단지 육체적인 감정이 아니라, 더 깊고 영적인 차원에서 결합이라는 생각에 이르렀다. 그러나 사랑의 완성이라는 주제는 그에게 있어 끊임없는 번민과 고통을 수반했다.

이 상실감은 그에게 무의미한 상태를 강요했다. 장폴 사르트르(Jean-Paul Sartre)는 그의 철학에서 '무(nothingness)'가 인간 존재의 한 부분이라고 주장했다. 인간은 자신의 삶에서 '무'라는 결핍을 경험하면서 그것을 채우기 위해 끊임없이 의미를 만들어가는 존재라고 보았다. 그는 그녀의 부재 속에서 그 사랑이 어떻게 완성될 수 있는지, 그 사랑이 무에서 새로운 형태로 완성될 수 있는지에 관해 고민하기 시작했다. 그는 그녀의 죽음을 단순한 상실로 받아들이기보다는 그것을 통해 새로운 사랑의 형태를 찾으려 노력했다. 사랑이 그녀와 함께한 시간만으로 완성되는 것이 아니라, 그녀가 떠난 후에도 그 사랑은 계속해서 존재할 수 있는지에 대한 질문을 품었다.

그는 플라톤적인 사랑의 영원함에 관해 한편으로는 위안을 얻었지만, 니체의 고통 속에서 완성되는 사랑의 의미를 떠올리며 또 다른 감정적 갈등에 빠졌다. 니체(Friedrich Nietzsche)는 그의 저서 《차라투스트라는 이렇게 말했다》에서 사랑은 고통과 희생을 통해 진정한 의미를 얻는다고 주장했다. 니체의 철학은 인간의 삶에서 고통이 필연적이며, 그 고통을 통해 인간은 더 큰 의미를 찾을 수 있다고 보았다. 그는 그녀의 죽음을 통해 사랑이 완성될 수 있는지를 고민하며, 그 고통을 통해 자신이 진정한 사랑을 발견할 수 있을지에 관해 고뇌했다. 니체의 주장대로라면, 그녀의 죽음을 통한 고통이 그들의 사랑을 더 깊게 만들 수 있을 것이다. 그러나 그 고통이 그에게는 너무도 큰 짐이었고, 그 사랑이 고통 속에서 완성된다는 생각조차도 그에게는 때때로 너무 잔인하게 느껴졌다.

그는 철학적 고뇌와 현실의 감정 사이에서 계속해서 갈등을 겪었다. 헤겔(G.W.F. Hegel)의 변증법적 과정을 떠올리며, 그 사랑이 그녀의 죽음이라는 부정적인 요소와 종합되어 더 높은 차원에서 완성될 수 있을 것이라는 희망을 품었다. 헤겔의 변증법에서는 상반된 요소들이 충돌하고 종합되며, 새로운 차원의 진리를 이루는 과정을 말한다. 그는 그녀의 죽음이 그들에게 부정적인 요소였지만, 그것을 통해 그 사랑이 더 높은 차원에서 완성될 수 있다고 믿었다. 그러나 그 과정은 절대 쉽지 않았다. 그는 자신이 인간으로서 느끼는 감정적 고통과 철학적 사유 사이에서 끊임없이 갈등했다. 또한 그는 그녀와의 사랑이 이제는 더 이상 단순한 연애의 형태를 넘어, 자신의 존재 전체를 아우르는 것으로 확장되고 있다는 것을 느꼈다. 카를 융(Carl Jung)은 인간이 자기(Self)와의 통합 과정을 통해 완전한 존재로 나아간다고 말했다. 그는 그녀와의 사랑이 이제 그가 자기 자신을 완성하는 과정으로 변모하고 있다는 것을 깨달았다. 그녀의 죽음을 통해 그는 자신의 내면을 더 깊이 탐구하게 되었고, 그녀와의 사랑을 통해 더 완전한 자신을 만들어 가는 과정을 경험하고 있었다. 그녀와의 사랑은 이제 그의 내면 깊숙이 자리 잡았고, 그 사랑은 그의 삶 전체를 바꾸어 놓았다.

결국 그는 그들이 함께했던 사랑이 단지 그녀가 죽음으로 끝나는 것이 아니라, 그것이 새로운 형태로 계속 이어질 수 있다고 생각하게 되었다. 사랑이란 육체적인 결합을 넘어, 영적인 결합이며, 그것은 죽음을 넘어 영원히 지속될 수 있다는 생각이 그에게 위안이 되었다. 그는 이제 그녀와의 사랑이 더 이상 단순한 감정이 아니라, 그의 존재 전체에 걸친 깊은 결합이라는 것을 이해하게 되었다. 하지만, 이러한 철학적인 사유 속에서도 그는 여전히 인간적인 상실감에서 벗어나지 못했다. 그녀의 죽음은 그에게 있어 삶의 모든 의미를 뒤흔들어 놓았고, 그 과정에서 그는 죽음이야말로 모든 것의 완결이라는 생각에 이르렀다.

절대자가 그의 운명을 프로그램한 것처럼 느끼며, 그녀와의 재회와 이별, 그리고 다시 맞이한 죽음이 그가 피할 수 없는 운명이었음을 생각했다. 그는 죽음이 단지 끝이 아닌, 그 모든 것이 하나로 돌아가는 지점이라는 의미를 되새기며, 그녀와의 사랑이 결국 죽음을 통해 완성되는 것으로 생각했다. 그녀와의 사랑은 이제 더 높은 차원에서 완성되어야 한다고 생각했다.

그녀의 죽음은 그에게 있어 단순한 상실 그 이상이었다. 그것은 사랑의 끝이 아닌, 그 사랑이 비로소 완성되는 시작이었다. 처음에는 그녀의 부재가 마치 삶의 공허함을 불러일으키는 듯 보였지만, 그는 점차 그 속에서 더 깊은 의미를 찾고자 했다. 그에게 있어서 사랑의 완성은 물리적인 시간과 공간을 초월한 것이며, 오히려 그녀의 죽음은 그들에게 사랑을 더 높은 차원으로 이끌어주는 문턱이 된 셈이었다.

처음에는 그녀의 죽음을 받아들이기 어려웠다. 죽음은 이별을 의미하고, 이별은 그들이 함께 나눴던 모든 것의 종말을 의미하는 듯했다. 그러나 그는 고뇌 속에서, 죽음이야말로 사랑이 완성될 수 있는 마지막 관문이라는 생각에 이르게 되었다. 죽음을 맞이한 순간, 그들은 더 이상 육체적으로 함께할 수 없지만, 그 사랑은 오히려 영원히 지속될 수 있는 형태로 승화되었다는 결론에 도달했다.

사랑은 이제 그에게 있어 단지 두 사람 사이의 관계를 넘어선, 더 깊은 영적 결합을 의미하게 되었다. 결국 그는 그들의 사랑이 이미 완성되어 가고 있다는 것을 깨달았다. 그 사랑은 육체적인 함께함을 넘어서, 더 높은 차원의 영적인 결합으로 승화시킬 것으로 생각되었다. 이제 그는 그녀와 함께했던 추억을 간직하며, 그 사랑을 통해 자신의 삶에서 의미를 찾기로 마음먹었다.

그는 일주일 전 그녀와 함께 마지막 저녁을 보냈던 리스본의 작은 식당에 다시 발걸음을 옮겼다. 식당 문을 열고 들어서자, 그날의 기억이 그의 마음을 파고들었다. 그날은 그녀의 갑작스러운 죽음으로 인해 식당 안의 분위기는 침울했었다. 오늘 그는 그날을 다시 떠올리며, 그녀와 함께했던 마지막 시간을 기리기 위해 이곳에 왔다. 처음 식당 주인에게서 전화를 받았을 때 너무 놀라 한동안 말을 할 수가 없었다. 사장은 그날의 기억을 되살리며 그를 초대하고 싶다고 말했었다.

식당 주인인 사장은 그를 보자마자 그의 슬픔을 이해한다는 듯 따뜻하게 맞이했다.

"다시 와주셔서 감사합니다." 사장은 말하며 그의 손을 잡았다.

"그날은 우리 모두에게 힘든 날이었죠."

그는 고개를 끄덕이며 조용히 대답했다.

"그날이 떠오르지 않을 수 없었습니다."

사장은 그의 슬픔을 공감하며 그를 안내했다. 그는 그날의 일을 기억하며 긴 숨을 내쉬었다.

"그녀는 정말 특별한 분이었어요. 당신과 함께 오기 전에 한동안 매일 이곳에 오셔서 혼자 파두를 들으셨죠. 항상 밝은 미소를 띠며, 우리와 많은 이야기를 나눴습니다."

그는 사장의 말을 들으며 잠시 그녀의 모습을 떠올렸다. 리스본에서 그녀는 항상 특별한 빛을 내뿜고 있었을 것이다. 사장은 그녀가 매일 이곳에 와서 파두를 들으며, 평소와 다름없이 밝은 미소를 지으며 주위 사람들과 대화를 나누었다고 말했다. 하지만 그는 그녀의 밝은 웃음 뒤에 숨어있던 복잡한 감정들이 있었을 것이다. 그녀의 몸은 이미 많이 지쳐 있었고, 병세는 점점 깊어졌지만, 그녀는 이곳에서 평온을 찾으려 했을 것이다.

그녀는 리스본의 골목골목을 걸으며 그녀의 지난 시간을 떠올렸을 것이다. 파두의 노래는 그녀에게 고요하고 슬픈 위안을 해주었을지도 모른다. 파두는 사랑과 상실, 그리고 운명에 대한 노래로, 그녀의 마음속 깊은 곳에 있는 슬픔을 자극했을 것이다. 매일 같은 식당에서 같은 곡을 들었던 이유는 아마 그녀가 스스로에게 내린 결단을 확인하기 위함이었을지도 모른다. 리스본에 와서 고요히 자신을 돌아보고, 마지막 선택을 하기 위한 시간을 보낸 것이 아닐까라고 그는 생각했다.

그는 그 순간을 떠올리며, 그녀가 왜 그곳에서 혼자 시간을 보내고 파두의 노래에 몸을 맡겼을지 상상했다. 그녀는 몸이 힘들었지만, 이 도시에서 그와 다시 재회하며 잠시나마 행복을 느꼈을 것이다. 하지만 그녀는 그들의 관계가 다시 시작되는 것이 두려웠을지도 모른다. 몸이 쇠약해진 자신이 그에게 짐이 될 수 있다는 생각, 그리고 더 이상 그와 함께하지 못할 운명을 예감하며 혼자 이별을 준비하고 있었을지도 모른다. 그녀가 매일 들었던 파두는 자신의 마음을 정리하는 과정이었을 것이다. 파두의 노랫말은 그녀의 감정을 대변해주었다. 그녀가 그와 함께했던 시간, 그가 떠난 후의 공허함, 그리고 이제 그와 다시 만났을 때의 복잡한 감정들이 그 노래 속에 있었다. 그녀는 그 감정들을 정리하며 자신만의 결론에 이르렀고, 그 결론이 그녀를 리스본의 절벽으로 데려갔을지도 모른다.

그는 그녀가 그 절벽에 서서 무엇을 생각했을지 상상했다. 그와의 재회는 그녀에게 큰 행복을 주었지만, 동시에 더 큰 아픔을 남겼을 것이다. 그들은 다시 만났지만, 그녀는 이 사랑이 오래 지속될 수 없다는 사실을 알고 있었을 것이다. 사랑은 행복을 주기도 하지만, 그녀에게는 더 큰 갈등과 고뇌를 안겨주었을지도 모른다.

"그녀는 리스본과 파두에 관해 굉장히 관심이 많았어요. 우리에게 파두의 역사와 가사에 관해 물어보기도 했고, 그녀의 포르투갈어와 영어는 정말 완벽했습니다. 그녀가 사용하는 단어 하나하나에 기품이 있었죠. 우리에게는 마치 오래된 친구처럼 느껴졌어요."

그가 자리에 앉자, 그날 공연을 보던 대부분의 손님이 식당 안에 이미 자리하고 있었다. 그는 식당을 둘러보며 그들을 보았다. 손님들은 그에게 조용히 눈인사를 건넸고, 그의 슬픔을 공감하며 조용히 자리를 잡고 앉아 있었다. 사장은 미리 그들에게 연락했던 모양이었다. 그날의 파두 공연이 중단된 것을 아쉬워했던 손님들은 다시 모여들어, 그날 마치지 못했던 공연을 함께 듣기 위해 모인 것이었다. 그들은 그날의 슬픔을 다시 한번 느끼기 위해 모였지만, 동시에 그녀를 기억하고 기리기 위해 모인 것이기도 했다.

식사가 시작되기 전, 사장은 그에게 다가와 조용히 말했다.

"그녀가 여기 왔던 날들을 기억합니다. 항상 같은 자리, 당신이 앉아 있는 이 자리에 혼자 앉아 파두를 들으면서, 가끔은 눈을 감고 그 소리를 온전히 느끼곤 했습니다. 그녀는 이 음악을 정말 사랑했어요. 그리고 파두가 그녀의 마음속 깊은 곳에 닿았던 것 같았죠."

그는 고개를 숙이며 그 말을 새기듯 들었다.

"그녀는 음악을 사랑했어요. 파두를 통해 그녀는 많은 것을 느꼈을 겁니다. 아마도 이곳에서 그녀는 삶과 죽음을 넘나드는 감정을 느꼈을지도 모르겠네요."

사장은 그의 말을 듣고 조용히 대답했다.

"그녀는 이곳에서 당신과 함께할 날을 기다렸던 것 같습니다. 그날 그녀는 당신과 함께 오겠다고 말했고, 그날 당신과 오셨죠. 우리는 그녀의 기쁨을 함께 나눴고, 그녀가 당신과 함께 있는 모습을 보고 너무 행복해 보였습니다."

식사가 끝나고, 식당 안의 조명이 어두워지며 가수가 무대에 올랐다. 그녀는 그날의 가수였다. 그날과 마찬가지로, 그녀는 무대에서 노래를 부르기 시작했다. 첫 음이 울리자마자, 그의 마음속 깊은 곳에서 그날의 감정들이 다시금 떠올랐다.

파두의 멜로디가 식당 안에 울려 퍼지며, 그곳에 모인 모든 사람의 마음을 울렸다. 그날의 노래는 슬픔과 그리움으로 가득 찼고, 그녀가 떠난 이후의 공허함을 노래했다. 그는 그 노래를 들으며 눈물을 흘렸다. 그는 그녀와 함께했던 마지막 순간들을 떠올리며, 그날의 미완성된 이야기를 완성하려는 듯했다.

노래가 끝나자, 사장은 무대에 올라가 조용히 말했다.

"오늘 우리는 그녀를 기억하기 위해 다시 모였습니다. 그녀는 우리 모두에게 특별한 사람이었고, 이곳에서 그녀와 함께했던 시간은 우리 모두에게 큰 의미가 있었습니다."

사장은 마지막으로 그녀가 좋아한 곳이라며 마지막으로 한 곡 더 준비했다고 말했다. 다시 식당의 조명이 어두워지고, 무대 위에는 가수가 모습을 드러냈다. 가수는 그녀와 자신들과의 인연을 간단히 말하며 그녀를 기억하자고 말했다. 가수가 소개한 곡은 한국노래 '슬픔의 심로(Caminho da Tristeza)'라는 곡을 한국어와 포르투갈어로 번갈아 불렀고, 그 가사는 그녀가 남기고 간 사랑과 슬픔을 상징하듯 그의 마음속에 깊이 새겨졌다. 그는 마음속 깊은 곳에서 그녀의 존재를 다시금 느꼈다. 그녀는 이곳에서, 이 음악 속에서 여전히 살아있는 것 같았다. 그는 그녀의 기억을 떠올리며, 마지막으로 그녀를 떠올리며 식당을 떠났다.

식당을 떠나 집으로 돌아가는 길, 그는 어두운 거리에서 느끼는 차가운 바람에도 그녀와 함께했던 따뜻한 기억이 그의 가슴을 감싸는 듯했다. 리스본의 거리는 여전히 조용했고, 그 안에서 그는 자신만의 여운을 느끼며 천천히 걸었다. 그녀와의 사랑은 이제 끝이 났지만, 그의 마음속에는 여전히 그녀의 기억이 남아 있었다. 파두의 멜로디와 함께한 이 마지막 밤은 그에게 있어 그녀를 기리며 떠나는 가장 완벽한 이별이었다. 그는 리스본의 거리를 걸으며, 그녀와 함께한 모든 순간을 떠올리며, 다시는 돌아올 수 없는 시간을 떠나보내려 했다.

다음 날 아침, 그는 리스본을 떠나 나자레로 향했다. 그녀와의 사랑, 이별, 그리고 이제, 사랑의 완성을 하기 위해 그는 기차에 몸을 싣고 창밖을 바라보며, 그녀와의 마지막 순간들을 되새겼다. 그는 깊은 생각에 잠겼다. 기차가 산타 아폴로니아(Santa Apolónia)역을 출발하여 천천히 도시를 벗어나며 포르투갈의 시골 풍경을 지나갔다.

그는 창밖으로 펼쳐지는 포르투갈의 풍경을 바라보며, 그와 그녀의 사랑에 관해 생각했다. 이제 그녀는 그에게서 멀어져 갔다. 그녀의 죽음은 그의 마음속에 큰 구멍을 남겼고, 그 구멍은 어떤 것으로도 채워질 수 없을 것처럼 느껴졌다. 그는 그들과 함께한 순간들을 떠올리며, 그 순간들이 어떻게 영원히 남을 수 있는지를 고민했다.

나자레의 해변에 도착한 그는 거대한 파도를 바라보며 깊은 생각에 잠겼다. 그 파도는 그에게 있어 사랑의 완성을 의미했지만, 동시에 죽음의 위협도 내포하고 있었다. 그는 파도 앞에서 자신의 존재와 사랑의 의미에 관해 깊이 고민했다. 파도는 그에게 있어 끝이자 새로운 시작이었다.

파도 앞에서 그의 갈등은 사랑과 죽음, 삶과 이별의 경계를 넘나드는 것이었다. 그는 그녀와의 사랑이 영원히 남기를 원했다. 파도는 그에게 있어 사랑의 완성이자, 동시에 그 사랑을 마무리하는 과정이었다. 그는 파도를 통해 자신의 사랑을 영원히 완성하려 했지만, 그 과정에서 자신의 존재가 무너질 수도 있다는 두려움에 직면했다. 그는 그녀와의 사랑이 그에게 있어 가장 중요한 관계였으며, 그 관계를 통해 자신의 존재를 확인하고 있었다. 그러나 이제 그 관계가 끝나고, 그는 그 속에서 자신의 존재를 새롭게 정의해야 하는 상황에 직면했다. 파도는 그에게 있어 새로운 존재의 시작을 의미했고, 그 속에서 그는 자신의 사랑을 완성하려 했다.

결국, 그는 그 파도를 통해 자신의 사랑을 영원히 완성할 것이라고 결심했다. 파도는 그에게 있어 사랑의 끝이자 새로운 시작이었다. 그는 파도를 타고 그녀와의 사랑을 영원히 남기고자 했고, 그 과정에서 자신의 존재를 새롭게 정의하려 했다. 그는 그 파도 속에서 자신의 사랑이 영원히 남아 있을 것임을 믿었다.

나자레의 파도는 단순한 자연의 힘이 아니다. 그것은 삶과 죽음, 사랑과 이별의 경계를 넘는 중요한 상징이다. 그의 여행은 단순한 이동이 아니었다. 그것은 사랑과 이별, 삶과 죽음의 경계를 넘는 상징적인 여행이었다. 그는 나자레의 파도 앞에서 자신의 사랑을 완성하려 했고, 그 과정에서 자신의 존재를 새롭게 정의하려 했다. 그의 사랑은 단순한 감정이 아닌, 자신의 존재를 완성하는 중요한 과정이었으며, 그 과정에서 그는 끊임없이 자신의 한계를 넘어서려 했다. 그는 자신의 존재를 새롭게 정의하고자 했다.

그는 자연스럽게 그녀를 만났던 절벽으로 향하는 길을 걷기 시작했다. 그 절벽은 그들의 사랑이 다시 시작된 곳이었다. 그곳에서 그들은 서로를 다시 발견했고, 그들의 사랑은 새로운 생명을 얻었다. 그는 무언가에 이끌리듯 그 절벽으로 향했다. 마치 그곳에서 무언가 그를 기다리고 있는 듯한 느낌이 들었다.

바람은 점점 더 거세졌고, 그의 발걸음은 점점 더 무거워졌다. 그가 절벽에 가까워질수록, 바람은 더 세차게 불어왔다. 그는 그 절벽에서 그들과 함께했던 모든 기억을 떠올렸다. 그 절벽에서 그들은 서로를 바라보았고, 서로의 마음을 확인했다. 그 절벽에서 그들은 영원한 사랑을 약속했다. 하지만 이제 그녀는 그곳에 없었다. 그곳에는 오직 바람과 파도 소리만이 그를 맞이할 뿐이었다.

나자레(Nazaré)는 포르투갈의 작은 어촌 마을이지만, 전 세계적으로는 유명한 거대한 파도는 단순한 자연 현상 이상의 의미를 지니고 있다. 죽음과 삶, 끝과 시작이 공존하는 철학적 담론의 장이기도 하다. 나자레의 파도는 수십 미터에 달하며, 그 위용은 자연의 무서움을 체감하게 만든다. 이 파도는 인간의 힘으로는 결코 제어할 수 없는 거대한 자연의 힘을 상징하며, 동시에 죽음을 은유하기도 한다. 파도의 높이와 속도는 마치 대자연이 인간에게 보내는 경고처럼 다가온다. 그 경고는 우리의 유한성을 상기시키고, 죽음이란 삶의 필연적인 부분임을 깨닫게 한다. 나자레의 파도 앞에서 인간은 극도로 미약한 존재임을 느낀다. 그 파도는 한순간에 모든 것을 휩쓸어가 버릴 수 있는 강력한 힘을 지니고 있으며, 그 앞에 서는 순간 우리는 죽음을 마주하는 것과 같은 공포와 경외를 느끼게 된다. 이처럼 나자레의 파도는 죽음의 상징으로, 우리에게 인간의 한계와 자연의 무한함을 일깨워준다. 그러나 나자레의 파도는 단지 죽음만을 의미하지는 않는다.

죽음은 그 자체로 끝이 아니며, 새로운 시작을 예고하는 순간이기도 하기 때문이다. 파도가 해안에 부딪히며 모든 것을 휩쓸어가듯이, 그것은 또 다른 생명을 잉태하는 순간이기도 하다. 자연은 파도의 움직임을 통해 끊임없이 변화하고 순환한다. 파도가 무너뜨린 자리에 다시 새로운 모래사장이 형성되고, 바닷물이 물러간 자리에 새로운 생명체들이 자라난다. 파도는 그러므로 파괴와 창조의 이중적인 의미를 지니고 있다. 죽음이 새로운 생명을 잉태하듯이, 파도는 또한 새로운 기회를 의미한다.

자연의 순환 속에서 모든 것은 연결되어 있으며, 죽음은 단지 한 과정일 뿐이라는 철학적 사유를 가능하게 한다. 나자레의 파도는 우리의 삶에 대한 깊은 성찰을 불러일으킨다. 파도는 우리를 집어삼키고, 우리는 그 거대한 자연의 흐름 속에서 소멸해 가는 듯하지만, 그 소멸은 또 다른 시작을 위한 필연적인 과정이다. 이 죽음은 새로운 생명, 새로운 시작을 위한 토양이 될 것이다. 우리의 삶은 끝없이 반복되는 자연의 순환 속에 존재하며, 죽음은 그 순환의 일부가 될 것이다. 우리는 나자레의 파도를 보며 죽음의 공포를 느끼지만, 동시에 그 안에서 생명의 아름다움을 발견하게 될 것이다. 파도의 파괴력은 죽음의 절대성을 상징하지만, 그 파도 뒤에는 새로운 생명의 가능성이 도사리고 있다. 바다가 육지를 다시 휩쓸고 나면, 그 자리에 새로운 것들이 피어나듯이, 죽음은 또 다른 생명을 잉태하는 필연적 과정이다. 즉, 나자레의 파도는 죽음과 새로운 생명의 상징으로서, 우리에게 자연의 힘과 인간의 유한성을 동시에 일깨워 줄 것이다. 파도는 죽음의 불가피성을 상징하지만, 그 안에는 새로운 시작과 생명이 깃들어 있을 것이다. 이러한 철학적 관점에서 나자레의 파도는 단순한 자연 현상이 아니라, 삶과 죽음의 순환 속에서 인간 존재의 의미를 탐구하게 하는 깊은 성찰의 대상일 수 있겠다고 그는 생각했다. 그런 의미에서 죽음은 끝이 아니라, 또 다른 시작을 예고하는 순간이며, 우리는 그 속에서 자연과 공존하며 살아가는 것이라고 그는 생각했다.

그가 절벽에 도착했을 때, 바람은 무섭게 몰아치고 있었다. 파도는 거세게 절벽 아래를 때리고 있었고, 그 소리는 마치 세상이 끝나는 듯한 느낌을 주었다. 그는 그곳에서 그녀와의 마지막 순간을 떠올렸다. 그녀는 그의 품에서 조용히 눈을 감았고, 그는 그녀가 떠나는 그 순간까지 그녀를 지켜주었다. 그 순간, 그는 그녀가 더 이상 고통받지 않기를 바랐고, 그녀가 평화롭게 떠날 수 있기를 기도했다.

이제 그는 그 절벽에 홀로 서 있었다. 그는 그녀가 떠난 후의 삶을 생각하며 깊은 회한에 잠겼다. 그는 그녀를 더 많이 사랑해 주지 못한 것을 후회했고, 그녀가 떠나기 전에 더 많은 시간을 함께 보내지 못한 것을 자책했다. 하지만 그는 그와 동시에 그녀와 함께했던 시간이 얼마나 소중했는지를 깨달았다. 그들은 비록 짧은 시간이었지만, 그 시간 속에서 그들은 영원한 사랑을 나누었다.

파도는 점점 더 거세게 몰아쳤다. 절벽 아래에서는 수십 미터에 달하는 거대한 파도가 일어나고 있었다. 그 파도는 마치 그를 삼켜버릴 듯이 다가왔다. 그는 그 거친 파도를 바라보며 그녀와의 마지막 약속을 떠올렸다. 그녀는 그에게 자신을 잊지 말라고 부탁했고, 그는 그녀의 마지막 순간까지 그녀를 지켜주겠다고 약속했다. 그러나 이제 그녀는 이 세상에 없었고, 그는 홀로 남아 그 약속을 지켜야 했다.

그는 절벽 끝에 서서 파도를 향해 한 걸음 내디뎠다. 그의 실루엣은 거대한 파도 앞에서 작게 보였다. 바람은 거세게 몰아쳤고, 파도는 그의 앞에서 거대한 벽처럼 솟아올랐다. 그는 그 파도를 바라보며, 그녀를 떠올렸다. 그녀와의 사랑이 영원히 끝나지 않기를 바랐다. 그리고 그 사랑을 지키기 위해, 그는 마지막 결단을 내렸다.

거대한 파도가 그를 향해 다가오고 있었다. 그 순간, 그는 자신이 그녀와 함께할 수 있는 유일한 길이 바로 이곳이라는 것을 깨달았다. 그는 그녀와 함께했던 모든 순간을 가슴에 새기며, 그녀를 향해 마지막으로 속삭였다.

"우리의 사랑이 영원할 수 있도록, 나는 너와 함께할 거야."

그 순간, 파도는 그의 실루엣을 덮쳤다. 수십 미터에 달하는 거대한 파도 속에서 그의 모습은 한순간에 사라졌다. 마치 이 세상에서 그의 존재가 지워지는 듯, 그는 그 거대한 자연의 힘 속으로 빨려 들어갔다. 그는 그 파도와 함께 끝을 맞이했는지, 아니면 파도를 타고 새로운 차원으로 나아갔는지, 그 누구도 알 수 없었다. 파도는 그를 삼키면서도, 무언가를 내뱉지 않았다. 마치 그가 원래부터 그곳에 없었던 것처럼, 흔적 하나 남기지 않고 그를 삼켜버렸다.

파도는 무자비하게 절벽 아래를 때리며, 끝없는 순환 속에서 끊임없이 반복되었다. 그 파도 속에는 인간의 삶과 죽음이 녹아 있었고, 그가 선택한 길이 무엇이든, 그 길은 이미 자연의 일부가 되어버렸다. 그가 사라진 그 순간, 파도는 그를 어디로 데려갔을까? 그 질문은 답을 찾기 힘든, 영원히 풀리지 않을 수수께끼로 남아 있다.

삶과 죽음의 경계에서도, 사랑은 여전히 그 속에서 숨을 쉰다.

끝이 아닌 시작, 그들의 사랑은 영원한 순환 속에 영원히 머물러 있다.

“Even on the border between life and death, love still breathes within.”

“Not an end, but a beginning, their love remains forever within the eternal cycle.”

“Même à la frontière entre la vie et la mort, l’amour respire encore en son sein.”

“Ce n’est pas une fin, mais un commencement, leur amour demeure à jamais dans le cycle éternel.”

"Mesmo na fronteira entre a vida e a morte, o amor ainda respira dentro dela."

"Não é um fim, mas um começo, o amor deles permanece para sempre no ciclo eterno."

"Incluso en la frontera entre la vida y la muerte, el amor sigue respirando en su interior."

"No es un final, sino un comienzo, su amor permanece para siempre en el ciclo eterno."

나자레의 해변에는 지금도 "윙윙" 거리는 용의 울음소리가 들린다.